Jonathan Lerros

Die Überlebenden von Sagunt

amazon publishing

Das Buch

Die vierzehnjährigen Zwillingsgeschwister Eirene und Kimon haben Glück im Unglück: Ihre Heimatstadt Sagunt wird von karthagischen Truppen komplett zerstört, die Bewohner werden getötet oder versklavt. Doch Synbalos, der oberste Feldarzt der karthagischen Armee, ist den beiden wohlgesonnen und nimmt sie unter seine Fittiche.

Kimon ist Feuer und Flamme für den Beruf des Wundarztes, Eirene wird die persönliche Leibdienerin der geheimnisumwitterten Dido, Besitzerin des vornehmsten Bordells der Stadt. Die Geschwister haben gerade erst damit begonnen, sich in ihrem neuen Leben einzurichten, als sie unwissentlich in ein von den Römern inszeniertes Mordkomplott gegen den Heerführer Hannibal hineingezogen werden.

Der Autor

Jonathan Lerros ist das Pseudonym eines Autors, der bereits mehr als zwanzig vorwiegend mittelalterliche Historienromane veröffentlicht hat. Mit »Die Überlebenden von Sagunt«, Auftakt einer Reihe um das epische Ringen des Karthagers Hannibal gegen Rom, betritt er nun die Schlachtfelder der Antike.

Lerros lebt mit seiner Frau in der Nähe von Köln..

Jonathan LERROS

DIE ÜBERLEBENDEN VON SAGUNT

EIN HANNIBAL-ROMAN

amazon publishing

Deutsche Erstveröffentlichung bei
Amazon Publishing, Amazon Media EU S.à r.l.
5 Rue Plaetis, L-2338 Luxembourg
August 2016

Umschlaggestaltung: bürosüd° München, www.buerosued.de
Umschlagmotiv: © Stocktrek Images, Inc. / Alamy Stock Photo; © Koshevskyi /Shutterstock; © javarman /Shutterstock
Karte: "By Hannibal_route_of_invasion_-_en.svg: * Frank Martini. Cartographer, Department of History, United States Military Academy Derivative work: Domaina derivative work: Furfur [CC-BY-SA-3.0 (http://creativecommons.org/licenses/by-sa/3.0/) or GFDL (http://www.gnu.org/copyleft/fdl.html)], via Wikimedia Commons
Lektorat und Korrektorat: Verlag Lutz Garnies, Haar bei München
www.vlg.de
Printed in Germany
By Amazon Distribution GmbH
Amazonstraße 1
04347 Leipzig, Germany

ISBN: 978-1-503-93992-9

www.amazon.de/amazonpublishing

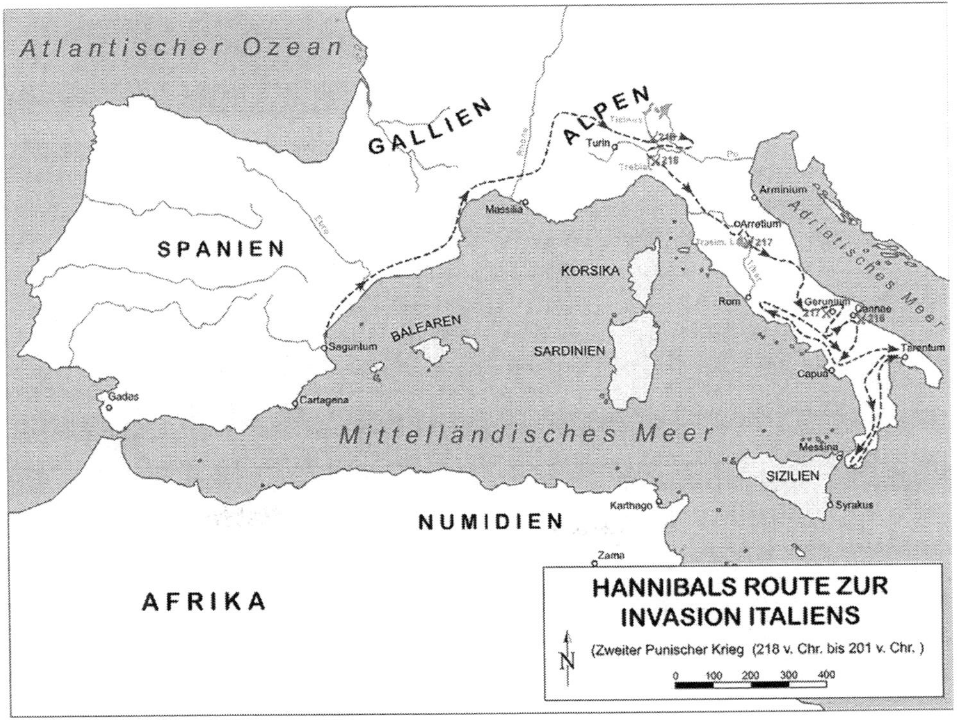
Atlantischer Ozean
GALLIEN
ALPEN
SPANIEN
Turin
218
218
Po
Arminium
Massilia
Arretium
217
Adriatisches Meer
KORSIKA
Rom
Gerunium
217
Cannae
216
BALEAREN
Saguntum
SARDINIEN
Tarentum
Capua
Gades
Cartagena
Mittelländisches Meer
Messina
SIZILIEN
Syrakus
Karthago
NUMIDIEN
Zama
AFRIKA
HANNIBALS ROUTE ZUR
INVASION ITALIENS
(Zweiter Punischer Krieg (218 v. Chr. bis 201 v. Chr.)
N
0
100
200
300
400

Dramatis personae

(*) Historische Person

Eirene, Kimon: die Überlebenden von Sagunt, Zwillingsgeschwister
Aiakides: ein Wundarzt
Akkaba: Köchin im Haushalt des Synbalos
Apollonios: Sohn eines römischen Senators
Bato: Hannibals Adjutant
Bostar: ein Sklavenhändler
Branco: Aufseher über die Elefanten
Cales: Befehlshaber einer Eskorte
Demetrios: Händler aus Sagunt, Vater von Eirene, Kimon und Lanike
Dido: Geliebte des Synbalos, Bordellbesitzerin
Elissa: Salicars Schwester
Glaukias: ein Wundarzt
Hamilkar: Hannibals und Imilkos Sohn, benannt nach seinem berühmten Großvater Hamilkar Barca
Hannibal (*): karthagischer Feldherr
Hanno (*): der jüngste der drei Brüder Hannibals
Hasdrubal (*): einer von drei Brüdern Hannibals

Himero: Veteran und Wundarzt
Hira: Mutter von Eirene, Kimon und Lanike
Hortalus (»Argos«): Haupt einer Verschwörung gegen Hannibal
Imilko (*): Hannibals Frau
Kerberos: Türsteher im »Gazellengarten«
Kirta: eine von Didos Gazellen, Eirenes gute Freundin
Lanike: Eirenes und Kimons jüngere Schwester
Mabol: ein Sanitäter, Bruder des Yumbo
Mago (*): einer von drei Brüdern Hannibals
Maharbal (*): Reiterführer in Hannibals Heer und einer seiner engen Vertrauten
Myrkan: Treiber des Elefanten Suru
Rasbos: junger Leibdiener Hannibals
Reza: junge Ibererin mit einer Pfeilschussverletzung
Salicar: Wundarzt, Stellvertreter des Synbalos
Synbalos: oberster Wundarzt der karthagischen Armee in Iberien
Syphax: ein schwieriger, aber auch bedauernswerter Patient
Tajo: ein alter Bekannter Hannibals aus Jugendtagen
Yumbo: Sanitäter, Bruder des Mabol
Zordan: zwielichtiger Wirt

Karthago und Rom

Zu Beginn des dritten vorchristlichen Jahrhunderts gab es in Europa keine vorherrschende Hegemonialmacht. Noch hatte Rom alle Hände voll zu tun, seinen italischen Machtbereich zu sichern, zudem verlangte ein Krieg gegen König Pyrrhos von Epiros den Römern alles ab. Karthago, damals eine reiche Handelsstadt unweit des heutigen Tunis und unangefochtene Seemacht, kontrollierte seinerzeit den westlichen Mittelmeerraum. Die Beziehungen zur aufstrebenden Republik am Tiber waren freundschaftlich, weil die Interessensphären der beiden Mächte sich nicht berührten. Dies änderte sich 264 v. Chr.

Italische Söldner, die in Messana auf Sizilien einen Stadtstaat errichtet hatten, drohten in einem kriegerischen Konflikt mit Syrakus zu unterliegen. Mit der Bitte um Waffenhilfe wandte sich Messana gleichermaßen an Karthago und Rom. Der Grundstein für einen Krieg, der 23 Jahre dauern sollte, war gelegt. In seinem Verlauf stieg Rom zum Entsetzen Karthagos zur Seemacht auf und erfand die Enterbrücken. Zahlreiche Kämpfe zu Land und zur See sahen das Kriegsglück mal auf dieser, mal auf jener Seite.

Sizilien, Ausgangsort und auch weiterhin einer der Schauplätze des Ringens, war inzwischen überwiegend in römischer Hand. Als Truppen des tüchtigen karthagischen Feldherrn Hamil-

kar Barca verlorene Gebiete auf der Insel zurückeroberten, raffte sich das erschöpfte und nahezu bankrotte Rom zu einem letzten Kraftakt auf. Mithilfe privater Investoren baute man neue Schiffe und besiegte den Rivalen in der Seeschlacht bei den Aegatischen Inseln vernichtend. Weil Hamilkar auf Sizilien vom Nachschub nunmehr abgeschnitten war, blieb Karthago keine andere Wahl, als den Verbündeten von einst um Frieden zu bitten.

Den Feldherrn Hamilkar traf das undankbare Schicksal, das harte Friedensdiktat der Römer entgegenzunehmen. Sizilien musste abgetreten werden. Die zu leistenden Reparationszahlungen waren so hoch, dass sie selbst für die reiche Handelsmacht nur schwer zu tragen waren. Überdies sollte sich Rom bald auch der karthagischen Inseln Korsika und Sardinien bemächtigen. Ohnmächtig musste Karthago, das keine kriegstüchtige Flotte mehr besaß, dem Raub zusehen.

Zu Karthagos Glück war Hamilkar Barca nicht nur ein erfolgreicher Stratege – nach Beendigung des Krieges schlug er einen Söldneraufstand nieder, der seine Heimatstadt existenziell bedrohte –, sondern auch ein vorausschauender Staatsmann. In Iberien gelang es ihm, durch Eroberungszüge und Verhandlungsgeschick den karthagischen Herrschaftsbereich zu erweitern. Die Ausbeutung der iberischen Zinn- und Silbergruben kam der maroden Finanzlage Karthagos zugute. In Rom verfolgte man argwöhnisch das Wiedererstarken des Rivalen.

Nach Hamilkars Tod übernahm sein Schwiegersohn Hasdrubal, genannt >der Schöne<, in Iberien das Kommando. Unter ihm kam 226 ein Vertrag mit den Römern zustande: Der nordiberische Fluss Ebro sollte fortan die Grenze zwischen römischem und karthagischem Herrschaftsbereich sein. Zur Hauptstadt des karthagischen Iberien machte Hasdrubal Cartagena, das Neue Karthago.

221 wurde er von einem Sklaven ermordet. Einmütig machte das Heer Hamilkars ältesten Sohn, den charismatischen Hannibal, zum neuen Oberbefehlshaber. Noch konnte niemand ahnen, dass

mit dem 25-jährigen Strategen der gefährlichste Feind, den Rom jemals gesehen hatte, die Bühne der Geschichte betrat. Schon als Knabe war ihm von seinem Vater der Schwur abverlangt worden, niemals ein Freund Roms zu sein. Ein Krieg – die Römer würden ihn später den Hannibalischen Krieg nennen –, gewaltiger als alle Kriege zuvor, sollte die Welt der Antike erschüttern.

Die Krise begann in Sagunt. Die Stadt widersetzte sich Karthagos Oberhoheit und zog Rom als Schutzmacht vor. Im Sommer 219 begann Hannibal mit der Belagerung.

Prolog

Iberien, 234 v. Chr.

Maharbal war Hannibals bester Freund. Viele Knaben hätten das gern von sich behauptet, nicht nur, weil Hannibal ein Sohn des berühmten Strategen Hamilkar Barca war. Der zwölfjährige Hannibal besaß die Gabe, Menschen für sich einzunehmen. Nie fing er einen Streit an; wenn er sich aber stritt, dann waren es seine Gegner, die rasch die Hand zur Versöhnung ausstreckten. Er besaß eine Ausstrahlung, der sich nur wenige entziehen konnten, denn in seinen Augen leuchtete der Glanz großer Taten. Taten, die er selbst noch nicht vollbracht hatte. Doch wenn man ihn ansah, überkam den Betrachter, vielleicht unbewusst, das flüchtige Gefühl, Hannibals Ruhm werde den seines Vaters Hamilkar übertreffen, wenngleich ein solcher Gedanke irrig schien. Denn welcher Mann, abgesehen von den gottähnlichen Heroen der Vorzeit, vermochte ein größerer Held zu sein als Hamilkar Barca?

Der junge Maharbal, Sohn eines numidischen Reiteroffiziers, erschien an einem heißen und staubtrockenen Hochsommertag vor dem Zelt des Feldherrn und wünschte seinen Freund Hannibal zu sehen. Der Wachhabende teilte ihm mit, der Junge sei beim Unterricht, wo man ihn keinesfalls stören dürfe. Maharbal setzte sich auf den Boden, um zu warten, bis der Unterricht beendet wäre. Sein Herz klopfte schneller, als Hamilkar Barca aus dem Zelt trat und ihn wie einen Rekruten musterte. Was ihn herführe, wollte er von Maharbal wissen. Seine Stimme klang befehlsgewohnt, aber nicht sonderlich streng.

Maharbal beschloss, die Wahrheit zu sagen; ohnehin wäre es undenkbar gewesen, den großen Hamilkar, den Retter Karthagos, anzulügen. »Die Jungen der Stadt Mastia haben Karthago den Krieg erklärt«, verkündete er deshalb ernst. »Also bin ich hergekommen, um Hannibal zu bitten, die Armee der Karthager anzuführen.«

Hamilkars Mundwinkel hoben sich zu einem Lächeln. Maharbal wusste nicht so recht, ob dies ein gutes oder ein schlechtes Zeichen war. Es war ein gutes, wie sich herausstellte. Ob schon Ort und Zeitpunkt der Schlacht vereinbart seien, wollte Hamilkar von ihm wissen. Zur zehnten Stunde, bei den Feldern nordwestlich der Stadt, antwortete Maharbal. Nachdenklich rieb sich Hamilkar den Bart. Dann bleibe nicht mehr viel Zeit, eine Strategie zu ersinnen, merkte er an; unter diesen Umständen wolle er den Sohn ausnahmsweise vom Unterricht freistellen lassen, dafür müsse Silenos, sein Lehrer, eben Verständnis aufbringen. Nur sollten sie es mit ihrer Schlacht nicht übertreiben, damit der Medicus Synbalos hinterher nicht mit Arbeit überschüttet werde.

Kurz darauf machten sich Maharbal und Hannibal, der den Freund fast um einen ganzen Kopf überragte, auf den Weg.

»Und was machen wir jetzt?«, fragte Maharbal, nachdem er die gegnerischen Reihen in Augenschein genommen hatte. Die Jungen aus Mastia waren ihnen zahlenmäßig überlegen.

»Genau das, was ich gesagt habe«, antwortete Hannibal ruhig. »Es gibt keinen Grund, die Strategie zu ändern. Jetzt erst recht nicht.«

Maharbal nickte, obwohl seine Beklommenheit nicht wich. Mindestens vierzig fremde Kämpfer hatte er gezählt, zehn mehr als das eigene Heer. Darunter ein paar echte Brocken und offensichtlich älter, als es der Vereinbarung entsprach. Lauernd standen sich die beiden Armeen gegenüber. Lange Schatten in der Abendsonne. Ein warmer Wind trieb Staubwolken über das auserkorene Schlachtfeld in der baumlosen Ebene, wo ein Hund auf der Suche nach Fressbarem umherstreunte.

Mit Knüppeln und hölzernen Schwertern begann der Feind gegen die runden, selbstgefertigten Schilde zu schlagen. Maharbal hatte großes Vertrauen in seinen Freund, aber dass dieser sich von dem Höllenlärm unbeeindruckt zeigte, irritierte ihn. »Sollen wir nicht auch gegen unsere Schilde schlagen?«, schlug er vor.

»Entscheidend ist allein, dass sich alle an meine Anweisung halten«, entgegnete Hannibal so laut, dass alle Gefährten es hören konnten. »Mögen die da drüben auch in der Überzahl sein, ihr müsst um jeden Preis das tun, was ich euch befohlen habe. Vom Soldatenhandwerk haben die keine Ahnung, nicht mal wenn sie richtige Schwerter bei sich tragen würden. Der Sieg ist unser, Jungs.« Jetzt trommelte er mit dem Holzschwert gegen seinen Schild, weil das offenbar von ihm erwartet wurde, und es war ja durchaus ein probates Mittel, die Ängste vor einem Kampf zu überwinden. Sofort taten es ihm seine Mitstreiter nach, und der Lärm wurde infernalisch. Die Jungen von Mastia hatten indes genug vom Warten und Belauern und Lärmen. Ungestüm rückten sie in drei Reihen vor, die Zähne gebleckt, auf den Lippen schrille Kampfschreie. Hannibal gab ein Zeichen, worauf sich auch sein kleines Heer in Bewegung setzte. Es war nur noch eine

Frage von Augenblicken, bis die Knabenheere zusammenprallen würden.

Als die ersten Holzschwerter sich kreuzten, geschah etwas Unerwartetes. Zumindest für die Jungen aus Mastia. Plötzlich, wie auf ein geheimes Kommando hin, wichen die Karthager des Mitteltreffens, unter ihnen der kommandierende Hannibal, zurück, sodass eine breite Gasse in ihren Reihen entstand. Die Gegner, von so viel Raumgewinn entzückt, strömten in die Lücke, fest entschlossen, die Hasenherzen fürchterlich zu verprügeln. Als ihnen der Fehler bewusst wurde, war es zu spät. Umringt von den jungen Karthagern und der eigenen Beweglichkeit beraubt, da man sich gegenseitig auf engstem Raum behinderte, waren sie es, die die Prügel einsteckten, und selbst die Tapfersten und Stärksten vermochten wenig dagegen auszurichten. Für viele Jungen aus Mastia endete der Abend mit Beulen, Prellungen oder blutenden Nasen, auch ein paar Knochenbrüche waren zu beklagen. Als dem Anführer der Jungen von Mastia aufging, dass sie wie Tölpel in eine Falle getappt und seine Mitstreiter fast ausnahmslos entwaffnet waren, fasste er einen Entschluss. »Wir ergeben uns!«, rief er, den Blick fest auf Hannibal gerichtet, den er längst als Anführer ausgemacht hatte.

Hannibal hob eine Hand, die Kampfhandlungen wurden eingestellt. Stöhnende Verletzte auf staubigem Boden. Hannibal ließ Schild und Holzwaffe fallen, als sei es unter seiner Würde, sie zu tragen. Gelassen trat er dem anderen entgegen. Der mochte zwei oder drei Jahre älter sein als er, hatte schulterlanges dunkles Haar, und gekränkter Stolz sprach aus seinen Augen. »Du bist ein kluger Kopf«, sagte Hannibal in der Sprache der Einheimischen zu ihm. »Eine Kapitulation ist keine Schande, wenn man Schlimmeres als eine Niederlage vermeiden kann.«

»Ein Dummkopf bin ich«, widersprach der junge Iberer. »Jeder Vorteil lag bei uns.«

»Wie heißt du, Freund?«

»Ich bin Tajo«, antwortete der andere zögernd.

»Nun, Tajo«, Hannibal legte ihm freundschaftlich eine Hand auf die Schulter, »sieh es einmal so: Ein zweites Mal wirst du diesen Fehler nicht begehen, das ist das Gute an einer Niederlage. Ein vorzüglicher Soldat bist du jedenfalls. Bestimmt sehen wir uns einmal wieder. Als Kampfgefährten, nicht als Gegner. Mit echten Schwertern, nicht mit Holzprügeln.«

Tajo blinzelte ihn an. »Bist du einer der Söhne des Hamilkar Barca?«

»Sein Ältester«, antwortete Maharbal an Hannibals Stelle, stolzer denn je, ihn zum Freund zu haben. »Fordere ihn nie wieder heraus, sonst wirst du den Tag bereuen, an dem du geboren wurdest, du iberischer Maulesel.«

»Schon gut«, beschwichtigte Hannibal, »es gibt keinen Grund, ihn zu beleidigen, Maharbal.«

Bis auf ein paar Schrammen waren seine Leute mit heiler Haut davongekommen.

218 v. Chr.

1.

Sagunt

Als die Belagerten erkannten, dass es nur noch eine Frage weniger Stunden war, bis der Feind die sturmreif geschossenen Mauern ihrer Stadt überwand, rief der Händler Demetrios seine Familie zusammen. »Hört mir gut zu«, begann er mit mühsam beherrschter Stimme, »sie werden bald hier sein, und es gibt nichts, was wir dagegen tun können. Ich will, dass ihr keinen Widerstand leistet, habt ihr verstanden?« Er hob einen zitternden Finger und sah seine Familie mit feuchten Augen der Reihe nach an: sein Weib Hira, die Zwillinge Kimon und Eirene, und auch die kleine Lanike, das jüngste seiner Kinder. »Verhaltet euch ruhig, bleibt im Haus, gebt ihnen keinen Grund zur Verärgerung. Mich werden sie töten, das ist gewiss, aber euch werden sie am Leben lassen, wenn ihr besonnen bleibt.«

»Ja. Um uns als Sklaven zu verkaufen!«, entgegnete Hira. In ihren Augen blitzten Zorn und Stolz auf.

»Diesem Schicksal wären wir entgangen, hätte man das Angebot der Karthager beizeiten angenommen«, klagte Kimon, der vierzehnjährige Sohn. Eirene, seine Zwillingsschwester, stieß ihn an. »Still«, mahnte sie ihn. Es war nicht die Zeit zum Streiten. Der Vater gehörte zu jenen, die von Anfang an dafür gestimmt hatten, sich den Karthagern zu ergeben. Sollte man doch alle Bewohner aus Sagunt vertreiben, die *Oikumene* war groß genug, um anderswo neu zu beginnen. Aber die Mutter, eine Einheimische, geprägt von der Leidenschaftlichkeit der Iberer, hatte nie einen Zweifel daran gelassen, dass sie lieber sterben würde, als der Heimat ihrer Ahnen den Rücken zu kehren. Auch der Rat der Stadt hatte eine Kapitulation mehrheitlich abgelehnt. Die Karthager, so die Überzeugung, seien nicht in der Lage, Sagunt dauerhaft vom Nachschub abzuschneiden. Außerdem würden die Römer der Stadt wohl bald zu Hilfe kommen.

Doch auf ein römisches Entsatzheer hatte man vergebens gewartet. Heute, nach acht Monaten der Belagerung, würden die Karthager die Sache zu Ende bringen. Die Mauern an der Ostseite waren seit Wochen marode, die monströsen Rolltürme kamen stündlich näher.

»Sie sind keine Bestien«, sprach Demetrios seiner Familie Mut zu. »Ihr werdet leben. Sie werden keine Frauen und Kinder niedermetzeln.«

Lanike begann zu schluchzen, als könnte sie mit ihren drei Jahren begreifen, dass ihr junges Leben am Scheideweg stand. Hira drückte sie fest an ihre Brust, den Blick wie eine Anklage auf den Gemahl gerichtet. »Sie werden keine Gnade kennen!«

Eine Weile herrschte lastendes Schweigen. Nachdenklich betrachtete Eirene den Vater, der sich immerzu die ergrauten Haare raufte. Die Sorge um die Menschen, die er liebte, ließ ihn verzweifeln. Das eigene Leben war ihm unwichtig; Eirene hätte ihn gern tröstend in den Arm genommen. Es war nicht gerecht, dass Mutter ihn, wenn auch unausgesprochen, der

Feigheit bezichtigte. Die unterschiedlichen Temperamente der Eltern hatten sie in ihrem Zusammenspiel seit jeher fasziniert, doch heute empfand sie den Gegensatz als unerträglich. Von draußen hörte man Hörner und Kampfschreie.

Hira küsste Lanike auf die Stirn; dann übergab sie die jüngere Tochter der älteren.

»Was hast du vor?«, fragte Demetrios.

»Ich gehe in die Stadt!«

»Wozu? Bleib hier!«

Doch Hira schüttelte nur den Kopf, das dunkle Haar lag ungebändigt auf ihren Schultern. Einen Moment lang sah sie Kimon auffordernd an, aber der wich ihrem Blick aus. »Ich liebe euch«, verkündete sie mit rauchiger Stimme. »Aber ich werde nicht bleiben! Lebt wohl!«

Als sie ging, streckte Demetrios eine Hand nach ihr aus, wissend, wie sinnlos diese Geste war. Noch sinnloser wäre es gewesen, ihr nachzulaufen. Eirene konnte sich nicht erinnern, dass ihre Mutter jemals von einem bereits gefassten Entschluss abgelassen hätte. Sie drückte die schluchzende Lanike an sich. Über Vaters Wange sah sie eine Träne rollen. Kimon hatte beide Hände vors Gesicht geschlagen. »Verdammt, sie hat recht«, stammelte er.

»Womit?«, fragte ihn die Zwillingsschwester.

»Ich sollte auf den Mauern stehen und kämpfen. Der Feind wird über uns herfallen und die Stadt verwüsten.« Unsicher erhob er sich. »Ich muss kämpfen! Vater, auch du musst kämpfen!«

»Du bleibst!«, befahl Demetrios.

»Es ist unsere Pflicht!«

»Du wirst mir gehorchen.«

»Aber du hast mir nichts mehr zu befehlen. Ich werde kämpfen, wie die anderen.«

»Setz dich wieder hin, du Idiot!«, zischte Eirene. »Auf den Mauern wirst du sterben. Hier kannst du überleben.«

Die Eindringlichkeit, mit der die Schwester ihn ansah, ließ Kimon innehalten. Furcht, Scham, Stolz und Zweifel, all diese Gefühle tobten gleichzeitig in seiner Brust.

»Morgen wird Sagunt eine tote Stadt sein«, setzte Eirene nach. »Willst du als Leiche unter den Trümmern liegen, Kimon? Ich will das nicht. Ich will leben. Sieh dir Lanike an, auch sie will leben. Also höre auf unseren Vater. Setz dich hin und halt den Mund. Sterben können wir ein anderes Mal.«

Nach kurzem Zögern tat Kimon, was sie von ihm verlangte und vergrub von Neuem sein Gesicht. Lanike schrie nach ihrer Mutter. »Sie kommt bestimmt gleich zurück«, flüsterte Eirene ihr ins Ohr. Die Wahrheit hätte der Kleinen nicht weitergeholfen.

»Ich hörte, dass seine Männer den Karthager regelrecht vergöttern«, sprach Demetrios wie zu sich selbst, »würden sie das tun, wenn er ein Unhold wäre? Er wird dafür sorgen, dass nicht das Blut unschuldiger Kinder vergossen wird.«

Eirene fragte sich, was ihn zu diesem Optimismus bewog. Jener Hannibal war ein Feldherr wie jeder andere – weshalb sollte er sich um das Wohlbefinden der Feindeskinder sorgen? Seine Männer würden ihn wohl kaum vergöttern, wenn er ihnen das verwehrte, was siegreiche Soldaten in ihrem Blutrausch seit Urzeiten am liebsten taten, nämlich rauben, plündern, vergewaltigen, morden. Gleichwohl blieb ihr nichts anderes übrig, als zu hoffen, dass es diesmal anders kam.

Ein beißender, widerlicher Brandgeruch kroch ihnen in die Nase. Irgendwo da draußen musste ein gewaltiges Feuer lodern. Zwei Stunden später – wie ein glühendes Eisen stand die Sonne über der Stadt – standen die Karthager vor dem Durchbruch.

Hannibal erkannte, dass seine persönliche Anwesenheit vonnöten war. Schon mehrmals hatte man kurz davor gestanden, die östlichen Mauern zu überwinden, aber immer hatten die Saguntiner, als stünden alle Götter hinter ihnen, das letztlich

Unvermeidliche abgewendet. Zwei Belagerungstürme waren in den vergangenen Monaten zerstört worden, weil es den Eingeschlossenen gelungen war, sie in Brand zu setzen. Also hatte man neue gebaut, diesmal aus hartem Eichenholz, das von weit her beschafft worden war. Doch in den Köpfen der karthagischen Belagerer waren die Bilder noch gegenwärtig, sie hatten Kameraden im Feuer und unter den Geschosshageln der Verteidiger sterben sehen. Obwohl die Mauer inzwischen sturmreif war und die Belagerungstürme, nunmehr mit unzähligen feuchten Fellen behangen, jedem Beschuss standhielten, zögerten die vom Kampf erschöpften Männer auf dem obersten Stockwerk noch mit dem entscheidenden Angriff.

Gisko ahnte, was seinem Feldherrn, dessen ranghöchster anwesender Offizier er war, durch den Kopf ging.

»Du willst doch nicht etwa …?«

»Ich muss«, sagte Hannibal; bislang hatten sie nur von Weitem das Geschehen beobachtet.

»Wozu? Die Stadt wird fallen. Wenn nicht heute, dann morgen. Warum willst du dich unnötig in Gefahr bringen?«

»Die Männer brauchen Ermutigung, Gisko. Sie sind müde und ausgelaugt. Wenn sie sehen, dass ich ihnen voraneile, werden sie auf der Stelle erwachen.«

»Nicht einer von ihnen zweifelt an deiner Tapferkeit.«

»So muss es bleiben, damit sie mir weiter folgen.«

»Solltest du fallen …«

»Dann bringst du es zu Ende, Gisko. Verstanden?«

»Ja, Feldherr.«

Unwillkürlich dachte Hannibal an die Zeit zurück, als weder Weib noch Sohn auf seine Rückkehr gewartet hatten. Es hatte vieles einfacher gemacht. Doch diesen giftigen Gedanken, der dazu angetan war, sein Lebensziel heimtückisch zu untergraben, galt es zu verdrängen.

Mit erhobenem Schild und gezücktem Schwert rannte er los. Ein heranschwirrender Pfeil verfehlte ihn knapp. Die am vorderen Turm wartenden Soldaten machten ihm eilfertig Platz, als sie erkannten, wer da einmal mehr höchstpersönlich in den Kampf eingriff. Der Feldherr erklomm die Stufen. Oben angelangt, erkannte er den Grund für die Zurückhaltung seiner Männer: Ein Wall von Verteidigern, offenbar alles, was Sagunt an wehrfähigen Kämpfern noch aufzubieten hatte, erwartete den Feind auf der anderen Seite. Sie trugen Schwerter, Schilde, Lanzen, manche nur Knüppel oder Keulen. Entschlossenheit, Angst, Hass – es gab nichts, was Hannibal in all den emporstarrenden Augen nicht hätte ausmachen können. Er kannte das, dennoch durfte er sich nicht dazu hinreißen lassen, Bedauern für die Todgeweihten zu empfinden. ›Mitleid führt dazu, dass man am Ende scheitert!‹, hatte sein Vater ihm stets eingeschärft. Nun galt es zu kämpfen, bis keiner, der eine Waffe führte, mehr am Leben war.

»Nun, Männer?«, sagte er zu seinen umstehenden Soldaten. »Seid ihr bereit, diese lästige Angelegenheit aus der Welt zu schaffen und reiche Beute zu machen?«

»Bar-ca, Bar-ca!«, skandierten sie wie aus einer Kehle.

»Folgt mir!« Mit einem weiten Satz sprang der Feldherr auf die Mauer. Sogleich stürzten sich drei Saguntiner auf ihn. Zwei hielt er mit seinem Schild von sich, dem dritten stieß er das Schwert in die Brust. Der Sturmtrupp war ihm gefolgt. Eisen klirrte, Schreie, Lärm und der Geruch von Blut erfüllten die Luft.

Gegen die nunmehr entfesselten Söldner waren die Saguntiner chancenlos. Ein Verteidiger nach dem anderen wurde überwältigt und getötet. Eine Weile noch beteiligte sich der Feldherr an den Kämpfen, während der Turm unaufhörlich Soldaten ausspuckte, bis niemand mehr daran zweifeln konnte, dass die Stadt verloren war. Ein letztes Aufgebot schienen die Saguntiner dennoch zu besitzen, denn auf den Dächern der nahen Häuser erschienen Halbwüchsige mit Schleudern. Noch ehe Hannibal seinen Männern einen warnenden Ruf zukommen lassen konnte, spürte er an der Hüfte einen stechenden Schmerz, der ihm beinahe das Bewusstsein raubte.

»Bist du verletzt, Feldherr?«, hörte er einen besorgten Soldaten fragen.

Er öffnete die Augen, seine Sinne kehrten zurück. Der Mann, der ihn angesprochen hatte, trug eine Standarte, die eine Mondsichel zeigte.

»Schon gut, es ist nichts«, versicherte ihm der Heerführer, »geh und zeig den Saguntinern, wem diese Stadt gehört!«

2.

Synbalos, der oberste Wundarzt der karthagischen Armee in Iberien, sah hinüber zum Eingang des Lazarettzelts, wo ein breitschultriger, kaum dreißigjähriger Mann erschien und seinen Blick langsam über die Verwundeten in den aufgereihten Feldbetten wandern ließ. Ein dunkler Bart zierte sein Kinn, sorgsamer gestutzt, als man das nach Tagen heftigster Kämpfe hätte erwarten können.

»Meine Gratulation zum Sieg, großer Feldherr!«, begrüßte ihn der Arzt.

Der Ankömmling nickte ihm zu und schien sich nicht daran zu stören, dass der Ton, in dem der andere zu ihm sprach, von mildem Spott durchtränkt war. »Ich wünschte, du hättest mir früher gratulieren können, mein Freund«, entgegnete er mit einem nachsichtigen Lächeln. »Sie haben uns ganz schön auf Trab gehalten.«

»Unverschämter Feind! Nie macht er das, was man von ihm erwartet. Aber wie ich hörte, hat er deshalb jede Gnade verwirkt.«

»Er hätte mein Angebot beizeiten annehmen sollen.«

»Verstehe. Nachträgliche Gnade würde deinen Ruf verderben. Alle, die du künftig belagerst, tanzten dir auf der Nase herum.«

»Das trifft es in etwa. Auch wenn es mich nicht glücklich macht.«

»Ein unglücklicher Sieger bist du? Die Welt des Krieges ist eine riesige Fallgrube.« Synbalos widmete sich wieder seinem Patienten, einem jungen Numider, dem ein Pfeil im Oberschenkel steckte, glücklicherweise nicht sehr tief. Der Bursche nahm den Beißkeil aus dem Mund.

»Siegreicher Feldherr!«, rief er, seinen Schmerz vergessend. »Es lebe Hannibal Barca, Sohn des großen Hamilkar!«

Andere Verwundete fielen in das Lobgeschrei ein. Bis es dem obersten Wundarzt zu bunt wurde. »Still, ihr Hornochsen«, brüllte er, »das hier ist keine Heeresversammlung!« Augenblicklich verstummte der Krach. Synbalos war von gedrungener Statur, und die Tränensäcke unter seinen Augen ließen ihn etwas schwermütig erscheinen. Hin und wieder war er das auch, doch seiner Autorität tat dies keinen Abbruch. Bis auf einen verbliebenen weißen Haarkranz war er kahlköpfig.

»Danke, Männer!«, sagte Hannibal in die Stille hinein, beinahe klang es verlegen. »Der Sieg ist euer Verdienst. Was wäre ich denn ohne euch? Ich will dafür sorgen, dass zu eurer Genesung genug Wein bereit steht. Auch soll euch wegen eurer Verwundung kein Nachteil entstehen, wenn es an die Verteilung der Beute geht!« Erneut wollte Jubel aufbranden, aber Hannibal hob hastig beide Hände. »Schon gut, Männer! Wir wollen unseren guten Synbalos nicht schon wieder verärgern. Also schweigt und genest. Ich brauche euch noch!«

»Ihr habt euren siegreichen Heerführer gehört, also tut, was er sagt!« Feldherr hin oder her, in seinem Lazarett wollte Synbalos gern das letzte Wort haben. Barsch schob er seinem Patienten den Beißkeil zurück in den Mund. »Hier, großer Held! Halt die Luft an und mach dich auf einen höllischen Schmerz gefasst.«

Wie eine Gebärende keuchte der junge Numider, als der Wundarzt ihm mit einer schnellen, geübten Bewegung den Pfeil aus dem Bein zog. Synbalos nahm einen feuchten Schwamm und begann die Wunde sorgfältig auszuwaschen, während Hannibal dem Verletzten eine Hand auf die Schulter legte. »Gut gemacht, Junge! Sieh, es blutet kaum. Du hattest Glück und einen guten Arzt.«

»Herr, ich ...«

»Maul halten!«, fuhr ihm der Arzt ins Wort. »Nun, junger Kriegsgott, wenn du dich unbedingt nützlich machen möchtest, kannst du mir helfen, ihn zu verbinden.«

Vorsichtig hielt Hannibal das Bein des Numiders, während der Arzt eine Bandage aus Leinen anlegte. »Zwar weiß ich deine Sorge um die Männer sehr zu schätzen, Hannibal«, flüsterte Synbalos, und diesmal klang es weniger spöttisch, »aber ich bin mir sicher, du bist diesmal nicht nur gekommen, um ihnen Mut und Lob zuzusprechen.«

»Kann man denn nichts vor dir verbergen?«

»Ich wäre ein miserabler Arzt, wenn ich es nicht bemerkt hätte: Du hinkst wieder. Eine neue Wunde?«

»Nur die alte.«

»Bei allen Chimären, was hast du angestellt?«

»Ein Wurfblei, das mich genau an der Narbe traf.«

»Was ist mit deiner Leibwache? Schützen dich diese Kerle nicht? Wozu sind sie nütze?«

»Die beste Leibwache hat meinem Schwager Hasdrubal nichts genutzt; er wurde ermordet, wie wir wissen. Vielleicht suche ich mir lieber einen neuen Arzt. Einen, dessen Nähte halten.«

»Diesen Gefallen würdest du mir erweisen?«

»Hm. Nein, eigentlich nicht. Ich sprach im Wahnsinn.«

»Der Wahnsinn des Siegers, noch dazu eines unglücklichen. So bleibt mir wohl nichts weiter übrig, als mir deine verdammte Wunde noch einmal anzusehen.«

»Aber kümmere dich zuerst um die ernsten Fälle!«

»Für heute warst du bescheiden genug, ich werde *sofort* nach deiner Hüfte schauen. Sonst muss ich mir morgen die nächste Beschwerde anhören.«

Der Arzt führte Hannibal in einen abgetrennten Trakt des Zeltes, wo sie für sich waren. Hannibal entledigte sich des Schwertgurtes und seines blutbesudelten Umhangs, bevor er sich auf den Behandlungstisch legte. Vor einigen Tagen, während eines gescheiterten Sturmangriffs, hatte ein Wurfspeer ihn an der linken Hüfte verletzt. Die Wunde war nicht allzu bedrohlich gewesen, Synbalos hatte sie ohne größere Schwierigkeiten vernähen können. Und nur weil der Feldherr sich nicht an die verordnete Ruhe gehalten hatte, war sie wieder aufgerissen. Seufzend machte der Arzt sich daran, die alten Fäden mit einem feinen Messer zu entfernen und die Wunde gründlich zu säubern.

»Sieh dir diese Sauerei an, junger Kriegsgott. Wozu behandle ich dich eigentlich? Es ist vergebliche Mühe. Immerhin, die Stadt ist erobert. Da sollte es dir nicht schwerfallen, dich ein paar Tage auszuruhen, damit du dich auskurieren kannst.«

»Ein paar Tage? Du bist sehr grausam, Synbalos, und denkst wohl, meine Arbeit wäre damit getan. Aber gut, ich werde es einrichten.«

»Zwar höre ich es mit eigenen Ohren, nur glauben kann ich es nicht so recht. Geht nicht von deinem Vater die Sage, dass er selbst mit hohem Fieber in den Kampf zog?«

»Sagen, werter Synbalos, nichts als Sagen. Du kanntest ihn doch: Er hatte niemals Fieber.«

»Ach, Hannibal! Womöglich haben deine Männer recht: Du bist ein Liebling der Götter.«

»Glaubst du das auch?«

»Selbstverständlich nicht.«

»Und was glaubst du?«

»Nichts. Nur dass du ein unvernünftiger Patient bist. Manchmal denke ich, du bist auf deine Weise noch unvernünftiger als dieser verwegene Lümmel, den du deinen Leibdiener nennst.«

»Nun übertreibst du«, lachte Hannibal. »Rasbos ist nicht unvernünftig. Er ist nur die größte Rotznase unter dem weiten Himmel. Das ist etwas anderes.«

»Wer von euch der Unvernünftigere ist, Herr oder Diener, Feldherr oder Rotznase, bleibt für mich im Unklaren. Aber du – und das wird niemand leugnen –, du wurdest für den Krieg geboren. Zugegeben, vielleicht liegen deine Männer nicht falsch mit ihrer Behauptung vom Götterliebling. Was im Übrigen nicht ausschließt, dass du unvernünftig oder verrückt sein könntest. – Würdest du dich bitte mehr zur Seite drehen?«

»Warum sprichst du ständig von den Göttern? Ich weiß genau, dass du nicht an sie glaubst.«

»Dann sei so gut und plaudere es nicht aus. Niemand, außer dir, will sich von einem Gottlosen behandeln lassen.« Er griff nach Nadel und Faden. »Stillhalten, Unvernünftiger! Ich beginne!«

Hannibal zuckte kaum mit der Wimper, während Synbalos die Wunde Stich um Stich nähte. »Ist es wahr, dass die Saguntiner ihre Stadt anzündeten, bevor ihr sie erstürmen konntet?«, fragte der Arzt.

Über Hannibals Gesicht legte sich ein Schatten. »Auf der Agora errichteten sie einen Scheiterhaufen«, erzählte er mit belegter Stimme, »dort hinein warfen sie ihr Gold, Geschmeide und alles, was ihnen wertvoll war. Manche stürzten sich selbst in die Flammen und rissen ihre Frauen und Kinder mit sich. Was ist deine Meinung, Medicus: War das Tapferkeit oder Torheit?«

Mit ernster Miene dachte Synbalos über diese Frage nach. »Wer auf diese Weise dem Los der Besiegten entgeht, ist vielleicht tapfer. Vielleicht auch nicht, erspare mir die Antwort. Als Arzt liegt mir daran, Leben zu retten und nicht, es in Flammen erlöschen zu sehen. Selbst, wenn es sich um künftige Sklaven handelt.«

»Du könntest verbindlicher antworten«, forderte Hannibal ihn heraus. Der Arzt ging seinerseits zum Gegenangriff über.

»Wozu? Kann ich es ändern? Ich flicke nur zusammen, was ihr Kriegsleute in Fetzen schlagt, das ist mühsam genug. Aber, Feldherr, warum erzählst du mir nicht lieber von deinen Plänen? Sagunt ist gefallen, die hiesigen Stämme sind befriedet – wäre es denkbar, dass du dich mit Frieden abfinden musst?«

»Frieden ist etwas Erstrebenswertes. Doch solange es Römer gibt, brauchen wir uns darüber keine Gedanken zu machen.«

»Du hast sie ja auch ganz schön gereizt, die Söhne der Wölfin.«

»Sagunt liegt südlich des Ebro und ist somit karthagisch. Das wissen auch die Römer. So steht es in dem Vertrag, den Hasdrubal mit ihnen aushandelte.«

Synbalos lachte, als sei es amüsant, einen Vertrag als Argument heranzuziehen. »Sicher. Und genau deshalb haben sie unlängst Delegationen geschickt und dir gedroht. Du hättest die edlen Herren Senatoren wenigstens empfangen können, nachdem sie einen so weiten und strapaziösen Weg übers Meer zurückgelegt hatten.«

»Glaub mir, Synbalos«, Hannibal zwinkerte mit einem Auge, »dafür hatte ich keine Zeit. Ein Feldherr, der eine Stadt belagert, kann sich nicht mit Katzendreck abgeben.«

»Katzendreck, ja? Was ist, wenn ihnen der Fall Sagunts dermaßen aufstößt, dass sie ihre Legionen nach Iberien oder Afrika schicken?«

»Vorläufig wird es nicht dazu kommen.«

»Was macht dich da so sicher?«

»Sie wissen, dass ich kein Anfänger bin.«

»Das war dein Vater ebenso wenig. Was die Römer aber nicht davon abhielt, ihn und Karthago viele Jahre zu bekriegen. Am Ende waren sie siegreich, schon vergessen?«

»Niemand weiß das besser als Hamilkars Sohn, Synbalos. Doch die Zeiten haben sich geändert. Mit den aufständischen

Kelten in Norditalien haben die Römer ohnehin genug zu tun. Lass sie ruhig drohen, das kann ich ertragen.«

»Wenn du das sagst! Dann also Frieden. Und weniger Arbeit für mich und meine Leute!« Dass Hannibal zu dieser Bemerkung beharrlich schwieg, machte den Arzt stutzig. »Junger Kriegsgott?«

»Geschätzter Synbalos?«

»Was hast du vor?«

»Bist du mein Leibarzt oder einer meiner Generäle?«

»Wüsste ich nicht, dass Karthago keine kriegstüchtige Flotte mehr besitzt, dass zwei gewaltige Gebirge den Weg nach Italien verstellen, und dass obendrein, wenn ich mich nicht irre, einige Flüsse mit Mann und Maus zu überqueren wären, ganz zu schweigen von den wilden Völkern, die man antrifft – ja, wenn all dies nicht wäre, dann würde ich vermuten, du legtest es auf einen offenen Krieg mit den Römern in ihrem eigenen Land an.«

»Wie viele Stiche sind es noch?«

»Drei! Du hast doch nicht etwa vor …?«

»Mein lieber Synbalos! Könnte ich zulassen, dass Leute deines Schlages ohne Arbeit bleiben?«

Der Arzt hielt kurz inne und stieß einen tiefen Seufzer aus. »In Italien haben wir nichts verloren, sollte man meinen. Erwarte nicht, dass ich dir dorthin folge.«

»Aber ich bitte dich darum!«

»Nutzlos.«

»Und wenn ich dich auf Knien anflehe?«

»Das wäre ein Anblick. Du willst mir ein schlechtes Gewissen machen. Vergeblich. – Ach, verflucht, es gelingt dir. Allerdings werde ich für diesen Feldzug des Wahnsinns mehr Personal brauchen.«

»Das sollst du bekommen. Bis es so weit ist, wollen wir nicht mehr über die Sache sprechen. Sie ist noch geheim, wie du dir vorstellen kannst.«

»Einverstanden, sprechen wir über etwas Erfreulicheres. Mir fällt ein, dass ich dir noch nicht zum Stammhalter gratuliert habe. Was ich hiermit aufrichtig nachhole. Ich hoffe, der Junge und dein Weib sind wohlauf.«

»Imilko schreibt mir, sie sei glücklicher denn je und der Junge ein Prachtkerl. Ich glaube ihr jedes einzelne Wort.«

»Schade nur, dass die Ärmsten den Gemahl und Vater auch künftig kaum zu Gesicht kriegen werden.«

Hannibal presste die Lippen zusammen. »Ich werde es ihr nach meiner Rückkehr bekennen müssen und mag gar nicht daran denken«, erwiderte er dann. »Aber hatten wir nicht vereinbart, dieses Thema zu meiden?«

»Verzeih, ich bin so vergesslich!«

»Offenbar.«

»Wie soll er denn heißen, der kleine Barca?«

»Hamilkar.«

»Wie auch sonst? Karthago wird es auch künftig nicht an Löwen mangeln. Die Römer werden nie ihre Ruhe vor euch haben. – So, fertig, die Naht! Wenn du dich ausnahmsweise an meine Anweisungen hältst, platzt sie diesmal nicht wieder auf – vielleicht.«

Hannibal stand auf und kleidete sich an. »Übrigens wollte ich dich bitten, nach den Gefangenen zu sehen. Einige brauchen Behandlung.«

»Sicher. Niemand will, dass ihre Preise sinken. Billige Sklaven verderben den Markt.«

»Danke für deine Hilfe, Medicus. Tu etwas gegen deine Vergesslichkeit.« Er hielt inne. »Warte, nein, tu nichts dagegen. Damit du glaubhaft behaupten kannst, du wüsstest nichts von meinen Plänen.« Er nickte grüßend und schritt davon, als habe er gerade nur ein erquickendes Bad genommen. Nachdenklich sah Synbalos ihm hinterher. Wenn er doch nur wüsste, ob der

Barkide ein Genie wie sein Vater oder ein Größenwahnsinniger wie König Xerxes war. »Eines Tages werde ich es vielleicht erfahren«, sprach er zu sich selbst. Bis dahin war er ihm verfallen, ob er wollte oder nicht.

Große schwarze Vögel kreisten am Himmel. Lanike war endlich in Eirenes Armen eingeschlafen. Noch neigte sich der schreckliche Tag nicht dem Ende zu, über ihren Köpfen stand dieselbe Sonne, die Sagunt am Morgen noch unzerstört gesehen hatte. Das Schicksal der Geschwister war völlig ungewiss, das Leben, das sie bis heute gelebt hatten, vorüber. Lanike war noch zu jung, um das zu begreifen, doch Eirene und Kimon wussten nur zu gut, dass nichts mehr so sein würde, wie es einmal gewesen war. Was immer auch auf sie zukäme, mit ein wenig Glück würden sie vielleicht zusammenbleiben können. Diesem Glück auf die Sprünge zu helfen, war Eirene fest entschlossen. Mit hunderten anderer Gefangener – ausschließlich Frauen und Kinder – hockten sie in einem von Palisaden umzäunten Pferch vor dem Heerlager der Karthager. Einige wenige kauerten unter aufgespannten Tüchern, doch der große Rest war der sengenden Sonne hilflos ausgesetzt. Die in Gewahrsam genommenen Männer, sofern sie überhaupt noch lebten, waren allem Anschein nach anderswo untergebracht. Im Stillen flehte Eirene die Götter an, dass ihr Vater noch lebte, doch die Brutalität, mit der die karthagischen Söldner ihn behandelt hatten, ließ nichts Gutes vermuten. Den kummervollen Blick, den er seinen Kindern zugeworfen hatte, bevor die Soldaten ihn mit sich zerrten, würde Eirene nie vergessen können. Immerhin hatten sie ihn nicht an Ort und Stelle hingerichtet, also gab es noch Hoffnung. Demetrios' Tapferkeit hatte darin bestanden, sein eigenes Schicksal gering zu achten. Was Mutters Tapferkeit anging, so hegte Eirene zwiespältige Gefühle. Die alte Antope wollte gesehen haben, wie Hira sich auf der Agora in den Scheiterhaufen gestürzt hatte. Wie viel Wagemut gehörte zu einer solchen Tat! Hira eine Sklavin? Unvorstellbar! Nicht einmal ihrem Gemahl war sie untertan gewesen. Und doch gesellte sich zu Eirenes Trauer eine gehörige Portion Wut: War die verfluchte Ehre ihr wichtiger gewesen als ihre Familie? Auch Hira könnte hier sitzen, sich um die verängstigte Lanike kümmern und ihnen allen Mut zusprechen. Ihre Würde hätte sie dabei nicht verloren. Stattdessen waren sie nun elternlos, völlig auf sich allein gestellt und der Willkür eines Feindes ausgeliefert, über dessen Grausamkeit schreckliche Geschichten kursierten.

Als die fremden Söldner, von Kopf bis Fuß mit Blut besudelt und die Schwerter wie Tentakeln vor sich streckend, das Haus gestürmt hatten, war Eirene überzeugt gewesen, dass sie nichts und niemanden verschonen würden. Demetrios, der sich ihnen mit flehenden Gesten in den Weg stellte, erhielt einen Schlag mit der flachen Schwertklinge ins Gesicht. Zwei Soldaten zerrten ihn aus dem Haus, während ihre Kameraden die Geschwister prüfend in Augenschein nahmen.

»Woll'n doch mal sehen, ob die Süße hier schon Titten hat!«

Als der grobe Kerl sie anfasste, schloss Eirene die Augen und biss sich fest auf die Lippen.

»Lass sie los!«, protestierte Kimon, erntete aber nur Gelächter und obendrein eine Backpfeife.

»Nun? Was ist mit ihren Titten, Lactas?«

»Mehr als genug davon da!«

»Worauf wartest du dann noch? Fang an!« Schließlich wollten sie alle zum Zuge kommen! Irgendein Offizier, der zu ihnen stieß, rettete Eirene davor, von der Meute geschändet zu werden.

»Bei der Zitadelle gibt es noch Widerstand. Ihr beiden da – bringt die Gefangenen fort! Die anderen folgen mir!«

Was die drei dann auf dem Weg durch die brennende Stadt gesehen hatten, reichte für tausend nachtfüllende Alpträume.

Umgeben von Wänden aus Feuer hatte Eirene versucht, ihrer Schwester die Augen zuzuhalten, doch Lanike, von Panik ergriffen, hatte sich mit Kräften dagegen gewehrt. Immerhin, nachdem man sie in das Gefangenenlager geführt hatte, schien das Ärgste vorerst überstanden. Abgesehen davon, dass die meisten der Eingepferchten weinten und jammerten, was ihre ausgedörrten und vom Schreien heiseren Kehlen noch hergaben. Auch der Anblick der in Rauch gehüllten Stadt auf dem Hügel jenseits des Lagers trübte die Gemüter der gewesenen Bewohner. Schwerer Brandgestank hing in der Abendluft und vermischte sich mit den Gerüchen menschlicher Ausdünstungen und Exkremente.

Apathisch hockte Kimon neben seinen Schwestern. Eirene ahnte, dass nicht allein das widerfahrene Unglück ihn bedrückte. Kimon empfand es als Demütigung, dass man offenbar einen Knaben und keinen Mann in ihm sah, und selbst die Tatsache, dass er dieser Einschätzung sein Leben verdankte, tröstete ihn nicht. Tapfer hatte er die Zwillingsschwester vor der brutalen Zudringlichkeit der Soldaten bewahren wollen und dafür nur Hohn und Spott geerntet. Eine halbherzige Ohrfeige hatte den Kerlen genügt, sie hatten seinen Mut nicht gewürdigt und sich nicht einmal die Mühe gemacht, ihm mit einer Waffe zu drohen.

Eirene wusste, dass sie älter, reifer und weniger schmächtig wirkte als der empfindsame Bruder, was seinen Stolz, wenn er auch nie darüber sprach, insgeheim verletzte. Und jetzt, da er so gern ihr Beschützer gewesen wäre, sah man nur einen Knaben in ihm. Andererseits hatte es ihn aber auch bedrückt, dass die Mutter seit geraumer Zeit damit aufgehört hatte, ihn zu verhätscheln. Hira, die Stolze, Starke, Unbeugsame, hatte zu früh schon einen Mann in ihm sehen wollen, und Eirene fragte sich, ob sie Kimon damit nicht überfordert hatte. Letztlich würde die Beschützerrolle eher ihr selbst zufallen, denn sie war seit jeher die Entschlossenere und Tatkräftigere gewesen. Was jetzt zählte, war, dass sie zusammenblieben, auf welche Weise auch immer.

Um den Bruder zu ermutigen, griff sie nach seiner Hand, die er ihr rasch wieder entwand. Kimon hatte sich völlig in sich zurückgezogen. Es half nichts, sie würde warten müssen, bis er sich wieder hinter seinem Schutzschild hervorwagte.

Ihre Aufmerksamkeit fiel auf einen Trupp zivil gekleideter Männer, die, begleitet von einer Handvoll bewaffneter Soldaten, das Areal betreten hatten und langsam die Reihen der Gefangenen abschritten. Einige waren mit Tragen bepackt, andere schleppten lederne Wassereimer herbei. Von allen Seiten reckten sich ihnen Hände entgegen. Den Flehenden wurden Schöpfkellen gereicht, wobei die Soldaten wenig sanftmütig dafür sorgten, dass kein Tumult entstand. Ein untersetzter, fast glatzköpfiger Mann – Eirene hätte darauf gewettet, dass er ein Medicus war – gab seinen Begleitern Anweisungen. Eine verletzte Person wurde nach kurzer Untersuchung davongetragen.

»Man bringt die Verletzten ins Lazarett«, raunte Eirene ihrem Bruder zu. Sie war noch nie in einem Lazarett gewesen, aber sicherlich war es ein besserer Ort als dieses trostlose Lager. Kimon blieb in seiner Starre, selbst die Aussicht auf einen Schluck Wasser belebte ihn nicht.

Die Männer kamen näher. Schon waren sie bei der alten Antope angelangt, die nur einen Katzensprung entfernt auf dem staubigen Boden kauerte. »Sachte, Alte, du verschüttest ja alles«, sagte einer der Männer mürrisch. Er war noch ein Jüngling; sein Gesicht erinnerte Eirene an das eines gereizten Nagetiers. »Ihr linker Arm ist gebrochen, Meister«, wandte er sich an den kleinen Mann, der zweifellos das Sagen hatte. »Sollen wir ihn schienen?«

Mit vorgestülpter Unterlippe musterte der Gefragte die alte Frau. Eirene konnte seine gemurmelten Worte verstehen. »Zwecklos, Glaukias. Sie ist voller Rheuma. Aber gib ihr reichlich zu trinken, sie ist ja fast verdurstet.«

Der Helfer kam dem Befehl nach, auch wenn sein Spitzmausgesicht Unverständnis darüber ausdrückte.

Der Gedanke, der Eirene durch den Kopf schoss, war so überraschend, dass sie sich später fragte, ob er ihr von einer Gottheit eingeflüstert worden war. Zu ihren Füßen erblickte sie einen faustgroßen scharfkantigen Stein. Ein Geschenk des Himmels?

Entschlossen griff sie danach.

3.

Das Mädchen, das auf dem staubtrockenen Boden vor ihm kauerte, sah ihn auffordernd an, die zierliche Nase keck erhoben. Einen Moment lang glaubte er, seine von den Toten auferstandene Nichte zu sehen, und für die Dauer eines Atemzuges setzte sein Herzschlag aus. Rasch rief er sich zur Ordnung. Selbstverständlich war dieses Mädchen nicht Helena, sie sah ihr allenfalls ähnlich. Es gab keinen Grund, sentimental zu werden.

Wirr fiel das dunkle Haar ihr über die Schultern, ihre Lippen waren gespitzt, als wollte sie keinen Zweifel darüber aufkommen lassen, dass sie den Ankömmlingen vor allem Widerborstigkeit entgegenzubringen gedachte. Als Synbalos in ihre klaren grünen Augen blickte, wurde ihm bewusst, dass sie mehr Frau war als Kind. Sie besaß hellenische Züge mit iberischen Einflüssen; zweifellos war dieses Mädchen imstande, allen Männern den Kopf zu verdrehen. Dies würde sie allerdings als Sklavin zuwege bringen müssen, denn ihr persönliches Schicksal war seit dem Fall ihrer Heimatstadt besiegelt. Bedauerlich, fand Synbalos, aber nun mal der Lauf der Dinge. Die frische, fingerbreite Wunde an ihrem Oberarm nährte in ihm den Verdacht, dass sie sich diese selbst zugefügt hatte. Gleiches galt für den schmächtigen Knaben, der, an der linken Wade blutend, neben ihr hockte und vermutlich ihr Bruder war, eine gewisse Ähnlichkeit war jedenfalls unverkennbar. Anders als die Schwester wich er dem Blick des Arztes beharrlich aus, wobei Synbalos nicht zu sagen vermochte, ob dies aus Verzweiflung, Wut, Schmerz oder Furcht geschah. Zwischen den beiden lag, eingewickelt in eine zerrissene Decke, ein schlafendes Kind.

»Wo ist eure Mutter?« Seine Frage richtete Synbalos an den hübschen Trotzkopf.

»Zu Asche verbrannt! Das kommt vor, wenn eine Stadt von Barbaren erobert wird, nicht wahr?«

»Warum hast du dich selbst verletzt?«, fragte Synbalos geradeheraus.

Sein Scharfsinn ließ sie kleinlauter werden. »Ich … eine Pfeilspitze …«

»Red keinen Unsinn, Mädchen. Diese Wunde hat kein Pfeil verursacht. Du hast sie dir mutwillig zugefügt.«

Hierzu schwieg sie und mied nunmehr seinen Blick. Synbalos wandte sich an seine Begleiter. »Nehmt sie mit, auch den Jungen und das Kind«, ordnete er an. »Wunden säubern und nähen.«

»Ich kann das übernehmen«, sagte Glaukias beflissen.

»Nein. Salicar, du kümmerst dich darum!«

»Verstanden, Meister!« Ein kräftiger junger Mann mit olivbrauner Haut und krausem Haar trat vor. »Na los, hoch mit euch!«, forderte er die Geschwister auf. »So verletzt seid ihr nicht, dass man euch tragen müsste.«

Sowohl das Mädchen als auch der Junge ignorierten stur die ihnen gereichte Hand. Als sie auf den Beinen standen, bückte sich der Junge nach dem schlafenden Kind und nahm es behutsam in die Arme.

»Stillhalten!«, bellte Salicar und machte sich daran, die Wunden mit geübten Handgriffen provisorisch zu verbinden.

»Geht das nicht etwas sanfter?«, zischte das Mädchen.

Salicar hielt inne und zog die Brauen in die Höhe. »Verzeih meine Grobheit, edle Prinzessin«, spöttelte er. »Was sagt man dazu, Meister?«, wandte er sich an seinen Vorgesetzten.

Über Synbalos' Gesicht huschte ein flüchtiges Lächeln. »Salicar, du weißt doch: Ein Arzt muss auch …«

»… mit schwierigen Patienten zurechtkommen. Gewiss, Meister.«

»Gib ihnen verdünnten Wein zu trinken, bevor du die Wunden nähst.«

»Wie du meinst.«

Mit seinem Gefolge setzte Synbalos den Weg durch die Reihen der Eingepferchten fort.

Eirene konnte es kaum fassen, dass ihr Plan so leicht aufgegangen war. Zwar hatte der glatzköpfige Arzt ihre List durchschaut, was ihn aber nicht davon abgehalten hatte, sie ins Lazarett zu schicken. Dort, abseits des elenden Gefangenenlagers, würde ihr schon etwas einfallen.

Salicar ging den Geschwistern voran. »Keine Mätzchen, verstanden?«, brummte er über die Schulter.

Er hätte das nicht sagen müssen. Eirene war sich darüber im Klaren, dass jeder Fluchtversuch aussichtslos und töricht obendrein gewesen wäre.

»Bist du ein richtiger Wundarzt?«

»Euer Kindermädchen bin ich jedenfalls nicht!«

»Du bist noch so jung.«

»Wenn du mich jung nennst, was bist dann du? Ein Küken, das noch in seinem Ei hockt?«

Feind hin oder her, trotz seiner launischen Antworten begann Eirene ihn zu mögen, wenn das in ihrer Situation auch nicht unbedingt hilfreich sein mochte. Seinem Aussehen und Namen nach zu urteilen, war er weder Hellene noch Iberer, sondern wahrscheinlich Karthager. Allerdings sprach er ein tadelloses Griechisch.

Sie schritten durch das trostlose Lager, vorbei an Verzweiflung und Mutlosigkeit. Kimon hinkte, schon war sein Verband mit Blut durchtränkt, doch als Eirene Lanike nehmen wollte, schüttelte er trotzig den Kopf. »Ich trage sie selbst!«

»Aber du bist verletzt.«

»Du etwa nicht?«

Salicar ging es zu langsam voran. »Gib mir das Kind! Ich werde es tragen!« Widerwillig gehorchte Kimon. Sogleich erwachte die Kleine und begann, als sie in das fremde Gesicht blickte, aus vollem Hals zu schreien. Salicar flüsterte ihr etwas Ohr. Augenblicklich stellte Lanike ihr Geschrei ein und schmiegte ihr gelocktes Köpfchen an seine Brust, als sei er ihre Amme.

Eirene staunte nicht schlecht. »Was hast du zu ihr gesagt?«

»Arztgeheimnis.«

»Arzt? Mir scheint, du bist doch ein Kindermädchen.«

»Nicht so vorlaut, Prinzessin.«

»Normalerweise läuft Lanike vor Fremden davon.«

»Wenn ich Lanike wäre, würde ich vielmehr vor meiner Schwester davonlaufen wollen.«

Sie erreichten den Zugang zum Lager, ein grob gezimmertes Tor. Ein hochgewachsener Mann, der ein seidig schimmerndes rotes Gewand trug, betrat in diesem Moment das Areal. Gehänge aus reinem Gold an seinen Ohren klirrten bei jedem Schritt. Zwei braunhäutige, kahl geschorene Hünen flankierten ihn, zweifellos seine persönliche Leibgarde. Um ihnen den Weg freizugeben, trat Salicar beiseite, doch der Ankömmling blieb neben ihm stehen. Ein Schauder ergriff Eirene, weil seine Raubvogelaugen sie eingehend musterten. Nie war ein Mensch ihr auf Anhieb so unheimlich gewesen. Der Raubvogel beließ es nicht bei seinem kalten Blick, fasste sie am Kinn und hob ihren Kopf, wobei er mit zwei Fingern ihre Lippen spreizte, um wie bei einer Zuchtstute ihre Zähne zu begutachten. Entsetzt wich Eirene vor ihm zurück, aber der Protest blieb ihr im Hals stecken.

»Wohin bringst du das Mädchen?«, fragte der Raubvogel den jungen Arzt, ohne Eirene aus den Augen zu lassen.

»Ins Lazarett, Herr. Sie hat eine Wunde, die versorgt werden muss. Kommt, Kinder!« Salicar schien es nun besonders eilig zu haben, aber die Leibwächter des Fremden verstellten ihm breitbeinig den Weg.

»Ich war noch nicht fertig, Freund Medicus«, sagte der Fremde gedehnt. »Bist du aus Sagunt?« Die Frage galt Eirene, deren Antwort darin bestand, ihm ohne langes Nachdenken vor die Füße zu spucken. Falls der Fremde darüber erzürnt war, zeigte er es nicht. Gleichmütig wandte er sich an Salicar.

»Ich werde sie kaufen. Ihren Arm versorgst du mit größter Sorgfalt, hast du verstanden?«

»Ich fürchte, du kannst sie nicht kaufen, Herr«, erwiderte Salicar nach einem tiefen Atemzug.

Der andere hob die Brauen. »Nein? Sie ist doch eine Saguntinerin?«

»Das ist wahr, aber … man hat bereits Verwendung für sie.«

»Wer hat sie gekauft?«

Salicar hob das Kinn. »Der oberste Wundarzt wird sie in seine Dienste nehmen. Ihre Geschwister übrigens auch.«

»Ist das dein Ernst? Was will Synbalos denn mit ihnen anfangen? Man sollte meinen, in Neu-Karthago warte genug Abwechslung auf ihn. Wird er auf seine alten Tage zum Lustmolch?«

»Das fragst du ihn am besten selbst, Herr. Wenn du uns jetzt entschuldigst.«

Ein knappes Nicken des Raubvogels in die Richtung seiner Begleiter, worauf sie den jungen Arzt und die Geschwister ziehen ließen. Durch das Tor, das die Wächter ihnen offen hielten, verließen sie das Areal der Gefangenen, um das Heerlager zu durchqueren, wo es von Söldnern verschiedener Völkerschaften nur so wimmelte. Niemand nahm Notiz von ihnen. Schon schien der Blutrausch der siegreichen Karthager verflogen, Disziplin und Ordnung bestimmten das Bild. Hier und da brüllten Offiziere Befehle.

»Dein Herr hat bereits Verwendung für uns? Was hast du damit gemeint?«, fragte Eirene den Arzt geradeheraus.

»Das habe ich nur so dahingesagt«, räumte Salicar ein.

»Du hast gelogen?«

»So könnte man es nennen.«

»Warum?«

»Es dürfte dir aufgefallen sein, dass dieser Mann ein Sklavenhändler ist. Sein Name ist Bostar, er handelt im Auftrag des Rats von Karthago.«

»Ist das nicht ohnehin unser Los?«, sagte Kimon bitter. »Als Sklaven verkauft zu werden?«

Salicar nickte. »Vermutlich. Aber ich würde es euch gern ersparen, in Bostars Privatbesitz zu gelangen, sofern es in meiner bescheidenen Macht steht. Nichts anderes habe ich mit der kleinen Lüge bezwecken wollen. Ob er sich aber damit zufrieden gibt, steht zu bezweifeln.«

Eirene sah ihn herausfordernd an. »Sollte dir vielleicht etwas an uns liegen?«

»Ich kenne euch nicht! Ich weiß nur, dass ihr euch Wunden zugefügt habt, sonst weiß ich nichts über euch. Aber ich weiß sehr wohl, dass Bostar ein Ungeheuer ist. Wäre ich eine Frau, so würde ich mir lieber das Leben nehmen, als seine Sklavin zu sein. Scheinbar war das auch deine Eingebung, Mädchen. Doch du hättest ihm besser nicht vor die Füße gespuckt, dein Trotz steigert nur sein Verlangen.«

»Meine Schwester hat manchmal Schwierigkeiten, ihre Gefühle im Zaum zu halten«, erklärte Kimon. »Das mit den

Verletzungen war ihre Idee«, fügte er hinzu, da man ihnen ohnehin auf die Schliche gekommen war.

»Verräter!«, brummte Eirene.

Kimon zuckte mit den Schultern. »Was macht denn dieser Bostar mit seinen Sklavinnen?«, wollte er von Salicar wissen.

»Für zwei Kinder, die mir im Grunde nur überflüssige Arbeit machen, stellt ihr viele Fragen.«

»Kinder? Und was sagst du hierzu?« Eirene straffte den Oberkörper, sodass ihre weiblichen Rundungen durch den Stoff ihres Kleides gebührend zur Geltung kamen.

Salicar lächelte. »Gib dir keine Mühe. Ich kaufe dich bestimmt nicht. Außerdem sind akzeptable Brüste oder runde Hüften nicht der Gegenbeweis für ein kindisches Gemüt, Mädchen.«

»Du heißt Salicar, nicht wahr? Der alte Arzt nannte dich so. Wieso nennst du mich *Mädchen*, Salicar?«

»Der alte Arzt? Oh, sag das lieber nicht in seiner Gegenwart, er ist nicht ganz uneitel. Seine Glatze macht ihn älter, als er in Wirklichkeit ist, zumindest behauptet er das. Aber er hat schon dem großen Hamilkar gedient. – Wie darf ich dich denn sonst nennen, werte Prinzessin?«

»Eirene! Meine Geschwister heißen Kimon und Lanike.«

»Na schön, Eirene, Kimon und Lanike. Ich weiß zwar nicht, ob es sich lohnt, mir eure Namen zu merken, aber bitte. Legt jetzt einen Schritt zu, denn außer euch Schlitzohren habe ich noch weitere Patienten. Seht eure kleine Schwester – Lanike? – nun, sie weiß genau, dass jetzt Klappehalten angesagt ist.«

Lanike strafte ihn Lügen, denn im nächsten Augenblick fing sie wieder an zu weinen. Salicar verdrehte die Augen.

»Sie ist hungrig!«, erklärte Eirene. »So wie wir alle. Im Pferch wurden wir nicht gerade fürstlich bewirtet.«

»Wehe den Besiegten! Das gilt auch für Sagunt, ich kann leider nichts daran ändern. Aber im Lazarett bekommt ihr zu essen und zu trinken, ich verspreche es. Beeilt euch, wir sind gleich da!«

Das Lazarett bestand aus mehreren Zelten mit spitzen Dächern. Eirene war erstaunt über die Größe des Komplexes. Salicar führte die Geschwister durch das Hauptzelt, in dem die Verletzten in mehreren Reihen aufgebettet lagen. Es roch fürchterlich nach Blut, Eiter und Schweiß, manche Patienten stöhnten, einer schrie im Fieberwahn wirre Dinge. Zwei schwarzhäutige Pfleger dösten auf einer Bank, nahmen aber rasch Haltung an, als sie Salicar gewahr wurden. »Mabol! Yumbo!«, fuhr der junge Arzt sie an. »Habt ihr die Verbände gewechselt, ihr nichtsnutzigen Faulpelze?«

»Jawohl, Herr!«, kam ihre Antwort unisono.

»Dennoch sehe ich keinen Grund für Müßiggang. Wieso schreit der Baleare?«

»Der Fiebertrank will einfach nicht wirken, Herr.«

»Gebt ihm eine zusätzliche Ration!«

»Ja, Herr.«

»Was ist mit den Instrumenten? Sind sie gereinigt?«

»Wir wollten das gerade erledigen, Herr!«

»Ja, das habe ich gesehen. Zuerst habe ich aber noch etwas anderes für euch. Mabol, du läufst zum Tross. Wir brauchen eine Nähramme.«

»Eine Nähramme?«

»Genau das habe ich gesagt.«

»Verstanden, Herr. Eine Nähramme.«

»Du, Yumbo, holst meinen jungen Patienten einen Krug Wasser und etwas zu essen. Ich nehme sie mit in die Kinderstube. Zwei einfache Wundnähte.«

Eirene stieß ihn an. »Hat dein Herr nicht etwas von Wein gesagt?«

»Der Meister scheint einen Narren an euch gefressen zu haben, warum auch immer. Du hast es gehört, Yumbo, unsere

Prinzessin wünscht zudem etwas Wein. Nimm nicht den für die Offiziere.«

Mit unvermuteter Behändigkeit machten sich die Pfleger auf den Weg. Eirene war erstaunt über den Respekt, den Salicar genoss.

»Kinderstube?«, hakte Kimon nach.

»Verzeiht«, seufzte Salicar, »euch zuliebe werde ich sie in Keine-Kinder-mehr-Stube umbenennen. Wir behandeln dort, äh, Verletzte wie euch, manchmal sind es eben auch Kinder, die wir nicht zu den Männern legen möchten.«

»He, Salicar!«, rief prompt ein Mann mit Kopfverband, »die schöne Jungfrau kannst du zu mir schicken. Sollte sie keine Jungfrau mehr sein, macht das auch nichts, schick sie trotzdem her!«

»Wozu sie enttäuschen? Schick sie zuerst zu mir!«, insistierte sein Nachbar.

»Beachtet sie nicht«, riet Salicar den Geschwistern. »Seid still, ihr Jammergestalten«, drohte er den Rufern, »sonst schneide ich euch etwas ab, was ihr liebend gern behalten würdet!«

Die Krieger lachten und applaudierten, der Fiebernde beendete kurzzeitig sein Geschrei, und für einen Moment lang verflog die trostlose Stimmung unter den Verletzten. Salicar schob einen ledernen Vorhang beiseite, um die Geschwister in einen Seitentrakt zu führen. Die sogenannte Kinderstube war ein kleiner Zeltabschnitt mit zwei Tischen, zwei Pritschen, einer Bank, einer Truhe und einem kleinen Regal, auf dem Arzneien in Tiegeln, Kästchen und Phiolen aufbewahrt wurden. Kimon wies auf einen unzureichend mit Sand kaschierten Blutfleck auf dem gestampften Fußboden. »Ihr Karthager liebt eure Kinder wohl sehr.«

Salicar blinzelte ihn an. »Wenn du auf die Geschichten anspielst, dass die Karthager dem Baal Hammon ihre Kinder opfern – das ist blanker Unsinn!«

»Gewiss doch«, entgegnete Kimon, und Salicar fragte sich, ob der Junge, der bisher so introvertiert gewirkt hatte, ihn nicht gerade zum Besten hielt.

»Sobald ihr euch gestärkt habt, nähe ich eure Wunden!«

»Was geschieht danach mit uns?«, fragte Eirene.

»Man wird euch wieder ins Gefangenenlager bringen, vermute ich.«

»Damit dieser Bostar mich kaufen kann?«

»Ich sagte es bereits, es liegt nicht in meiner Macht, das zu verhindern. Ich verarzte euch nur.«

Eirene entging nicht, wie schwer ihm die Worte über die Lippen gingen, auch wenn er versuchte, sich unbeteiligt zu geben. Ihr Schicksal war ihm also nicht völlig gleichgültig. Sie musste nur einen Weg finden, dass man sie und ihre Geschwister nicht gleich wieder zu den Gefangenen steckte.

»Ist es wahr, Salicar, dass man alle Männer Sagunts getötet hat?«, fragte sie, obwohl sie sich vor der Antwort fürchtete. Wieder fiel ihr auf, wie ungern er dazu Stellung bezog.

»Nun, einige hat man am Leben gelassen.«

Gab es etwa Hoffnung? »Wo sind sie? Unser Vater …«

»Eirene, hör endlich auf, mich mit Fragen zu löchern«, schnitt er ihr ungehalten das Wort ab. »Euer Vater ist wahrscheinlich tot wie die meisten anderen, und selbst wenn es anders wäre, könntet ihr ihn nicht wiedersehen. Und was den Krieg angeht, ich habe ihn nicht begonnen! Ginge es nach mir, müsste es keine Kriege geben. Ich bin Wundarzt, aber ich warte nicht händeringend auf all die Helden, die sich gegenseitig niedermetzeln. Oder auf Rotznasen wie euch, die sich selbst Wunden zufügen.«

Seine Worte machten Eirene wütend. Hätte er nicht auch an ihrer Stelle alles unternommen, um vom Schicksal des Vaters zu erfahren? Aber sie verbiss sich jede Gegenrede, womöglich brauchte sie ihn noch als Verbündeten. Wortlos nahm sie ihm

Lanike ab, die wieder wimmerte, und wiegte sie sanft in ihren Armen. Einer der ausgesandten Pfleger kehrte zurück, in seinen Händen ein Tablett mit Speisen und Getränken.

»Danke, Yumbo! Stell es ab und widme dich wieder deinen Arbeiten. Ich komme hier allein zurecht.«

»Wie du meinst, Herr.«

Datteln, Feigen, Oliven, helles Brot – was für ein opulentes Festessen nach den Entbehrungen der letzten Zeit. Der zweite Pfleger, Mabol, ließ auch nicht mehr lange auf sich warten und führte eine dickleibige schwarze Frau mit ausladenden Brüsten herein. Als Lanike satt, zufrieden und müde war, schnippte Salicar der Amme eine Kupfermünze zu und entließ sie.

»Und jetzt zu euch!«, wandte er sich hernach mit einem schiefen Grinsen an die Zwillingsgeschwister. Sein Ärger schien verflogen. »Es wird ernst! Habt ihr von dem Wein getrunken? Er lindert den Schmerz.«

»Oh ja, ich hab tüchtig zugelangt!«, sagte Eirene gedehnt. Ihre leuchtenden Augen bestätigten dies.

»Na schön, dann du zuerst, Prinzessin, bevor du noch anfängst, anstößige Lieder zu trällern. Leg dich auf die Pritsche!«

Er ging zu der Truhe hinüber und kramte darin herum. Auf dem Tisch neben der Pritsche legte er sich zurecht, was er für die Wundversorgung benötigte. Eine bronzene Schüssel mit klarem Wasser stand schon bereit.

Eirene kicherte. »Das wird lustig.« Oh ja, sie hatte mehr getrunken, als sie vertrug. Salicar war nachsichtig. Das Mädchen hatte Eltern und Heimat verloren, es stand vor einer ungewissen Zukunft, da war ein kleiner Rausch das Beste, was ihr passieren konnte. Nachdem er ihr den Verband abgenommen hatte, wusch er die Wunde sorgfältig mit einem feuchten Schwamm aus. Kimon, der neben ihm hockte, verfolgte aufmerksam jeden Handgriff. Den Schmerz der eigenen Wunde schien er vergessen zu haben.

»Ist es wahr, dass das Säubern einer Wunde fast noch wichtiger ist als die Naht?«

Salicar wunderte sich über das Interesse des Jungen. Vielleicht war er tatsächlich weniger verschlossen, als er anfangs angenommen hatte.

»Ja, das könnte man so sagen, Kimon. Die beste Naht taugt nichts, wenn in der Wunde Schmutz und Staub zurückbleiben. Dann wird sie sich entzünden und große Probleme machen. Für den Verletzten kann das tödlich enden.«

»M... m... mein Bruder hat sich immer um Vaters Pf...Pferd gekümmert, wenn es lahmte oder krank war«, lallte Eirene.

»Sieh einer an, dann ist dein Bruder ja so etwas wie ein Medicus für Tiere.«

»Viel lieber würde ich Menschen verarzten«, sagte Kimon leise.

Salicar seufzte. Kollegen konnte man als Armeearzt nie genug haben, an Nachwuchs mangelte es sowieso, was auch Synbalos stets beklagte, aber die Zukunft dieses Burschen sah wohl anders aus. Dabei schien er durchaus talentiert zu sein, denn die Art und Weise, wie er sein Tun beobachtete, zeugte von großer Wissbegierde.

Salicar inspizierte die Ränder der gereinigten Wunde. »Womit habt ihr euch geschnitten? Mit einem Messer jedenfalls nicht.«

»Es war ein scharfkantiger Stein«, erklärte Kimon, als habe er selbst nicht das Geringste damit zu schaffen. »Die Wundränder sind nicht ganz glatt. Daran erkennst du, dass es kein Messer war, oder?«

»Genauso ist es, Hippokrates.«

»Ich könnte mir vorstellen, dass dies das Nähen der Wunde und deren Heilung erschwert.«

»Auch das ist richtig. Sind die Wundränder gequetscht, muss man sie herausschneiden. Bei deiner Schwester ist dies zum Glück nicht der Fall. Große Adern oder Sehnen sind auch nicht betroffen. Ohnehin gehe ich davon aus, dass ihr durchkommt. Künftig solltet ihr solche Mätzchen aber bleiben lassen. Sag mal, hast du schon häufiger einem Medicus bei der Arbeit zugeschaut, Kimon?«

»Ich? Nein.«

Das klang nicht sehr glaubhaft, aber Salicar fühlte ihm nicht weiter auf den Zahn, sondern griff nach der gerundeten Nadel, an der ein dünner Leinenfaden hing. »Beginnen wir! Eirene, du musst ganz still liegen bleiben. Sofern du das überhaupt kannst.«

»Und oooob ich das kann – *hicks!*«

Fasziniert sah Kimon dabei zu, wie die klaffende Wunde Stich um Stich kleiner wurde. Mit akribischer Genauigkeit ließ der Arzt die Nadel durch Haut und Muskelschichten dringen, um dann die Enden der Fäden über den wieder vereinten Rändern miteinander zu verknoten. Das Geschick, mit dem er dies bewerkstelligte, rang Kimon höchste Bewunderung ab. Als hätte Salicar niemals etwas anderes getan. Dabei mochte er gerade einmal sieben oder acht Jahre älter sein als er selbst.

»Autsch!«, entfuhr es Eirene hin und wieder, was sie aber nicht davon abhielt, die Melodie eines albernen Kinderliedes zu summen. Als die Wunde verschlossen und ein frischer Verband angelegt war, sagte Salicar: »Aufstehen, Prinzessin. Mach Platz für deinen Bruder!«

»Aber … ich will noch nicht aufstehen«, kam es besäuselt zurück. »Und ich bin keine Prinzessin. Du … du kennst doch jetzt meinen richtigen Namen …«

»Na schön! Eirene, würdest du bitte die Pritsche freimachen?«

»Musst mich schon wegtragen!«, forderte sie ihn neckisch auf.

»Wenn es dann schneller geht, bitte!«

Eirene jauchzte auf, als Salicar sie an Rücken und Knien packte, um sie umzuquartieren. Fest klammerte sie sich an ihn, und er musste sie ruppig abschütteln, bis sie ihn endlich losließ. Als sie wieder lag, seufzte sie tief und war im nächsten Augenblick eingeschlafen.

»Donnerkeil! Ist deine Schwester schon öfter betrunken gewesen, Kimon?«

»Vater hätte das nie zugelassen. Aber sie steckt voller Lebenslust, das war immer so.«

Anders als ihr ernster Bruder, dachte Salicar.

Kimon hatte seinen Verband bereits selbst gelöst und sah, fest auf die Zähne beißend, dem Arzt wieder aufmerksam bei der Arbeit zu. Die Tortur war schmerzhafter als jede Tracht Prügel, die er von irgendwelchen Gassenjungen je hatte einstecken müssen. Doch auf Wein hatte er trotzdem verzichtet, damit ihm auch ja nichts entging.

»Du musst das Bein schonen«, erklärte Salicar hinterher, »die Naht könnte sonst reißen. Am besten lege ich dir eine Schiene an, damit du es ruhig hältst.«

»Du schickst uns also nicht zurück ins Lager?«

»Das habe ich nicht gesagt.« Salicar kratzte sich das Kraushaar. Der Junge hatte nicht unrecht: Wenn man ihn jetzt zurück ins Lager schickte und den Sklavenhändlern überließ, war die Heilung der Wunde infrage gestellt. Für Eirene galt das ebenso – war das etwa der Hintergedanke der Geschwister gewesen, als sie sich die Verletzungen zugefügt hatten? So einfach durchgehen lassen wollte er ihnen das nicht, ein wenig Angstschweiß hatten sie sich redlich verdient.

»Freilich könnt ihr nicht verlangen, dass man euch durchfüttert, bis eure Wunden verheilt sind. Immerhin seid ihr selbst schuld an eurer Lage.«

»Selbst schuld?«

Verdutzt blickten Salicar und Kimon hinüber zu Eirene, die

offensichtlich nicht mehr schlief. »Ich höre wohl nicht richtig!«, schrie sie aufgebracht. »Eure verfluchte Armee hat unsere Heimatstadt zerstört, obwohl ich mich nicht erinnern kann, jemals einem Karthager etwas zuleide getan zu haben. Unsere Eltern sind tot, gemordet von euren Soldaten, und du sagst uns, wir seien schuld an allem?«

Wenn sie auch noch nicht ganz nüchtern klang, so verlieh der Zorn ihrer Stimme immerhin Fluss. Was sie sich zuvor noch verkniffen hatte, sprudelte nun munter aus ihr hervor.

»Pscht!«, machte Salicar. »Beim Melkart, du weckst ja das ganze Lazarett.« Von Lanike ganz zu schweigen, die ängstlich die Augen aufschlug. Aber Eirene ließ sich den Mund nicht verbieten.

»Der oberste Wundarzt muss uns sehen, das kann man doch verlangen. Er muss sich davon überzeugen, dass du alles richtig gemacht hast, denn du bist ja nur sein Schüler.«

Salicar legte den Kopf schief und wusste nicht so recht, ob er amüsiert oder verärgert sein sollte. »Na schön, ich will dafür sorgen, dass der Meister euch morgen früh einen Arztbesuch abstattet. Zufrieden? Meine Bedingung: Du musst auf der Stelle leise sein!«

Eirenes Antwort war trotziges Nicken.

»Meinetwegen könnt ihr heute Nacht hier schlafen, aber wehe, ich höre auch nur einen Mucks von euch!«

»Wenn du bloß Wort hältst!« Eirene sprach es aus wie eine finstere Drohung.

Salicar hatte sich entschieden, er war amüsiert. »Schlaf zuerst einmal deinen Rausch aus, Prinzessin«, erwiderte er lächelnd.

4.

Schlaflos starrte Kimon in das geisterhafte Dunkel. Fette Stechfliegen summten ihm um die Ohren. Neben ihm schlief Eirene – beneidenswert, dass sie dazu in der Lage war, aber sie hatte ja auch reichlich Wein getrunken –, und zum Glück schlummerte auch Lanike in Morpheus' Armen. Kimon bereute, dass er nicht wenigstens einen Becher Wein zu sich genommen hatte. Sagte man nicht, im Wein läge das Vergessen? Zu vergessen gab es vieles. Doch selbst wenn er sich an diesem Abend betrunken hätte, vergessen würde er wohl nie, was an diesem Tag über sie hereingebrochen war. Alles, was ihr Leben ausgemacht hatte, war ihnen von einem grausamen Feind genommen worden. Obwohl Kimon nicht hatte mitansehen müssen, wie seine Mutter in den Flammen des Scheiterhaufens umkam, so war allein der Gedanke an ihr Leiden so unerträglich, dass er seinen Kummer am liebsten in die Nacht geschrien hätte. Wie gern hätte Hira ihn unter den Verteidigern der Stadt gesehen, noch im Tod hätte es sie stolz gemacht. Ein Leben in Sklaverei sei es nicht wert, gelebt zu werden, das war ihre feste Überzeugung gewesen. Ihre Kinder hatte sie über alles geliebt, und der Gedanke, dass sie in Sklaverei leben würden, musste ihr das Sterben noch schwerer gemacht haben. Kimon bedauerte, dass er ihr nicht hatte folgen können. Andererseits vermochte er nicht zu leugnen, dass wieder ein Lebensfunke in ihm glühte. Dem jungen Arzt bei seiner Arbeit zuzusehen, das hatte ihn fasziniert. Die Welt war brutal und voller Schmerz, das wusste er nicht erst seit heute, was konnte man also Sinnvolleres tun, als die Leiden der Menschen zu lindern? Eine solche Aufgabe würde ihn erfüllen, davon war Kimon überzeugt.

Hoffentlich hatte wenigstens Vater einen schnellen und gnädigen Tod gehabt. Dies stand zu vermuten, denn die Karthager mochten anderes zu tun haben, als ihre Gefangenen zu Tode zu foltern, auch wenn er in der Vergangenheit schreckliche Geschichten gehört hatte. Dass sie gefangene Feinde durch Elefanten zu Tode trampeln ließen, gehörte dabei noch zu den harmloseren Behauptungen.

Kimon erinnerte sich an eine Begebenheit, die etwa zwei Jahre zurücklag. Vor den Toren der Stadt waren drei Männer aus Sagunt, die gegen die Karthager einen Aufstand angezettelt hatten, gekreuzigt worden. Ihr Sterben hatte Tage gedauert, und der Unwillen der Saguntiner gegen das grausame Exempel war so groß gewesen, dass ein Trupp Karthager die Kreuze auch nachts bewachte, damit niemandem der Gedanke käme, den Verurteilten ein schnelleres Ende zu bereiten. Demetrios hatte Kimon untersagt, den Platz der Hinrichtung aufzusuchen, und normalerweise hätte Kimon auch nichts dorthin getrieben. Als jedoch ein schwatzhafter Kunde dem Vater berichtete, dass Vögel und wilde Tiere die Gekreuzigten bei lebendigem Leibe fräßen, sodass nach und nach ihre inneren Organe zum Vorschein kämen, hatte dies, trotz aller Abscheulichkeit, Kimons Neugier geweckt. Die Frage, wie es im Inneren eines Menschen aussehen mochte, trieb ihn schon seit Längerem umher. Also machte er sich eines Nachmittags, Vaters Verbot missachtend, auf den Weg aus der Stadt.

Mehr tot als lebendig hingen die drei Männer festgenagelt

an den Holzbalken der Kreuze. Anfangs glaubte Kimon, sich bei ihrem Anblick übergeben zu müssen, zumal ein fürchterlicher Gestank in der Luft hing, als würden sie bereits verwesen. Den Wachen schien das nichts auszumachen, eher gelangweilt hockten sie unter den Kreuzen und widmeten sich einem Würfelspiel. Eine Weile stand Kimon vor den Sterbenden und starrte sie an. Dass sie seinem Blick begegneten, musste er nicht fürchten, denn längst hatten sich die Krähen ihre Augäpfel geholt. Mitleid und Entsetzen ergriffen ihn, aber auch Faszination. Der Kunde seines Vaters hatte die Wahrheit gesagt.

»Das ist ja widerlich!« Eirene, die plötzlich neben ihm stand, presste sich angeekelt eine Hand vor den Mund. »Vater hat dir doch verboten, hierherzukommen«, erinnerte sie ihn überflüssigerweise.

»Das Verbot gilt aber auch für dich!«

»Ich dachte mir schon, dass du dir das anschauen willst. So wie du dir jeden toten Hund näher anschaust.«

»Was kümmert es dich?«

»Komm nach Hause. Warum tust du dir das an?«

»Sieh, die Därme quellen aus ihren Bäuchen!«

»Ja, das ist nicht zu übersehen, Kimon. Und es ist ekelhaft. Komm jetzt, sonst sag ich's dem Vater.«

Gewiss, Eirene hatte es gut mit ihm gemeint und zudem nicht das geringste Verständnis für sein Interesse an anatomischen Fragen. Eirene mochte nur schöne Dinge.

Einige Male hatte Kimon auch einen alten Wundarzt besucht, der in der Unterstadt eine Behandlungsstube betrieb. Aber das war bis heute sein Geheimnis. Weder die Eltern noch Eirene hatten davon gewusst, denn der Medicus namens Japyx besaß einen miserablen Ruf. Zu seinen Patienten gehörten vor allem Seeleute, zwielichtiges Gesindel und Trunkenbolde, aber auch er selbst war keinem Tropfen abgeneigt. Genau genommen trank er den lieben langen Tag, seine Dienste ließ er sich mit Wein vergüten. Entsprechend heruntergekommen sah er aus, puterrot das Gesicht, verquollen die Augen. In seiner Praxis roch es wie in einer billigen Spelunke, bröckelnder Wandputz legte uralte Mauern frei, in deren Fugen Ungeziefer nistete. Seine chirurgischen Instrumente hatten schon seit Langem Rost angesetzt, aber sie durch neue zu ersetzen, wäre ihm nicht in den Sinn gekommen, da sie sich, wie er stolz behauptete, seit Generationen im Besitz seiner Familie befanden. Sein Sehvermögen war schlecht, seine Hände zitterten, aber aufgrund seiner jahrzehntelangen Erfahrung misslang ihm erstaunlich wenig. Gern ließ er sich, wenn er Patienten behandelte, von Kimon zur Hand gehen, und man mochte über ihn tratschen, was man wollte, im Grunde war er kein schlechter Mensch und wusste viele interessante Dinge zu erzählen. Kimon mochte ihn. »Aus dir könnte ein Medicus werden, mein Junge«, pflegte Japyx zu sagen, »soll ich mit deinem Vater sprechen? Du kannst eine Lehre bei mir machen.«

Kimon wollte ihn nicht kränken. »Mein Vater will, dass ich Kaufmann werde wie er.« Abgesehen davon, dass seine Antwort die Wahrheit war, wäre eine Lehre bei Japyx sicherlich kein Sprungbrett in eine verheißungsvolle Zukunft gewesen. Heute, nachdem Kimon dem jungen Salicar bei der Arbeit zugesehen hatte, sah er sich in seiner Meinung bestätigt: Japyx war längst nicht mehr auf der Höhe seiner Zeit gewesen. Bedauerlich war es natürlich trotzdem, dass er kurz nach Beginn der Belagerung gestorben war. Man hatte ihn zur Westmauer gerufen, um Verwundete zu versorgen. Betrunken war er von einem Wehrgang gestürzt. Wenigstens war ihm so ein gewaltsamer Tod durch karthagische Waffen erspart geblieben.

Eirenes gedämpftes Schnarchen ließ ihn in die Gegenwart zurückkehren. Er spürte den Schmerz in seiner frisch vernähten Wunde und bemühte sich, ihn zu ignorieren. Draußen war die Dunkelheit in Dämmerung übergegangen. Schon konnte er seiner schlafenden Schwester im schwachen Licht des frühen Tages ins Gesicht blicken. Bisher hatte er nie darüber nachgedacht, ob Eirene hübsch war oder nicht, schließlich war sie ja nur seine Schwester. Ausgerechnet jetzt, in ihrer misslichen Lage, als gäbe es keine wichtigeren Fragen, über die man nachdenken konnte, da fiel ihm auf, dass ihr Gesicht ein außerordentlich hübsches war, trotz der Strapazen, die darin geschrieben standen. Schönheit hatte er stets mit seiner Mutter verbunden. Erst jetzt begriff er, weshalb die Burschen Sagunts sich immer nach Eirene umgedreht hatten. Und bestimmt würde auch Lanike eines Tages eine echte Schönheit sein wie Mutter und Schwester.

Eine schöne Sklavin!

Sie alle würden Sklaven sein. Dieser Gedanke ernüchterte ihn wieder. Vielleicht, ja sehr wahrscheinlich würde er nie erleben, wie Lanike zu einer jungen Frau heranreifte. Niemand, der Sklaven erwarb, scherte sich um deren Familien. Die Geschwister konnten froh sein, wenn sie sich nicht in den Bergwerken der Karthager wiederfänden.

Aufgeregte Stimmen! Kimon horchte. Im Trakt der verwundeten Soldaten war es offenbar vorbei mit der Nachtruhe. Ein lautes Röcheln war zu hören, jemand litt dramatische Luftnot, andere schrien nach einem Medicus. Auch Eirene war von dem Lärm aufgewacht. »Was ist da los?«, fragte sie schlaftrunken.

Das hätte Kimon auch gern gewusst. Kurz zögerte er, dann sprang er auf und machte sich auf den Weg.

»Bleib hier, verrückter Kerl«, rief Eirene, vergeblich.

Bei den Verwundeten angelangt, erkannte Kimon, dass der fiebernde Baleare der Grund für die ganze Aufregung war. Seine Augen sprangen fast aus ihren Höhlen, der Mund war weit aufgerissen. Mabol, der schwarze Pfleger, rüttelte ihn, als könne er den Erstickenden auf diese Weise zur Besinnung bringen.

Zielstrebig schritt Kimon auf sie zu, er wusste selbst nicht, woher er den Mut nahm. »Hast du nachgeschaut, ob etwas in seinem Hals steckt?«, fragte er den Pfleger ruhig.

»Was hast du hier verloren? Verschwinde, Kleiner!« Mabol schien mit der Situation überfordert zu sein. Schon war der Baleare blau angelaufen. Kimon beugte sich über seinen Kopf. Einen Fremdkörper konnte er im Mund des Erstickenden nicht ausmachen, doch sein Rachen war mächtig zugeschwollen. Kimon begriff. Ein Insektenstich war der Grund dafür, dass keine Luft mehr in seine Lungen strömen konnte. Zum Glück trug Mabol ein Messer am Gürtel. Noch ehe der verdutzte Pfleger ihn daran hindern konnte, hatte Kimon sich der Waffe bemächtigt und tastete mit zwei Fingern den Hals des Balearen ab. Mabol machte Anstalten, sich auf ihn zu stürzen, aber Kimon sagte beschwörend: »Lass mich! Ich will nur helfen!«

Weil Mabol einsah, dass hier sowieso nur noch ein Wunder half, ließ er Kimon gewähren, war aber wiederum entsetzt, als der Junge die Messerspitze fast senkrecht in den Hals des Balearen stieß. »He! Bist du wahnsinnig?«

»Hat hier jemand eine Flöte?«, ertönte Kimons Stimme durch das Lazarett. Verständnislose Blicke.

»Eine Flöte! Ihr wisst doch, was eine Flöte ist?«

»Das reicht!« Mabol gab ihm einen Stoß. Kimon stürzte zu Boden, raffte sich aber augenblicklich wieder hoch. Unterdessen hatte Mabol die Klinge aus dem Hals des Balearen gezogen und die blutige Spitze drohend auf Kimon gerichtet. »Bleib, wo du bist! Dafür wird man dich an die Geier verfüttern, du kleiner Idiot!«

»Hör mir zu«, sagte Kimon eindringlich, »was ich getan habe, hat einen Sinn.«

»Verwundete zu ermorden, hat einen Sinn? Aha! Ich bin gespannt, wie du das dem Meister erklären willst.«

»Was ist mit der Flöte?«, schrie Kimon, sich nach allen Seiten umblickend.

Einer warf ihm eine zu, doch es war Mabol, der sie auffing. »Schluss mit dem Theater! Seid ihr denn alle wahnsinnig geworden?«

Aus dem Hals des Balearen gluckste und blubberte es, in seiner Todesangst versuchte sich der Bedauernswerte aufzubäumen, wofür ihm jedoch die Kräfte fehlten. »Wenn wir ihm die Flöte in den Hals stecken«, sagte Kimon so ruhig es ihm möglich war, »dann kann wieder Luft in seine Lungen strömen.«

»Ja, und wenn ich dir ein Bambusrohr in den Hintern schiebe, kommt Scheiße raus!«

»Genau. Im Prinzip stimmt der Vergleich, Mabol.« Er streckte eine Hand aus. »Gib mir die Flöte, bevor es zu spät ist!«

»Gib ihm endlich das verdammte Ding!«, brüllte einer der Verwundeten, andere pflichteten ihm bei. Mabol zischte einen Fluch und reichte Kimon die Flöte. Rasch stand Kimon wieder neben dem Erstickenden und wühlte mit einem Zeigefinger in seinem Hals, um den Schnitt, den er gemacht hatte, wiederzufinden. Wie ein Fisch auf dem Trockenen zappelte der Baleare in wilder Verzweiflung.

»Halt ihn fest!«, forderte Kimon den Pfleger auf.

»Seit wann hast du mir etwas zu sagen?«

»Tu es einfach!«

Als nun Salicar erschien, eilig herbeigeführt von Mabols Kameraden Yumbo, steckte dem Balearen eine Flöte im Hals, und mit jedem Atemzug, den er machte, gab sie unter dem Gejohle der Männer einen hellen Ton von sich.

Salicar ging dem Meister voran, als sie die sogenannte Kinderstube betraten, wo die Geschwister aufgeregt auf das Erscheinen des obersten Wundarztes warteten. Immerhin, Salicar hatte Wort gehalten und dafür gesorgt, dass Synbalos ihnen den versprochenen Besuch abstattete.

Der Meister raffte sein *Himation* und nahm auf einem Scherenstuhl Platz. Während er sich gemächlich das erhobene

Kinn massierte, wanderte sein Blick zwischen den Geschwistern, die wie Schüler vor ihrem Lehrer standen, hin und her.

»Dein kleiner Bruder hat außergewöhnliche Fähigkeiten.«

Eirene räusperte sich. »Er ist mein Zwillingsbruder.«

»Wie dem auch sei«, wandte sich Synbalos an Kimon, »ist euer Vater ein Medicus?«

»Unser Vater ist tot, Herr. Sein Name war Demetrios. Er war Kaufmann und handelte mit importierten Stoffen.«

»Umso erstaunlicher, dass du solche Kunstgriffe beherrschst. Du hast Gredo, dem Balearen, das Leben gerettet. Er wäre erstickt, wenn du nicht eingegriffen hättest.«

Das Lob machte Kimon stolz und verlegen zugleich. »Ich war gerade zur Stelle, Herr.«

Synbalos lachte. »Ja, das kann man wohl sagen. Hast du diesen Schnitt schon öfter gemacht?«

»Es war das erste Mal.«

»Wer hat ihn dir gezeigt?«

»Ein Medicus aus Sagunt, Japyx hieß er. Er zeigte mir die Stelle zwischen den Knorpeln der Luftröhre, wo man den Schnitt ansetzen muss.«

Eirene starrte den Bruder mit offenem Mund an. »Japyx? Du meinst den versoffenen Kauz aus der Unterstadt?«

Kimon stieß sie mit dem Ellenbogen an, damit sie den Mund hielt.

»Was hat dieser Japyx dir sonst noch beigebracht?«, wollte Synbalos von ihm wissen.

»Nun ja, ich habe ihm hin und wieder zusehen dürfen.«

Eirenes Kinnlade hing immer noch herab. »Wobei? Beim Trinken? Was hattest du bei dem Kerl verloren?«

»Ich bin dir keine Rechenschaft schuldig, Eirene«, brummte Kimon gereizt.

Einhalt gebietend hob Synbalos eine Hand. »Meine Zeit ist kostbar. Ich bin nicht hier, um mir Streitigkeiten zwischen

Geschwistern anzuhören. Hattet ihr übrigens nicht gestern noch ein Kind bei euch?«

»Eine Amme stillt es gerade«, erklärte Salicar.

»So! Zurück zu dir, mein Junge. Würdest du eines Tages gern Wundarzt sein? Salicar sagte mir, dass du viel Interesse an seiner Arbeit gezeigt hast.«

Kimon wusste vor Glück nicht, was er darauf erwidern sollte. War das ein Angebot? Wie benommen starrte er zuerst Synbalos, dann Salicar an. »Der oberste Wundarzt hat dich etwas gefragt«, flüsterte dieser.

»Ich würde sehr gern …« Nur schwer kamen ihm die Worte über die Lippen. Aus den Augenwinkeln erkannte er, wie Eirene ihn fordernd ansah. Er schluckte schwer, bevor er weitersprach. »Es ist nur so: Ich will auf jeden Fall bei meinen Geschwistern bleiben.«

»Du stellst Forderungen?« Synbalos zog die Stirn kraus.

Eirene kam dem Bruder zuvor. »Wir lieben uns so sehr, dass wir zugrunde gehen, wenn man uns trennt«, verkündete sie mit klappernden Augenlidern. »Nicht wahr, Bruderherz?«

»Ja! Genauso ist es.«

Synbalos lachte. »Du erinnerst mich an meine Lieblingsnichte. Wie heißt du?«

Sie nannte ihren Namen und senkte in gespielter Schüchternheit den Blick vor ihm. Wenn sie ihn an seine Lieblingsnichte erinnerte, dann war das bestimmt kein Nachteil.

Synbalos gab sich wieder ernst. »Nun, Eirene: Ich sehe mich vor ein Problem gestellt. Deinen Bruder könnte ich in meinen Diensten gut gebrauchen. Was aber mache ich mit dir? Trennen darf man euch ja nicht, wie du uns eindringlich versichert hast.«

Darauf wusste Eirene zunächst keine Antwort. Die Vorstellung, ihr Leben in einem Lazarett unter verletzten Männern zu verbringen, war alles andere als verlockend.

»Salicar«, wandte sich Synbalos an seinen Assistenten, »hättest du vielleicht Verwendung für sie?«

»Sie könnte den Pflegern zur Hand gehen«, meinte dieser nach kurzer Überlegung. »Mabol und Yumbo sind bekanntlich nicht die Flinksten, denen käme eine Verstärkung gerade recht.«

Eirene konnte ihr Entsetzen nicht gänzlich verbergen. »Ich soll … verwundete Soldaten pflegen?«

»Warum nicht? Natürlich gibt es in einem Feldlazarett noch viele weitere Arbeiten zu erledigen.« Salicar begann, diese an den Fingern abzuzählen: »Scheuern, wischen, schrubben …«

»Aber … das kann ich nicht!« Allein die Vorstellung, einem Mann bei der Notdurft behilflich sein zu müssen, war kaum zu ertragen. Ebenso unerfreulich wie die Aussicht, Blut, Exkremente und alle möglichen Körperflüssigkeiten wegzuwischen.

»Du wirst es lernen«, behauptete Salicar zuversichtlich.

Niemals, dachte Eirene, hütete sich aber, es auszusprechen, zumal Kimons beschwörender Blick auf ihr ruhte. Man stellte ihnen in Aussicht, zusammenzubleiben! Nichts anderes hatten sie bezweckt, jetzt durfte sie es nicht vermasseln. Wenn es ihr doch nur gelänge, ihre Selbstsicherheit wiederzuerlangen. Eine erregte Stimme lenkte die Aufmerksamkeit der Ärzte von ihr ab.

»Bitte, Herr! Der oberste Wundarzt möchte jetzt nicht gestört werden.« Vergeblich versuchte Yumbo, einen hochgewachsenen Mann daran zu hindern, die Kinderstube zu betreten. Eirene durchfuhr der nächste Schreck: Der Ankömmling war Bostar, der Raubvogel, begleitet von seinen beiden Leibwächtern.

»Für mich hat der Medicus sicher Zeit!« Wie Metall war Bostars Stimme. »Na, was für ein Zufall: Da ist sie ja, die wilde Stute!«

Mit aller Willenskraft mied Eirene seinen Blick und spürte ihn dennoch wie einen Dolchstich. Synbalos entließ den nervösen Yumbo mit einer Kopfbewegung. »Was kann ich für dich tun, Bostar?«, fragte er kühl.

»Das Mädchen – ich würde es gern kaufen. Dein Assistent sagte mir, es stünde in deinen Diensten.«

»Dann weißt du ja Bescheid.«

»Ich schlage dir ein Geschäft vor, Meister Medicus.«

»Du willst sie kaufen? Daraus wird nichts, fürchte ich.«

»Vielleicht doch, wenn ich dir einen Preis nenne. Ich zahle dir zwanzig Silberschekel.«

»Der Preis spielt keine Rolle.«

»Dreißig! Behaupte nicht, dies sei kein großzügiges Angebot.«

»Du hast mich nicht verstanden.«

»Na schön, dann fünfunddreißig! Ich muss verrückt sein.«

»Schon möglich. Aber sie dient jetzt mir und der Armee. Sie ist unverkäuflich. Genau wie ihre beiden Geschwister.«

Bostar stutzte. »So? Ich dachte, du hättest sie zu deinem privaten Vergnügen erworben. Oder für deine Gazelle in Neu-Karthago.«

Für einen Augenblick schwieg Synbalos, als erwöge er, ob das Maß der Unverschämtheiten überschritten sei. »Selbst wenn es so wäre, Bostar, würde ich keinen Handel mit dir eingehen.«

»Nein? Früher war das anders, Synbalos.«

»Das ist lange her. Als ich einige Dinge über dich noch nicht wusste.«

»Alles nur üble Nachrede, du kennst das.«

»Mir kam zu Ohren, dass du saguntinische Frauen fortschaffen lässt, um sie auf eigene Faust zu verkaufen, am karthagischen Senat vorbei. Wie ungezogen von dir.«

»Würde ich dich nicht besser kennen, könnte ich meinen, du wolltest mir drohen, Synbalos. Aber ich kann dich beruhigen, auch das ist nichts weiter als böses Geschwätz. Ich kenne meine Pflichten gegenüber Karthago. Du willst mir das Mädchen also nicht verkaufen?«

»Alles ist gesagt.«

Bostar zog drohend die Brauen zusammen. »Noch kannst du darüber nachdenken!«

»Ich wünsche dir einen schönen Tag und gute Geschäfte, Bostar.«

Kaum merklich zuckten die Mundwinkel des Sklavenhändlers, aber auf einen neuerlichen Vorstoß verzichtete er. Noch einmal taxierte er das Objekt seiner Begierde, bevor er grußlos kehrtmachte und mit den Fingern schnippte, worauf die Hünen ihm hinausfolgten.

»Den wären wir los«, atmete Salicar auf.

»Vielleicht«, sagte Synbalos leise.

Eirene sah ihn dankbar an und presste beide Hände auf ihr Herz. »Jetzt schulde ich dir wohl etwas, Meister Medicus.«

Synbalos nickte ernst. »Vor allem eine Antwort. Wirst du für uns arbeiten, Eirene?«

»Ja, das werde ich!«, antwortete sie rasch, bevor sie etwas Dummes sagen konnte. Ohnehin hatte sie keine andere Wahl. Vorläufig würde sie mit dieser Lösung leben müssen. Dennoch war eine Frage ungeklärt geblieben. »Was ist mit unserer Schwester Lanike? Mein Bruder und ich werden nur für euch arbeiten, wenn sie bei uns bleibt.«

Darüber hatte Salicar bereits nachgedacht. »Was für ein Plagegeist du doch bist. Wir geben Lanike der Amme in Verwahrung. Ihr könnt sie jederzeit sehen.«

Auch dagegen ließ sich schwerlich etwas einwenden. Eirene spürte Kimons Hand in ihrer. Sie sah ihn lächelnd an und fragte sich, wann er jemals so beseelt gewirkt hatte.

5.

Neuerdings wusste Synbalos seine Gehilfen gern vollzählig um sich, wenn er Gliedmaßen amputierte. Neben Salicar gab es drei weitere Ärzte: Glaukias und Aiakides, Hellenen aus Pergamon, die noch jünger wirkten als Salicar, außerdem Himero, ein Karthager und früherer Soldat. Unter Hamilkar war Himero Führer einer Hundertschaft gewesen, bevor ihn verschiedene Kriegsverletzungen kampfuntauglich gemacht hatten. Seitdem zog er beim Gehen sein steifes rechtes Bein nach. Außerdem war er einem guten Tropfen nie abgeneigt.

Abgesehen davon, dass der Patient von kräftigen Armen festgehalten werden musste, war es Synbalos' Absicht, Eingriffe wie diesen für seine Leute schnell zur Routine werden zu lassen. Mit der Einnahme Sagunts standen alle Zeichen auf Krieg, wie Synbalos spätestens nach seiner Unterredung mit Hannibal wusste. Offenbar mit voller Absicht hatte der Stratege die Römer zur Weißglut getrieben. Hamilkars Sohn war bereit für einen neuen Waffengang gegen die Emporkömmlinge vom Tiber, die Karthago vor mehr als zwanzig Jahren so sehr gedemütigt hatten. Und wie schon der erste Krieg, so würde sich auch der kommende über viele Jahre hinziehen, daran konnte es keine Zweifel geben. Tausende, ja Zehntausende von Verwundeten würden Synbalos und seine Männer künftig kaum zur Ruhe kommen lassen.

Der Libyer wusste nur zu gut, was ihn erwartete. Seine Beine, von Wundbrand befallen, würde er verlieren; sein künftiges Leben – vorausgesetzt, er überlebte den Eingriff – würde das eines bettelnden Krüppels sein. Manch einer, dem dieses Schicksal bevorstand, verfiel in stumme Lethargie, anders der Libyer: Schon der scheußliche Gedanke an den Verlust seiner Beine ließ ihn aufbrüllen, noch bevor Synbalos zum ersten Schnitt ansetzte. Der oberste Wundarzt war an Wehgeschrei gewöhnt, ob dieses nun durch Angst, Schmerz oder Wut auf das eigene Los ausgelöst war, sodass es ihm für gewöhnlich keine Mühe bereitete, einfach darüber hinwegzuhören. Vorerst galt seine Aufmerksamkeit allein den Untergebenen. Auch Kimon, der im Hintergrund stand und zusehen durfte, hing an Synbalos' Lippen.

»Schauen wir uns zuerst das linke Bein an. Hier, etwa eine Handbreit oberhalb des Knies, seht ihr die entscheidende Stelle: dort faules Gewebe, dort noch gesundes. Glaukias, wo würdest du schneiden?«

Der Gefragte dachte kurz nach. »Am Übergang, Meister.«

»So, am Übergang, denkst du. Aiakides?«

»Nun ja …«

»*Nun ja*, merkwürdige Antwort. Salicar?«

»Ich würde etwas höher schneiden, Meister.«

»Und warum?«

Auch Kimon glaubte die Antwort zu wissen, doch es wäre ungehörig gewesen, an Salicars Stelle zu antworten. Und altklug obendrein.

»Weil es besser ist, gesundes Gewebe zu entfernen, als dass krankes Gewebe verbleibt. Der Brand würde weiter wuchern, und alles wäre vergebens gewesen.«

Synbalos nickte knapp, bedachte Glaukias und Aiakides mit einem strafenden Blick. »Wohlan, beginnen wir. Der Kerl schreit aber besonders laut. Habt ihr ihn keinen Wein trinken lassen?«

»Er hat mehr gesoffen als ein Esel nach einem langen Arbeitstag«, beteuerte Himero, »und Mohnsaft hat er obendrein bekommen!«

Synbalos seufzte leise. Offenbar gehörte der Libyer zu den Exemplaren, bei denen jede Arznei eine umgekehrte Wirkung hervorrief. »Sei's drum, wir können nicht länger warten. Steckt ihm den Beißkeil in den Mund!«

Während Himero der Aufforderung nachkam, band Synbalos das Bein des Libyiers weit oben mit einem Strick ab.

»Nun, Kimon? Wozu dieser Strick?«

Kimon glühte vor Stolz, weil der oberste Wundarzt ihn wahrnahm. »Ich vermute, er würde sonst verbluten, Meister. Zumal du ja im gesunden Gewebe zu schneiden gedenkst.«

»Richtig vermutet, Junge.«

Auf einem Tisch lagen allerlei Instrumente bereit, Haken, Messer, Zangen in allen Größen. Daneben, in einem Bronzebecken, steckten zwei Brenneisen in glühender Kohle. Synbalos griff nach einem mittelgroßen Messer mit gerundeter Klinge. »Schaut genau hin!«

Er begann mit seiner Arbeit. Der Libyer versuchte sich aufzubäumen, und die Männer hatten große Mühe, ihn daran zu hindern. Kimon reckte den Kopf, damit er etwas sehen konnte. »Festhalten!«, befahl Synbalos unwillig, obgleich die Männer mit all ihren Kräften nichts anderes taten. »Junge, was stehst du da und glotzt – los, hilf ihnen!«

Errötend kam Kimon dem Befehl nach und gesellte sich zu Salicar, der mit dem muskulösen rechten Arm des Libyers seine liebe Mühe hatte. »Kettet ihn fest!«, befahl Synbalos. Normalerweise versuchte er das zu vermeiden, weil die Erfahrung ihn gelehrt hatte, dass Ketten oder Stricke die Patienten in heillose Panik versetzten. Hier aber ging es nicht anders. Erleichtert kamen die Männer dem Befehl nach und langten nach den Ketten, die am Gestell der Pritsche bereithingen und alles einfacher machen würden. Nachdem der Libyer fixiert war, konnte Synbalos fortfahren. »Wie heißt dieser Schreihals?«, fragte er in die Runde.

»Syphax«, antwortete Salicar.

»Wer hat ihm das Gesicht zerkratzt?«

»Eirene. Er wollte ihr … du weißt schon, Meister. Aber sie wusste sich zu wehren.«

»Gut gemacht. Den anderen wird's hoffentlich eine Lehre sein. – Nun, Syphax, willst du elend krepieren, Mann? Nein, das willst du nicht, niemand will das. Also lass mich arbeiten und hör auf, dich wie ein altes Weib zu benehmen!« Doch wie auch Arzneien nicht die erhoffte Wirkung bei ihm zeigten, so war auch diese Mahnung vergebliche Liebesmüh. Denn kaum hatte Synbalos die Worte ausgesprochen, spuckte der Libyer, zitternd wie ein Aal, seinen Beißkeil in hohem Bogen aus und stieß von Neuem ein ohrenbetäubendes Geschrei aus. Kimon, der eine gute Gelegenheit sah, sich nützlich zu machen, hob den Keil vom Boden auf und trat von hinten an den Libyer heran.

»Darauf solltest du nicht verzichten, Syphax«, riet er ihm eindringlich, und gerade, als er ein tröstendes Wort hinzufügen wollte, biss der Libyer ihm in die Hand. Kimon widerstand der Versuchung, seinen Schmerz herauszuschreien, er hatte sich schon genug zum Narren gemacht, was auch den schadenfrohen Gesichtern von Glaukias und Aiakides anzusehen war.

Synbalos riss der Geduldsfaden. »Das reicht! Himero!«

Der Veteran wusste, was von ihm verlangt wurde. Ein zünftiger Fausthieb traf die Schläfe des Libyers, der in tiefe Bewusstlosigkeit versank. Synbalos nickte zustimmend und fuhr fort. Sofort vergaß Kimon seine schmerzende Hand. Es fiel ihm schwer, nicht aus dem Hintergrund zu treten, um alles noch besser beobachten zu können, zumal er den Eindruck gewann, dass Glaukias ihm absichtlich die Sicht verstellte.

»Schneidet so, dass hinterher noch Hautlappen stehen, womit man den Stumpf bedecken kann«, erklärte der oberste Wundarzt seinen Untergebenen. »Salicar, einen Kauter!«

Eine heftige Blutung, aber Synbalos blieb ruhig. Aus dem Kohlebecken entnahm Salicar eines der Brenneisen. Ein grässliches Zischen, der Geruch nach verbranntem Fleisch. »So!«, sagte Synbalos.

Kimon war fasziniert. Während Synbalos fortfuhr, das Bein mit filigran anmutenden Schnitten abzutrennen, hielt Salicar den Kauter bereit.

»So!«, sagte Synbalos nach einer Weile wiederum. »Junge, sei so gut und gib mir die Knochensäge!«

Kimon zögerte – hatte er wirklich *ihn* gemeint? Erst als auch Salicar ihm auffordernd zunickte, beeilte er sich, der Bitte des Meisters nachzukommen. Aufgeregt langte er nach der Säge auf dem Tisch und reichte sie, den Griff voran, dem obersten Wundarzt.

An das Geräusch vom Durchsägen eines Menschenknochens hatte sich Kimon rasch gewöhnt. Nachdem es vollbracht war, rieb Synbalos sich die Hände an seinem Kittel ab. »So! Verbindet den Stumpf. Salicar, du operierst das andere Bein.«

»Wie du meinst, Meister.«

»Kimon, wie geht es deiner Hand?«

Das Gebiss des widerspenstigen Libyers war immer noch deutlich auf seinem Handrücken abgebildet, aber Kimon gab sich klaglos. »Halb so schlimm, Herr.«

»Traust du dir zu, den Kauter zu benutzen?«

»Ich?« Kimon konnte seine Erregung kaum verbergen.

»Gibt es hier sonst noch jemanden, der Kimon heißt?«

»Nein, Herr. Ich meine … Ja, Meister. Ich traue mir das zu.«

»Gut. Inzwischen werde ich mich etwas ausruhen. Wir sehen uns später, Männer. Es gibt noch einiges zu schneiden.« Er schickte sich an zu gehen.

Glaukias hüstelte. »Um Vergebung, Meister, aber sollte das nicht besser einer von uns machen?«

Der oberste Arzt verengte die Brauen. »Was meinst du, Glaukias?«

»Der Knabe, er hat so etwas doch noch nie gemacht. Es wäre wirklich besser, wenn einer von uns mit dem Kauter arbeitet.«

»Darüber mache ich mir keine Sorgen. Kimon hat eine große Begabung. Was nicht jeder Wundarzt von sich behaupten kann. Salicar wird ihn unterweisen.«

»Aber …«

»Meine Anweisung war eindeutig, oder etwa nicht?«

Glaukias presste die Lippen zusammen und rang sich ein Nicken ab. Nachdem Synbalos das Zelt verlassen hatte, sagte Himero mit einem Grinsen: »Der Alte hat nicht gerade einen Narren an dir gefressen, was, Glaukias?«

»Warum hältst du nicht dein karthagisches Schandmaul? Von großer Begabung kann man auch bei dir nicht sprechen.« Dies stimmte insofern, als dass Himero der Mann fürs Grobe war. Für feine Arbeiten war er nicht geeignet, zumal seine Hände manchmal zitterten. Allerdings ließ es ihn völlig kalt, wenn man ihn deshalb verunglimpfte.

»Ein *sehr* junger Jüngling wie Kimon macht aus einem jungen Jüngling wie dir noch keinen alten Hasen, Glaukias.«

»Und eine Prügelfaust macht aus einem abgehalfterten Veteranen keinen guten Medicus, Himero.«

Salicar bereitete dem Wortgefecht ein Ende, bevor sich Himero zu einer Tätlichkeit hinreißen lassen konnte. »Genug philosophiert, wir haben zu arbeiten! Ihr habt gehört, was der Meister von uns verlangt, also handelt danach!«

Niemand widersprach ihm. Und Kimons Herz klopfte so

aufgeregt, als würde er zum ersten Mal ein Mädchen küssen.

Nach drei Tagen gelangte Eirene zu der Einschätzung, dass Mabol und Yumbo im Grunde Pfundskerle waren. Und lustig waren sie obendrein, auch wenn Heiterkeit an diesem Ort ein Widerspruch in sich war. Eirenes anfängliche Befürchtung, die Pfleger könnten sie drangsalieren oder willkürlich herumscheuchen, hatte sich nicht bestätigt. Erfreulicherweise machten sie auch keinerlei Anstalten, ihr näherzukommen, als es für ihre Arbeit erforderlich war. Weder grapschten sie an ihr herum, noch machten sie anzügliche Bemerkungen, zumindest nicht in ihrer Gegenwart. Mabol und Yumbo – sie waren Brüder – brachten ihr viel Achtung entgegen, obwohl sie auch nur eine Sklavin war. Doch an diesen Gedanken musste sie sich erst noch gewöhnen.

Weniger Respekt erfuhr sie von den Verwundeten. Einige hatten seit Wochen keine Frau mehr gesehen und verhielten sich dementsprechend brunftig. Gestern hatte ein Libyer unter dem anfeuernden Applaus seiner Kameraden versucht, ihr den Kittel vom Leib zu reißen. Eirene wehrte sich mit Händen und Füßen, zerkratzte ihm die Wangen, trommelte mit Fäusten auf ihn ein, doch der rohe Kerl lachte nur und dachte nicht im Traum daran, sie loszulassen. Zum Glück war Yumbo in der Nähe. Der eilte herbei und schlug mit einem Rohrstock auf das verwundete Bein des lüsternen Unholds, der daraufhin wie ein ganzes Wolfsrudel zu heulen begann.

»Das wirkt immer!«, belehrte der Pfleger Eirene.

Die erfreuliche Gesellschaft Mabols und Yumbos änderte nichts daran, dass die Arbeit im Lazarett ihr hoffnungslos zuwider war. Salicars zuversichtliche Behauptung, sie würde sich mit der Zeit schon daran gewöhnen, konnte sie schon am ersten Abend, als sie sich die Seele aus dem Leib kotzte, ausschließen. Auch ihr Bruder war außerstande, sie zu trösten. Es war schon merkwürdig, er, der Melancholische, lebte auf, während sie, die Lebhafte, in Schwermut verfiel.

Die Arbeit begann in aller Frühe, noch vor der Dämmerung, und endete am Abend, wenn das Tageslicht längst erloschen war. Weit über hundert Verwundete galt es zu versorgen, einige waren nicht mehr fähig, auch nur einen Finger zu rühren. Manche starben, aber das machte Eirene am wenigsten zu schaffen, denn erstens waren sie Feinde – immer wieder hielt sie sich das vor Augen –, und zweitens bedeutete deren Ableben weniger Arbeit für sie, weniger Ekel, weniger Überwindung.

Mabol und Yumbo waren einer kleinen Verschnaufpause nie abgeneigt. Weil sie aber von den Ärzten gerügt wurden, wenn man sie beim Müßiggang ertappte, mussten sie für ihre Arbeitsunterbrechungen gewisse Zeiten abwarten. Gelegenheiten ergaben sich, wenn die Ärzte operierten. Eirene ließen sie gern an ihren Pausen teilhaben.

Ein heißer Tag, doch vom Meer her wehte eine angenehme Brise. Hinter einem der Nebenzelte gab es Schatten, niemand sah sie dort auf dem Boden hocken.

»Sie schneiden Syphax beide Beine ab!«, stellte Yumbo fest und biss genüsslich in einen Apfel. Das Geschrei des Unglückseligen musste meilenweit zu hören sein.

»Hättest gestern nicht mit dem Stock draufhauen sollen«, erwiderte sein Bruder seelenruhig.

»Er hatte es verdient. Wollte Eirene an die Wäsche!«

»Na dann hätte ich es auch getan!«

Yumbo reichte Eirene seinen Apfel. »Beiß ab!«

Sie schüttelte den Kopf. »Mir ist speiübel«, klagte sie.

»Immer noch? Oder schon wieder?«

»Solange ich in diesem verdammten Lazarett schuften muss, wird es mir nie wieder gut gehen.«

»Tja.« Nachdenklich betrachte Yumbo den verschmähten Apfel. »Du wirst dich schon …«

»Nein! Ich werde mich nicht daran gewöhnen!« Sie betonte jedes Wort.

»Wo wir herkommen«, sagte Mabol lächelnd, »da gibt es ein Sprichwort: *Die Ziege hätte soooo gern einen langen Schwanz!*«

»Und was hat das mit mir zu tun?«

»Du bist jetzt eine Sklavin, mein Zicklein, ob dir das gefällt oder nicht. Sieh uns an: Auch wir haben uns damit abgefunden.«

»Ja. Ihr müsst ja auch nicht wie ich täglich auf eure zerstörte Heimat schauen!« Sie streckte einen Arm in Richtung des eingeäscherten Sagunt auf dem Burgberg aus. »Dort habe ich gelebt, dort starben meine Eltern. Ich wünschte, ich müsste diese Ruinen nicht mehr sehen!«

Rauchende Trümmer, eine ständige, unliebsame Erinnerung. Die beiden Pfleger mussten einräumen, dass dies nicht leicht zu ertragen war. »Muss dieser Libyer denn so schreien?«, brummte Mabol.

»Wir werden das Lager in den nächsten Tagen sicher abbrechen«, mutmaßte Yumbo. »Dann musst du nicht mehr draufschauen, Mädchen.« Sagunt war gefallen, die Sicherung der eroberten Stadt würde nicht Wochen in Anspruch nehmen. Yumbo wusste, wovon er sprach, denn es war nicht der erste Heerzug, den er und sein Bruder begleiteten.

»Wohin geht es dann?«, fragte sie.

»Zurück nach Neu-Karthago. Wenn nicht anderswo der nächste Aufstand losbricht.«

Neu-Karthago! Eirene hatte schon einiges von der karthagischen Hauptstadt in Iberien gehört. Freilich würde ein Ortswechsel nichts an ihrer Verzweiflung ändern.

Es war, als könnte Yumbo ihre Gedanken lesen. »Wenigstens bleibst du in der Nähe von Medicus Salicar«, sagte er betont gleichgültig. Aber Eirene entging nicht Mabols breites Grinsen.

»Und was soll das bitteschön wieder heißen?«

»Du schaust ihn an wie eine Verliebte, den Medicus.«

Eirenes aschfahles Gesicht bekam jetzt eine rötliche Färbung. »Was redest du da für einen Unfug, Yumbo?«

»Kein Unfug. Ist ganz normal für eine junge Frau.«

»Du bist verrückt.«

»Muss dieser dumme Libyer wirklich so schreien?«, fragte sich Mabol ein weiteres Mal.

»Nicht mehr lange, dann trifft ihn Himeros Faust!«, prophezeite sein Bruder. Tatsächlich nahm das Geschrei in diesem Moment ein abruptes Ende.

»Himeros Faust?«, fragte Eirene.

»Schädelbrummen ist besser als Tod durch Wundbrand.«

Bevor sie der Sache näher auf den Grund gehen konnte, ertönte drüben im Heerlager ein Signalhorn.

»Hört sich nach hohem Besuch an«, stellte Yumbo fest.

»Vielleicht die Brüder des Feldherrn«, mutmaßte Mabol.

»Dieser Zerstörer hat Brüder?« Dass der Mann, der für ihr Schicksal verantwortlich war, im Lager der Karthager bewundert und verehrt wurde, als sei er ein Halbgott, und dass es überdies noch mehr von seiner Sorte geben sollte, machte Eirene wütend.

»Drei«, belehrte Mabol sie. »Hasdrubal, Mago, Hanno. Hast du denn nie von der Löwenbrut des Hamilkar gehört?«

Eirene presste die Lippen zusammen. »Der Blitz soll in diese Brut fahren«, zischte sie.

Yumbo schnalzte mit der Zunge. »Der Blitz, wie treffend. Das war Hamilkars Beiname. Aber lass solche Flüche lieber nicht Hannibals Männer hören«, fuhr er fort. »Die lassen nichts über die Barkiden kommen.«

Just als Hasdrubal und Mago das Zelt des Bruders betreten wollten, verließ es der Sklavenhändler mit düsterer Miene und tat, als würde er die Ankömmlinge nicht wahrnehmen. Grußlos wollte er an ihnen vorüberschreiten, aber Hasdrubal, der ältere der beiden Brüder, hielt ihn an der Schulter fest. »Bostar! Immer in Eile, wie man es von einem tüchtigen Kaufmann erwartet. Wie laufen denn die Geschäfte?«

Bostar neigte leicht den Kopf. »Seid gegrüßt, ihr Brüder des größten Strategen nach Hamilkar. Ja, ich will nicht klagen, das Geschäft blüht. Zum Wohle Karthagos, versteht sich.«

»Wer wollte daran zweifeln? Selbstlos wie du bist, gilt dein Augenmerk zuerst der Stadt.«

»Entschuldigt mich, ich habe zu tun.«

Die Brüder blickten ihm nach.

»Wirkt verärgert, der Aasgeier«, grinste Hasdrubal.

»Liegt wohl an deiner Ironie«, vermutete Mago.

Die beiden, der eine Anfang, der andere Mitte zwanzig, waren unverkennbar Barkiden. Wer ihren berühmten Vater Hamilkar gekannt hatte, fühlte sich beim Anblick der Söhne unweigerlich an den großen Feldherrn erinnert.

Bato, ein narbengesichtiger Iberer mittleren Alters, empfing sie mit einem Lächeln. Seit geraumer Zeit diente er Hannibal als persönlicher Adjutant. Hannibal hatte diese Wahl nicht zufällig getroffen, denn Bato, ein Turdetaner, genoss in seinem Stamm hohes Ansehen. Ein Streit zwischen den karthagotreuen Turdetanern und den Rom zugewandten Saguntinern hatte Hannibal einen trefflichen Grund für die Belagerung der Stadt geliefert. Wohlwollend klopfte Hasdrubal dem Iberer auf die Schulter.

»Nun, Bato? Wie geht es dir und unserem unbezwungenen Feldherrn?«

»Der Feind ist einmal mehr besiegt, wie könnte es uns da schlecht gehen, Hasdrubal Barca?«

»So spricht ein stolzer Iberer.«

»Euer Bruder hat eine Verwundung an der Hüfte davongetragen. Nichts, worüber man sich große Sorgen machen müsste, aber der oberste Wundarzt hat mir ans Herz gelegt, ein

Auge auf ihn zu werfen. Er soll sich schonen, so lautet seine Anordnung.«

»Keine Sorge, Freund. Wir wollen ihn nicht zum Zweikampf fordern. Aus dem Alter sind wir heraus, auch wenn man uns das nicht gleich ansieht. Würde ihm obendrein nicht besonders gut bekommen. Dürfen wir jetzt zu ihm?«

»Ich erwarte euch bereits, ihr Angeber!«

Mit ausgebreiteten Armen stand Hannibal im Durchgang zum hinteren Trakt des Zelts.

»Wie ein Invalider siehst du eigentlich nicht aus«, stellte Hasdrubal fest.

»Ihr kennt doch Synbalos. Kommt her, Brüder!«

Sie hatten sich monatelang nicht gesehen, entsprechend herzlich fielen die Umarmungen aus. Der junge Mago drohte ihm scherzhaft mit der Faust. »Anstatt den Ruhm allein zu ernten, hättest du ruhig noch ein paar Tage auf uns warten können, Eroberer Sagunts.«

Mit einem Fingerknöchel klopfte Hannibal gegen den Brustpanzer des Bruders. »Du willst dich bewähren? Keine Sorge, dafür bekommst du noch früh genug Gelegenheit. – Bato! Keine Störung in der nächsten Stunde, auch wenn es die Sufeten selbst wären, die zu mir wollten.«

»Ja, Herr.«

Die beiden Brüder folgten dem Älteren in sein Refugium. Auf einem Tisch standen Erfrischungen bereit, daneben ein etwa fünfzehnjähriger Sklave mit Hasenscharte und strubbeligen, rötlich schimmernden Haaren. Selbstbewusst hielt er die Arme vor der Brust verschränkt, als befände er sich unter seinesgleichen. »Es ist angerichtet, meine Herren!«, verkündete er, wobei seine Verbeugung etwas Spöttisches hatte.

»Ah, dein berüchtigter Leibdiener«, sagte Hasdrubal amüsiert. »Wie war doch gleich sein Name?«

»Rasbos, Herr«, antwortete dieser gleich selbst.

»Rasbos! Du bist doch dieser Kerl, der ständig Unverschämtheiten von sich gibt. Und wohl der einzige Sklave, der deshalb noch nie ausgepeitscht wurde. Na schön, Rasbos: Bring mich zum Lachen!«

»Wenn du lachen willst, Herr, schau einfach in den Spiegel! Soll ich einen holen?«

»Hör sich das einer an! Wenn ich rote Haare und eine Hasenscharte hätte wie du, Rasbos, dann würde ich mich hüten ...«

»Wenn du eine Hasenscharte und rote Haare hättest, Herr, wärst du der komischste Löwe, den die Welt je gesehen hätte. Niemand hätte Furcht vor dir!«

Hasdrubal sah Mago an, aber der fand die Unverfrorenheit des Sklaven zum Grinsen. Und es stimmte, man konnte diesem Burschen nicht böse sein.

»Verkaufst du mir den Witzbold, Hannibal?«

»Frag so etwas nicht, er bildet sich schon genug ein. Los, Rasbos, verschwinde! Ich will mit meinen Brüdern ungestört sprechen!«

»Jawohl, Herr. Ruf mich, wenn Gefahr droht!«

Schmunzelnd sah Hasdrubal ihm hinterher. »Wenigstens hast du Unterhaltung, Bruder.«

»Ach was. Ich hätte ihn in Neu-Karthago lassen sollen. Er macht den Krieg zu einer Posse. Obwohl er damit wahrscheinlich richtig liegt.« Er wies auf den Tisch. »Los, langt zu, ihr Verspäteten.«

Dankbar kamen sie der Aufforderung nach. »Bostar war bei dir?«, fragte Hasdrubal und schob sich eine Dattel in den Mund.

»Immer, wenn ich ihn sehe, überkommt mich das heftige Verlangen, ihm das Genick zu brechen«, sagte Hannibal.

»Leute wie ihn muss es auch geben.«

»Sei nicht so altklug, Zweitgeborener.«

»Was wollte er?«

»Ein Mädchen, was sonst?«

»Dieser geile Hund.«

»Er ist es nicht gewohnt, nicht das zu bekommen, was er haben will.«

»Du hast ihm das Mädchen also verweigert?«, forschte Mago nach und goss sich großzügig Wein in einen Becher.

»Trink nicht zu viel davon, sonst steigt er dir zu Kopf. Ja, das habe ich getan.«

»Und warum?«, fragte Hasdrubal kauend.

»Weil sie in Synbalos' Diensten steht, darum. Der Medicus hatte mich vorgewarnt. Und wen, denkt ihr, möchte ich weniger gern vergrätzen, Bostar oder Synbalos?«

Hasdrubal grinste. »Ich ahne, warum Synbalos sie nicht hergeben möchte. Ich meine, wir wissen doch, dass seine Geliebte hin und wieder frisches Blut benötigt.«

»Bostar blickte drein wie einer der Wächter zur Unterwelt«, sagte Mago, »ich würde fast behaupten, du hast dir einen neuen Feind gemacht, großer Bruder.«

Hannibal quittierte die Bemerkung mit einem ungeduldigen Schulterzucken. »Wenn ich nur Feinde wie Bostar hätte, könnte man mich sorgenfrei nennen. Warum erzählt ihr mir nicht lieber etwas über jene, die ich liebe, ihr Klatschweiber? Wie sieht es in Neu-Karthago aus?«

»Verzeih, Bruder.« Schmunzelnd zog Hasdrubal eine Schriftrolle unter seinem Umhang hervor und reichte sie dem Älteren. »Von Imilko! Ich weiß bis heute nicht, womit du dieses herrliche Weib verdient hast. Ah, und dein Sohn, er wächst und gedeiht, ein prächtiges Kerlchen, ein echter Barca. Könnte ebenso gut von meinen Lenden stammen.«

»Willst du den Brief nicht lesen?«, drängte Mago, da Hannibal keine Anstalten machte, das Siegel zu öffnen.

»Das könnte euch so passen. Natürlich lese ich ihn, wenn ich allein bin.«

Seine Brüder stießen Pfiffe aus. »Wir hatten ja keine Ahnung, dass ihr euch in euren Briefen mit Sauereien beglückt!«, rief Hasdrubal. »Sicher kannst du es kaum erwarten, endlich wieder bei ihr zu liegen, was?«

Hannibal lächelte und nippte gedankenverloren an seinem Becher. »Und Hanno?«, fragte er dann. »Wie geht es unserem Nesthäkchen?«

»Oh, er flehte uns an, mitkommen zu dürfen. Aber wir sind hart geblieben. Einer der Söhne Hamilkars muss in Neu-Karthago bleiben, so lautete schließlich deine Anweisung.«

»Das ist wahr, aber musste es ausgerechnet Hanno sein? Wie alt ist der Junge inzwischen? Dreizehn?«

»Beinahe. Du hättest deinen Befehl präzisieren müssen, Hannibal. Doch um Hanno musst du dir keine Sorgen machen. Er hat Mumm in den Knochen, auch wenn er mit dem Mund manchmal schneller ist als mit dem Kopf. Aber jetzt bist du an der Reihe, Bruder. Erzähl uns, was deine Spione wissen. Wird es zum Krieg gegen die Römer kommen?«

Hannibal nahm eine Traube zwischen die Finger und betrachtete sie eingehend. »Was erzählt man sich denn in Neu-Karthago?«

»Alles hängt wohl davon ab, ob der Hohe Rat in Karthago dir weiter den Rücken stärkt. Die Römer werden eine Gesandtschaft schicken. Sie werden gegen die Einnahme Sagunts förmlich Protest einlegen und vermutlich deine Auslieferung verlangen. Du weißt, dass wir Barkiden in Karthago ein paar Feinde haben.«

Die Traube verschwand in Hannibals Mund. »Wohl wahr. Allerdings hatten wir die bereits, bevor wir ihnen in Iberien zu mächtig wurden. Trotzdem wird der Hohe Rat den Römern versichern, dass ich die Stadt mit seiner Erlaubnis einnahm. Die Zahl derer, die uns geneigt sind, ist immer noch größer als die Zahl unserer Widersacher.«

»Bleibt zu hoffen, dass deine Spione richtig gezählt haben. Und dann? Wie geht es weiter? Rom wird das kaum auf sich sitzen lassen. Sie müssen handeln, sonst werden ihre Verbündeten anfangen, die römische Glaubwürdigkeit infrage zu stellen. Hannibal, sag es uns frei und offen: Sie werden mit ihren Legionen nach Iberien übersetzen, nicht wahr? Vielleicht sogar auch nach Afrika?«

»Na und?« Mago schenkte sich Wein nach. »Lass sie kommen! Dann zeigen wir es ihnen endlich.«

Hannibal sah ihn lange an. »Die Römer wollen den Krieg. Sagunt liefert ihnen jetzt einen echten Grund. Ja, wir werden es ihnen zeigen, Mago. Nicht hier in Iberien. Auch nicht in Afrika. Habe ich dir nicht gesagt, du sollst nicht zu viel trinken?«

»Wie meinst du das: *Nicht hier in Iberien*?« Hasdrubal hatte sich nach vorn gebeugt. Seine Stimme klang plötzlich besorgt.

»Du hast recht, Hasdrubal: Die Römer werden es nicht hinnehmen. Aber glaub mir, sie werden nicht nach Iberien kommen.«

»Wer sollte sie davon abhalten?«

»Ich!«

»Hannibal, wir alle wissen, dass du ein begabter Stratege bist, genau wie unser Vater. Er, du und unser Schwager – es ist allein euer Verdienst, dass sich die iberischen Stämme heute karthagischer Herrschaft beugen. Aber wie willst du die Römer davon abhalten, ihre Truppen nach Iberien zu verschiffen? Um Verträge scheren sich diese Verbrecher nicht, das wissen wir, seitdem sie uns Sardinien und Korsika geraubt haben.«

»Ich werde ihnen zuvorkommen, Hasdrubal.«

Selbst Mago, zuvor noch voller Kampfeseifer, bedachte den ältesten Bruder mit einem forschenden Blick, als suche er nach Zeichen von Wahnsinn in seinen Augen. »Du willst den Krieg im Land der Römer austragen?«, fragte er vorsichtig.

»Bist ein heller Kopf, kleiner Bruder.«

»Aber …« Hilfesuchend sah er Hasdrubal an. Der sprach aus, was Mago nicht zu sagen wagte.

»Es wäre Selbstmord, ein Heer entlang der Küstenkorridore bis nach Italien zu führen. Die Römer hätten keine Mühe, es aufzureiben.«

»Keine Küsten, Hasdrubal, keine Küsten!«

»Du willst übers Meer? Wir besitzen nicht genug Schiffe, um unsere Truppen nach Italien zu bringen. Das weißt du so gut wie ich, warum also spielst du Katze und Maus mit deinen Brüdern?«

»Sagte ich etwas von Schiffen?«

Hasdrubal breitete die Hände aus. »Wie sonst?«, fragte er nicht ohne Verzweiflung.

Hannibal schwieg und sah ihn nur an.

Hasdrubal schluckte. »Das kann nicht dein Ernst sein«, brachte er mühsam hervor.

»Was ist? Was hast du vor, Hannibal?« Mago weigerte sich zu begreifen.

»Unser Bruder will über die Alpen in Italien einfallen«, erklärte ihm Hasdrubal mit belegter Stimme.

Magos Blick huschte zwischen den älteren Brüdern hin und her. In seinem Gedächtnis kramte er hastig nach allem, was seine Lehrer ihm je beigebracht hatten. »Silenos behauptet, es sei unmöglich für ein Heer, dieses Gebirge zu überqueren.«

»Selbst Silenos ist nicht allwissend. Es *ist* möglich, Mago!« Hannibal lachte, als ginge es bloß um die simple Erklärung eines Zaubertricks. Sogleich war Mago wieder Feuer und Flamme.

»Wenn du davon überzeugt bist, musst du gute Gründe haben. Ja, es muss möglich sein. Herakles hat es auch geschafft.«

»Niemand hat solches je gewagt«, sagte Hasdrubal, ins Leere starrend. Von alten Göttergeschichten wollte er nichts hören.

Hannibal breitete beschwörend die Hände aus. »Denkt an Alexander! Auch er wagte, was niemand sonst gewagt hätte. Am Ende reichte sein Reich bis Indien.«

»Du bist nicht Alexander, Bruder, mit Verlaub.«

»Aber ich bin Hamilkars Sohn. Wir alle sind Hamilkars Söhne. Wir sind Karthager und werden die Römer das Fürchten lehren! Sie bestrafen für die vielen Demütigungen, die Karthago nach dem Krieg erfahren musste. Hört mir zu!«

Hasdrubal und Mago stellten keine weiteren Fragen. Als Hannibal seine Ausführungen beendet hatte, herrschte langes Schweigen. Schließlich war es Hasdrubal, der die Stille beendete. »Wer weiß davon?«, fragte er leise.

»Niemand bisher, außer euch. Ach ja, Freund Synbalos hat es aus mir herausgekitzelt, das ist seine Spezialität. Aber ihr wisst, dass man ihm vertrauen kann.«

»Wann ziehen wir los?«

»Im Frühjahr. Den Winter werden wir nutzen, um neue Truppen anzuwerben und Rekruten auszubilden. Du, Hasdrubal, wirst für mich nach Karthago reisen. Die Römer werden den Hohen Rat zu einer Stellungnahme auffordern. Hör aufmerksam zu, was dort verhandelt wird. Dann kehrst du nach Neu-Karthago zurück und erstattest mir Bericht. Gewiss, der Hohe Rat wird mir selbst eine Nachricht schicken, aber ich will alles noch früher und von dir persönlich erfahren.«

Hasdrubal nickte. Sein Bruder hatte allen Grund, den offiziellen Schreiben des Rates, die mitunter alle möglichen Deutungen zuließen und mit amtlichen Phrasen gespickt waren, zu misstrauen.

»Und danach brechen wir auf nach Italien.«

»Für dich gilt das nicht, Hasdrubal. Du bleibst in Iberien, ich brauche dich hier, in meiner Nachschubbasis! Die Römer müssen wissen, dass unser Land aufs Beste verteidigt wird, während sie mein Schwert im Nacken spüren. Wohin sie den Krieg auch tragen wollen, sie werden sich blutige Nasen holen.«

Hasdrubal war Soldat genug, um zu wissen, dass dies keine

Zurücksetzung, sondern einen Vertrauensbeweis ohnegleichen darstellte. Wenn Hannibal außer Landes war, durfte Iberien nicht zur leichten Beute werden. Möglicherweise hing der Erfolg des gesamten Unternehmens davon ab.

»Mögen die Götter dafür sorgen, dass du mich nie zu Hilfe rufen musst, Hannibal.«

»Was ist mit mir?« Magos Augen glänzten. »Ich muss doch nicht in Iberien bleiben, oder? Bitte, Hannibal, nimm mich mit!«

»Aber gewiss doch, du kommst mit mir, Brüderchen. Noch ein Löwe für die römischen Wölfe!«

»Der Hades soll sie alle verschlingen!«, frohlockte Mago.

6.

In der Nacht wurde Salicar von einer der diensthabenden Wachen geweckt.

»Im Lager der Gefangenen braucht es einen Medicus!«

»Wozu?« Salicar setzte sich auf und rieb sich schlaftrunken die Augen.

»Einer der Männer hat Gift genommen. Er stirbt, wenn du ihn nicht rettest.«

»Ich soll einen Sklaven retten, der bei nächster Gelegenheit ohnehin wieder versuchen wird, sich umzubringen?«

»Warum fragst du *mich* das, Salicar? Wenn er tot ist, wirft er kein Geld mehr ab, das wird wohl der Grund sein. Morgen sollen die Männer fortgeschafft werden. Also sei so gut und heb deinen Arsch aus dem Bett. Bring den Kerl zum Kotzen, damit er überlebt und alle zufrieden sind.« So unwirsch die Worte des Soldaten klangen, so scharfsinnig war gleichwohl seine Schlussfolgerung.

»Na schön, ich komme, aber atme mir nicht länger ins Gesicht. Beim Melkart, seit wann dürft ihr im Wachdienst saufen?«

»Ich bin nicht dein Patient. Tu einfach, was von dir verlangt wird.«

»Solltest du je mein Patient werden, dann kannst du was erleben.« Salicar erhob sich ächzend. Einen Moment lang überlegte er, jemand anderen zu schicken, Himero vielleicht, Glaukias oder Aiakides, doch dann beschloss er, selbst zu gehen, damit niemand ihm den Vorwurf machen konnte, er würde unliebsame Arbeiten einfach abwälzen. Rasch kleidete er sich an, während der Wachsoldat mit einer Fackel in der Hand auf ihn wartete.

»Was suchst du hier, Kleiner? Los, schwirr ab!«

Kimon, der urplötzlich im Gemach erschienen war, als hätte er nur darauf gewartet, dass etwas geschieht, ignorierte den Befehl des Soldaten. »Was gibt es, Herr?«, fragte er den Arzt mit großen Augen.

»Was soll es schon geben? Man ruft mich zur Arbeit. Leg dich wieder hin, Kimon.«

»Bitte, ich möchte dich begleiten. Ich kann sowieso nicht schlafen.«

Beinahe hätte Salicar zugestimmt, doch dann kam ihm der Gedanke, dass zu viel Übereifer dem Jungen nur schaden konnte. Außerdem musste er – für einen Schüler unabdingbar – Gehorsam lernen.

»Ich gehe allein! Du brauchst deinen Schlaf, Kimon.«

»Aber ich könnte …–«

»Du hast gehört, was ich dir befohlen habe! Also gehorch, sonst erzähle ich dem obersten Wundarzt, wie sehr du mir auf die Nerven fällst.«

Kimon gab auf und schlich mit hängendem Kopf davon. Stirnrunzelnd blickte der Wachsoldat ihm hinterher. »Seit wann beschäftigt ihr neunmalkluge Knirpse?«

»Seit wann müssen wir dir darüber Rechenschaft ablegen?«

»Hast wohl nicht die beste Laune, was, Knochenbrecher?«

»Wenigstens das ist uns gemeinsam. Gehen wir!«

Salicar packte noch einige zusätzliche Dinge in seine Tasche, darunter einen Trichter, mit dessen Hilfe er dem Selbstmörder Salzwasser einflößen würde. Dann folgte er dem ungeduldig voranschreitenden Wachhabenden. Draußen empfing sie der Gesang unzähliger Grillen. Schweigend durchquerten die beiden Männer das Heerlager, das in der schwülen, sternenklaren Nacht wie ausgestorben wirkte. Die wenigen überlebenden Männer aus Sagunt, kaum mehr als dreißig an der Zahl, kauerten aneinandergekettet auf einem abgelegenen, von Unkraut überwucherten Feld. Keiner der Gefangenen schien älter als vierzig zu sein, und Salicar fragte sich, was wohl mit den überlebenden Greisen geschehen war. Bewacht wurden sie von einer Handvoll blutjunger, bis auf die Zähne bewaffneter Burschen. Eine stattliche Anzahl brennender Fackeln umsäumte das Areal, damit nichts verborgen blieb.

»Nun? Wo ist der Lebensmüde?«

Einer der Jungspunde deutete auf eine Gestalt, die abseits seiner Leidensgefährten zusammengekrümmt im Staub lag. Wegen der bevorstehenden Behandlung hatte man ihn von den anderen losgekettet.

»Wie um alles in der Welt konnte er sich vergiften?«, verlangte Salicar zu erfahren.

Die Antwort war allgemeines Schulterzucken. Auch den Bewachern war es ein Rätsel, wie es dem Mann gelungen sein mochte, Gift einzunehmen, zumal er sich nach seiner Ergreifung, wie jeder andere Gefangene, einer gründlichen, wenig sanften Leibesvisitation hatte unterziehen müssen. Salicar schritt auf den Mann zu. Eine der Wachen machte Anstalten, ihn zu begleiten, aber der Arzt wies ihn zurück. »Ich komme allein klar.«

»Ich will dich nur schützen!«

»Vor einem sterbenden Mann?«

»Man kann nie wissen.«

»Wenn ich Hilfe brauche, rufe ich dich.«

»Wie du meinst.«

Diese großspurigen Jünglinge hielten sich für unentbehrlich.

Der Saguntiner, ein Mann mittleren Alters, stöhnte und hielt sich den Bauch. Seinem Gesicht nach zu urteilen war er hellenischer Abstammung. Salicar kniete sich neben ihn nieder und ergriff sein Handgelenk. Der Puls war leicht zu ertasten, das Herz schlug regelmäßig. Der ausgetrocknete Mund des Mannes brachte keinen Schaum hervor, wie das bei Vergiftungen häufig zu beobachten war. Die Augen waren geschlossen, und als Salicar eines seiner Lider mit dem Daumen öffnete, konnte er selbst im Halbdunkeln sehen, wie die Pupillen sich weiteten.

»Was immer du auch zu dir genommen hast, Mann aus Sagunt: Gift war es nicht! Willst du mich zum Narren halten?«

Augenblicklich hörte der Mann auf zu stöhnen und sah ihn an. »Bist du Arzt?«, fragte er mit kratziger Stimme.

»So ist es. Und glaub mir, kein Arzt der Welt mag es, wenn er mitten in der Nacht für nichts und wieder nichts aus dem Schlaf geholt wird. Warum mimst du den Sterbenden? Ich kann dich nicht retten vor deinem Los.«

»Ich will nicht, dass du mich rettest, Medicus. Ich will dir nur eine Frage stellen.«

»Und deshalb musstest du dieses Schauspiel abliefern?«

»Glaubst du etwa, sie hätten mir sonst einen Arzt geschickt?«

Daran war etwas Wahres. »Na schön, hier bin ich also. Ich bin bereit, mir deine Frage anzuhören, und wehe dir, wenn sie meinen Zorn noch weiter anfacht.«

Der Mann stemmte seinen Oberkörper in die Höhe. Salicar schielte hinüber zu den Wachen, die sich vermutlich über die schnelle Genesung des Gefangenen wunderten. Er gab ihnen ein Zeichen, dass alles in Ordnung war.

»Ich habe drei Kinder und mache mir große Sorgen um sie«, begann der Mann.

»Ja, das verstehe ich. Trotzdem ist das kein Grund ...«

»Ich hatte gehofft, ein Arzt könnte mir etwas über sie sagen. Hast du die anderen Gefangenen gesehen?«

Salicar musste an sich halten, den Mann nicht zu ohrfeigen. Dafür hatte man ihn geweckt? Andererseits konnte er seine Sorge nachvollziehen. Vielleicht hätte er an seiner Stelle ähnlich erfinderisch gehandelt. Er rieb sich die Stirn. »Hör mir zu, guter Mann: Es sind mehr als tausend Frauen und Kinder in Gewahrsam genommen worden. Woher soll ich wissen, ob deine Kinder darunter sind?«

»Die älteren sind Zwillinge, vierzehn Jahre alt, obwohl das Mädchen älter und reifer wirkt. Sie heißen Kimon und Eirene. Eirene ist ein Wildfang, und ich könnte mir vorstellen, dass du eine Begegnung mit ihr nicht vergessen hättest. Und Lanike, meine Jüngste, ist gerade drei. Hast du sie gesehen?«

Salicar bemühte sich, dem erwartungsvollen Blick des Mannes standzuhalten. Das durfte doch alles nicht wahr sein! Was nun? Sollte er sich unwissend stellen? Oder dem verzweifelten Vater die Gewissheit gönnen, dass seine Kinder lebten? Salicar wollte kein Unmensch sein, auch wenn undankbare Patienten ihn manchmal als solchen bezeichneten. Also entschied er sich für die Wahrheit. »Deine Kinder sind wohlauf«, sagte er nach kurzem Zögern.

»Du hast sie gesehen?« Aufgeregt legte der Mann eine Hand auf Salicars Schulter, aber der schüttelte sie unwirsch ab.

»Sie leben«, beteuerte er. »Und zufällig weiß ich, dass sie in gute Hände kamen. Niemand wird ihnen etwas zuleide tun.«

Der Mann blinzelte ihn an, als hege er den Verdacht, dass der Medicus ihm nur nach dem Mund rede. »Wenn das so ist, Medicus, dann kannst du mir sicher sagen, welche Farbe Eirenes Augen haben.«

Salicar musste nicht lange darüber nachdenken. »Sie sind grün. Eine sehr hübsche Tochter hast du übrigens, und ja, sie hat ein großes Mundwerk. Dein Sohn ist eher schweigsam, aber sehr geschickt mit seinen Händen und äußerst wissbegierig. Lanike, deine Jüngste, schlägt sich ohne ihre Eltern recht tapfer; ich weiß, dass eine Amme sich ihrer angenommen hat. Dein Name ist Demetrios, du hast mit Stoffen gehandelt, und dein Weib, die Mutter deiner Kinder, starb während der Kämpfe um Sagunt. Du siehst, ich habe dir keine Märchen erzählt.«

Davon war auch Demetrios nun überzeugt. Vor Erleichterung schloss er die Augen und bewegte lautlos die Lippen, als bedanke er sich bei irgendeiner Gottheit für diese gute Nachricht.

»Deine Kinder werden zusammenbleiben«, fuhr Salicar fort, um einer entsprechenden Frage zuvorzukommen, »es wird ihnen an nichts mangeln, darauf hast du mein Wort. Und jetzt gehe ich in mein Bett zurück, wenn du nichts dagegen hast.«

»Ein Wort noch! Denken meine Kinder, ich sei tot?«

Nach kurzem Zögern nickte Salicar.

»Lass sie in diesem Glauben, Medicus. Erzähle ihnen nichts von unserem Gespräch. Für sie ist es besser zu denken, ich sei tot, als mich in einem Bergwerk zu wissen, wo ich einen langsamen Tod sterben muss.«

Salicar schluckte. Das Schicksal dieses Mannes berührte ihn mehr, als ihm lieb war. Demetrios bettelte nicht für sich, wie es viele andere Gefangene taten; allein das Wohlergehen seiner Kinder lag ihm am Herzen.

»Ich werde ihnen nichts erzählen«, versprach Salicar.

»Dein Ehrenwort?«

Salicar ergriff die Hand, die Demetrios ihm reichte. »Gebe ich dir!« Dann erhob er sich und winkte die Wachen herbei.

»Mögen die Götter dir wohlgesonnen sein, Medicus.«

»Das wünsche ich auch dir!«, erwiderte Salicar leise, wenngleich er sich nicht vorstellen konnte, dass ein Gott sich um das Wohlergehen eines elenden Bergwerkssklaven scherte.

»Ihr könnt den Mann wieder in Ketten legen!«

Die herbeigeeilten Wachen wechselten einen irritierten Blick. »Du hast ihn bereits kuriert?«

»Kein Gift. Nur eine kleine Unpässlichkeit. Wie ihr seht, ist er wieder wohlauf. Schaut nächstes Mal genauer hin, bevor ihr mich aus dem Bett werft.«

»Kleine Unpässlichkeit, ja? Na warte, dem werden wir zeigen, wie man sich unpässlich fühlt!«

»Nichts dergleichen werdet ihr tun. Behandelt ihn gut, sonst sorge ich dafür, dass ihr Ärger bekommt! Verstanden?«

Erneut sahen die Burschen sich an. Doch einem Arzt widersprach man ungern, allzu schnell konnte es geschehen, dass man seine Heilkünste selbst in Anspruch nehmen musste. Zumal sich Salicar bekanntlich bestens mit dem obersten Wundarzt Synbalos verstand.

»Verstanden!«, erklärten sie wie aus einem Mund.

Salicar nahm seine Tasche und schritt davon, ohne einen Blick zurückzuwerfen. Eine Frage hatte er allerdings noch. »He, du!«, wandte er sich an einen der Wächter. »Wann werden die gefangenen Männer fortgeschafft?«

»Bostars Leute werden sie morgen früh zu den Minen bringen. So jedenfalls wurde es uns gesagt.«

Gut so. Je schneller sie von hier fortkamen, desto geringer war die Chance eines zufälligen Zusammentreffens der Kinder mit ihrem Vater.

Als Salicar wieder im Bett lag, wollte der Schlaf nicht zurückkehren. Mit dem Wissen, das er den Geschwistern nun voraushatte, fühlte er sich wie ein Betrüger.

Imilkos geschwungene Handschrift war unverkennbar. Wenn Hannibal auf das Pergament blickte, war es ihm beinahe, als wäre sie bei ihm. Briefe von ihr zu erhalten war erfreulicher als jeder militärische Triumph. Die Nervosität vor einem Kampf war nichts im Vergleich zu jener, die ihn befiel, wenn er Imilkos Briefe öffnete. Den heutigen hatten ihm seine Brüder überbracht; inzwischen hatte er ihn wohl schon ein Dutzend Mal gelesen. Und obwohl es weit nach Mitternacht sein musste, brannte immer noch Licht in Hannibals Quartier. Seinen Leibdiener Rasbos schien das nicht zu stören; schnarchend lag er auf seinem Platz in einer Ecke des Zelts. Zum Glück hatte er einen guten Schlaf, denn Hannibal war nicht nach seinen Narreteien zumute.

Trotz aller Ergötzung, die das Lesen von Imilkos Zeilen ihm bescherte, beschlichen ihn auch kummervolle Gedanken. Gewiss, sie würden sich bald wiedersehen – und endlich würde er seinen Sohn in den Armen halten können! –, doch der nächste Abschied war unausweichlich. Die Vorstellung, ihr dies mitzuteilen, quälte ihn, zumal es ein Abschied für lange Zeit sein würde – auf Jahre vielleicht. Es würde Überwindung kosten, ihr dabei in die Augen zu sehen, mehr Mut erfordern, als sich in ein Schlachtgetümmel zu werfen oder eine Festungsmauer zu erstürmen.

Hannibal stieß einen leisen Seufzer aus, worauf sein iberischer Adjutant Bato am Zelteingang erschien. »Alles in Ordnung, Herr?«

»Ja, Bato.«

»Ich hörte dich stöhnen. Schmerzt deine Hüfte?«

»Meiner Hüfte geht es prächtig. Danke für deine Fürsorge, aber mach dir keine Sorgen. Geh, bevor du mir noch Rasbos aufweckst.«

Bato wirkte nicht überzeugt, doch weil der schlaflose Feldherr von ihm erwartete, dass er verschwand, gehorchte er.

Ausgestreckt auf seinem Lager entrollte Hannibal das Pergament ein weiteres Mal.

Mein Geliebter!

Wie es hier in Neu-Karthago heißt, ist der Fall Sagunts nur noch eine Frage von Tagen. Warum sind diese Menschen nur so zäh und widerborstig? Beinahe bin ich ihnen böse, weil sie dich daran hindern, zu deiner Familie zurückzukehren. Weil sie dir nicht gönnen wollen, dass du deinen Sohn wachsen und gedeihen siehst. Hamilkar! Du hast allen Grund, stolz auf ihn zu sein. Manchmal, wenn er im süßen Schlaf liegt und die kleinen Hände zu grimmigen Fäustchen ballt, sollte man denken, er könne es kaum erwarten, ein Teil der Löwenbrut zu sein. Von Tag zu Tag wird er kräftiger. Wenn es noch länger dauert mit deiner Heimkehr, wird er dir über den Kopf wachsen. Aber so weit wird es nicht kommen, wir werden uns bald wieder umarmen, nicht wahr? Und ich verspreche dir höchste Wonnen, sobald wir für uns sein können. Deine Brüder rieten mir, dies ausdrücklich zu erwähnen, du kennst sie ja, diese übermütigen Kerle. Ihrem Willen habe ich somit entsprochen, freilich nicht, um ihnen einen Gefallen zu erweisen, sondern weil es meinen eigenen sehnlichen Wünschen entspricht. Das solltest du wissen, und ich glaube, du wusstest es vorher schon. Schließlich sind wir ja nicht zum ersten Mal getrennt. Ich gebe die Hoffnung nicht auf, dass es vorläufig das letzte Mal gewesen ist.

Wenn nur nicht diese Römer wären. Hier wird viel über sie geredet, meistens sind es Schimpftiraden. Muss man sich Sorgen machen? Wird es zum Krieg kommen? Sind die Römer so skrupellos, wie man erzählt? Ich bete zu den Göttern, dass wir in Frieden mit ihnen leben können. Das ist doch auch dein Wunsch, oder? Bitte, Geliebter, sag mir, dass es so ist, denn ein neuer Krieg gegen Rom wäre ein großes Unglück. Versprich, alles zu tun, was in deiner Macht steht, um Rom nicht weiter herauszufordern. Gib den Göttern keinen Grund, dir zu zürnen.

Oh nein, ich mache dir keinen Vorwurf wegen Sagunt. Noch gestern versicherte mir dein Freund Maharbal, dass dieses Exempel notwendig war, damit niemand in Rom auf den Gedanken kommt, wir seien schwach oder unentschlossen. Was bleibt mir übrig, als ihm zu glauben, da ich von der Politik wenig verstehe. Was ich jedoch weiß, ist, dass nur der Friede uns dauerhaft vereinen kann. Voller Hoffnung zähle ich deshalb die Tage bis zu unserem Wiedersehen. Bitte sieh dich vor, damit ich einen unversehrten Gemahl in meine Arme schließen kann. Wenn du kämpfst, denk daran, dass dein Sohn und ich auf dich warten. Glaube fest daran, dass ich dich liebe und mich nach dir verzehre.

Deine Imilko

Hannibal schloss die Augen und presste den Brief fest an seine Brust, die sich unter unruhigen Atemzügen hob und senkte. Seine Sehnsucht nach Imilko war gewaltiger denn je. Ebenso gewaltig war sein Unbehagen, wenn er an seine Zukunftspläne dachte. Es waren die Pläne eines Feldherrn, nicht die eines Ehemanns.

Gib den Göttern keine Gelegenheit, dir zu zürnen!

Über diese Worte dachte er nach. Den Göttern, sofern es

sie gab, musste doch an Gerechtigkeit gelegen sein. Sie mussten wissen, dass es die Römer waren, die an seinem Dilemma die Schuld trugen.

»Imilko …«

Sein Flüstern glich einem Flehen.

»Sei tapfer, Mädchen!«

Grinsend reichte Mabol Eirene zwei Holzeimer, die bis zum Rand mit Fäkalien gefüllt waren. Die Entleerung der Nachttöpfe an den Latrinengräben hinter dem Lager gehörte zu den ersten Tätigkeiten des Tages. Inzwischen hatte Eirene eine Strategie entwickelt, wie sie dies bewerkstelligen konnte, ohne vor Ekel zu sterben, indem sie sich beharrlich einredete, die Eimer seien mit Blüten gefüllt. Dies mochte keine sonderlich originelle Methode sein, aber nach zwei Tagen stellten sich erste Erfolge ein. Womöglich war auch nur die Gewöhnung der Grund, dass der Würgereiz allmählich ausblieb.

Ohne eine Miene zu verziehen, nahm sie die Eimer von dem Pfleger entgegen. »Mal sehen, Mabol, vielleicht mische ich dir eine Prise davon ins Essen.«

»Warum nicht? Ein bisschen Würze kann den Fraß nur besser machen.«

»Arbeiten sollt ihr, nicht palavern!«, brummte Salicar, der gerade als Erster der Ärzte das Lazarettzelt betrat. Eirene fand, dass er müde aussah.

»Schlecht geschlafen?«, fragte sie.

»So ist es.«

»An ein hübsches Mädchen gedacht?«

»Stell dir vor, ein Arzt muss manchmal auch nachts arbeiten. Und jetzt sieh zu, dass du fortkommst mit deinen Eimern.«

»Hoppla!« Bevor sie das Zelt verließ, deutete Eirene ein Stolpern an, um die anderen zu erschrecken.

»Ich bezweifle, dass sie jemals eine ganz normale Frau sein

wird«, sagte Mabol. Er grinste immer noch.

»Wie hat denn unser Syphax die Nacht verbracht?«

»Ohne Beine, aber auch ohne Fieber und glücklicherweise tief schlafend.«

»Hat Himero etwa wieder nachgeholfen?«

»Na ja, ein wenig vielleicht.«

Salicar beschloss, sich den Veteran später einmal zur Brust zu nehmen. Es konnte nicht angehen, dass er jedes Problem mit Faustschlägen löste. Andererseits hatte seine Gewalttätigkeit ihm einst ein großes Problem vom Hals geschafft. Aber daran dachte Salicar nur äußerst ungern zurück.

»Lass uns zuerst die Verbände bei Syphax wechseln, Mabol.«

»Alles schon vorbereitet, Herr.«

Während sie die Leinenstreifen abnahmen, tauchte der Libyer stöhnend aus dem Reich der Träume auf und hob den Kopf. »Was habt ihr mit meinen Beinen gemacht?«, schrie er.

»Stillhalten!«, befahl Salicar barsch.

»Meine Beine sind ab!«

Andere Patienten, durch sein Geschrei geweckt, rieten ihm drohend, die Klappe zu halten.

»Dein Leben für deine Beine«, sagte Salicar nüchtern. Zufrieden betrachtete er die Nähte der beiden Stümpfe. Kein Anzeichen einer Entzündung – bis jetzt zumindest. Mabol begann, mit einem nassen Schwamm das verkrustete Blut wegzuwischen.

»Hör sofort auf damit, du schwarzer Dämon!«, jammerte der Libyer.

»Soll ich Himero holen?«, fragte Mabol seinen Vorgesetzten.

»Auf keinen Fall! Hör mir zu, Syphax, deine Beine wachsen auf keinen Fall wieder nach, auch wenn du noch so laut schreist und zeterst. Aber immerhin hast du gute Chancen zu überleben. Also lass uns in Ruhe arbeiten!«

Ob durch plötzlich gewonnene Einsicht oder einsetzenden

Trübsinn: Endlich beließ es der Libyer dabei, sein Lamento durch lautlose Lippenbewegungen kundzutun, wobei er einen Arm auf seine Augen presste, um nichts sehen zu müssen. Salicar atmete auf. »Besten Dank!«

Während sie die Verbände wechselten, hörte man draußen den Lärm rumpelnder Karren. Peitschen wurden geschwungen, Befehle gebrüllt und aufgewirbelter Staub fand den Weg ins Zelt.

»Was soll dieser verdammte Lärm am frühen Morgen?«, schimpfte Salicar.

»Heute werden die männlichen Minensklaven abgeholt«, erklärte Mabol. Salicar hielt inne und murmelte einen Fluch. Mabol sah ihn verdutzt an. »Herr?«

Was, wenn Eirene da draußen ihres Vaters ansichtig wurde? Noch während Salicar darüber nachdachte, wie sich das verhindern ließe, stand Kimon neben ihm. Große Enttäuschung stand ihm ins Gesicht geschrieben.

»Warum hast du nicht auf mich gewartet? Ich wäre so gern dabei gewesen, als ihr den Verband abnahmt.«

Salicar nahm ihn kaum wahr. »Mabol! Geh und hol Eirene!«

»Aber wozu, Herr?«

»Weil … sie soll herkommen! Sofort!«

Natürlich wusste Mabol, dass es unangebracht war, Befehle zu hinterfragen, aber in diesem Fall, so fand er, war der junge Wundarzt ihm durchaus eine Erklärung schuldig. »Herr, kannst du nicht den Jungen schicken? Ich bin mit dem Säubern des Stumpfes beschäftigt.«

Den Jungen zu schicken würde die Gefahr einer unerwünschten Begegnung nicht verringern, sondern gar verdoppeln. »Schon gut«, seufzte Kimon, der Salicars Zögern falsch deutete, »ich kann gehen und sie holen.«

»Du bleibst, Kimon! Ich gehe selbst! Hilf Mabol beim Verbinden!«

Mit offenem Mund sah ihm Kimon hinterher. »Was hat er denn?«

»Auf der Welt gibt es zwei Arten von seltsamen Menschen«, erklärte Mabol ihm geduldig. »Die einen sind Weiber, die anderen Ärzte. Wenn du eines Tages ein richtiger Arzt bist, mein Kleiner, dann gib mir dein Wort, ein bisschen weniger seltsam zu sein.«

Kimon versprach Mabol, es zu versuchen, wenn er ihm dafür gestattete, die Stümpfe des Libyers frisch zu verbinden.

»Warum nicht?« Der Pfleger nickte. Seit der Junge den Balearen vor dem Erstickungstod gerettet hatte, war seine Achtung vor ihm so groß, dass er ihm schwerlich etwas hätte ausschlagen können.

Kräftige Gäule waren vor vier Käfigkarren gespannt, auf denen die an Händen und Füßen gefesselten Gefangenen hockten. Ihre Reise würde Tage dauern. Ausgemergelt und mutlos wirkten sie schon jetzt, und mancher von ihnen mochte bereits bereuen, nicht den Tod bei den Kämpfen gesucht und gefunden zu haben. Das Schicksal, das sie in den Bergwerken erwartete, war ein unsagbar trostloses. Ein Trupp libyscher Fußsoldaten flankierte die Wagen, und ein Reiterhauptmann an der Spitze bellte Befehle über seine Schulter.

Salicar beeilte sich, die traurige Karawane zu überholen, wobei er sich vornahm, die Gefangenen nicht in Augenschein zu nehmen. Weil aber der Medicus in ihm die Oberhand gewann, ließ er den Blick doch über sie schweifen, um sich ein Bild vom Ausmaß ihres Elends zu machen. Ausgerechnet Demetrios war es, der ihm direkt in die Augen blickte. *Vergiss nicht dein Versprechen!*, lautete die stumme Botschaft, die Salicar seiner Miene entnahm. Er antwortete mit einem knappen Nicken und lief weiter. Sein Versprechen war ja schließlich der Grund, weshalb er diesen Weg auf sich nahm. Wo war Eirene?

Er sah sie, kurz nachdem er den Zug passiert hatte. Mit den geleerten Eimern kehrte sie schnellen Schrittes von den Latrinengruben zurück. Wenn er sie nicht aufhielte, würde sie den Gefangenen unweigerlich begegnen. Dies galt es zu verhindern, also verschärfte er das Tempo. Verwundert hob Eirene die Augenbrauen, als er vor ihr stehen blieb. »Suchst du mich?«

»Ja …, ich meine …« Salicar war nicht oft verlegen, aber diese Situation ging über das hinaus, was ihm für gewöhnlich als Medicus abverlangt wurde.

»Hattest du die Befürchtung, ich könnte mich mit den Eimern für immer auf und davon machen?«

»Das war eigentlich weniger meine Sorge. Aber …«

»Ja?«

Verflucht, warum fiel ihm denn kein Grund ein, den er ihr als triftig verkaufen konnte? Aber er hatte ja auch kaum Zeit gehabt, sich einen auszudenken. »Warum machen wir nicht einen kleinen Spaziergang?«, schlug er vor.

Sie blinzelte ihn an. »Spaziergang?«

»Warum nicht? Ich wollte dir nämlich … etwas sagen.«

»Willst du mir eine Liebeserklärung machen?«

»Sei nicht albern, Eirene. Und vor allem nicht vorlaut. Stell die Eimer ruhig ab, du kannst sie später mitnehmen.« Mit einer Kopfbewegung wies er in die Richtung, die er mit ihr einzuschlagen gedachte.

»Zu den Latrinengräben?«, fragte sie nicht ohne Verwirrung, während ihre Aufmerksamkeit auf den Gefangenenzug fiel.

Salicar nahm ihr die Eimer aus den Händen und stellte sie auf den Boden. Dann fasste er sie am Ellenbogen, um sie zu führen. »Ich muss dir sagen«, begann er in leicht gedehntem Tonfall, »dass du deine Sache gar nicht mal schlecht machst.«

»Ist das dein Ernst?«

»Und ob. Ich meine … inzwischen erledigst du deinen Gang

zu den Gräben ohne jedes Theater. Ich finde es bemerkenswert, wie tapfer du dich zusammenreißt, wo ich doch genau weiß, wie verhasst dir diese Aufgabe ist.«

»Ich rede mir ein, die Eimer wären mit Blüten gefüllt. Das ist das ganze Geheimnis.«

»Interessant. Aber auch im Lazarett erledigst du deine Aufgaben zu meiner vollen Zufriedenheit.«

Sie blieb stehen und blinzelte ihn skeptisch an. »Um mir das zu sagen, bist du hierhergekommen?«

»Äh, sicher.«

»Du hättest es mir auch später sagen können.«

»Stimmt. Aber ich hatte das Bedürfnis, mir ein wenig die Beine zu vertreten.«

»Verstehe.«

»Übrigens ist auch der Meister zufrieden mit dir. Ich finde, das solltest du wissen.«

»Ja. Weil ich ihn an seine Lieblingsnichte erinnere. Kennst du sie?«

»Leider ist sie vor drei Jahren gestorben. Du siehst ihr ähnlich, weißt du. Sie hieß Helena.«

Eirene nickte nachdenklich. Gefühlsduselei mochte der wahre Grund sein, weshalb Synbalos sie so sehr mochte.

Salicar fasste sie am Ärmel. »Komm, gehen wir weiter. Wir sollten die frische Morgenluft ausnutzen. Wird ein heißer Tag heute.«

»Müssen wir denn unbedingt zu den Gräben gehen? Von frischer Morgenluft wirst du dort nicht viel merken.«

Salicar schielte hinüber zu dem Zug. Wenn sie umkehrten und dabei keine übermäßige Eile an den Tag legten, würde er eine Begegnung vermeiden. Nun konnte er es riskieren, mit ihr zum Lazarett zurückzugehen. »Du hast recht. Entschuldige, aber wenn man schon eine Weile Feldarzt ist, nimmt man bestimmte Gerüche gar nicht mehr wahr.«

»Angeber! So alt bist du doch gar nicht.«

»Fang nicht schon wieder damit an. Ich könnte beinahe dein Vater sein.«

»Niemals.«

»Dann eben dein großer Bruder.«

»Beantwortest du mir eine Frage, Salicar?«

»Wenn ich die Antwort weiß – sicher!«

»Findest du mich hübsch?«

Ihre Offenheit verwirrte ihn, aber er beantwortete ihre Frage wahrheitsgemäß. »Ja, Eirene, ich finde dich hübsch. Sehr hübsch sogar!«

Sie lächelte. »In diesem Fall möchte ich dir eine zweite Frage stellen. Darf ich?«

»Du wirst es dir kaum nehmen lassen, sie auszusprechen.«

»Wenn ich nicht hübsch wäre, wärst du dann auch zu mir gekommen, um mir all das zu sagen?«

Salicar erschrak. Glaubte das Mädchen allen Ernstes, er würde ihr den Hof machen? Andererseits durfte er sich nicht darüber wundern, schließlich musste sein Verhalten in der Tat merkwürdig anmuten. »Wer weiß«, erwiderte er, weil ihm jede andere Antwort falsch schien.

Als sie das Lazarettzelt erreichten, war der Gefangenenzug nur noch als Staubwolke in der Ferne auszumachen. Salicar fand den Gedanken zutiefst traurig: Eirene und Kimon wähnten ihren Vater tot, obwohl er lebte. Und doch würden sie es nie erfahren, geschweige denn ihn wiedersehen.

7.

Der Tag, an dem sich das Heerlager vor den Ruinen Sagunts aufzulösen begann, war trüb und verhieß Regen. Nach Wochen der Hitze bedeckten graue Wolken den Himmel, ein kühler Wind, vom Meer kommend, gab den Vorboten des nahenden Winters. Schon am Vortag hatten der Feldherr und seine Brüder den Ort verlassen und alle iberischen Krieger, die an der Belagerung beteiligt gewesen waren, beurlaubt. Nach und nach machten sich die Männer gruppenweise und beutebeladen auf den Heimweg, zurück zu ihren Familien, die sie monatelang nicht gesehen hatten. Im Hafen, drei Meilen von der Stadt entfernt, ankerte ein Schnellsegler aus Karthago. Eine Handvoll Mitglieder des Hohen Rates – sie alle trugen lange Chitons aus schimmernder Seide – war eigens angereist, um sich ein Bild von der Lage zu machen. Da der Feldherr und die meisten höheren Offiziere nicht mehr anwesend waren, ließen sich die sichtlich missmutigen Herren von einem jungen karthagischen Hauptmann durch das von Aufbruchsstimmung erfasste Lager führen. Vor dem Lazarett angelangt, verlangten sie, den obersten Wundarzt zu sprechen. Synbalos ließ sie eine Zeitlang warten, länger, als seine Pflichten es erfordert hätten. Dann empfing er sie in seinem persönlichen Zelt, bot ihnen Platz, aber keinen Wein, sondern nur Wasser an. Nachdem er ihnen Auskunft über die Zahl der Verwundeten und Toten gegeben hatte, begannen sie ihm Fragen militärischer Art zu stellen. Bis es Synbalos zu bunt wurde. »Ich bin kein Heerführer, meine Herren. Ich bin Wundarzt!«

»Aber deine Meinung interessiert uns, werter Medicus«, erwiderte der Wortführer der Ratsherren mit schiefem Lächeln.

»Wartet den offiziellen Bericht des Feldherrn ab!«

»Aber er ist aus der Sicht eines Strategen geschrieben. Wir wollen auch hören, wie andere die Geschehnisse beurteilen. Hätte man die Stadt früher einnehmen können? Warum dauerte es acht Monate, bis sie fiel?«

Synbalos beugte sich vor. »War einer der ehrenwerten Herren jemals bei einer Belagerung dabei?«

»Ich wüsste nicht, welche Rolle das spielt.«

»Eine große, finde ich. Oder würde sich einer von euch einen gebrochenen Knochen von jemandem richten lassen, der solches noch nie gemacht hat?«

Synbalos sah sich feindseligen Blicken ausgesetzt. »Vergiss nicht, wen du vor dir hast, Medicus«, sagte der Wortführer in scharfem Ton.

»Sei versichert, ich vergesse es nicht. Würdet ihr mich jetzt entschuldigen? Ich habe zu arbeiten. Einige der Verwundeten müssen wir mitnehmen nach Neu-Karthago, und noch heute wollen wir aufbrechen.«

Grußlos verließen die Ratsherren das Zelt. Eirene, die es soeben hatte betreten wollen, ließ sie alle passieren und sah ihnen mit großen Augen hinterher.

»Du hast gelauscht!«, stellte Synbalos ohne Empörung fest.

»Ich bin verwirrt«, sagte sie eintretend.

»Weil du gedacht hast, man würde Hannibal in Karthago wie einen Helden feiern?«

»Na ja … so etwas in der Art habe ich schon geglaubt.«

»Dann weißt du es jetzt besser. Auch einem erfolgreichen Feldherrn ist nicht jeder seines Volkes wohlgesonnen.«

»Aber er hat Karthago doch Ruhm und Reichtümer beschert?«

Synbalos ignorierte ihren sarkastischen Ton. »Das ist Politik, Eirene.«

»Erklär mir diese Politik.«

»Dafür ist keine Zeit. Wir haben zu tun.«

»Du willst mich also dumm halten.«

Synbalos' Lächeln wirkte resigniert. »Hannibal ist für seine Männer ein Halbgott. Sie würden für ihn durchs Feuer gehen. Aber in Karthago gibt es Leute, die sind nicht damit einverstanden, wie er die Römer provoziert. Im Rat der Stadt gibt es einen Mann namens Hanno, dessen Sippe seit jeher mit den Barkiden verfeindet ist. Wahrscheinlich gehören die Männer, die du vorhin gesehen hast, zu Hannos Fraktion. Zudem fürchten viele Händler und Kaufleute um ihre guten Geschäfte, sollte es zu einem neuen Krieg gegen Rom kommen. Deshalb ist Hannibal keineswegs unumstritten, denn Karthago ist vor allem eine Handelsmacht. Weil jedoch sein Vater der berühmte Hamilkar war, der Karthago vor dem Untergang rettete, genießt Hannibal nach wie vor hohes Ansehen. Seine Gegner haben es nicht leicht, ihn zu diffamieren, aber sie versuchen es. – Soweit die Tatsachen. Bist du nun klüger?«

Eirene zwirbelte nachdenklich eine Haarsträhne, die vor ihrem Gesicht tanzte. »Und was ist mit dir, Synbalos? Wie siehst du den großen Strategen?«

Einen Moment lang überlegte er, ob er dieses Fragespiel wirklich fortsetzen sollte. Doch es fiel ihm grundsätzlich schwer, Eirene etwas abzuschlagen. Er kratzte sich das Kinn. »In einer Welt, die nur aus Krieg bestünde, wäre Hannibal ein Gigant. Ich weiß, du hasst ihn, weil du meinst, seinetwegen Eltern und Heimat verloren zu haben. Doch so einfach ist es nicht. Ich kenne ihn lange genug, um sagen zu können, dass es nicht sein Streben ist, jener Gigant zu sein, von dem ich sprach. Er liebt die Gerechtigkeit.«

»Seine *Gerechtigkeit* hat meine Heimatstadt dem Erdboden gleichgemacht.«

»Das ist wahr, und ich nehme deinen Einwand ernst. Aber jede Gerechtigkeit verlangt Opfer, auch wenn das niemanden mehr lebendig macht. Doch jetzt genug philosophiert. Wie gehen die Arbeiten voran?« Der Abbruch des Lazaretts und das Umlagern der Verwundeten in die bereitstehenden Wagen sollte bis zur Mittagszeit abgeschlossen sein.

»Salicar wünscht deine Meinung über den Baeculaer mit der Bauchverletzung zu hören. Sein Zustand hat sich über Nacht verschlechtert. Salicar glaubt, dass er den Transport nach Neu-Karthago nicht überleben wird.«

»Das ist richtig, er wird unterwegs sterben. Was schlägt Salicar vor?«

»Ihn trotzdem mitzunehmen und dafür zu sorgen, dass seine Verwandten ihn bestatten können.«

»Wie immer ist das sehr edelmütig von Salicar. Denkst du auch, dass wir so handeln sollten, Eirene?«

Sie nickte, wenn auch nach kurzem Zögern.

»Obwohl der Sterbende uns unterwegs womöglich viel Arbeit machen wird?«

Sie zuckte mit den Schultern.

»Salicars Wort gilt dir viel, nicht wahr?« Er lächelte, als er sah, wie eine leichte Röte über ihre Wangen flog. »Schon gut, auch ich halte es für richtig, dass wir den Baeculaer mitnehmen. Dein Bruder soll sich darum kümmern, dass er weich gebettet wird. Na los, verschwinde schon, wir haben nicht den ganzen Tag Zeit!«

Nachdem sie gegangen war, dachte er über seine eigenen Worte nach. »Gerechtigkeit«, murmelte er halblaut zu sich selbst. Als habe er nie ernsthaft über die Bedeutung dieses Wortes nachgedacht.

Gut eine Woche würden sie bis Neu-Karthago unterwegs sein. Der Lazarettzug bestand aus elf Wagen, sechs davon waren mit Schwerverletzten belegt, insgesamt zwanzig an der Zahl. Zwölf Infanteriesoldaten und eine Handvoll numidischer Reiter waren zum Schutz des Zuges abgestellt. Als dieser sich in Bewegung setzte, warfen Eirene und Kimon, die auf der Kante eines der hinten offenen Trosswagen saßen und die Beine baumeln ließen, einen letzten betrübten Blick auf das in Trümmern liegende Sagunt, die Stadt, in der sie geboren und aufgewachsen waren. Selten waren sie weiter als wenige Meilen über die Grenzen der Stadt hinausgekommen. Jetzt hausten an diesem Ort nur noch wilde Tiere und die Geister der Toten. Ob man die Stadt jemals wieder aufbauen würde? Kimon sah, wie sehr seine Schwester mit den Tränen kämpfte.

»Hast du Heimweh, Eirene?«

»Dafür muss man schon ein Heim haben.«

»Bitte weine nicht.«

Der Blick, mit dem sie ihn bedachte, sollte Befremden zeigen, aber sie war sich nicht sicher, ob ihr das gelang. »Es ist noch nicht lange her, da wolltest du bei der Verteidigung der Stadt sterben.«

Kimon nickte ernst. »Es ist dein Verdienst, dass es anders gekommen ist. Während ich alles verloren gab, hast du für mich und Lanike gekämpft. Dafür möchte ich dir danken, Schwester.«

Müde lächelte sie ihn an. »Du bist glücklich, nicht wahr? Die Arbeit mit den Ärzten gefällt dir.«

»Es ist das, was ich eigentlich immer machen wollte.«

»Wie schade, dass niemand davon wusste. Du hättest mir von diesem Medicus, den du besucht hast, erzählen können. Ich hätte dich nicht verpfiffen.«

»Verstanden hättest du mich aber auch nicht.«

Eirene seufzte. »Nun, besonders gesprächig warst du ja nie. Aber nach allem, was wir miteinander durchgemacht haben, fühle ich mich dir heute stärker verbunden als früher. Ist das nicht seltsam?«

»Es ist eher die logische Konsequenz daraus, denke ich. Mir geht es ähnlich.«

Mit zwei Fingern streichelte sie seine Wange. »Glaub mir, Bruder, ich bin nicht so stark, wie du vielleicht denkst. Was erwartet uns in Neu-Karthago? Wo werden sie uns unterbringen? Weißt du mehr? Hat Synbalos etwas gesagt oder angedeutet?«

Kimon schüttelte den Kopf, wirkte aber gänzlich unbesorgt. »Ich nehme an, dass Synbalos und seine Ärzte Behandlungsstuben in der Stadt besitzen.«

»Sicher.« Eirene zog eine Grimasse. »Irgendeinen werden sie brauchen, der die Scheiße fortschafft.«

»Es wird nicht für immer sein, Eirene. Synbalos weiß, dass du nur widerwillig im Lazarett arbeitest, er wird andere Aufgaben für dich finden, denn er mag dich. Hauptsache, wir können uns immer sehen. Und wer weiß, wenn wir uns gut anstellen, lassen sie uns in ein paar Jahren vielleicht frei.«

»Ja, vielleicht«, sagte sie, um ihm nicht die Stimmung zu verderben.

Sie schwiegen, ertrugen das Rumpeln des Wagens und lauschten dem Getrappel und dem Schnauben der Zuggäule und Packtiere. Eirene fühle sich leer und mutlos, als begriffe sie erst jetzt, was alles über sie hereingebrochen war. Allein der Gedanke an Salicar vermochte etwas Licht in ihre trüben Gedanken zu bringen. Ohne Salicar wäre alles noch trostloser. Im Stillen musste sie bekennen, dass sie sich in den jungen Arzt verliebt hatte. Umgekehrt hatte Salicar offenbar Gefallen an ihr gefunden, auch wenn er sich zurückhielt. Immerhin hatte er die Gelegenheit genutzt, eine Weile mit ihr allein zu sein, als er ihr zu den Latrinengräben gefolgt war. Auf einmal hatte er richtig verlegen gewirkt, und sie hatte der Versuchung widerstehen müssen, ihn zu küssen.

»Na also«, riss Kimons Stimme sie aus ihrem süßen Tagtraum, »so gefällst du mir schon besser.«

Ihr wurde bewusst, dass sie geistesabwesend vor sich hin geschmunzelt hatte.

Am Morgen des zweiten Reisetages geriet der Zug in höchste Gefahr.

Am Rande eines Wäldchens hatten sie über Nacht Lager bezogen und eine Wagenburg errichtet. Während am östlichen Horizont eine noch kraftlose Sonne aufstieg, machte man sich für den Aufbruch bereit. Der Baeculaer war in der Nacht gestorben. Synbalos wies Glaukias und Aiakides an, den Leichnam mit einem Balsam zu behandeln, um die Verwesung hinauszuzögern. Kimon ging unterdessen Salicar zur Hand, der zwei Verbände wechselte, und Eirene brachte den Soldaten der Eskorte einen Korb mit Fladenbroten. Bei ihrem Anblick stießen die Männer anzügliche Pfiffe aus. Daran war Eirene längst gewohnt, inzwischen hatte sie sogar gelernt, diese Spielchen mitzumachen.

»Wirst du lieb zu mir sein, Süße? Du wirst es bestimmt nicht bereuen.«

»Die Frage lautet vielmehr, ob *du* es nicht bereuen würdest, Hauptmann Cales.«

Die Aufdringlichkeit der Männer war manchmal schwer zu ertragen, andererseits war das Gefühl, begehrt zu sein, keineswegs unangenehm. Leider hatte sie aus Salicars Mund keine weiteren Komplimente mehr vernommen. Seit Reisebeginn hatte er kaum noch mit ihr gesprochen; beinahe kam es ihr vor, als würde er sie meiden. Aber wahrscheinlich war er einfach nur schüchtern.

Noch hatten sich die Wagen nicht formiert, als aus dem in Nebelschwaden getränkten Waldstück eine Horde brüllender

Menschen geradewegs auf den Zug zustürmte. Sogleich ließen die Soldaten von ihrem Frühstück ab und griffen zu den Waffen. Erschrocken wich Eirene vor ihnen zurück.

»Verschwinde, Mädchen!«, sagte der Hauptmann.

»Eirene, hierher!«, hörte sie Synbalos eindringlich rufen.

Bevor sie gehorchte und zu den Wagen zurückkehrte, versuchte sie zu erfassen, was hier eigentlich geschah. Zweifellos wurden sie gerade Opfer eines Überfalls. Es mussten an die achtzig, neunzig, hundert mit Schwertern und Speeren bewaffnete Männer sein, die der Wald da ausspie. Einige wenige trugen Lederhelme oder schwarze Koller, doch von einer einheitlichen Ausstattung konnte nicht die Rede sein. Eirene klopfte das Herz bis zum Hals. Zu ihrer Überraschung verfielen die Männer der Eskorte, obgleich an Zahl den Angreifern deutlich unterlegen, nicht in Hektik. »Schilde hoch! Schwerter ziehen!«, hörte man den Hauptmann befehlen. In Windeseile schlossen sich die Männer zu einer Reihe, die erst einmal durchbrochen werden musste, wollte man zu den Wagen gelangen. Mit einer Abgeklärtheit, die wie Überheblichkeit anmutete, erwarteten sie den Feind. Von den Wagen aus verfolgten die Überfallenen das Geschehen, die einen mehr besorgt, die anderen weniger.

»Das sind mindestens acht gegen einen, Meister!«, sagte Kimon in gepresstem Ton. Der Junge war leichenblass.

Der oberste Wundarzt nickte. »Das mag stimmen. Aber es sind acht gegen einen von *Hannibals Soldaten.*«

»Trotzdem könnten sie Hilfe gebrauchen«, sagte Himero entschlossen. In der Hand hielt er ein rostiges Schwert. Schon machte er sich hinkend auf den Weg, doch Synbalos hielt ihn mit scharfer Stimme zurück.

»Du bleibst!«

»Aber Meister …«

»Das ist ein Befehl, Himero. Sie kommen ganz sicher auch ohne dich zurecht. Du bist kein Soldat mehr!«

Mürrisch hielt der Veteran inne. »Scheiße«, brummte er, wehmütig auf seine alte Waffe blickend, die ihn wohl an seine große Zeit erinnerte.

Unterdessen prallten die Angreifer auf die Reihe der Verteidiger. Waffenlärm und Schreie! Eirene – der Schrecken stand ihr weiter ins Gesicht geschrieben – suchte die Nähe Salicars. »Was, wenn unsere Soldaten unterliegen?«, fragte sie ihn ängstlich.

»Dann sieht es nicht gut für uns aus, fürchte ich.« Doch wie jemand, der um sein Leben bangte, klang er nicht.

Immerhin würde sie dann an der Seite des Mannes sterben, dem sie ihr Herz geöffnet hatte, dachte Eirene bei sich. Sie traute sich kaum, das Kampfgeschehen zu verfolgen. Als sie endlich einmal wagte, hinüberzublicken, sah sie mindestens zwanzig Männer leblos am Boden. Es war also nur noch eine Frage der Zeit, bis die Verteidigungslinie durchbrochen wäre. Allerdings stellte sie bei näherem Hinsehen fest, dass es nur Feinde sein konnten, die dort in ihrem Blut lagen, denn die Männer der Eskorte kämpften noch vollzählig und mit unvermindertem Eifer. Sie waren noch keinen Schritt zurückgewichen.

Eirene dachte an Synbalos' Worte und schöpfte Mut. Wenn Hannibals Soldaten wirklich solche Wunderkrieger waren, dann hatten sie eine Chance, diesen Albtraum unbeschadet zu überstehen. Diese Männer hatten Sagunt zerstört und vielen Menschen den Tod gebracht, aber für irgendetwas mussten sie ja auch nütze sein. Freilich war das, was sich vor Eirenes Augen abspielte, nichts für schwache Gemüter, sodass sie sich schon bald wieder abwandte. Rollende Köpfe, abgetrennte Gliedmaßen, markerschütternde Schreie – sie hatte gehofft, so etwas, zumindest außerhalb des Lazaretts, nie wieder erleben zu müssen. Zu allem Überfluss erschien nun auch noch die ihrer Amme entflohene Lanike neben ihr, starrte mit entsetzten Äuglein auf das Schlachtfeld und begann zu schreien.

»Was macht das Kind hier? Eirene, bring sie in Sicherheit!«, befahl Synbalos über die Schulter.

Eirene nahm ihre Schwester an der Hand und führte sie fort. Aus den Augenwinkeln beobachtete sie Salicar. Blickte er ihr hinterher? Zu ihrem Leidwesen tat er es nicht.

Inzwischen war die Zahl der kampftauglichen Angreifer beträchtlich zusammengeschmolzen. Schon kehrten die ersten in heilloser Flucht in den Wald zurück. Himero juckte es nach wie vor in der Schwerthand. Salicar, der das bemerkte, klopfte ihm auf die Schulter. »Ruhig Blut, alter Recke. Deine Aufgabe besteht nicht mehr darin, Menschen zu zerstückeln, sondern sie zusammenzuflicken.«

»Verflucht sei der Bastard, der mir einst das Knie zertrümmerte.«

»Was gibt es da zu plappern?«, zischte Synbalos übellaunig. Dann wandte er sich an Yumbo und Mabol, die sich zu den Zuschauern gesellt hatten. »Und ihr, was steht ihr da herum und glotzt? Geht und holt unsere Taschen, wir bekommen gleich Arbeit!«

»Jawohl, Herr!« Die beiden Pfleger beeilten sich, dem Befehl nachzukommen, denn Synbalos konnte ungemütlich werden, wenn er sich ärgerte. Und verärgert schien er bereits zu sein.

Der Kampf neigte sich dem Ende zu. Eine Handvoll Unverdrossener versuchte ein letztes Mal vergeblich, den Wall von Soldaten zu durchdringen. Auch sie lagen bald sterbend im Staub. Somit war der Überfall erfolgreich abgewehrt worden, ohne dass auch nur einer von der Eskorte gefallen wäre. Der Hauptmann steckte sein Schwert in die Scheide. Ohne jedes Anzeichen von Erschöpfung schritt er auf die Beobachter des Kampfes zu. »Was sagt man dazu? Diese lausigen Ratten!«

Das Grinsen verging ihm, als Synbalos ihn anblaffte.

»Hauptmann Cales! Wie konnte es so weit kommen? Hast du die Umgegend nicht auskundschaften lassen, bevor wir gestern Abend unser Lager nahmen?«

»Natürlich habe ich das getan, aber…«

»Offensichtlich nicht gründlich genug. Wir können von Glück sagen, dass sie uns nicht von mehreren Seiten angegriffen haben. Was ist los mit euch? Hatte der Feldherr keine besseren Männer aufzubieten als euch Nichtsnutze? Ich werde ein ernstes Wort mit ihm reden!«

Auf der Stirn des Hauptmannes entstand eine tiefe Furche. Zweifellos verletzte Synbalos' Kritik ihn tief in seinem Stolz. Ihm war anzumerken, dass er gern in ähnlich beleidigender Weise geantwortet hätte, was ihm im Normalfall wohl auch wie von selbst über die Zunge gekommen wäre. Weil aber jedermann wusste, wie sehr Hannibal seinen obersten Wundarzt schätzte und ihn überdies seinen Freund nannte, blieb er beherrscht. »Verzeih, aber wir haben unser Bestes gegeben. Du solltest anerkennen, dass keinem meiner Schutzbefohlenen Leid geschah.«

»Ja, weil es Stümper waren, die über uns herfielen. Wären es echte Krieger oder gar Römer gewesen, würden wir jetzt nicht miteinander sprechen.«

»Mit Verlaub, aber in Iberien gibt es keine Römer, werter Medicus.« Der Hauptmann war nicht willens, jede Kröte zu schlucken, die Synbalos nach ihm warf.

»Bist du dir da sicher? Was, wenn sie eines Tages hier sind? Schon heute solltest du mit ihrer Gegenwart rechnen. Es ist besser, du gewöhnst dich an den Gedanken, es wird dir die Zukunft erleichtern.«

Der Hauptmann schwieg. Als Militärangehöriger hatte er schon machen Unfug aus dem Mund eines Zivilisten vernehmen müssen. Aber dieser hier hieß schließlich Synbalos.

»Was ist mit deinen Männern? Gibt es Verletzungen?«

Gänzlich unbeschadet hatte die Eskorte das Scharmützel nicht überstanden, wie sich nun zeigte. Mindestens drei Kämpfer hatten sich Fleischwunden zugezogen, ein anderer hatte sich den Knöchel gebrochen, ein weiterer hatte einen derart heftigen

Schlag auf den Helm erhalten, dass er wie benommen wirkte und von zwei Kameraden gestützt werden musste.

»Salicar und Aiakides, kümmert euch um diese Männer! Himero und Glaukias, ihr erledigt an der Seite des Hauptmanns, was erledigt werden muss.« Er zögerte kurz. »Nehmt Kimon mit«, fügte er dann hinzu.

Kimon hatte keinen Schimmer, wovon der oberste Wundarzt sprach. Himero gab ihm einen Stoß, den man für seine Verhältnisse noch sanft nennen konnte. »Na los, Junge. Heute lernst du eine neue Seite unseres Handwerks kennen.«

Auch der Hauptmann winkte zwei seiner Leute herbei. »Mitkommen! Wir begleiten die Ärzte!«

Nun begriff Kimon, dass der oberste Wundarzt sie zum Kampfplatz schickte, wo Dutzende Menschenleiber mit grässlichen Verletzungen lagen. Nicht alle waren tödlich getroffen, einige bewegten sich noch und versuchten sich mühsam und unter Stöhnen oder Schreien aufzurichten. Kimons Erleichterung, dass der Kampf vorüber war, wich einem neuen Gefühl größten Unbehagens. »Wer sind diese Männer eigentlich?«, fragte er Himero flüsternd.

»Keine Ahnung! Banditen oder Partisanen, wir werden es herausfinden.«

Die ersten Angreifer, über die die Männer sich beugten, zeigten keine Anzeichen von Leben. Endgültige Gewissheit über ihren Tod verschafften sich Himero und Glaukias letztlich dadurch, dass sie mit zwei Fingern deren Hälse auf Herzschlag überprüften. Der erste noch lebende Verwundete, auf den sie stießen, starrte sie mit weit aufgerissenen Augen an. Sturzbäche von Blut rannen ihm aus Mund und Nase. Der Hauptmann richtete die Spitze seines Schwertes auf seine Brust. »Wer bist du?«, fragte er ihn auf Karthagisch. »Wer führt euch an?«

Die Antwort bestand aus einem Röcheln. Unklar blieb, ob der Mann die Frage überhaupt verstanden hatte. Der Hauptmann grunzte angewidert und stieß ihm das Schwert in die Brust. Das Geräusch knirschender Knochen und reißender Organe ließ Kimon erschaudern. Wie konnte man einen Menschen auf diese Weise töten, ohne auch nur mit der Wimper zu zucken? Andererseits wäre der Mann seinen Verletzungen ohnehin qualvoll erlegen, der Hauptmann hatte ihm gewissermaßen nur den Gnadenstoß versetzt. Was wohl auch der Grund war für diese grausige Arztvisite.

»Versuch's mal mit dem da!« Glaukias deutete auf einen weiteren Verwundeten, dem die Därme aus dem Bauch quollen. Nachdem der Hauptmann auch ihm vergeblich Fragen gestellt hatte, widerfuhr ihm das gleiche Schicksal wie seinem Waffengefährten. Nachdem er sein Leben ausgehaucht hatte, überwand Kimon sein Widerstreben und trat an die Leiche heran. Noch nie, auch damals nicht, bei den Gekreuzigten, hatte er menschliche Eingeweide in solcher Plastizität gesehen. Fürchterlicher Gestank ging davon aus, aber Kimon bemerkte es kaum. Eingehend betrachtete er die Darmschlingen.

»Vorsicht, Junge«, warnte ihn Himero, »in dem Kerl stecken mehr Scheißhaufen, als du vermuten würdest! Auf, weiter geht's!«

Kimon war hin- und hergerissen zwischen Ekel und Faszination. »Darf ich auch mal den Herzschlag überprüfen?«, bat er den Veteran.

»Warum nicht? Nimm dir den da vor!« Mit dem Kinn deutete Himero auf eine leblose, auf dem Bauch liegende Gestalt mit ausgestreckten Armen. Kimon kniete sich neben sie. Irgendwie war ihm mulmig zumute, trotz allem, was er bereits gesehen und gelernt hatte.

»Buh!«, schrie Glaukias, der das Zögern des Jungen bemerkte. Kimon zuckte zusammen, und die Männer lachten.

»Das ist nicht komisch«, beschwerte sich Kimon.

»Nicht komisch, nicht komisch«, äffte Glaukias ihn nach.

»Das hier ist ja auch ein Schlachtfeld und kein Ort für Milchbärte.«

»Lass ihn in Ruhe«, sagte Himero mahnend, »der Junge ist in Ordnung. Na los, Kimon, mach deine Arbeit.«

Während die anderen bereits die nächsten Gefallenen in Augenschein nahmen, gab sich Kimon einen Ruck. Mit Zeige- und Mittelfinger der rechten Hand tastete er den Hals des Mannes nach der Stelle ab, wo man ein schlagendes Herz spüren konnte. Er betrachtete sein Profil, zweifellos ein einheimisches. Der Iberer war noch jung, er hatte rabenschwarzes, schulterlanges Haar. Sein Chiton bestand aus einfachem Leinen, er trug weder Kettenhemd noch Helm oder Uniform. Vermutlich hatte er eine Verwundung an Bauch oder Brust davongetragen, denn der Rücken war unversehrt. Kimon fragte sich, was dieser Mann in seinem Leben wohl gemacht hatte, bevor er sich dieser Meute anschloss. Noch während er darüber nachsann, fiel ihm auf, dass er den Puls längst ertastet hatte. Der Mann lebte. Zumindest noch. Gerade wollte Kimon dies den anderen vermelden, als eine entschlossene Hand sein Handgelenk umfasste. Ein siedendheißer Schreck durchfuhr ihn. Offenbar war der Iberer noch viel lebendiger als vermutet. Ehe Kimon es sich versah, hielt der mutmaßlich Verletzte ihn fest im Würgegriff. Mit einem Unterarm schnürte er ihm fast die Kehle zu, während die andere Hand ihn grob am Schopf gepackt hielt. Kimon spürte seinen heißen Atem im Nacken. Er sah die beiden Ärzte und die drei Soldaten herumfahren.

»Keine Bewegung, sonst stirbt dieses Kerlchen!«, kreischte der Iberer. Kimon spürte, wie ihm eine Messerklinge so heftig an den Hals gedrückt wurde, dass er nicht einmal zu schlucken wagte. Obwohl ein Gefühl von Panik ihn zu überwältigen drohte, versuchte er still zu halten. Sein Herzschlag glich einem Trommelwirbel.

Der Hauptmann wirkte wenig beeindruckt, auch wenn er der Warnung des Iberers nachkam und sich, wie alle anderen, nicht von der Stelle rührte. Die Spitze seines Schwertes aber war anklagend auf den Iberer gerichtet. »Lass ihn los, du dreckiger Bastard. Du hast nicht die geringste Chance!«

»Er stirbt!«, beharrte der Iberer.

Kimon begriff, dass er eine Geisel war. Mit ihm in seiner Gewalt hoffte der Bandit – oder was auch immer dieser Mann war – unbehelligt davonzukommen. Offenbar hatte er sich nur tot gestellt.

»Töte ihn doch!«, hörte Kimon zu seinem Entsetzen den Hauptmann sagen. War das ein Bluff? Kimon konnte die Verzweiflung des Iberers förmlich spüren. Jeden Augenblick würde die Klinge des Messers ihm den Hals aufschlitzen. Er schloss die Augen. *Wäre ich doch auf den Wällen Sagunts gestorben*, schoss es ihm durch den Kopf. Wenigstens hätte sein Tod dann einen Sinn gehabt. Der Traum vom Wundarzt war ausgeträumt, nur für kurze Zeit hatte er sich dieser Vorstellung hingeben können. Immerhin war es eine glückliche Zeit gewesen. Nun würde er seinen Eltern folgen in ein Jenseits, von dem er keine Vorstellung hatte. Schade, dass er sich nicht mehr von seinen Schwestern verabschieden konnte. Hoffentlich war den beiden ein längeres, gutes Leben beschieden. Synbalos würde bestimmt dafür sorgen, dass sie nicht das Elend anderer Sklavinnen erlitten. Diese Hoffnung machte ihm das Sterben leichter. Er hatte nur noch den Wunsch, dass der Tod möglichst rasch und schmerzlos über ihn kommen würde.

»Wenn du ihn tötest, lass ich dich an deinen eigenen Eiern ersticken, das schwör ich dir!«

Himeros Stimme! Vorsichtig öffnete Kimon die Augen. Wütend starrte Himero den Iberer an, während sein Kollege Glaukias das Geschehen mit verschränkten Armen verfolgte. Dem Hauptmann und seinen beiden Leuten stand hingegen verärgerte Ungeduld ins Gesicht geschrieben.

»Lasst mich laufen!«, forderte der Iberer erhitzt.

Der Hauptmann spuckte vor sich auf den Boden. »Das könnte dir so passen. Genug von dem Theater!« In Seelenruhe, das Schwert erhoben, schritt er auf Kimon und den Iberer zu. Kimon fragte sich, worauf der Bandit noch wartete, biss fest auf die Zähne und schloss von Neuem die Augen.

Er spürte nur den Windhauch der Waffe, die unmittelbar neben seinem Kopf ihr Ziel traf und mit einem grässlichen Geräusch den Schädel des Feindes spaltete. Aus der Umklammerung plötzlich befreit, hörte Kimon, wie der Iberer zu Boden sackte.

»Bitte sehr!«, sagte der Hauptmann. »Du solltest besser achtgeben, mein Junge, sonst erlebst du dein erstes Barthaar nicht.«

Kimon öffnete die Augen. Er war nicht tot. War alles nur ein böser Traum gewesen? Die Tatsache, dass er über und über mit Blut und Hirnmasse besudelt war, sprach dagegen.

»Was habe ich gesagt?«, triumphierte Glaukias. »Dies ist kein Ort für Milchbärte.« Er gab Himero einen Klaps auf den Rücken: »Weißt du noch, wie Syphax ihm neulich in die Hand gebissen hat?«

»Halt's Maul und fass mich nicht an«, entgegnete Himero gereizt.

Der Hauptmann säuberte seine Schwertklinge an der Kleidung eines Gefallenen. »Würden die Herren Knochenbrecher sich freundlicherweise wieder ihrer Arbeit widmen? Worauf wartet ihr? Weiter geht's!«

Kimon war wie gelähmt und außerstande, den Männern zu folgen. »Schon gut, beim nächsten Mal machst du es besser, Junge«, tröstete ihn Himero. »Geh zurück zu den Wagen!«

Ohne Kimon, der Himeros Anweisung bereitwillig nachkam, entdeckten die Männer schließlich noch zwei Überlebende auf dem Kampffeld. Das Verhör, das diesen Bedauernswerten bevorstand, würde sie wünschen lassen, sie hätten den Kampf nicht überlebt.

8.

Das Geschrei des Gefolterten musste meilenweit zu hören sein. Langsam neigte sich der Tag dem Ende zu. Nur einen Steinwurf entfernt vom Ufer des Flusses Jucar, den sie am nächsten Tag zu überqueren gedachten, hatten sie Lager bezogen.

Hauptmann Cales ging bei seinem Verhör äußerst gründlich vor, sodass ihm der erste Gefangene wegstarb. Der zweite, den er sich daraufhin vornahm, war die letzte Chance zu erfahren, was es mit dem Überfall auf sich hatte. Da es sich lediglich um einen Lazarettzug handelte, hätten die Angreifer keine nennenswerte Beute erwarten dürfen. Warum hatten sie trotzdem den Kampf gegen schwer bewaffnete Krieger riskiert? Etwa aus purem Hass gegen Karthago?

Synbalos fand, dass das bis ins Lager dringende Wehgeschrei niemandem länger zuzumuten sei. Also machte er sich raschen Schrittes auf den Weg zum Flussufer, wo der Hauptmann, assistiert von einem seiner Soldaten, das Verhör vornahm. Den unglückseligen Iberer hatten sie nackt an einen schweren Balken gebunden, wobei das Kopfende über eine Böschung hinab bis ins Wasser ragte. Somit war der Iberer gezwungen, immerzu seinen Kopf nach vorn zu beugen, damit er atmen konnte. Der Hauptmann schickte sich an, die Spitze eines ägyptischen

Dolches unter den großen Zehennagel des Unglücklichen zu schieben.

»Halt ein!«, befahl der eintreffende Synbalos.

Cales, neben dem Balken kniend, sah über seine Schulter. »Wie bitte?«

»Lass ihn! *Ich* werde mit ihm sprechen!«

»Du hast mir keine Befehle zu erteilen, Medicus. Auch wenn du ein guter Freund des Feldherrn bist.«

Synbalos sah ein, dass er es nicht übertreiben durfte, er hatte schon genug am Stolz dieses Haudegens gekratzt. »Der Mann ist schwer verletzt. Wenn du ihn zu hart hernimmst, wird auch er tot sein, bevor er gesungen hat. Deshalb bitte ich dich: Lass mich mit ihm reden!« Er zwang sich zu einem Lächeln. »Einen Augenblick nur. Danach gehört er wieder dir.«

Der Hauptmann dachte kurz darüber nach. »Na schön. Sprich du mit ihm.«

»Danke. Holt ihn aus dem Wasser und lasst mich mit ihm allein!«

Der Soldat half seinem Hauptmann, den Balken die Uferböschung hinaufzuziehen. Anschließend zogen sich beide in den langen Abendschatten eines Gebüschs zurück.

Synbalos blickte auf den Mann zu seinen Füßen. Er war mittleren Alters und von robuster Statur, sein blutverschmiertes Gesicht eine Grimasse des Schmerzes. Am ganzen Körper hatte Cales ihm Schnittverletzungen zugefügt, ein Ohr hing nur noch an einem Hautfetzen. Die Hiebwunde an seiner Flanke rührte noch vom Kampf her, klaffte bis zur Brust hin und zog eine Unzahl von Fliegen an. Selbst wenn der Mann die Folter überlebte, wäre es bald um ihn geschehen.

Der oberste Wundarzt kniete sich neben ihn nieder. »Ich bin Medicus! Deine Wunden sind schwerwiegend, du wirst sterben!«

»Spar … dir … dein Mitleid, Punier«, brachte der Mann mühsam hervor.

»Es war nur eine sachliche Feststellung. Mitleid hat noch keinem geholfen.«

Die Augen des Iberers flackerten wirr. »Was willst du? Wo ist dieser Hurensohn von Henker?«

»Ich habe ihn fortgeschickt. Vorläufig.«

»Warum?«

»Ich will dir ein Angebot machen.«

»Ein Angebot? Wo ich doch sowieso sterbe …«

»Du kannst langsam und qualvoll sterben – oder schnell und gnädig. Du musst mir nur die Wahrheit sagen.«

Der Mann schwieg.

»In wessen Auftrag habt ihr den Zug überfallen? Sag es mir, und ich sorge dafür, dass die Folter ein Ende hat. Man wird dich losbinden und dir ein Schwert geben, damit du dich selbst töten kannst. Wie ein Soldat.«

Der Iberer schwieg immer noch.

»Du vertraust mir nicht? Das kann ich verstehen. Aber ich gebe dir mein Wort.«

»Das Wort eines Puniers …«

Aufschlussreich war, dass er bereits zum zweiten Mal das römische Wort für die Karthager verwendete.

»Wenn es dir hilft: Ich bin Hellene, gebürtig aus Alexandria, kein Punier. Gilt dir das Wort eines Griechen mehr? Sprich mit mir, ich habe nicht den ganzen Abend Zeit. Aber wenn du mich anlügst, schicke ich dir deinen Henker.«

Die Kräfte des Mannes schienen zunehmend zu schwinden, selbst für Klagelaute fehlte ihm die Kraft. Synbalos wartete geduldig, bis er wieder zu Atem gekommen war. »Nun?«

»Dein … Wort?«

»Mein Wort!« Synbalos beugte sich noch tiefer zu ihm herab, bis sein Ohr beinahe den Mund des Iberers berührte.

Bald darauf suchte Synbalos den in der Nähe wartenden Hauptmann Cales auf. »Hat er gesungen?«, verlangte dieser sogleich zu wissen.

»Wie ein Vogel.«

»Was hat er gesagt?«

»Das erzähle ich dir später ausführlich. Zuerst brauche ich ein Schwert.«

»Ein Schwert? Wozu?«

»Ich habe mit ihm eine Vereinbarung getroffen. Vertraue mir!«

Der Hauptmann runzelte skeptisch die Stirn, doch Synbalos streckte fordernd die Hand aus. »Das Schwert!«

»Gib ihm deins!«, befahl der Hauptmann seinem Begleiter. Der sah seinen Vorgesetzten fragend an.

»Na los, worauf wartest du? Gib es ihm!«

Synbalos nahm die Waffe. »Keine Sorge, Hauptmann. Unseren Feldherrn werden wir glauben lassen, *du* hättest dem Gefangenen die Wahrheit entlockt.«

Zurückgekehrt, löste Synbalos die Fesseln des Todgeweihten. Gleichwohl war dieser außerstande, sich zu erheben, schwer und keuchend ging sein Atem. Vorsichtig half Synbalos ihm, den Oberkörper aufzurichten. Der Iberer griff nach dem gereichten Kurzschwert und richtete die Spitze mit letzter Kraft gegen seine Brust. »Mögen deine Götter dich beschützen, Grieche aus Alexandria«, lauteten seine letzten gehauchten Worte, bevor er sich den Tod gab.

Nachdenklich betrachtete Synbalos den entstellten Leichnam. Es war schon merkwürdig, die letzten Gedanken vieler Sterbender galten häufig irgendwelchen Göttern. Ihm war unbegreiflich, dass man überhaupt in Betracht ziehen konnte, dass es so etwas wie Götterwesen gab. Wer hätte denn je einen Beweis für ihre Existenz erbringen können?

Neben ihm erschien der Hauptmann. »Bleibt zu hoffen, dass er dich nicht zum Narren gehalten hat, Synbalos. Bin schon sehr gespannt, was er mir verschwiegen hat.«

In der Nacht fand Eirene keinen Schlaf. Trotz der fortgeschrittenen Jahreszeit war die Luft schwül, aber das Rauschen des nahen Flusses verhieß Erfrischung. Wie lange war es her, dass sie ein Bad genommen hatte? Ohnehin hinterließ bei ihr der tägliche Umgang mit Blut und Exkrementen ein ständiges Ekelgefühl, das ihr die übliche Katzenwäsche nicht nehmen konnte. Jetzt hatte sie die vielleicht einmalige Gelegenheit, in einem Fluss zu baden und sich von all dem Schmutz zu befreien, der seit Wochen an ihr haftete.

Leise, um niemanden zu wecken, verließ sie den Wagen. Am Himmel glänzte ein runder Mond, der ihr die Sorge nahm, sich in der Dunkelheit zu verlaufen. Ein Problem stellten die Wachen dar, denn Hauptmann Cales hatte die Sicherheitsvorkehrungen verschärft. Vermutlich würde man ihr den Spaziergang zum Fluss nicht erlauben, also musste sie heimlich dorthin gelangen. Günstigerweise trug sie einen dunklen Umhang.

Sie sah sich um. Im Lager war es ruhig. Ein Wachposten stand mit ihr zugekehrtem Rücken zwischen zwei Karren und beobachtete ruhig, aber aufmerksam die nächtliche Umgebung. Sein Helm blitzte im Mondlicht. Wahrscheinlich gab es weitere Wachen, von denen aber hier nichts zu sehen war, denn von der Flussseite drohte wohl kaum Gefahr. Bis zum Ufer waren es nur wenige Schritte weit zu gehen. Dennoch beschloss sie, ein gutes Stück flussabwärts zu baden, damit niemand auf sie aufmerksam wurde. Ein letzter Blick auf den Wachsoldaten, dann schlich sie sich geduckt davon. Jeden Moment erwartete sie einen Zuruf, doch es blieb still. Einmal suchte sie Schutz hinter einem Gebüsch, um die Lage von Neuem zu sondieren, aber bis auf einen kleinen Fuchs, der bei ihrem Anblick scheu das Weite suchte, nahm niemand sie wahr. Nachdem sie etwa eine Viertelmeile zurückgelegt hatte, tat sich zu ihrer Linken, umsäumt von dichtem Schilfgras, eine Flussaue auf – einen idealeren Platz zum Baden hätte sie nicht finden können. Beim

Anblick der spiegelglatten Wasseroberfläche, auf der sich der Mond zeigte, seufzte sie entzückt auf. Sie legte den Umhang ab, stieg aus ihrem Kleid und tastete sich Schritt für Schritt voran. Das Wasser war kühl, doch mit jedem Augenblick, den sie darin verweilte, wurde es angenehmer. Ein felsiger Grund verlieh ihr sicheren Halt, bis er abrupt im Nichts endete. Eirene hechtete vorwärts und tauchte mit ihrem ganzen Körper ein: Etwas Herrlicheres hätte sie sich nicht vorstellen können. Als sie den Kopf wieder aus dem Wasser hob, hätte sie am liebsten ihre Wonne in die Nacht hinausgeschrien. Mit ruhigen und gleichmäßigen Zügen begann sie zu schwimmen, so wie Mina es ihr beigebracht hatte.

Mina war ihre beste Freundin gewesen. Und ihre Lebensretterin obendrein.

Die Erinnerungen an den Tag, als sie um ein Haar ertrunken wäre, kehrten unwillkürlich zurück. Mit einigen anderen Mädchen waren sie und Mina an einem heißen Sommertag zum Meer gegangen. Abseits der Stadt, fern von Müttern und Vätern hatten sie sich frei gefühlt und waren übermütig geworden. Am Strand tollten sie ausgelassen herum, bewarfen sich mit Sand, wie es ihre männlichen Altersgenossen kaum wilder hätten tun können. Schließlich kam den Mädchen der naheliegende Gedanke, ein Bad zu nehmen. Eirene hatte Angst vor dem Meer. Weil sie aber nicht wie ein Hasenherz dastehen wollte, folgte sie den Mädchen ins Wasser. Als es ihr bis zu den Hüften reichte, traute sie sich nicht weiter. Einige der Mädchen neckten sie deshalb, während sie selbst hinausschwammen und ihr zuwinkten, damit sie ihnen folgte. *So schwer kann es nicht sein*, dachte Eirene, fasste sich ein Herz und ahmte die Schwimmbewegungen der anderen einfach nach. Zunächst ging alles gut, das Wasser tat ihr nichts zuleide. Selbst als sie keinen Grund mehr unter sich spürte, schwamm sie weiter. Die Freundinnen jauchzten und riefen ihr aufmunternde

Worte zu, verloren aber schon bald wieder das Interesse an ihr und bespritzten sich gegenseitig. Deshalb entging ihnen, wie Eirene plötzlich in Not geriet. Eine Strömung hatte sie erfasst und trieb sie fort, ohne dass sie etwas dagegen tun konnte. Ihre Bewegungen wurden hektisch, panisch, und vor Atemlosigkeit konnte sie nicht einmal um Hilfe schreien. Mehrmals tauchte sie unter und schluckte Wasser. Schon hatte sie mit ihrem jungen Leben abgeschlossen, doch dann spürte sie, wie jemand sie packte und beruhigend auf sie einsprach. Eirene beschloss, alles zu befolgen, was die Person von ihr verlangte: ruhig zu bleiben und sich einfach nur fortziehen zu lassen. Auf diese Weise rettete Mina ihr das Leben. Eine ganze Weile blieben die beiden Mädchen schwer atmend und hustend am Ufer liegen. Als die Erschöpfung langsam wich, griff Eirene dankbar nach der Hand der Freundin. »Ich werde dir beibringen, wie man richtig schwimmt«, versprach Mina ihr ernst.

Den Eltern hatte Eirene diese Begebenheit verschwiegen, auch Kimon hatte sie nichts erzählt. Es war besser, wenn niemand von ihrer Unvernunft erfuhr.

Dies alles ging Eirene durch den Kopf, als sie in der stillen Flussaue ihr nächtliches Bad nahm. Nur wenige Wochen nach ihrer Rettungstat war Mina an einem Fieber gestorben. Lange hatte Eirene um die Freundin geweint.

Genug! Zum Grübeln und Trauern war diese herrliche Nacht zu schade. Sie fühlte sich nun sauber genug, und weil sie zudem leicht zu frösteln begann, beschloss sie, zum Lager zurückzukehren. Langsam schwamm sie auf das Ufer zu, wo sie die Schemen zweier Männergestalten erblickte. Sie erschrak. Noch wies nichts darauf hin, dass die Männer, die sich ungezwungen unterhielten, sie wahrgenommen hatten. Auch ihre abgelegte Kleidung schien ihnen noch nicht aufgefallen zu sein. Die Stimmen aber kamen ihr bekannt vor.

Neben ihr ragte das Gerippe eines abgestorbenen Baumes

aus dem Wasser, in dessen Geäst sich allerlei Grünzeug verfangen hatte. Vorsichtig, um die Aufmerksamkeit der Männer nicht auf sich zu lenken, hielt sie darauf zu. Von ihrem Versteck aus beobachtete sie entsetzt, wie sie die Sandalen abstreiften, sich ihrer Kleidung entledigten und dann ebenfalls ins Wasser stiegen.

»Stehen bleiben!«, rief der Wachtposten drohend.

Salicar wandte sich um. »Ruhig Blut, Myrbal. Ich bin's nur.«

Der Soldat stieß das halb gezogene Kurzschwert zurück in die Scheide. »Es ist mitten in der Nacht, Salicar. Darf ich fragen, weshalb du das Lager verlassen willst?«

»Ich brauche ein Bad. Dagegen gibt es hoffentlich nichts einzuwenden.«

»Ein Bad im Fluss, wie? Da bist du nicht der Einzige.« Er wies mit der Hand nach Osten. »Eine Viertelmeile von hier gibt es eine hübsche, sumpffreie Stelle. Allerdings tut ihr es auf eigenes Risiko, das habe ich den beiden anderen Sturköpfen auch schon gesagt. Erwartet nicht, dass ich ein Auge auf euch werfe.«

»Welche anderen?«

Der Wachsoldat blinzelte ihn spöttisch an. »Wenn du es nicht weißt – wer dann?«

Salicar hatte keine Lust auf Ratespielchen, hob eine Hand zum Gruß und ging. Er konnte es kaum erwarten, endlich nach Neu-Karthago zu kommen. Die Monate der Belagerung, die Eroberung der Stadt, die immerwährenden Kämpfe, die Verwundeten, die Entbehrungen – er hatte das alles satt bis obenhin. Am meisten freute er sich darauf, endlich Elissa in die Arme zu schließen. Sie war der Mensch, der ihm mehr bedeutete als alles andere. Drei, allenfalls vier Tage noch, dann würden sie sich wiedersehen. Hoffentlich ging es ihr gut, schließlich war sie nicht gerade von robuster Gesundheit. Ja, Neu-Karthago war für ihn der Ort der Verheißung. Zunächst aber freute er sich auf ein erfrischendes Bad in dieser lauen Herbstnacht.

Noch bevor er die Stelle erreichte, die der Wächter ihm gewiesen hatte, hörte er Gelächter. Salicar verdrehte die Augen. Wenn er schon tagsüber gezwungen war, die Gesellschaft der Kollegen zu ertragen, so hätte er sich gewünscht, ihnen wenigstens während eines nächtlichen Ausflugs nicht zu begegnen. Er mochte die beiden nicht sonderlich gut leiden, und das beruhte auf Gegenseitigkeit. Vor allem Glaukias war neidisch auf ihn. Salicar war Synbalos' rechte Hand und Stellvertreter, daran hatten sowohl Glaukias als auch Aiakides, beide Hellenen wie der Meister und nur unwesentlich jünger als Salicar, zu schlucken.

Als Salicar die Flussaue erreichte, stellte er fest, dass sich neben den Kollegen eine dritte Person im Wasser befand: Eirene! Die Gegenwart Glaukias' und Aiakides' war ihr offensichtlich unangenehm; die beiden aber machten sich einen Spaß daraus, sie wie Haifische zu umkreisen.

»Lasst mich in Ruhe!«, rief sie gereizt.

»Wir tun doch gar nichts«, behauptete Glaukias grinsend, »und wir werden dich auch nicht daran hindern, aus dem Wasser zu steigen.« Dann jedoch, und das war wohl die Absicht, wäre sie splitternackt ihren lüsternen Blicken ausliefert. Salicar sah sich genötigt, dem entwürdigenden Schauspiel ein Ende zu bereiten.

»Leute, was soll das? Könnt ihr mir verraten, was ihr da treibt?«

Die drei im Wasser wurden seiner nun gewahr. Nach der anfänglichen Überraschung, dass es noch jemanden hierher verschlagen hatte, antwortete Glaukias: »Das siehst du doch, Salicar: Wir nehmen ein Bad!«

»Ich war zuerst da!«, behauptete Eirene. »Sie kamen einfach ins Wasser und …« Sie brach ab, weil sie zitterte; ob aus Zorn oder vor Kälte, war nicht auszumachen.

»Na schön«, sagte Salicar zu den Kollegen, »jetzt seid ihr ja sauber, nicht wahr? Kommt raus und verschwindet, damit Eirene sich nicht schämen muss.«

Aiakides und Glaukias sahen sich an. »Eigentlich wollten wir noch ein wenig bleiben«, verkündete Glaukias. »Das Wasser ist herrlich.«

»Und ich finde, es reicht. Der Tag beginnt früh genug.«

Glaukias' Stirn umwölkte sich. »Bist du vielleicht mein Vater? Du hast uns gar nichts zu sagen, Salicar.«

Salicar zuckte mit den Schultern. »Ich nicht, das ist wahr. Der Meister schon. Und ich weiß genau, dass ihm das, was ihr da treibt, wenig gefallen würde.«

Die Drohung kam an. Wenn Salicar sie verpfiff, würde Synbalos ihm recht geben. Als die beiden darauf tropfnass aus dem Wasser stiegen, machten sie keinen Hehl aus ihrer Wut. »Du bist ein Kameradenschwein, Salicar«, stellte Glaukias abfällig fest. Gelassen sah Salicar ihnen beim Ankleiden zu.

»Und du, Salicar?«, fragte Aiakides spöttisch. »Was hast du vor?«

»Bestimmt will er Eirene behilflich sein, wobei auch immer«, sagte Glaukias und unterstrich seine Worte mit einer obszönen Geste.

»Geht!«, forderte Salicar sie auf. Dem Mädchen aber wollte er wenigstens noch die Leviten lesen.

Eirene hatte sich abgewandt, um sich den Anblick zweier nackter Männerkörper zu ersparen. Nachdem sie endlich gegangen waren, schwamm sie zügig zum Ufer.

»Wer hat dir erlaubt, dich nachts davonzuschleichen, Eirene?«, fragte Salicar kopfschüttelnd.

»Niemand. Und dir?«

»Du hast keinen Grund, vorlaut zu sein. Weißt du eigentlich, was dir alles widerfahren kann? Für ein Mädchen ist es gefährlich, mitten in der Nacht …«

Die Worte blieben ihm im Hals stecken, weil Eirene direkt vor seinen Augen aus dem Wasser stieg. Rasch wandte er ihr den Rücken zu. »Du hättest wenigstens warten können, bis ich fort bin.«

»Zu gefährlich. Dann wäre ich ja wieder alleine.« Sie bückte sich nach ihrer Kleidung. »Außerdem ist mir bitterkalt, Salicar. Willst du, dass ich mir den Tod hole?«

»Hm. Ich begleite dich zurück ins Lager.«

»Kann es kaum erwarten.«

Salicar hustete verlegen. Was er gesehen hatte, wenn auch nur flüchtig, war Argument genug, sie künftig nie wieder *Mädchen* zu nennen. Sie hatte ihm allen Wind aus den Segeln genommen.

9.

Zur selben nächtlichen Stunde, nur wenige Meilen westwärts, hatte sich im engen Stollen einer still gelegten Silbermine ein Kreis von etwa zehn Männern zusammengefunden. Zwei von ihnen hielten Fackeln, die ein rastloses Licht in die unwirtliche Finsternis streuten. Knöcheltief standen die Versammelten, einfache Bauern und Hirten, im Wasser. Sie warteten.

»Er hätte einen behaglicheren Ort für das Treffen bestimmen können«, murrte einer.

»Er befürchtet, dass auch nachts punische Patrouillen unterwegs sein könnten«, erwiderte ein anderer, »erst recht nach dem, was gestern passiert ist.« Das klang wie ein Vorwurf. Von den anderen erntete er böse Blicke, aber niemand fuhr ihm über den Mund. Alle wussten nur zu gut, dass der Mann, auf den sie warteten, in das gleiche Horn stoßen würde.

Wo er nur blieb? Die Ungeduld der Männer nahm zu. Einige waren Stunden unterwegs gewesen. Und nun ließ der Römer so lange auf sich warten.

»Vielleicht haben die Punier ihn aufgegriffen.«

»Einer wie der lässt sich nicht aufgreifen!«

Manche nickten. Ein Grund dafür, dem Römer zu folgen, war, dass er immer Herr der Lage war. Alles, was er tat, war gründlich durchdacht. Nie ging er ein Risiko ein. Deshalb auch die Wahl dieses abgelegenen Treffpunkts.

Endlich vermeldete der Posten, der den Eingang der Mine bewachte, das Nahen einer Person. Wenige Atemzüge später traf der Römer ein.

Er war von gedrungener Statur und trug einen dunklen Kapuzenumhang. Abgesehen von seiner mäßigen Körpergröße, stellte man sich in Iberien einen Römer anders vor. Seinen Namen kannte niemand. Wer hätte sich auch einen lateinischen Namen merken können? Er selbst fand, dass es völlig ausreichte, wenn man ihn »Argos« nannte. Vermutlich war ihm dennoch klar, dass er in Abwesenheit nur »der Römer« genannt wurde.

Argos streifte sich die Kapuze vom Kopf und sah die Anwesenden der Reihe nach an. Ein kurz geschnittener Bart – auch der nach gängiger Vorstellung unrömisch – bedeckte Kinn und Wangen, das übrige Gesicht leuchtete im Schein der Fackeln feuerrot. Sein Blick war fest, aber gerade noch weich genug, sodass man nicht gänzlich von Missbehagen befallen wurde, wenn man ihm in die Augen sah.

»Ihr seid mir ja wahre Helden!«, sagte er wie ein Lehrer, der nur deshalb nicht losschimpfte, weil er am Verstand seiner Schüler zweifelte. »Wie kam es zu der Heldentat? Würdet ihr mir das freundlicherweise verraten?« Er beherrschte die Sprache der Einheimischen ohne Akzent.

Die Männer tauschten Blicke und einigten sich stumm auf einen Sprecher. »Es war Ballos Idee, den Zug anzugreifen.«

»Ich nehme an, Ballo ist unter den Toten!«

Ein verschämtes Nicken war die Antwort.

Argos klatschte in die Hände. »Bravo. Was für ein Heldentod!« Offenbar hatte er dann genug davon, den Spötter zu geben, denn seine Stimme wurde schneidender. »Warum habt ihr das getan?«

»Ballo vermutete Beutegut aus Sagunt!«

»Und die Eskorte? Habt ihr etwa geglaubt, das wären Stümper?«

»Ballo meinte, der Lazarettzug sei nur eine Tarnung, und bei unserer Überzahl …«

»Idioten! Hatte ich euch nicht gewarnt?« Argos' Stimme hallte von den Schachtwänden wider. Die Männer senkten die Köpfe.

»Es geht uns nicht um Beute! Begreift ihr das denn nicht? Unser Ziel ist ein anderes, höheres. Wenn es erreicht ist, wird es euch und euren Familien an nichts fehlen. Rom wird eure Freiheit nicht beschneiden, ihr werdet geachtete Bürger sein. Warum habt ihr das alles aufs Spiel gesetzt?« Er massierte sich die Stirn, während er seine Worte wirken ließ. »Haben sie Gefangene gemacht?«, fragte er dann.

Stille.

»Ich glaube, ich habe eine Frage gestellt.«

»Wir wissen es nicht genau. Es wäre möglich«, räumte einer der Männer ein.

Argos wandte sich an den, der ihm am nächsten stand. »Du! Stell dir vor, sie hätten *dich* gefangen genommen. Sie binden dich fest, vielleicht an ein Kreuz, sodass du nicht einmal einen Finger rühren und kaum noch atmen kannst. Dann kommen sie mit einem glühenden Eisen, pressen es dir auf alle erdenklichen Körperstellen, während sie dir eine Frage nach der anderen stellen. Natürlich haben sie noch viele andere hübsche Folterinstrumente, denn dafür sind sie bekannt, die Punier. Sag mir, würdest du reden? Würdest du ihnen von unserer kleinen Vereinigung erzählen?«

Der Mann schluckte schwer, gab aber keine Antwort.

»Wenigstens ist er klug genug, mich nicht anzulügen!«, sagte Argos in die Runde. »Und ob er reden würde! Ihr alle würdet reden, wenn die Punier euch in ihrer Gewalt hätten. Sollten sie jemanden lebend erwischt haben, dann wissen sie inzwischen, dass es uns gibt.« Er atmete tief. »Nun denn, es ist geschehen und lässt sich nicht mehr ändern. In Zukunft geschieht nichts mehr ohne meinen ausdrücklichen Befehl, habt ihr das verstanden? Wer sich nicht daran hält, muss die Konsequenzen tragen. Geht jetzt heim zu euren Weibern, ich brauche euch vorläufig nicht. Nach dem Tod Hannibals lasse ich euch rufen, bis dahin verhaltet euch ruhig und unauffällig!«

»Aber wer soll ihn töten, wenn nicht wir?«, wagte einer der Männer zu fragen.

Argos musterte ihn mit zusammengekniffenen Augen. »Meinst du diese Frage wirklich ernst? Wir haben gesehen, was geschieht, wenn ihr ohne meinen Befehl handelt. Glaubst du etwa, Rom wäre auf euch angewiesen? Glaubst du nicht, meine Leute wären bereits eingeschleust, wo ich sie brauche? Der Feldherr der Punier ist schon so gut wie tot, dafür brauche ich eure Hilfe nicht.«

»Wozu brauchst du uns dann überhaupt noch?«, fragte der Mann säuerlich.

Argos schien einzusehen, dass er die Männer nicht verprellen durfte. »Wenn es soweit ist«, sagte er in versöhnlichem Tonfall, »werdet ihr Roms Stützen in Hispanien sein. Wir kommen nicht, um zu unterjochen. Karthago ist nur an euren Schätzen interessiert, Rom aber will, dass die Menschen glücklich und zufrieden unter seiner Herrschaft leben. Dazu brauchen wir Männer wie euch, die ihre Landsleute davon überzeugen, dass sie von Rom nur profitieren. Ihr werdet nicht länger in armseligen Hütten leben, sondern in Häusern aus Stein. Das möchtet ihr doch, oder?«

Als die geheime Versammlung sich auflöste, fragte sich Gaius Lentulus Hortalus im Stillen, ob es nicht etwas voreilig gewesen war, diese Bauerntölpel in seine Planungen einzubeziehen.

10.

Neu-Karthago

Hatte sich Imilko anfangs noch bemüht, die Worte ihres Gemahls mit Fassung zu ertragen, so konnte sie ihre Tränen nun nicht länger zähmen und ließ sich wie benommen in einen Sessel sinken. Noch vor einer Stunde, nach einer Begrüßung voller Leidenschaft, war sie die glücklichste Frau der Welt gewesen. Als sie sich Hannibal in die Arme werfen konnte und der Schmerz der Trennung wie weggewischt gewesen war. Und als sie ihm endlich seinen Sohn Hamilkar in die Arme legte, da schien das Glück vollkommen. Und doch hatte sie bald gespürt, dass ihm etwas auf der Seele lag. Nachdem er den Säugling eine Weile geherzt und wieder seiner Amme übergeben hatte, die ihn zurück zu seiner Wiege brachte, gab er seinem Herzen einen Ruck, um seiner Frau zu sagen, was gesagt werden musste.

Imilko, Tochter eines iberischen Fürsten, war eine hochgewachsene Schönheit mit pechschwarzem Haar und lebhaften Augen. Es gab vermutlich nicht viele Männer, die ihr Anblick kalt gelassen hätte. Drei Jahre zuvor war sie als Siebzehnjährige mit Hannibal vermählt worden. Obgleich ihre Ehe zur Stärkung der Verbindungen mit den Einheimischen anberaumt worden war und somit politischen Zwecken diente, hatten die beiden sofort eine große gegenseitige Zuneigung empfunden. Doch ihr Glück wurde derzeit auf eine harte Probe gestellt. Der Krieg gegen Rom war unausweichlich, zumindest war dies Hannibals Überzeugung, und nichts deutete darauf hin, dass er sich von dieser Meinung wieder abbringen ließe. Auch von Imilko nicht.

Er ging vor ihr auf die Knie und nahm sanft ihr Gesicht in beide Hände. »Wenn ich nicht gegen sie in den Kampf ziehe, Imilko, dann werden sie in Iberien einfallen. Krieg gibt es so oder so.«

»Dann lass sie doch kommen! Kämpfe hier in Iberien gegen sie, dann bist du wenigstens nicht so weit weg von mir und deinem Sohn.«

Hannibal holte tief Atem. »So einfach ist es leider nicht, Liebste. Wenn ich den Römern das Heft des Handelns überlasse, haben wir schon verloren.«

»Ist das so?« Sie wischte sich eine Träne aus dem Auge und funkelte ihn trotzig an. »Und wenn du in ihr eigenes Land einfällst, dann ist alles viel leichter, nicht wahr?«

»Sie werden nicht damit rechnen. Wenn ich sie überrasche, haben wir eine Chance, sie zu bezwingen.«

»Vom Krieg verstehe ich nichts. Was ich aber weiß ist, dass du einen Krieg gegen die Römer nicht durch einen Überfall gewinnst. Wie lange wirst du fort sein, Hannibal? Ein Jahr? Zwei?«

»Möglicherweise länger«, räumte er ein.

»Danke, dass du mich nicht anlügst. Aber ein Trost ist das nicht. Wer sagt mir, ob ich dich überhaupt wiedersehe? Hamilkar wird ohne seinen Vater aufwachsen.«

»Ich weiß, dass ich uns allen große Opfer abverlange. Glaub

mir, wenn ich einen anderen Weg sähe, würde ich ihn gehen.«

»Und was ist mit dem Weg des Friedens?«, brauste sie auf. »Ist es denn wirklich nicht möglich, dass Karthager und Römer friedlich nebeneinander existieren können?«

Hannibals Gesicht verhärtete sich. »Leider wird es eine solche Welt niemals geben.«

»Weil sie nicht möglich ist, oder weil du nicht willst, dass sie möglich ist?«

»Imilko, hör mir zu …«

»Ich weiß von deinem Schwur, Hannibal!«

Er starrte sie an. »Wovon sprichst du?«

»Glaubst du etwa, mir wäre diese Geschichte noch nicht zu Ohren gekommen? Dein Vater ließ dich als Knaben einen feierlichen Eid schwören, niemals ein Freund der Römer zu sein.«

Ein freudloses Lächeln umspielte seine Lippen. »Ich weiß, dass man so etwas erzählt. Von wem weißt du es? Hat Rasbos es ausgeplappert?«

»Lenk nicht ab! Hat dein Vater wirklich von dir verlangt, den Kampf gegen Rom zu deiner Lebensaufgabe zu machen?«

Er sah zur Seite und biss sich auf die Unterlippe. »Ja«, entgegnete er leise.

»Es hat dich geprägt, er hätte das niemals tun dürfen!« Imilko machte aus ihrer Wut keinen Hehl. »Warum hast du mir das nie erzählt?«

»Es hätte dich beunruhigt.«

»Also hältst du mich für schwach?«

»Du bist stark wie eine Amazone, Imilko.«

»Dein Vater lebte in seiner Zeit, du lebst in einer anderen. Es ist nicht recht, einen unmündigen Knaben Eide schwören zu lassen. Dein Vater konnte es damals einfach nicht verschmerzen, dass die Römer Karthago besiegt haben.«

»Nicht die Niederlage verbitterte ihn«, glaubte Hannibal

seinen Vater verteidigen zu müssen, »sondern die römischen Demütigungen. Mehrmals wurden sie nach Friedensschluss wortbrüchig, sie raubten uns Sardinien und Korsika und taten alles, um uns die Luft zum Atmen zu nehmen. Sie hassen uns, Imilko. Neidisch blicken sie nach Iberien, wo die Silberminen uns neuen Reichtum und neue Macht bescheren. Immer noch gibt es einflussreiche Römer, die uns am liebsten für immer besiegt und Karthago bis auf die Grundmauern zerstört sähen. Sie werden nicht ruhen, bis ihre Legionen gegen uns aufmarschieren. Wenn ich nicht handle, wird Karthago ein grausames Schicksal ereilen.«

»Hör auf damit, Hannibal, ich will das alles nicht hören.« Sie schlug sich die Hände vors Gesicht. Hilflos nahm er sie in die Arme. Eine Weile herrschte gedrücktes Schweigen zwischen ihnen. Immerhin spürte Imilko genau, dass er nicht weniger litt als sie selbst. Doch Hannibal war ein Feldherr, er konnte und durfte nicht die Wünsche seiner Gemahlin über die Interessen seiner Heimatstadt stellen. Und wenn Karthagos Interesse Krieg lautete, gab es nichts, was sie dagegen unternehmen konnte.

»Nimm mich mit!«, sagte sie schließlich mit grimmiger Entschlossenheit. »Nimm mich mit nach Italien!«

Hannibal sah ihr entsetzt in die Augen. »Imilko … das wäre viel zu gefährlich!«

»Du liebst mich doch, oder?«

»Wie kannst du fragen?«

»Ich wäre nicht die erste Frau, die einen Feldzug begleitet. Du weißt, ich bin stark genug, um viele Strapazen zu ertragen. Stark wie eine Amazone, du hast es selbst gesagt.«

»Aber darum geht es nicht, Imilko! Ich will, dass du in Sicherheit bist – *weil* ich dich liebe! Wie könnte ich Krieg führen, wenn ich mir tagein, tagaus Sorgen um dich machen müsste? Ich will, dass du bei unserem Sohn bleibst, ihn erziehst und ihm von seinem Vater erzählst. Bei meiner Rückkehr werden wir uns wieder in die Arme fallen, wie vorhin.«

»Falls es eine Rückkehr gibt«, kam es zerknirscht zurück.

»Ich werde die Götter darum bitten.«

»Oh, dann kann dir ja nichts mehr passieren. Ja, bitte die Götter darum. Jetzt bin ich beruhigt.«

Hannibal wusste ihrem Spott nichts zu entgegnen und schwieg.

»Was hast du vor mit mir und Hamilkar?« Die Frage kam lauernd. Sie ahnte, dass der bevorstehende Feldzug nicht die letzte schlechte Nachricht für sie bleiben würde.

Hannibal rieb sich die Stirn. »Ich möchte, dass ihr die Zeit meiner Abwesenheit bei Verwandten in Karthago verbringt«, erwiderte er leise. »Die Römer werden versuchen, in Iberien einen zweiten Kriegsschauplatz zu eröffnen. In Karthago seid ihr sicher.«

»Das kann nicht dein Ernst sein, Hannibal. Hier bin ich eine Fürstentochter, in Karthago nur eine Fremde aus der Wildnis.«

»Du wirst bei meiner Schwester Niobe leben, der Witwe meines Schwagers. Ihr beide werdet euch prächtig verstehen. Jeder wird dir höchsten Respekt entgegenbringen. Du bist meine Gemahlin und die Mutter eines Barca, der den Namen seines berühmten Großvaters trägt. Außerdem gibt es keinen Karthager, dem stolze und schöne Frauen nicht zu imponieren vermögen.«

»Lass das. Willst du mir auf so billige Weise Honig um den Mund schmieren?«

»Nein – verzeih mir.«

»Du weißt, dass ich mich letztlich deinem Willen beugen werde. Weil ich dich liebe, Hannibal. Aus Liebe zu dir würde ich mich lebendig begraben lassen. Versprich mir nur, wohlbehalten heimzukehren. Dein Sohn soll Erinnerungen an seinen Vater haben, wenn er dem Knabenalter einmal entwächst.«

Hannibal bettete seinen Kopf in ihren Schoß. »Ich verspreche es dir, meine Geliebte. Ich werde alles tun, damit mein Sohn seinen Vater kennenlernt. Vielleicht kann er später einmal mit Stolz behaupten, er sei der Sohn des Bezwingers Roms.«

Mit den Fingern strich sie sanft über sein Haar, massierte dann seinen kräftigen Nacken. »Mir persönlich wäre ein lebendiger Verlierer lieber als ein gefallener Sieger. Ich will noch ein weiteres Kind von dir, bevor du in den Krieg ziehst, Hannibal.«

»Sei unbesorgt, bis zum Frühjahr bleibe ich bei dir in Neu-Karthago. Uns bleibt noch etwas Zeit.«

»Das ist tröstlich, aber ich will, dass wir auf der Stelle damit anfangen.« Resolut packte sie zwei Falten seines Chitons, um ihn ihm von Oberkörper zu streifen. Hannibal ließ sie gewähren und richtete sich auf.

»Wenn du wüsstest, wie sehr ich mich nach dir gesehnt habe, Imilko.«

Ihr Blick fiel auf die breite, sich rot von der übrigen Haut abhebende Narbe an seiner Hüfte. Besorgt sah sie zu ihm auf.

»Ich werde jetzt nicht über Lappalien mit dir sprechen«, wiegelte er ab.

»Wie du wünschst.« Sie legte ihm einen Finger auf den Mund und wusste nur zu gut, dass ihr Lächeln ihm den Verstand raubte. »Wir haben nämlich nicht mehr viel Zeit zu verschenken, großer Feldherr.«

Wenige Tage später erreichte auch der Lazarettzug sein Ziel. Hasdrubal, der vor Jahren ermordete Schwager Hannibals, hatte die iberische Siedlung Mastia einst zu einer bedeutenden Stadt ausbauen lassen. Neu-Karthago lag auf einer hügeligen Landzunge, die weit in eine Bucht hineinragte. Ein prachtvoller Hafen im Süden der Stadt war für die Karthager in Iberien der Nabel, der sie mit der Mutterstadt in Nordafrika verband. An klaren Tagen konnte man bis zu den Balearischen Inseln hinübersehen.

Die Ankunft rief bei den Geschwistern, die – abgesehen von der zurückliegenden Reise – noch nicht viel von der Welt gesehen hatten, vertraute Gefühle hervor. Zwar war Neu-Karthago nicht Sagunt – allein die merkwürdig symmetrische Anordnung der Gassen stellte einen gravierenden Unterschied dar –, aber pulsierendes Leben sah wohl in allen Städten gleich aus: das emsige Treiben der Handwerker, der Lärm, der aus ihren Werkstätten drang, vornehme Leute, die sich in Sänften tragen ließen, Händler, die bepackte Maultiere vor sich hertrieben, Marktschreier, Hausierer, Lastträger, Kinder, Bettler, streunende Hunde. All dies rief in Eirene und Kimon Erinnerungen wach, wie es vor der Belagerung Sagunts gewesen war, und es kam ihnen vor, als läge diese Zeit in fernen Nebeln ihrer frühesten Kindheit verborgen.

Die Agora von Neu-Karthago war die Endstation der Reise. Viele der Verwundeten wurden hier von Verwandten in Empfang genommen, und es kam zu rührenden Begrüßungsszenen. Darüber hinaus hatten sich zahllose Schaulustige eingefunden, es ging zu wie in einem Bienenstock. Im Hintergrund warteten Hauptmann Cales' Männer ungeduldig auf ihre Entlassung, während Synbalos das weitere Vorgehen organisierte: Einige Verwundete bedurften weiterhin ärztlicher Versorgung; man würde sie zu seinem Haus im Norden der Stadt schaffen.

Gewissheit über ihre unmittelbare Zukunft hatten Eirene und Kimon am Abend zuvor erhalten. Synbalos hatte ihnen mitgeteilt, dass er sie in seinen persönlichen Diensten belassen würde, und bestätigte somit Kimons Vermutung. Auch die kleine Lanike würde unter seinem Dach wohnen, betreut von einer Amme. Das war sehr großherzig von ihm, und Eirene gab sich alle Mühe, seinem Versprechen mit einem dankbaren Lächeln zu begegnen. Dennoch wusste sie genau, dass die Arbeit mit den Kranken und Verwundeten sie niemals erfüllen, geschweige denn glücklich machen würde. Vermutlich wusste das auch Synbalos, aber de facto war sie nun einmal eine Sklavin, und Sklaven hatten bekanntlich kein Recht auf Selbstbestimmung.

Synbalos' Haus – in der Stadt nannte man es *Iatreion* – war größer und prächtiger, als die Geschwister es vermutet hätten. Der Medicus war keineswegs arm, so viel stand fest. Das dreigeschossige Haus befand sich in ruhiger Lage am Stadtrand, wo sich hinter einer halbhohen Mauer eine Lagune erstreckte, die den Geruch von Tang hinübertrug.

Auch Yumbo und Mabol gehörten dem Haushalt des Synbalos an – für Eirene immerhin ein Trost, denn die beiden waren fast wie Brüder für sie geworden, womit sie nun gewissermaßen drei Brüder hatte. In den vergangenen Tagen hatten Yumbo und Mabol bereits einige ihrer neugierigen Fragen beantwortet, wenngleich ihre Antworten oftmals neue Fragen aufgeworfen hatten.

Ob Synbalos eine Frau habe, hatte sie beispielsweise von ihnen wissen wollen.

Die Brüder hatten sich grinsend angesehen.

Ja, der oberste Medicus habe eine Frau, hatte Mabol erwidert. Eine Gefährtin vielmehr, denn seines Wissens hätten sie sich nie vermählt. Ihr Name sei Dido, aber vermutlich sei das nur ihr Künstlername. Sie wohne auch nicht in Synbalos' Haus, sondern im Osten der Stadt.

Ein Künstlername? Das klang interessant. Was für eine Kunst sie denn betreibe, wollte Eirene von den Brüdern wissen.

Erneutes Grinsen.

»Dido züchtet Gazellen!«, erklärte Yumbo. »Und sie ist bekannt dafür, dass sie äußerst hübsche Gazellen besitzt.«

Gazellen! Eirene erinnerte sich an den widerwärtigen Sklavenhändler, der bei Synbalos erschienen war. Auch er hatte das Wort Gazelle in den Mund genommen.

»Gazellen? Kann man die denn essen?«

»Zumindest kann man nach Herzenslust davon naschen!«, behauptete Mabol.

Weitere Fragen hierzu beantworteten sie auf ähnlich kryptische Weise. Daraufhin hatte sie es mit anderen Fragen versucht, die ihr auf dem Herzen lagen.

»Und was ist mit Salicar?«

»Was soll mit ihm sein?«

»Wo wohnt er?«

»Leider nicht bei Synbalos, du hoffnungslos Verliebte.«

»Ich hab doch nur gefragt, wo er wohnt.«

»Sicher. Willst du eigentlich nicht wissen, ob *er* verheiratet ist?«

»Nein, will ich nicht! Wozu sollte mich das interessieren?« Natürlich war das eine glatte Lüge. Aber da Salicar bisher mit keinem Sterbenswort eine Gemahlin erwähnt hatte, war sie stillschweigend davon ausgegangen, dass er unverheiratet war.

»Ich verrat's dir trotzdem!« Mabol zwinkerte ihr zu. »Salicar hat keine Frau!«

Nun wusste sie es endlich genau. Ein großer Stein, nein, ein gewaltiger Felsbrocken fiel ihr vom Herzen.

»Erleichtert?«, fragte Yumbo.

»Ja. Euch kann ich ja sowieso nichts vormachen. Werdet ihr es wenigstens für euch behalten?«

Die Brüder sahen sich an. »Sehen wir aus wie Klatschweiber?«

Salicar lebte also irgendwo in der Stadt, aber er würde täglich im *Iatreion* erscheinen, um Synbalos zur Hand zu gehen. So zumindest hatte Eirene es den Anweisungen des obersten Wundarztes entnommen. Mit ähnlich großer Genugtuung hatte sie erfahren, dass die Dienste von Aiakides und Glaukias vorläufig nicht weiter benötigt wurden, erst im Frühjahr hätten sie sich wieder einzufinden. Überraschend war, dass Himero in Synbalos' Diensten blieb. Es war verständlich, dass Synbalos und Salicar bei ihren ärztlichen Tätigkeiten hin und wieder eines Assistenten bedurften, doch den wahren Grund für dessen Weiterbeschäftigung erfuhr Eirene von Yumbo: Himero, der kampferprobte Veteran, war auch für die Sicherheit des Hauses und den Schutz seiner Bewohner zuständig. Wobei Eirene sich fragte, weshalb ein Medicus wie Synbalos sich einen Beschützer leisten musste. Wahrscheinlich war es nur Mitleid mit einem Soldaten, der wegen seiner Gebrechen nicht mehr in der Lage war, die Strapazen eines Feldzuges auf sich zu nehmen.

Dass Synbalos kein armer Mann war, bewies zudem der Umfang seiner Dienerschaft. Yumbo, Mabol und Himero eingeschlossen, zählte Eirene am Tag ihrer Ankunft nicht weniger als dreizehn Bedienstete, darunter auch Lanikes Amme sowie eine leicht korpulente, immerzu lächelnde Köchin namens Akkaba, deren Haut so schwarz war wie eine Neumondnacht. Einen älteren Arzt, der ihn in der Zwischenzeit vertreten hatte, schickte Synbalos nach Zahlung eines stattlichen Honorars wieder heim.

Synbalos ließ es sich nicht nehmen, dem neuen Gehilfen seine Praxis selbst zu zeigen. Kimon war fasziniert, und für einen Moment lang dachte er an den bedauernswerten Japyx, der vermutlich ebenso wenig seinen Augen getraut hätte. Allein drei Behandlungstische zählte Kimon, die Wände waren voll mit Regalen, bis obenhin mit Heilmitteln, Dosen, Phiolen, Säckchen und Amphoren gefüllt. Synbalos gewährte ihm einen kurzen Blick in alle Truhen, und Kimon wurde klar, dass es hier weitaus mehr Instrumente gab als im Lazarett. Er sah Zangen, Sonden, Pinzetten, Klemmen, Nadeln, Löffel, Haken, Meißel und Scheren unterschiedlichster Größen, und von manchen dieser Werkzeuge hatte er nur sehr vage Vorstellungen, wozu sie dienen mochten. Ihm wurde bewusst, dass er bei allem Talent, das Synbalos ihm bescheinigte, noch ganz am Anfang seiner

Ausbildung stand. Und es gab so vieles zu lernen! Dies erfüllte ihn mit großer Vorfreude, aber zugleich war er beunruhigt. Wie viele Jahre würden vergehen, bis er arbeiten konnte wie ein Salicar, wie ein Synbalos? Denn genau das war sein Ziel, er wollte werden wie diese beiden. Immerhin, Salicar war noch jung, und die Tatsache, dass er seinem Meister bereits als rechte Hand zur Seite stand, ermutigte Kimon. Wenn er wirklich so viel Talent besaß, wie Synbalos behauptete, dann mussten vielleicht nicht allzu viele Jahre ins Land ziehen, bis ein brauchbarer Medicus aus ihm geworden war.

»Die Arbeit auf und hinter dem Schlachtfeld erfordert von uns Ärzten schnelles Handeln«, erklärte Synbalos seinem Schützling, dessen ungestellte Fragen er zu erahnen schien. »Deshalb ist unsere Ausstattung auf dem Feld weniger vielfältig. Mit feinen oder kosmetischen Eingriffen können wir uns nicht aufhalten, wenn es um Leben und Tod geht. Während eines Feldzuges beschränkt sich unser Instrumentarium deshalb nur auf das Nötigste.«

»Das ist schade«, entfuhr es Kimon.

Amüsiert hob Synbalos die Brauen. »Schade?«

»Ich meine … der Krieg hindert uns sozusagen daran, besonders gründlich vorzugehen.«

»Ja, das könnte man so sagen, Junge.« Wohlwollend legte er ihm eine Hand auf die Schulter.

»Dann bleibt zu hoffen, dass es so schnell nicht wieder Krieg gibt.«

Kimon entging nicht, wie Synbalos' Lächeln langsam gefror.

»Hoffe nicht zu sehr darauf, mein Junge.«

Am Abend verließ Synbalos das Haus. Um mit seiner geliebten Dido endlich Wiedersehen zu feiern, erfuhr Kimon von Mabol mit einem Augenzwinkern.

Die Geschwister erhielten ein gemeinsames Quartier im oberen Stockwerk unter dem Dach. Der Raum war klein und nur zum Schlafen vorgesehen, zwei Betten, zwei Schemel und zwei Truhen bildeten das Mobiliar, letztere bestanden aus Ebenholz und waren mit kunstvollen Schnitzereien verziert. Ein Wandbehang zeigte zwei exotische Tiere, flankiert von gebeugten Palmen, darüber eine Sonne aus Gold. Als Kinder eines Stoffhändlers erkannten die Geschwister sogleich, dass er kostbar war. Das keineswegs bescheidene Inventar im Haus des Arztes war ein weiteres Argument, einen Mann wie Himero als Wachhund zu beschäftigen, ging es Eirene durch den Kopf, als sie den Wandbehang näher in Augenschein nahm.

»Damast!«, stellte sie fest. »Sind das Elefanten?«

»Sie sind groß, dick, grau und besitzen einen Rüssel. Worum sollte es sich also sonst handeln?«

Später, als sie in ihren Betten lagen, hingen sie schlaflos ihren Gedanken nach. Gegen Mitternacht ließ ein seltsames trompetenähnliches Geräusch aus der Ferne sie hochfahren.

»Was war das?«, fragte Eirene, ihre Besorgnis verbergend. Nach wie vor sah sie sich nämlich als die Stärkere, weniger Beeinflussbare der beiden, sie durfte nicht aufhören, ihrem wankelmütigen Bruder ein Beispiel zu sein. Dass dieses nächtliche Geräusch nicht von einem Horn, sondern von einem Lebewesen stammte, schien offenkundig zu sein. Niemand, der in ein Horn stieß, hätte solche Empfindungen auszudrücken vermocht. Übermut, Kraft, Wut und auch Wehmut – das Wesen schien von all diesen Gefühlen zugleich erfasst zu sein.

Da, erneut! Zwei, drei Artgenossen antworteten dem Wesen auf ähnliche Weise. Sie tauschten sich aus, so musste es sein. Sie redeten miteinander. Es hörte sich unheimlich und wunderschön zugleich an.

»Was ist das?« Eirene hielt den Atem an.

»Erinnerst du dich an den Wandbehang?« Kimon fürchtete sich keineswegs. Beinahe klang er belustigt. Eirene musste sich eingestehen, dass die Geschehnisse der jüngsten Vergangenheit ihn reifer gemacht hatten. War es nicht vermessen, sich ihm immer noch überlegen zu fühlen?

»Du meinst, das sind …«

»Elefanten!«, sagte Kimon überzeugt.

Bereits am Nachmittag hatte Hauptmann Cales, der die Eskorte des Lazarettzuges befehligt hatte, dem großen Strategen seine Aufwartung gemacht.

Mit seiner Frau Imilko bewohnte Hannibal einen Palastbau im Herzen der Stadt. Bato, sein persönlicher Adjutant, führte den Ankömmling über einen säulengesäumten Hof in ein Seitengebäude, wo Hannibal sich in einem kleinen Studiergemach aufhielt. Hinter einem Pult sitzend, blickte er von der Papyrusrolle hoch, die er in den Händen hielt.

»Cales! Schön, dich zu sehen.« Er legte das Schreiben beiseite. »Vermutlich willst du melden, dass deine Schutzbefohlenen wohlbehalten in Neu-Karthago eingetroffen sind.«

Cales nahm Haltung an. »Das ist richtig, Herr.«

»Dann ist es ja nur noch eine Frage der Zeit, wann auch mein guter Freund Synbalos mir einen Besuch abstattet. Ich kann es mir nicht erklären, aber der alte Knochenbrecher ist mir sehr ans Herz gewachsen.«

Pflichtschuldig lächelte Cales, aber Hannibal spürte, dass seine Meldung noch nicht alles gewesen war. »Gibt es sonst noch etwas?«

»Ja, Herr.« Der Hauptmann warf einen verstohlenen Seitenblick auf den Adjutanten, der noch im Türeingang stand und keine Anstalten machte zu gehen.

Hannibal seufzte innerlich. Das alte, übliche Problem! Bato war Iberer, ein Turdetaner. Vermutlich würde es noch Jahrzehnte dauern, bis das Misstrauen zwischen Karthagern und Einheimischen ausgerottet war. Aber kein Weg führte daran vorbei, Iberer und Keltiberer in seine Armee zu integrieren, auch in Führungspositionen. Anders als Rom war Karthago seit jeher auf Söldner angewiesen gewesen. Die Römer kämpften für ihre Heimat, die Soldaten der Karthager für Geld – und für ihren Feldherrn.

Hannibal beugte sich vor. »Wie du weißt, ist Bato mein Adjutant, Cales. Ich vertraue ihm, also sprich!«

»Gewiss, Herr.« Cales wirkte nicht überzeugt, wagte aber keinen Einwand. Nachdem er sich kurz geräuspert hatte, berichtete er. »Etwa zwanzig Meilen hinter Sagunt wurden wir morgens von Banditen überfallen. Es war uns ein Leichtes, sie trotz ihrer Überzahl niederzumachen, aber natürlich stellte ich mir die Frage nach dem Grund für ihren Überfall. Es gelang mir, von einem der Gefangenen die Wahrheit zu erfahren.«

»Was dem Mann nicht besonders gut bekommen sein dürfte, nehme ich an. Was hat er gesagt?«

»Sie gehörten einer Bewegung an, die sich >Freunde der Wölfin< nennt. Ihr Ziel ist es, die Karthager aus dem Land zu werfen und sich dem Schutz Roms zu unterstellen.«

Freunde der Wölfin! Hannibal verbarg seinen Schrecken. Die Tatsache, dass er von dieser Bewegung noch nichts gehört hatte, war für ihn wie ein Schlag ins Gesicht. Was war nur mit seinen Spionen los? Immerhin standen mehr als zwei Dutzend dieser Kundschafter in seinen Diensten. Andererseits wusste er nur zu gut, dass sie derzeit mit ganz anderen Dingen beschäftigt waren. Sein fragender Blick richtete sich auf seinen Adjutanten. »Hast du jemals von dieser Bewegung gehört, Bato?«

Der Gefragte kratzte sich die narbige Wange. »Nein, Herr. Es muss sich um eine neue Vereinigung handeln.«

»Du wirkst verwundert.«

»Das will ich nicht abstreiten. Der Stolz der Iberer ist sprichwörtlich, das gilt für alle Stämme. Am liebsten wären sie alle frei und unabhängig. Es fällt mir schwer zu glauben, dass es tatsächlich Iberer gibt, die den einen Herrn vertreiben wollen, nur um einem anderen untertan zu sein.«

Hannibal nickte, dankbar für die offenen Worte. »Ja, das dachte ich auch. Und ausgerechnet den Römern. Aber so, wie es aussieht, gibt es diese Leute.« Er wandte sich wieder an Cales. »Was hast du sonst noch aus diesem Mann herausbekommen? Wie viele sind sie?«

»Vermutlich kaum mehr als ein paar hundert. Wovon um die fünfzig seit dem Überfall im Hades weilen. Ihre Bewaffnung ist leidlich, ihre Kampfdisziplin mangelhaft. Ich glaube nicht, dass sie eine wirkliche Bedrohung darstellen. Dennoch hielt ich es natürlich für angebracht, dir unverzüglich zu berichten, Herr.«

»Und dafür danke ich dir, Cales. Du darfst wegtreten! Grüß mir dein Weib und deine Kinder.«

»Jawohl, Herr!« Der Hauptmann grüßte militärisch und schritt davon. »Ich kenne den Weg«, beschied er Bato kurz angebunden. Dennoch folgte ihm der Iberer. Zurück blieb ein nachdenklicher Hannibal.

»Freunde der Wölfin« – hatte Rom bereits seine Finger im Spiel? War es eine höhnische Herausforderung an ihn, Hannibal, der doch als Knabe hatte schwören müssen, niemals ein Freund der Römer zu sein? War die Bewegung ein ernsthafter Grund zur Sorge? Oder hatten nur ein paar Fanatiker, womöglich aus persönlicher Rachsucht, ein selbstmörderisches Bündnis geschlossen? Die Unterwerfung der iberischen Stämme war nicht überall friedlich verlaufen. Vor allem sein Schwager Hasdrubal hatte manches Exempel statuieren müssen, um den Widerstand von Aufständischen zu brechen.

Die Angelegenheit hätte Hannibal weit weniger Kopfschmerzen bereitet, wäre es um seine Zukunftspläne anders bestellt gewesen. Doch in diesen Tagen und Wochen erforderten die Planungen für den bevorstehenden Kriegszug seine gesamte Konzentration. Wenn die sogenannten »Freunde der Wölfin« allem Anschein nach auch keine ernsthafte militärische Bedrohung darstellten – zumindest *noch* nicht –, so konnte er es sich nicht leisten, sie zu ignorieren. Einer seiner Spione würde der Sache auf den Grund gehen müssen. Wenigstens fühlte er sich in seiner Entscheidung, Imilko und Hamilkar für die Dauer seiner Abwesenheit nach Karthago zu schicken, ein weiteres Mal bestätigt.

Dann war da noch die Sache mit dem Gelübde. Er hatte dem Melkart gelobt, ihm in seinem Heiligtum in Gades ein Dankopfer darzubringen, sobald er Sagunt erobert hätte. Sagunt war nun zerstört, aber das Opfer stand noch aus. Einen ganzen Monat würde er unterwegs sein, das gefiel ihm überhaupt nicht. Zumal er auch in dieser Zeit wieder von Frau und Kind getrennt sein würde. Aber ein Versprechen an den Hausgott seiner Sippe nicht einzulösen, wäre ein ungeheuerlicher Frevel. Für seine Pläne brauchte er Melkarts Gunst, also führte kein Weg an einer Wallfahrt vorbei. Sein Freund und Leibarzt Synbalos hätte ihn wahrscheinlich ausgelacht, denn er glaubte nicht an die Götter. Synbalos war ein kluger Kopf, vielleicht hatte er in der Götterfrage sogar recht. Es würde alles vereinfachen, wenn er, Hannibal, sich der Meinung des Freundes anschließen könnte. Doch das Risiko, das damit einherging, war ihm zu groß. Dem großen Alexander wäre es nicht in den Sinn gekommen, die Götter zu verleugnen – er hätte sich schließlich selbst verleugnet –, und auf dem Schlachtfeld war er nie besiegt worden. Ein Gott wollte Hannibal nicht sein, aber wenn er im kommenden Frühjahr in den Krieg zog, wollte er gewiss sein, alles Erdenkliche unternommen zu haben, damit seinem Unternehmen, das dem Alexanders des Großen an Ehrgeiz und Waghalsigkeit in nichts nachstand, Erfolg beschieden sei. Er starrte die bronzene Statuette des Herakles an, die auf seinem Pult stand. Der berühmte Bildhauer Lysippos hatte sie einst geschaffen und dem Makedonenkönig Alexander zum Geschenk gemacht. Alexander habe die Statuette auf seinen Feldzügen stets mitgeführt, so zumindest war es überliefert, und so hatte es Hamilkar auch seinen Söhnen, die ihm mit offenen

Mündern lauschten, immer wieder erzählt. Die Figur zeigte den nackten Gott zurückgelehnt auf einem Felsen sitzend, in der Linken eine Keule, in der Rechten ein Trinkgefäß. Angeblich habe die Bronze Schweiß abgesondert, als Alexander starb.

Als Kind hatte Hannibal nicht genug solcher Geschichten hören können. Aber heute, so fand er nach einer Weile des Betrachtens, sollte er das Vergangene ruhen lassen, denn es galt jetzt, die Zukunft zu bewältigen. Diese Wallfahrt nach Gades musste er so rasch wie möglich hinter sich bringen. Dabei würde er inkognito reisen. Je weniger von seiner Reise wussten, umso besser.

Er rief nach Rasbos, seinem Leibdiener, der sich stets in der Nähe aufhielt.

»Ich höre, Herr?«

»Geh zu der Amme und bitte sie, mir meinen Sohn zu bringen!« Wie zu sich selbst redend, fügte er leise hinzu: »Mir ist nach Zärtlichkeit zumute.«

Der junge Diener grinste schief, was wegen seiner Hasenscharte besonders komisch aussah. »Ich verstehe, Herr. Zärtlichkeit. Denkst du dabei an die Amme oder an deinen kleinen Sohn?«

»Geh, du Ärgernis. Heute ist mir nicht nach deinen albernen Späßen zumute. Außerdem hast du gelauscht, das sehe ich dir an. Zu keinem ein Sterbenswörtchen über die >Freunde der Wölfin<, verstanden?«

»Freunde der … was?«

»Los, verschwinde! Tu, was ich dir gesagt habe!«

Rasbos wusste, wann er es gut sein lassen musste, und dieser Zeitpunkt war gekommen. Also machte er sich auf den Weg.

Neben Imilkos Umarmungen gab es derzeit nur eines, was Hannibal davon abhalten konnte, sich in seinen strategischen Gedanken zu verlieren: Hamilkars rundes und völlig unschuldiges Babygesicht.

11.

Am Morgen darauf kam es in einer der vielen Hafenspelunken Neu-Karthagos zu einer wüsten Prügelei unter Seeleuten. Bald flogen nicht nur Fäuste, sondern auch Krüge, Stühle und Tische, dann wurden Dolche gezückt. Blut floss. Einige Beherzte versuchten zu schlichten, gerieten aber zwischen die Fronten und sahen sich selbst attackiert. Als endlich ein Trupp von Bütteln dem Gemetzel ein Ende bereitete, lagen drei der Streitlustigen erstochen am Boden, ein weiterer war so schwer verletzt, dass er zu verbluten drohte. Die verzweifelte Wirtin, mit der Situation maßlos überfordert, winkte ihren Schankburschen zu sich und trug ihm auf, eiligst den ganz in der Nähe praktizierenden Medicus herbeizuholen. Der Bursche aber wies sie darauf hin, dass besagter Medicus unter den Toten sei, was der Wirtin bisher entgangen war. Allerdings, so fiel dem Burschen ein, sei gestern doch der berühmte Arzt Synbalos zurückgekehrt, vielleicht sei der ja gerade verfügbar. Daran zweifelte die Wirtin, war Synbalos doch der Leibarzt des Strategen Hannibal und hatte sicherlich ganz andere Dinge zu tun, als verletzte Betrunkene wieder zusammenzuflicken. Versuchen könne man es allemal, meinte der Bursche achselzuckend, was auch seiner Herrin einleuchtete.

»Wenn er nicht in seinem Haus ist, such ihn im >Gazellengarten<!«, rief sie dem Burschen nach.

Der Bursche hätte nur zu gern einen Grund gehabt, zum >Gazellengarten< zu laufen – genau genommen war das sogar sein Hintergedanke gewesen –, doch nachdem er die ganze Stadt durchquert und das Haus des Synbalos erreicht hatte, beschied ihm dort ein mürrischer Himero, der Medicus sei daheim. Völlig außer Atem schilderte der Bursche Himero, was in der Hafenspelunke geschehen war. Der Medicus müsse sofort dorthin eilen, es gehe um Leben und Tod. Was der Medicus Synbalos zu tun habe, müsse er sich von keinem Grünschnabel vorschreiben lassen, knurrte Himero, ging aber dennoch zum Meister, um ihm mitzuteilen, dass seine Hilfe dringend benötigt wurde.

Synbalos, Salicar und Kimon waren soeben dabei, Syphax' Stümpfe zu verbinden. Den Libyer hatten sie neben zwei weiteren Sagunt-Invaliden immer noch in ihrer Obhut, weil die Kerle niemanden hatten, der sich um sie gekümmert hätte. Als Synbalos hörte, weshalb man nach ihm verlangte, beschloss er, wenn auch mit einem leisen Fluch auf den Lippen, seine Hilfe nicht zu verweigern. Er bat Salicar, ihn zu begleiten, auch Himero wurde angewiesen mitzukommen – falls es weiteren Ärger geben würde, wäre er unverzichtbar –, außerdem sollten Yumbo und Mabol ihnen, mit Tragen bepackt, folgen. Die Ärzte schnappten sich ihre Taschen; dann machte sich der Trupp, angeführt von dem Schankburschen, umgehend auf den Weg zum Hafen.

Nachdem sie gegangen waren, stellte die verbliebene Eirene einmal mehr fest, dass sie wenig Lust auf die ihr zugedachte Aufgabe hatte. Instrumente zu säubern war eine langweilige Angelegenheit, und nach einer Weile monotoner Verrichtung sagte sie sich, dass sie das auch später erledigen könnte. Der Tag war noch lang, irgendwie musste sie dafür sorgen, dass er nicht zu trist wurde. Niemand war da, der ihr auf die Finger schaute, deshalb kam ihr die Idee, sich mit der Köchin Akkaba näher bekannt zu machen. Die mollige schwarze Sklavin war ihr auf Anhieb sympathisch gewesen, weil sie mütterliche Gutmütigkeit ausstrahlte, wenngleich ihr Alter schwer zu schätzen war. Akkaba stand in dem Ruf, die beste Köchin weit und breit zu sein, Himero behauptete sogar, es gäbe nicht einmal in Karthago bessere Köche. Früher, so hieß es, sei sie außerordentlich schön gewesen, und noch immer hatte sie ein hübsches Gesicht. Um sich ein näheres Bild von ihr zu machen, ging Eirene klammheimlich in die Küche. Akkaba saß, den Rücken dem Eingang zugewandt, auf einem Hocker und putzte in aller Gemütsruhe Gemüse. Leise räusperte sich Eirene.

»Komm näher!«, sagte Akkaba nur, ohne sich nach ihr umzudrehen. Also trat sie vor die Köchin hin.

»Ich bin Eirene!«

Akkaba sah zu ihr auf. »Ich weiß. Das Mädchen aus Sagunt. Ich bin Akkaba.« Sie strahlte sie an, präsentierte dabei ein blütenweißes Gebiss, und ihre schwarzen Pausbacken glänzten, als wären sie mit einer Fettlasur bestrichen.

»Und? Was gibt's heute zu essen?«

Bald saß Eirene neben ihr und half ihr bei der Arbeit, obwohl die Köchin sie mit keinem Wort darum gebeten hatte. »Wie lange dienst du dem Medicus bereits?«, wollte Eirene von ihr wissen.

»Ich zähle nicht die Jahre. Aber es ist schon eine Zeitlang her, würde ich sagen. Damals war sein Kopf noch voller Haare.«

»Wie zufrieden bist du mit deinem Herrn? Ich meine, ist er gut zu dir?«

Akkaba packte eine Falte ihres Bauches und knetete daran herum wie an einem Teig. »Ich muss niemals Hunger leiden, siehst du?«

»Das überzeugt mich.«

»Allerdings war ich nicht immer seine Köchin. Früher war ich eine Gazelle.« Verschwörerisch zwinkerte sie mit einem Auge. »Als ich noch jung, schön und gertenschlank war!«

Da waren sie wieder, die ominösen Gazellen.

»Na schön. Früher warst du also eine … hm, Gazelle! Erklärst du mir, was es damit auf sich hat?«

»Früher Gazelle, heute ein kleiner Elefant!« Akkaba lachte. »Kennst du Elefanten?«

»Ich glaube, ich habe in der Nacht welche gehört. Ist es wahr es, dass es hier welche gibt?«

»Aber ja, sogar sehr viele! Sie werden gebraucht für den Krieg. Wusstest du das nicht?«

Über Krieg wollte Eirene lieber nicht reden. Vielmehr war ihr eine Idee gekommen. Vielleicht gab es ja doch eine Möglichkeit, die ungeliebte Arbeit mit den Kranken gegen eine weniger eklige Tätigkeit einzutauschen. Zwar war Kochen auch nicht gerade ihre Lieblingsbeschäftigung – der Mutter war sie dabei stets unwillig zur Hand gegangen –, aber es war ja nicht so, dass sie eine Wahl hätte treffen dürfen. Außerdem schien Akkaba nicht mehr die Jüngste zu sein und mochte sich über jede helfende Hand freuen.

»Was denkst du, Akkaba: Brauchst du Hilfe? Ich meine, wenn wir den Medicus fragen, ob ich mit dir in der Küche arbeiten darf, dann …–«

Sie brach ab, weil sie merkte, dass Akkabas Gesicht sich verfinsterte. Von ihrer Herzlichkeit war plötzlich nichts mehr zu spüren.

»Ich brauche keine Hilfe! Ich komme gut allein zurecht! Kapiert?«

Eirene begriff, dass sie einen wunden Punkt getroffen hatte: Akkaba zählte zu jenen Menschen, die ihr Reich nicht mit anderen teilen mochten. Beschwichtigend legte sie der Köchin die Hand auf den Arm.

»Schon gut, Akkaba, bitte reg dich nicht auf! Natürlich ist es *deine* Küche. Nein, wir werden den Herrn nicht fragen!«

Nachdem Akkaba zu der Überzeugung gelangt war, dass es Eirene ernst war mit ihrer Kehrtwende, wurde sie wieder freundlich, als wäre das Thema nie zur Sprache gekommen. Ihr Strahlen kehrte zurück, während sie sich über unverfängliche Dinge unterhielten. Schließlich startete Eirene einen neuen Versuch, um herauszufinden, was um alles in der Welt mit *Gazelle* gemeint war.

»Gazellen sind hübsch und rassig!«, erklärte Akkaba.

»Wo leben sie denn, diese hübschen und rassigen Tiere?«, hakte Eirene nach.

»Tiere?« Akkaba wedelte scherzhaft mit dem Zeigefinger, als habe Eirene etwas Ungehöriges gesagt. »Stellst du dich mit Absicht dumm?«

Es war zwecklos, die ganze Welt schien sich gegen sie verschworen zu haben. Die Gazellen, was immer damit gemeint war, blieben ein Geheimnis. Aber kapitulieren wollte Eirene nicht, das entsprach einfach nicht ihrem Wesen. »Na schön, dann noch einmal von vorn: Gazellen sind jung, schön, schlank und rassig. Es handelt sich nicht um gewöhnliche Gazellen, sondern um … ja, um was? Ich vermute, es sind irgendwelche Frauen gemeint, nicht wahr? Mabol meinte, man könne von ihnen naschen, was in mir die Vermutung weckt …«

Lautes Gezeter unterbrach sie abrupt in ihren Überlegungen. Synbalos und sein Trupp waren zurückgekehrt, es klang, als hätten sie einen randalierenden Patienten in ihrer Obhut. Rasch verabschiedete sich Eirene von der Köchin. Möglich, dass sie den Ärzten zur Hand gehen musste. Vermutlich würde sie sich einen Rüffel einfangen, weil sie ihre Arbeit nicht beendet hatte.

»Auch du würdest eine hübsche Gazelle abgeben!«, lachte Akkaba ihr hinterher.

Schuld an dem Gezeter trug ein dürrer Jüngling, den Himero wie einen Getreidesack geschultert hatte. Wild trommelte der Bursche mit seinen Fäusten auf den Rücken des Karthagers ein, was diesen jedoch nicht im Mindesten beeindruckte. Äußere Verletzungen schien er nicht aufzuweisen.

»Wo ist meine Mutter?«, schrie er aus Leibeskräften.

»Noch so ein Muttersöhnchen«, brummte Himero.

Ein weiterer Patient lag auf der Tragbahre, die Yumbo und Mabol, beide schweißgebadet, heranschleppten. Eirene sah, dass der Mann eine schwere, blutende Bauchverletzung hatte: Sie würde hinterher wieder einiges aufputzen müssen. Die Überlebenschancen des Verletzten standen schlecht, so viel gab ihr bescheidener Erfahrungsschatz bereits her. Meistens zog es sich über Tage, bis die Unglückseligen ihren Verletzungen erlagen, es war kein gnädiger Tod. Umso mehr bewunderte sie die Entschlossenheit von Synbalos, der dies noch viel besser wissen musste und gleichwohl in aller Ruhe seine Anordnungen traf.

»Legt ihn dort auf den Tisch und entkleidet ihn!«, wies er die beiden Pfleger an. »Flößt ihm etwas Mohn ein, ich will sehen, was ich machen kann. Salicar, du hilfst mir!«

»Und was mache ich mit dem verdammten Schreihals, Herr?«, fragte Himero.

»Bring ihn zu den anderen in den Krankensaal.«

»Soll ich ihn ein wenig … hm, ruhigstellen, Herr?«

»Du wirst ihn nicht schlagen, verstanden? Möglich, dass er durch einen Schlag auf den Kopf erst tobsüchtig geworden ist. Untersuche ihn und gib ihm etwas zur Beruhigung. Kimon, du wirst Himero helfen.«

Eirene sah die Enttäuschung im Gesicht des Bruders. Natürlich wäre er lieber dem Meister und Salicar zur Hand gegangen. Aber er hatte gelernt, dass Synbalos nicht mit sich handeln ließ, wenn es um Befehle ging, die er einmal getroffen hatte.

»Jawohl, Meister.«

»Du«, wandte sich Synbalos an Eirene, »du gehst auch mit Himero. Der Kerl schreit die ganze Zeit nach seiner Mutter; vielleicht kann ein weibliches Wesen ihn zur Ruhe bringen.«

Eirene gab sich empört. »Sehe ich aus, als könnte ich seine Mutter sein?«

Synbalos sah sie nur an, die Brauen erhoben. Salicar grinste.

»Eirene«, raunte Kimon ihr mahnend zu.

»Schon gut, ich mach's.« Sie folgte den anderen in den Krankensaal. Dort warf Himero seine Last auf eine der noch freien Lagerstätten.

»Mutter!«, schrie der Bursche und wand sich wie ein Zitteraal. »Wo ist meine Mutter?«

»Kann der Kerl nicht die Klappe halten?«, knurrte Syphax, der direkt gegenüber lag. Den Verlust seiner Beine konnte er nicht verkraften, von Tag zu Tag wurde er trübsinniger.

Himero bedachte ihn mit einem vernichtenden Blick. »Du hast es gerade nötig, Libyer! Als wir dich vor Sagunt operierten, hast du gebrüllt, als würden wir dich an den Eiern aufhängen.« Er wandte sich wieder dem Neuankömmling zu und versetzte ihm eine schallende Ohrfeige.

»Hast du nicht gehört, was der Meister gesagt hat?«, protestierte Kimon. »Keine Schläge!«

»Wenn du meinst, das war ein Schlag, Junge, irrst du dich aber gewaltig. Wenn ich richtig zulange, dann ist Ruhe, das weißt du doch. Ich habe ihn nur ein wenig gestreichelt.«

»Willst du ihn nicht lieber untersuchen?«

»Wozu habe ich dich? Los, sieh ihm in die Augen. Sind die Pupillen groß oder klein? Mach schon, ich halte ihn fest!«

Kimon nahm zur Kenntnis, dass die Pupillen unauffällig reagierten und teilte dies Himero mit.

»Fieber?«, fragte der Karthager.

»Er fühlt sich jedenfalls nicht danach an.«

»Dann ist der Kerl entweder ein Simulant oder ein

Verrückter«, lautete Himeros vorläufige Diagnose. Mit dem Rufen nach seiner Mutter wollte der Bursche immer noch nicht aufhören. Himero ballte die Fäuste. Auch Eirene ging das Geschrei zunehmend auf die Nerven. Sie erinnerte sich an Synbalos' Worte.

»He, guck mal her, du!« Sie stemmte die Hände in die Hüften und stellte sich breitbeinig vor ihn hin, sodass er ihr direkt ins Gesicht sehen musste.

»Ich – bin – deine – Mutter!«, sagte sie mit klarer Stimme, das Kinn erhoben, jedes Wort betonend.

Sie hatte nicht ernsthaft gehofft, dass er ihre Behauptung überhaupt zur Kenntnis nehmen würde, doch zur Überraschung aller verstummte er auf der Stelle, sein Körper hörte auf zu zucken, und er starrte Eirene mit weiten Augen an. Eine Zeitlang herrschte Schweigen, dann hauchte er leise: »Mutter.«

»Er glaubt wahrhaftig, dass du seine Mutter bist«, flüsterte Kimon verdutzt.

Himero zog eine Grimasse. »Pass nur auf, gleich verlangt er von dir, dass du ihm die Brust gibst.«

»Mutter … lass mich dich küssen …«

»Und was jetzt?«, stöhnte Eirene.

»Du warst ja so lange fort, Mutter …«

»Warum tust du ihm nicht den Gefallen? Vielleicht hält er dann endlich die Klappe«, schlug Himero vor.

Eirene sah ihren Bruder an. Der wusste auch nicht so recht, wie in Situationen wie diesen zu verfahren sei. Zaghaft nickte er ihr zu.

»Also gut, von mir aus.« Eirene beugte sich über den jungen Mann und hauchte ihm einen Kuss auf die Wange. Der schloss selig die Augen, aus denen dicke Tränen quollen. Im nächsten Moment war er eingeschlafen.

»Ein Irrer!«, präzisierte Himero seine Diagnose.

»Was stellen wir mit ihm an?«, fragte Kimon. »Er ist nicht verletzt.«

»Wir lassen ihn ausschlafen und setzen ihn morgen vor die Tür. Wird schon irgendwo hingehören. Es sei denn, man will ihn zur Rechenschaft ziehen.«

»Zur Rechenschaft?«, fragte Eirene. »Wofür?«

»In der Spelunke sagte man, er sei der Auslöser für die Krawalle gewesen«, erklärte Kimon. »Er hat damit angefangen, irgendwelche Kerle zu beleidigen. Die wollten ihm an den Hals, andere kamen ihm zu Hilfe. Keine Ahnung, irgendwie muss ein Wort das andere gegeben haben, und plötzlich gab es drei Tote.«

»Wegen der Worte eines armen Irren, den man nicht ernst nehmen kann?« Eirene war bestürzt.

»Was erwartest du von besoffenen Männern, Mädchen?« Mahnend hob Himero, obschon selbst nie einem Tropfen abgeneigt, den Zeigefinger. »Denen musst du immer aus dem Weg gehen, kapiert?«

»Wenn du das sagst, will ich das gern glauben, Himero.«

»Ich hab Durst!«, hörte man Syphax jammern.

»Wenn du nicht gleich still bist, hast du zum letzten Mal Durst gehabt«, drohte ihm Himero.

»Ich hole frisches Wasser.« Eirene fiel ein, dass sie dies längst hätte erledigen müssen. Als sie bald darauf mit einem Krug zurückkehrte, war von Himero nichts mehr zu sehen. Kimon hingegen saß an der Seite des Schlafenden und beobachtete ihn aufmerksam. Eirene versorgte Syphax und die beiden anderen Invaliden mit Wasser, bevor sie sich zu ihrem Bruder gesellte.

»Es muss sehr fesselnd sein, ihm beim Schlafen zuzusehen.«

Kimon überging ihren Spott. »Ich wüsste nur allzu gern, was im Kopf eines solchen Menschen vor sich geht«, sagte er nachdenklich. »Die Wunden des Körpers lassen sich versorgen, aber was ist mit den Wunden des Geistes? Was veranlasst diesen schmächtigen Kerl, sich wie ein Tobsüchtiger aufzuführen?

Warum lässt er sich weismachen, dass jemand, der noch jünger ist als er selbst, seine Mutter ist?«

Da er nicht wirklich eine Antwort von ihr auf seine Fragen verlangte, schwieg Eirene. Kimon fasste einen Entschluss.

»Ich werde Meister Synbalos fragen, ob ich die Nacht über bei ihm wachen darf.«

»Wozu?«

»Damit ich ihn studieren kann. Auch Menschen wie er brauchen Hilfe und Behandlung. Es muss doch möglich sein herauszufinden, was in ihm vorgeht.«

Sanft berührte sie seinen Arm. Einmal mehr war sie tief beeindruckt von seiner Leidenschaft. »Es macht mich glücklich, dass du deine Bestimmung gefunden hast«, versicherte sie ihm mit einem Lächeln.

Eirene hatte einen schönen Traum. Darin lebte sie noch in Sagunt. Sie sah sich mit der Familie im Garten hinter dem Haus sitzen: ein heißer Sommertag mit einem makellos blauen Himmel, der Salzgeruch des nahen Meeres wehte zu ihnen herüber. Sie aßen Feigen und tranken gekühlte Ziegenmilch. Doch je länger Eirene der Idylle nachhing, umso stärker wurden ihre Zweifel. Hatte es denn nie eine Belagerung gegeben? War das alles nur ein böses Hirngespinst gewesen? Sie traute sich nicht, ihre Fragen offen zu stellen, aus Furcht, die glückliche Szenerie könne sich als Illusion erweisen. Also schwieg sie und sah Lanike zu, die um sie herumtollte und Schmetterlingen hinterherjagte. Eirene nahm sich vor, nichts zu unternehmen, was die Wahrheit ihres Erlebens infrage stellte. Längst ahnte sie, dass es nur ein Traum war, der ihr etwas vorgaukelte, doch wenn sie sich beharrlich weigerte, die Realität zu ignorieren, dann würde vielleicht alles gut werden. Sie durfte nur nicht aufwachen. Unter keinen Umständen. Nie wieder. Sie musste fest darauf hoffen, dass ihre Heimatstadt nie zerstört worden war und sie ihre Eltern quicklebendig bei sich hatte.

»Eirene, wach auf!«

Wäre sie nicht so schlaftrunken gewesen, hätte sie den Bruder, der sie aus dem Schlaf rüttelte, in ihrer Enttäuschung angeschrien und beschimpft. »Verflucht, was willst du?«

»Er verlangt wieder nach seiner Mutter!«

»Wer?«

»Dionysos, wer sonst?«

Eirene besann sich: Kimon hielt Nachtwache bei den Schwerverletzten und dem sonderlichen Burschen. Letzteren hatte Synbalos Dionysos getauft, nach der mit Wahnsinn geschlagenen griechischen Gottheit. Es war Kimons Wunsch gewesen, die Nacht neben seinem Lager zu verbringen.

»Du musst kommen und ihn beruhigen!«

»Kimon, ich kann nicht ständig seine Mutter spielen.«

»Bitte, Eirene. Er wird sonst das ganze Haus wach brüllen!«

Sie stieß einen zornigen Seufzer aus. Dieser verfluchte Irre. Er trug die Schuld am Tod ihrer Eltern und an der Eroberung Sagunts, weil er ihren schönen Traum zerstört hatte.

Kimon blieb beharrlich. »Tu mir den Gefallen, Eirene. Was soll der Meister von mir denken? Ich hab versprochen, gut auf Dionysos aufzupassen. Aber auf mich hört er nicht, ich kann ihn einfach nicht beruhigen.«

Natürlich wollte sie nicht, dass Kimon Ärger bekam. Mochte sein Ehrgeiz in ihren Augen auch etwas übertrieben wirken, so konnte sie ihn nicht im Stich lassen, wenn er um Hilfe bat. Und mit der Wachheit kehrte natürlich auch die nüchterne Einsicht zurück: Schuld an allem waren die Karthager, nicht Dionysos.

»Na schön, meinetwegen!« Dann eben noch einmal Mutter spielen, so lächerlich das auch sein mochte. Sie stand auf, warf sich einen Umhang über und folgte ihrem Bruder in den Krankensaal. Dort erwartete sie eine böse Überraschung.

An den Wänden des Saales erweckte der Schatten des Dionysos den Eindruck eines tanzenden Gespenstes. Obwohl von seiner Statur her schmächtig, schien er im Schein des fahlen Öllichts zu einem furchteinflößenden Riesen geworden zu sein.

Den Geschwistern stockte der Atem. Lähmendes Entsetzen erfasste sie. Denn was sie sahen, kam einem Albtraum gleich. Reglos und blutüberströmt lagen die vier Patienten auf ihren Lagern. Ohne Zweifel waren sie tot, abgeschlachtet wie Schweine. Und ihr Schlächter war Dionysos. In seiner Rechten hielt er noch das Knochenbeil, womit er das grausige Werk an den Hilflosen vollbracht hatte. Während Kimons Abwesenheit musste sich Dionysos die Waffe irgendwoher besorgt haben.

Eirene stand wie in Stein gemeißelt, sie vermochte sich nicht aus ihrer Erstarrung zu lösen. Ihre Unterlippe zitterte, und als Dionysos' Augen, in denen der Wahnsinn blitzte, sich geradewegs auf sie richteten, lief es ihr kalt über den Rücken. Kimon schüttelte heftig den Kopf, als könne er dadurch das Ungeheuerliche ungeschehen machen. Langsam schritt er auf die erste Lagerstatt zu. Syphax' Schädel war in zwei Hälften gespalten, und auch der Anblick der drei anderen Toten rief Übelkeit in Kimon hervor. Eine plötzliche Übelkeit erfasste ihn, und er presste sich die Hand auf den Mund, wobei sein schreckensweiter Blick wie aus einem Zwang heraus auf die Verstümmelten gerichtet blieb. So merkte er nicht, dass Dionysos plötzlich entschlossen auf Eirene zuschritt.

Sie wollte um Hilfe schreien, doch die Angst lähmte ihre Stimme. Warum bei allen Göttern unternahm Kimon nichts? Zwei Armlängen vor ihr blieb Dionysos stehen. Von oben bis unten war er mit Blut besudelt. Eirenes Herz schlug so wild, dass ihr der Kopf schmerzte. Würde er jetzt zuschlagen? Schon hob er langsam die Faust, mit der er den Schaft des Beiles umklammert hielt.

»Mutter«, sagte er mit einem Seufzen, »du weißt, was ich jetzt tun muss!«

Endlich begriff auch Kimon, was Dionysos offenbar vorhatte. »Lass sie in Frieden«, stammelte er vor Entsetzen mit dünner Stimme, denn zu einem Aufschrei war er nicht imstande.

Dionysos sah zu ihm hinüber und gebot ihm mit einer Geste, sich nicht von der Stelle zu rühren. »Ich *muss* es tun«, sagte er ungerührt.

Kimon durfte nichts unversucht lassen. »Du … du willst deine eigene Mutter töten? Sieh doch mal genau hin: Sie ist nicht deine Mutter! Sie ist meine Schwester! Ihr Name ist Eirene. Hörst du, sie heißt *Eirene* und ist *nicht* deine Mutter.«

Wie jemand, der sich nicht zum Besten halten lassen will, stieß Dionysos ein hohles Lachen aus. »Sie ist der Unterwelt entstiegen, weil ich nach ihr rief. Ich wollte sie sehen, aber jetzt muss sie wieder dorthin zurück. So ist es vereinbart.« Auch mit der anderen Hand umklammerte er nun den Schaft des Beils.

»Und die hier? Warum hast du diese getötet?« Kimon wies auf die Toten. Er musste um jeden Preis Zeit gewinnen und Dionysos' Aufmerksamkeit von Eirene ablenken.

Dionysos antwortete nicht gleich, als müsste er selbst über diese Frage nachdenken. »Weil sie Hannibals Soldaten waren«, erwiderte er schließlich kalt.

Es war zwecklos, mit guten Worten wäre er nicht von einer weiteren Bluttat abzuhalten. Kimon musste sein Entsetzen überwinden und seiner Schwester zu Hilfe eilen, auch wenn ihn das selbst in Gefahr brachte. Nie würde er es sich verzeihen, wenn er jetzt nicht handelte. Eirenes und auch sein eigenes Schicksal hingen allein von seinem Mut und seiner Entschlossenheit ab. Also preschte er unversehens vor, um sich, jegliche Furcht verdrängend, auf Eirenes Bedroher zu stürzen.

Die Faust, die ihn mit voller Wucht im Gesicht traf, hielt noch das Beil umklammert. Kimon ging zu Boden, wo er ausgestreckt liegen blieb. Sein Schädel dröhnte; war er etwa zerspalten wie der von Syphax? Immerhin konnte er noch denken, was wohl dagegen sprach. Das Öffnen der Augen war eine mühevolle Angelegenheit. Eirene! Noch stand sie aufrecht, wenn er sie auch nur wie durch einen Dunstschleier wahrnehmen konnte.

»Bist du bereit, Mutter?«, hörte er Dionysos sprechen.

»Ach, ich muss dir doch noch so vieles erzählen, mein lieber Junge!«

Kimon war nicht verwundert, dass sich Eirene aus ihrer Erstarrung gelöst zu haben schien. Sie war kein Mensch, der einfach aufgab. Genau deshalb waren sie auch hier und mussten nicht in irgendeiner Mine Gestein schleppen. Trotzdem war sie nunmehr auf sich allein gestellt, denn er selbst war zu keiner Bewegung fähig, so sehr er sich auch bemühte, wieder auf die Beine zu kommen.

»Nein, Mutter. Du musst jetzt gehen!« Dionysos verstellte Eirene den Weg.

»Später. Erst hörst du mir zu!« Eirene sprach mit fester Stimme, doch Kimon kannte sie gut genug um zu wissen, dass ihre Selbstsicherheit nur gespielt war.

»Der Fährmann wartet schon, Mutter!«

»Der Fährmann hat Zeit, mein Junge. Ich möchte dir noch etwas sagen.«

Wäre die Lage nicht so ernst und bedrohlich gewesen, Kimon hätte wohl gelacht über die Hartnäckigkeit der Schwester. Unerträglich war indes der Gedanke, sie sterben zu sehen. Und vermutlich war er selbst das nächste Opfer. Nach allem, was sie durchgemacht hatten, würden sie nun einen sinnlosen Tod erleiden. Hingerichtet von einem Menschen, der nicht bei Sinnen war.

»Alles ist gesagt, Mutter. Geh jetzt!« Dionysos hob das Beil.

Kimon schloss fest die Augen. Nein, er wollte nicht zusehen. Er hoffte nur, dass der Hieb gezielt sein würde und ihr Tod schnell eintrat.

Metall drang durch Fleisch – was für ein entsetzliches

Geräusch! Bis vorhin hatte Kimon geglaubt, er habe sich inzwischen an einige schlimme Dinge gewöhnt. Doch das Blutbad, das hier stattgefunden hatte, sowie der gewaltsame Tod der eigenen Schwester belehrten ihn, dass dem keineswegs so war. Von Bedeutung war diese Erfahrung nicht mehr. Auch sein Schicksal war jetzt besiegelt.

Er hörte, wie Eirene zu Boden glitt. Kein Schmerzenslaut, das war tröstlich.

»Bei den Zitzen der Tanit! Ich habe ja schon einiges erlebt, aber das hier schlägt dem Fass den Boden aus!«

Verwundert darüber, Himeros Stimme zu hören, schlug Kimon die Augen wieder auf. Der Karthager blickte stirnrunzelnd auf den Leichnam zu seinen Füßen. Sein altes Schwert hielt er in der Rechten, von der rostigen Klinge tropfte das Blut des Getöteten. Von hinten musste er sich Dionysos genähert und ihm die Klinge in den Rücken gestoßen haben.

Eirene lebte! Schwer atmend stand sie vor ihnen, und in ihrem Blick, den sie starr auf Kimon gerichtet hielt, stand blankes Entsetzen.

»Keine Sorge, mir ist nichts passiert«, versuchte Kimon die Schwester zu beruhigen, obwohl sein Schädel immer noch dröhnte. »Und du? Bist du wohlauf?«

»Wohlauf?« Eirenes Stimme war ein Krächzen. »Soll das ein Scherz sein?«

Nachdenklich rieb sich Himero die Haut unter dem Kinn, die vom Riemen des Helms, den er jahrelang getragen hatte, an dieser Stelle ganz verhornt war. »Wieso, beim Melkart, kommst du immer wieder in Schwierigkeiten, mein Junge?«, verlangte er von Kimon zu erfahren.

Keine unberechtigte Frage, musste dieser sich eingestehen, während der alte Soldat, den Weindünste umwehten, ihm auf die Beine half. In diesem Moment stürmten auch Mabol und Yumbo, nur mit Lendenschurz bekleidet, in den Saal. Von dem

Anblick, der sich ihnen bot, blieben die Brüder wie vom Donner gerührt stehen.

»Ihr seid zu spät, wie immer«, bekamen sie von Himero zu hören.

Eirene war auf die Knie gesunken. Wankend, da seine Beine zitterten wie bei einem hinfälligen Greis, ging Kimon zu ihr, um sie in die Arme zu nehmen. Ein weiteres Mal waren die Geschwister mit dem Leben davongekommen.

12.

Der Tag brach gerade an, als Synbalos sich auf den Weg in die Stadt machte. Erst zwei Tage zuvor hatte er mit Dido, die seit vielen Jahren seine Geliebte war, ein inbrünstiges Wiedersehen gefeiert. Diesmal war der Grund, weshalb er sie aufsuchte, eher pragmatischer Natur.

Schon waren in den Gassen die ersten Handwerker unterwegs, ihre Lehrburschen zogen rumpelnde Handkarren hinter sich her, und alle stießen in der Kühle des Morgens weiße Atemwölkchen aus. Wer den Arzt erkannte, neigte ehrfurchtsvoll den Kopf vor ihm. Nicht allein die Tatsache, dass er der Leibarzt des Feldherrn war, machte ihn zu einer stadtbekannten Persönlichkeit, sondern auch das Wissen darum, in welchem Verhältnis er zu Dido stand. In Neu-Karthago gab es wohl keinen Mann, der ihn nicht darum beneidet hätte.

Es war ein schrecklicher Morgen – mit Blut und Tod hatte er begonnen. Entsprechend düster waren die Gedanken, die Synbalos auf seinem Weg in den Osten der Stadt, wo der »Gazellengarten« lag, durch den Kopf gingen. Helena! Dass er ausgerechnet jetzt an sie denken musste, hatte seine Gründe. Genau drei Jahre waren vergangen seit ihrem Tod, den er nicht hatte verhindern können. Und Eirene, die ihn immerzu an seine verstorbene Nichte erinnerte, litt zwar nicht an einer heimtückischen Krankheit, doch der Zeitpunkt war gekommen, da er ihr helfen musste – auf eine völlig andere Weise.

Helena war die Tochter seiner Schwester gewesen. Ein wunderschönes Mädchen mit grünen Augen und schwarzen Haaren, die wie Seide glänzten. Schon als Säugling hatte sie es verstanden, ihren Onkel um den Finger zu wickeln; ein Blick in ihr strahlendes Gesicht, mehr hatte es dazu nicht bedurft. Als sie älter wurde, blieb ihr Verhältnis ein sehr enges. Es hatte nicht viele Tage in der Woche gegeben, wo sie ihn nicht besucht hätte. Helena war ihm wie eine Tochter, er hätte alles für sie getan. Traurigerweise war das nicht genug, um sie retten zu können.

Als sie zum ersten Mal über Leibschmerzen geklagt hatte, war er nicht sonderlich beunruhigt gewesen. Mädchen, die zu Frauen heranreiften – so viel wusste er auch als Wundarzt –, mochten mit den Veränderungen ihres Körpers ihre Mühsal haben. Synbalos ließ Akkaba einen Kräutersud kochen, und nachdem Helena davon genommen hatte, waren die Schmerzen tatsächlich verschwunden. Dankbar war sie ihm um den Hals gefallen.

»Du bist mein Retter, Onkel!«

»Ich wüsste niemanden, den ich lieber rettete als dich, Helena!«

»Oha! Noch lieber als unseren Feldherrn?«

»Du sagst es, noch lieber als den! Viel lieber!«

Wenige Tage später waren die Schmerzen umso heftiger zurückgekehrt. Merkwürdigerweise beschränkten sie sich vor allem auf die rechte Bauchhälfte. Erstmals verfiel Synbalos in Sorge. Er kannte Fälle, wo ähnliche Symptome zum Tod des Patienten geführt hatten. Äußerlich gab er sich unbeschwert.

»Du willst deinen alten Onkel doch nur auf Trab halten, gib es ruhig zu.«

»Und ob. Ich finde, du solltest dich viel mehr um deine Lieblingsnichte kümmern.«

»Was denn, *noch* mehr?«

»Es ist niemals genug, Onkel.«

Er ließ sie zur Ader und verordnete ihr Einläufe. Doch nichts brachte die erhoffte Besserung, im Gegenteil, von Tag zu Tag wurde es schlimmer. Schließlich bekam Helena Fieber, die Schmerzen wurden unerträglich. Synbalos befragte andere Ärzte, doch keiner vermochte ihm etwas zu empfehlen, was er nicht selbst schon ausprobiert hätte. In seiner Verzweiflung ließ er im Tempel des Zeus, an den er nicht glaubte, ein Schlachtopfer darbringen. Vergebens.

In seinen Armen war Helena gestorben. *Es ist niemals genug, Onkel!* Ihre scherzhaft gemeinten Worte waren bittere Wirklichkeit geworden. Mit all seinem Wissen und seinen Fähigkeiten hatte er sie nicht zu heilen vermocht. Synbalos hatte bittere Tränen vergossen.

Als er Eirene vor Sagunt zum ersten Mal gesehen hatte, war ihm fast das Herz stehengeblieben. Nicht nur die Ähnlichkeit und ihr forsches Mundwerk, auch der Umstand, dass sie etwa so alt war, wie Helena es nun wäre, hatten ihn bewogen, sie auf der Stelle in sein Herz zu schließen. Die Götter existierten nur in den Köpfen der Menschen – sein Opfer an Zeus war ein irrationaler Akt von Ratlosigkeit gewesen –, doch vielleicht hätte jemand, der an die Olympischen glaubte, behauptet, sie hätten es so gefügt, damit etwas von Helena auf diese Weise weiterleben konnte.

Eirene war, anders als ihr talentierter Bruder, nicht glücklich bei ihrer Arbeit. Das furchtbare Ereignis der vergangenen Nacht war Warnung genug: Wenn ihm etwas an ihrem Glück lag – und dies war zweifellos der Fall –, dann musste etwas geschehen. Dido würde Rat wissen.

Der »Gazellengarten« war ein frei stehendes dreigeschossiges Haus mit wenigen Fenstern. Auf einer kleinen Anhöhe gelegen, eingebettet in einen Hain aus Pinien, wirkte es geheimnisvoll, erst recht im Dunstlicht der aufgehenden Wintersonne. Rechterhand neben der Eingangspforte, zu der eine dreistufige Marmortreppe emporführte, stand zwischen zwei Säulen eine Statue der nackten Aphrodite. Doch die marmorne Göttin war nicht allein: Eine Gazelle schmiegte sich an sie, und liebkosend hatte die Göttin eine Hand an den Hals des prächtigen Tieres gelegt. Beide sahen dem Ankömmling entgegen, als hätten sie sehnsüchtig auf ihn gewartet. Synbalos pflegte zu sagen, der Bildhauer, der die Figuren erschaffen hatte, müsse in seinem tiefsten Wesen ein glücklicher Mann gewesen sein.

Der »Gazellengarten« war ein Bordell der edelsten Sorte, seine vornehme Kundschaft reichte bis weit über Neu-Karthago hinaus. Sogar Aristokraten aus Karthago reisten mitunter hierher, um die Dienste gewisser »Gazellen« in Anspruch zu nehmen. Dido leitete das Etablissement, zu ihrem Künstlernamen hatte sie die legendäre erste Königin von Karthago inspiriert. Ihren wirklichen Namen kannte niemand, selbst Synbalos nicht, aber er hatte sie auch nie danach gefragt.

Der Türsteher des »Gazellengartens« hieß Kerberos, und auch dies war nicht sein tatsächlicher Name. Man hatte ihn nach einem der Höllenhunde benannt, weil gegen seinen Willen keiner an ihm vorbeikam. Kerberos war schwarzhäutig und kräftig wie ein Bulle. Zwar besaß er nicht drei Köpfe wie jenes sagenhafte Ungeheuer, das den Eingang zur Unterwelt bewacht, doch wenn er es darauf anlegte, konnte er sich ebenso furchterregend gebärden. Selbst einer wie Himero wäre nicht auf die Idee gekommen, sich mit Kerberos, der alle Kraft des Kosmos zu besitzen schien, anzulegen. »Du, Herr? So früh am Morgen?«, fragte er den Ankömmling verwundert. Seine Stimme war so dunkel, dass man wahrhaft glauben mochte, sie käme aus den Tiefen der Unterwelt.

»Leider, mein Guter. Schläft die Herrin noch?«

»Davon ist auszugehen. Soll ich dafür sorgen, dass sie geweckt wird?«

»Das wäre mir sehr lieb.«

Kerberos nickte ernst. Niemand außer Synbalos hätte eine entsprechende Bitte äußern dürfen. »Ich will gehen und ihre Leibdienerin rufen.«

Synbalos wartete im Vorraum. Nicht einmal für ihn machte Dido eine Ausnahme: Sie würde ihm nicht schlaftrunken gegenübertreten, das war unter ihrer Würde. Kirta, ihre Leibdienerin, würde ihr zuerst bei der Morgentoilette behilflich sein. Synbalos konnte sich nicht erinnern, seine Gefährtin jemals ungeschminkt gesehen zu haben. Selbst wenn sie die Nacht miteinander verbracht hatten, erwartete sie von ihm, dass er vor ihr aufstand und im Speiseraum auf sie wartete, wo sie dann ihr gemeinsames Morgenmahl einnahmen.

Nach einer Weile kehrte Kerberos zurück. »Ein wenig Geduld noch, Herr.« Der Türwächter druckste herum.

»Kann ich etwas für dich tun, Kerberos?«

Eher widerwillig hob der Riese seine rechte Hand, die man getrost als Pranke bezeichnen konnte. Synbalos erkannte, dass der kleine Finger wie ein abgeknickter Zweig von den anderen Fingern abstand.

»Es ist nicht zu glauben«, wunderte sich Synbalos. »Jemand hat es geschafft, dir den Finger zu brechen?«

»Ein winziger Moment der Unachtsamkeit nur«, beteuerte Kerberos verlegen. »Er erwischte mich mit einem Schlagstock. Aber du solltest den Kerl jetzt sehen …«

»Oh, das glaube ich dir aufs Wort. Den Finger will ich dir richten. Erledigen wir es hier an Ort und Stelle, oder kommst du in meine Behandlungsstube?«

»Willst du mich beleidigen, Herr?« Er streckte ihm seine Hand hin.

Synbalos packte den verletzten Finger. Eine ruckartige Bewegung, ein Knacken – Kerberos zuckte mit keiner Wimper. »So, mein Guter. Nun ist er wieder wie neu. Schone ihn, wenn du in den nächsten Tagen wollüstige Strolche verprügelst.«

»Werde ich machen, Herr. Danke, Herr.« Mit einem breiten Grinsen kehrte Kerberos zu seinem Platz hinter der Tür zurück.

Synbalos wartete. Früher hatte er sich manches Mal gewünscht, dass Dido ihre Prinzipien ihm zuliebe änderte, doch das wäre ihr im Traum nicht eingefallen. Also hatte er sich daran gewöhnt, dass er selbst als ihr Geliebter gewisse Wartezeiten einkalkulieren musste, selbste wenn er mit Muße nicht reichlich gesegnet war.

Endlich erschien Kirta, die Leibdienerin, ein blasses, aber ansehnliches Mädchen mit hohen Wangenknochen und langen roten Haaren. »Die Herrin erwartet dich!«, verkündete sie. Ihr erhobenes Haupt zeugte von gesundem Selbstbewusstsein.

Er folgte ihr eine Treppe hinauf. Vor Didos Gemach angelangt, klopfte Kirta an die Tür und ließ den Arzt eintreten. Wie eine Königin thronte Dido in einem Korbsessel und bedachte den Ankömmling mit einem warmen Lächeln. Sie trug ein leichtes rotes Gewand, das Schultern, Arme und Füße nicht bedeckte und straffe, helle Haut offenbarte. Die dunklen Haare waren kunstvoll hochgesteckt, die Wangen mit dezentem Rouge bedeckt, die Lippen rot wie ihr Gewand. Ein kleiner Höcker zierte ihre schmale Nase, was ihrer Schönheit aber keinen Abbruch tat. Vielmehr machte dieser vermeintliche Makel sie noch interessanter, verlieh ihr eine noch exotischere Anmutung. Wer nicht wusste, dass sie die Vierzig überschritten hatte, hätte sie für eine junge Frau halten können. Sie erhob sich, um dem Geliebten mit ausgebreiteten Armen entgegenzutreten. Synbalos küsste sie auf beide Wangen, während sie einander umarmten. Ein betörender Duft von Rosenblüten stieg ihm in die Nase. Wie sehr er diesen Duft liebte! Vor Sagunt hatte er ein

Fläschchen von dieser Essenz mit sich geführt, um sich damit jederzeit Didos Gegenwart vorzugaukeln.

»Danke, Kirta. Du kannst uns allein lassen!«

Die Leibdienerin folgte dem Befehl der Herrin und ging. Dido nahm den Arzt wie einen Jungen an der Hand und führte ihn zu einer Ruheliege, wo sie beide Platz nahmen. Davor, auf einem Tisch, standen schon Erfrischungen bereit, doch Didos Angebot, sich zu bedienen, schlug Synbalos dankend aus. Sie sah ihn, immer noch lächelnd, mit erhobenen Brauen an.

»Du musst einen wichtigen Grund haben, so früh am Morgen zu mir zu kommen, mein Lieber. War dir unser Wiedersehen etwa nicht leidenschaftlich genug?«

»Es war leidenschaftlicher, als es für einen alten Mann wie mich eigentlich gesund sein kann.«

»Das fasse ich als Lob auf.«

»Es ist eine Lobeshymne! Und natürlich hast du recht, ein besonderer Grund führt mich her.«

Sie griff nach einem mit verdünntem Wein gefüllten Pokal, führte ihn langsam an die Lippen, nahm aber nur einen kleinen Schluck, während ihre mit schwarzer Tusche umrandeten Augen fragend auf den Arzt gerichtet blieben.

Synbalos erzählte von den Geschehnissen, die sich seit dem Morgen zuvor zugetragen hatten, beginnend mit der Messerstecherei in der Taverne am Hafen, wohin man ihn gerufen hatte, bis zu dem schrecklichen Blutbad unter dem Dach seines eigenen Hauses.

»Ich habe dir doch von Eirene erzählt, nicht wahr?«

»Das Mädchen, das dich so sehr an Helena erinnert.«

»Es mag Leute geben, die meine Rührseligkeit für albern halten, aber ich weiß genau, dass du mich verstehen wirst.«

Dido stellte ihren Trinkpokal wieder auf den Tisch. »Ich bin schon sehr gespannt«, sagte sie augenzwinkernd.

»Nun, ich hätte mir gewünscht, dass sie lernt, meinen Gehilfen zur Hand zu gehen. Denn was in einem Feldlazarett meistens fehlt, sind die sorgenden Hände eines weiblichen Wesens. Doch leider kann sie sich mit der Arbeit nicht so recht anfreunden.« Er seufzte.

»Was denkst du? Hätte deine Nichte Helena Freude an solcher Arbeit gehabt?«, fragte sie ihn.

»Ich kann es mir nicht vorstellen«, räumte er ein.

Dido breitete die Hände aus. »Na also!«

»Da sie in der Nacht beinahe getötet worden wäre«, fuhr er fort, »hat mich dies gelehrt, dass mein Wunsch im Grunde töricht war. Ein Mädchen wie Eirene gehört nicht in ein Lazarett.«

»Es gehört in ein ehrwürdiges Haus wie dieses, nicht wahr?« Didos Worte klangen spöttisch, aber Synbalos wusste, dass es nicht böse gemeint war. Nun griff er doch nach einem Pokal, ließ aber nur den Wein darin kreisen.

»Ihre Eltern sind tot. Bis auf ihre Geschwister hat sie niemanden. Sie ist noch sehr jung, und ich will nicht, dass sie Männern beiliegt. Aber vielleicht hast du ja anderweitig Verwendung für sie.«

Dido dachte eine Weile nach. »Ja, vielleicht. Vorausgesetzt, sie wäre in der Tat bereit, in einem Freudenhaus zu leben und zu arbeiten.«

»Sie ist weder schüchtern noch verklemmt. Vermutlich würde sie alles tun, um nicht länger Exkremente beseitigen zu müssen. Du musst mir nur versprechen, dass du sie nicht als Gazelle beschäftigst.«

Didos Augen sprühten plötzlich zornige Funken. »Du weißt genau, Synbalos, dass bei mir keine Gazelle etwas gegen ihren eigenen Willen tut! Es gibt keine, die nicht aus freien Stücken hier wäre!«

Rasch stellte er den Pokal ab und griff beschwichtigend nach ihren Händen. »Das weiß ich doch, Liebste. Ich wollte dir nichts unterstellen.«

»Das wäre auch wenig ratsam.«

»Du würdest sie also aufnehmen?«

Ihr Zorn verflog. »Komm heute Nachmittag mit ihr her. Ich möchte hören, was sie selbst darüber denkt, dann sehen wir weiter.«

Erleichtert atmete Synbalos auf.

»Hast du noch Lust auf ein kleines Frühstück der anderen Art?«, flüsterte sie verführerisch. »Du musst wissen, acht Monate der Entbehrung machen eine Frau sehr hungrig.«

»Bedeutet das, dass du dich immer noch an unser gegenseitiges Versprechen hältst?«

»Du etwa nicht?«

»Und ob! Oder hältst du mich für einen Herumtreiber?«

Sie legte ihm eine Hand aufs Knie. »Für gewisse Tätigkeiten hast du als Arzt deine Leute. Genauso handhabe ich das in meinem Haus auch. So ist es und so soll es bleiben. Ich bin schließlich auch nicht mehr die Jüngste!«

»Was man dir niemals ansehen wird.«

»Erwartest du Lohn für deine Schmeichelei? Du sollst ihn bekommen!«

Ihre Hand wanderte langsam aufwärts. Synbalos wusste, keine andere Frau der Welt wäre imstande, ihm das Gefühl zu vermitteln, er wäre noch ein Jüngling von zwanzig Jahren.

Eirene wusste nicht recht, ob sie wachte oder träumte. Was sollte sie halten von all dem, was sie soeben erlebte? Synbalos hatte sie in dieses Bordell mitgenommen. Wenigstens war nun das Rätsel um die Gazellen gelöst, und es kam dem sehr nahe, was sie bereits vermutet hatte. Aber warum war sie hier? Wollte Synbalos sie verkaufen, sie zu einer Dirne machen? Bevor sie aufgebrochen waren, hatte er ihr allerdings versichert, dass sie nichts zu befürchten habe, nichts geschähe gegen ihren Willen. Schon darüber hatte sie sich gewundert, denn wovor hätte sie sich an seiner Seite schon fürchten sollen? Nach den Vorfällen der Nacht hatte er sie wohl nur beruhigen wollen, sagte sie sich.

Die Bordellbetreiberin, der sie nun gegenübersaß, war eine schöne Frau in einem betörenden Gewand. Auch schien sie von gewinnendem Wesen zu sein, ihr Lächeln wirkte jedenfalls nicht gekünstelt. Das also war Dido, die Geliebte des Arztes! Dieser hatte sich übrigens abseits auf einen Schemel niedergelassen, als wolle er nicht stören. Irgendwie wirkte er verlegen, fand Eirene, beinahe beschämt; so hatte sie den Arzt noch nie erlebt.

»Der oberste Wundarzt hat nicht übertrieben: Du bist sehr hübsch, Eirene«, stellte Dido fest.

Eirene fragte sich, was sie darauf erwidern sollte, und wischte sich eine Haarsträhne aus dem Gesicht. »Das bist du auch.«

Amüsiert zog Dido eine Braue in die Höhe. Dann wurde sie ernst. »Er hat mir auch von deinem Schicksal berichtet. Es ist traurig, wenn man in jungen Jahren Eltern und Heimat verliert.«

Auch hierauf wusste Eirene nichts zu erwidern und schwieg. Dem Aussehen und Namen nach zu urteilen mochte diese Frau eine echte Karthagerin sein. Karthago aber war schuld an ihrem Geschick. Eine voreilige Antwort hätte leicht einer Beleidigung gleichkommen können.

»Die Arbeit im Lazarett macht dir keine Freude. Ist das die Wahrheit, Eirene?«

»Würde es *dir* Freude machen, die Ausscheidungen anderer Leute wegzuschaffen?« Auch diese Worte kamen ihr wie von selbst über die Lippen, doch sie klangen eher verbittert als schnippisch.

Erstmals meldete sich Synbalos zu Wort. »Eirene«, sagte er mahnend. Aber Dido bedeutete ihm mit einer Geste, still zu sein.

»Nein, das würde mir auch keine Freude machen«, gab sie zu. »In einem Lazarett würde ich es wohl keine Stunde aushalten. Ich kann dich also sehr gut verstehen. Wenn du möchtest, kannst du künftig für mich arbeiten, Eirene.«

»Und wenn ich das nicht möchte?«

Dido zuckte mit den Schultern. »Dann bleibst du beim obersten Wundarzt. Der meint es schließlich auch nicht schlecht mit dir.«

Eirene nagte an ihrer Unterlippe. »Du willst eine … *Gazelle* aus mir machen?«

»Nein! Meine Gazellen müssen schon etwas älter sein. Meine Kunden bevorzugen Mädchen, die … hm, reifer sind als du!«

»Ich bin kein Kind mehr!«, gab sich Eirene empört, obwohl sie in Wahrheit erleichtert war, dass man keine Dirne aus ihr machen wollte.

»Oh nein, das bist du in der Tat nicht mehr. Du bist eine Augenweide. Dennoch will ich dich nicht als Gazelle.«

»Wie könnte ich dir sonst von Nutzen sein?«, fragte Eirene vorsichtig.

»Meine Leibdienerin Kirta hat inzwischen das rechte Alter erreicht. Sie hat den Wunsch geäußert, in die Schar meiner Gazellen zu wechseln. Es war *ihre* Entscheidung! Du könnest künftig Kirtas Platz einnehmen.«

Eirene starrte auf ihre Knie. Ihr bot sich hier die einmalige Möglichkeit, dem Lazarett zu entrinnen. Das war ihr Wunsch gewesen, seit sie in Gefangenschaft geraten war. Doch mit dem Angebot, die Leibdienerin einer Bordellbesitzerin zu sein, hätte sie niemals gerechnet. Und noch immer wusste sie nicht, wie sie darauf reagieren sollte.

»Was wären denn meine Pflichten?«

Didos Geduld war nicht zu erschüttern. »Nun, wie du bemerkt haben dürftest, lege ich sehr viel Wert auf mein Äußeres. In meinem Metier ist es wichtig, etwas darzustellen, schließlich ist die Kundschaft dieses Hauses von hoher Herkunft. Ich brauche Hilfe beim An- und Auskleiden, jemanden, der meine umfangreiche Garderobe kennt, der mich schminkt, mir die Haare steckt, meinen Schmuck verwaltet. Solche Dinge eben.«

»Ich weiß nicht, ob ich dazu fähig wäre«, meinte Eirene mit einem Blick auf Didos modisch aufgetürmtes Haar.

»Kirta und ich würden dich gründlich anleiten. Ich bin sicher, dass du schnell lernen würdest.«

Davon war auch Eirene überzeugt. Allmählich erwärmte sie sich für den Gedanken, Didos Leibdienerin zu sein. Der »Gazellengarten« war ein prächtiges Haus mit kostbarer Ausstattung und vornehmem Ambiente, keinesfalls eine Absteige wie die billigen Bordelle am Rand von Sagunt, die Eirene freilich nur von außen betrachtet hatte. Sie liebte, wie vermutlich jede Frau, schöne Kleider, Duftwasser und Schmuck – was für ein Gegensatz zu den Aufgaben, die sie bislang hatte erfüllen müssen! Ja, hier zu leben würde ihr gefallen, aber noch wollte sie sich zurückhaltend geben. Auf keinen Fall sollte Dido denken, sie wollte diese Anstellung um jeden Preis haben.

»Hm!«

»Natürlich gäbe es auch noch viele andere Dinge für dich zu tun, denn ich muss ja nicht ganzen Tag lang umhegt werden«, fuhr Dido mit einem Lachen fort. »Die Bewirtung der Gäste zählt ebenfalls zu diesen Aufgaben, auch müsstest du Botengänge für mich erledigen oder Einkäufe tätigen. Wichtig ist mir, dass ich mich auf meine Leibdienerin ganz verlassen kann, wenn ich sie brauche.«

Sie schwieg und sah das Mädchen vor sich an. Eirene spürte, dass es an der Zeit war, ernstes Interesse zu bekunden, sonst würde Dido sie am Ende unverrichteter Dinge wieder ziehen lassen. Allerdings lag ihr noch eine Sache schwer auf dem Herzen.

»Mein Bruder dürfte entsetzt sein, wenn er erfährt, dass ich hier arbeite.«

»Er wird es verstehen«, widersprach Synbalos und fügte mit Nachdruck hinzu: »Du wirst nichts anderes als ihre persönliche Dienerin sein!«

Und Salicar? Sie würde ihn dann kaum mehr sehen. Fast noch schmerzlicher war der Gedanke, dass er etwas Falsches über sie denken könnte. Natürlich traute sie sich nicht, Salicar ausdrücklich zu benennen. »Ich möchte, dass du es allen sagst: Ich bin keine Gazelle!«

Synbalos hob die Hand wie zum Schwur. »Jeder wird es erfahren. Mein Wort darauf! Außerdem bist du jederzeit in meinem Haus willkommen. Sofern deine neue Herrin dich entbehren kann, versteht sich.«

Dido klatschte einmal in die Hände. »Wenn ich dich richtig verstanden habe, Eirene, lautet deine Antwort somit ›Ja‹.«

Eirene nickte. Höchste Zeit für ein Lächeln. Schließlich wusste sie genau, wie anziehend sie auf die Menschen wirkte, wenn sie ihren Charme spielen ließ.

»Wenn es dir nichts ausmacht, können wir sofort beginnen«, schlug Dido vor.

13.

Kimon war bestürzt, als der Meister ihm mitteilte, dass Eirene fortan woanders leben und arbeiten würde. Und als er erfuhr, was es mit dem »Gazellengarten« auf sich hatte, klappte ihm die Kinnlade herunter. Synbalos legte ihm sanft eine Hand auf die Schulter und erklärte ihm, dass Eirene keine Liebesdienste würde verrichten müssen. Doch dies trug nur vorübergehend zu Kimons Beruhigung bei. Hatte es jemals einen Tag in seinem Leben gegeben, an dem er seine Zwillingsschwester nicht sah? Es mochte nicht ständig Eintracht zwischen ihnen geherrscht haben, aber nichts und niemand hätte sie zu entzweien vermocht. War das nicht erst recht in den vergangenen Wochen deutlich geworden? Tröstlich war nur, dass sie nicht aus der Welt war. Allenfalls eine Meile trennte sie, und Synbalos versicherte ihm, dass sie sich auch künftig sehen würden.

Nach der fürchterlichen Bluttat der vergangenen Nacht herrschte im Haus des Synbalos eine gedrückte Stimmung. Ein städtischer Ordnungshüter, vom obersten Arzt herbeigerufen, war am Morgen erschienen, hatte sich die Toten angesehen, Fragen gestellt, und war dann wieder verschwunden. Die Leichen wurden später abgeholt. Einen halben Tag lang waren Kimon, Mabol und Yumbo damit beschäftigt, die Blutlachen zu beseitigen.

Am Abend fiel Kimon ein, dass er ja immerhin noch eine zweite Schwester hatte. Ein schlechtes Gewissen befiel ihn, denn er musste sich eingestehen, dass er nicht wirklich eine Beziehung zu Lanike hatte. Was gab es mit einer Dreijährigen auch schon zu bereden? Gleichwohl verspürte er das Bedürfnis, sie zu sehen, und er suchte die Amme auf, der man das Kind in Pflege gegeben hatte. Die führte ihn zu der Kleinen, die zwar schon im Bett lag, aber noch nicht schlief. Kimon wollte sie herzen, aber Lanike wehrte sich gegen seine Zärtlichkeiten und streckte die Ärmchen schreiend ihrer Amme entgegen. Frustriert schlich sich Kimon wieder davon. Der eigene Bruder war Lanike fremd geworden.

Als er selbst im Bett lag, niedergeschlagen und zutiefst erschöpft, bildete er sich ein, neben sich Eirenes Atemzüge zu vernehmen. Doch natürlich war ihr Schlaflager jetzt leer, er war allein. Was ein sehnsüchtiger Wunsch doch zu bewirken vermochte. Keine Halluzination war dagegen das Trompeten der Elefanten, das er nun wieder aus der Ferne vernahm. Ob auch Eirene den Tieren lauschen konnte?

Die Nacht bescherte ihm keinerlei Träume.

In den kommenden Tagen vertiefte sich Kimon in die Arbeiten, die man ihm zuwies. Sogar den Syphax begann er zu vermissen, das Urbild eines schwierigen Patienten, wie Salicar ihn einmal bezeichnet hatte. Immerhin war Syphax ein Patient der ersten Stunde gewesen, und Kimon würde ihn sicher nie vergessen. Schon bald gab es neue Patienten zu versorgen. Oft waren es iberische Söldner, die man zu Synbalos brachte, die meisten mit geringfügigen Verletzungen, Verstauchungen, Knochenbrüchen, Fleischwunden oder anderen Blessuren, die sie sich bei irgendwelchen Manövern oder Patrouillengängen zugezogen hatten. Aber auch Leute aus der Stadt kamen hierher, um ärztlichen Rat zu erbitten, vornehme Damen, die zur Ader gelassen werden wollten, weil sie der Meinung waren, dies würde ihnen guttun. Synbalos wies aber auch arme Schlucker nicht ab, obwohl sie ihm den Lohn meistens schuldig blieben. An ihnen durfte Kimon sich versuchen, zunächst unter Salicars Aufsicht, doch schon nach kurzer Zeit war er imstande, Aderlässe und Behandlungen mit Schröpfköpfen allein durchzuführen. Manchmal begleitete er den Meister, wenn dieser Außenbesuche machte. Dann hoffte er stets, ihr Weg würde sie auch in den »Gazellengarten« führen. Synbalos spürte das Verlangen seines Schülers, endlich seine Schwester wiederzusehen, also tat er ihm bald den Gefallen.

Schon beim Anblick der nackten Aphrodite neben der Eingangspforte errötete Kimon. Kerberos, der Türwächter, ließ sie eintreten.

»Du bist Eirenes Bruder?«, fragte der Hüne. Seine Stimme war so tief und dunkel, dass Kimon angst und bange wurde und er nur ein zaghaftes Nicken zustande brachte.

Der Hüne grinste breit. »Ihr loses Mundwerk scheinst du jedenfalls nicht zu besitzen!«

Er bat die Gäste, im Peristyl zu warten, dort nahmen sie auf einer Bank Platz. Ein Bodenmosaik zeigte den überdimensionalen Kopf einer Frau mit vollen Lippen und vollendeten Zügen; vermutlich stellte auch sie die Göttin Aphrodite dar. Kimon betrachtete sie ausgiebig. Ein leicht bekleidetes Mädchen, das über den Hof huschte, ließ ihn aufblicken. Ein weiteres Mal lief er rot an.

»Ein Arzt muss Nacktheit ohne Scham ertragen können«, raunte Synbalos ihm mit einem Zwinkern zu.

Das mochte ja sein, dachte Kimon bei sich, aber die Gazelle, die inzwischen hinter einer Tür verschwunden war, war schließlich keine Patientin.

Nach einer Weile erschien Eirene, ihr Gesicht strahlte. Begleitet wurde sie von einer der schönsten Frauen, die Kimon je gesehen hatte. Weil Synbalos sich erhob, tat Kimon es ihm gleich.

»Du musst Kimon sein!« Dido musterte ihn wohlwollend. »Tatsächlich, die Ähnlichkeit ist nicht zu übersehen.« Vermutlich sagte sie das aus reiner Höflichkeit, denn die meisten Menschen zeigten sich eher verwundert, wenn sie erfuhren, dass Eirene und er Zwillingsgeschwister waren. Kimon wusste vor lauter Aufregung nicht, was er ihr antworten sollte, aber Dido kam ihm ohnehin zuvor.

»Dann wollen wir die beiden Hübschen mal ein wenig allein lassen, nicht wahr, mein Lieber? Sie haben sich bestimmt einiges zu erzählen.«

Synbalos nahm die Hand, die sie ihm reichte; dann schritten sie, einander neckend, fort. Wie entrückt sah Kimon ihnen hinterher. So kannte er den Meister gar nicht. Und dann diese Frau …

Erst als Eirene ihm um den Hals fiel, kam er wieder zu sich.

»Bruderherz!«

Kimon genoss die Umarmung. Tage waren vergangen, seit sie sich zuletzt gesehen hatten, und genau diesen Moment hatte er herbeigesehnt.

»Setzen wir uns!« Sie wies auf die Bank. »Wie geht es dir?«

»Du wirst es nicht glauben, aber diese Frage wollte ich dir gerade stellen.«

»Ach, Kimon! Hier bin ich glücklich!«

Sein Grinsen wirkte gequält. »Das ist ein Bordell!«, sagte er gepresst.

»Es ist der ›Gazellengarten‹. Das hört sich viel schöner an.«

»Ändert aber nichts daran, dass es in Wahrheit ein Bordell ist.« Eigentlich hatte er sich vorgenommen, nicht mit ihr zu streiten. Also wechselte er das Thema.

»Ein schönes Gewand trägst du da!«

»Nicht wahr?« Eirene strich über den seidenen blauen Stoff. Eine breite rote Schärpe betonte ihre Taille. »Ich habe noch nie so ein schönes Gewand besessen. Und stell dir vor, die Herrin hat mir ein Paar silberne Ohrringe geschenkt. Soll ich sie holen und dir zeigen?«

»Beim nächsten Mal vielleicht. Wir wollen doch keine Zeit vergeuden. Deine Herrin scheint sehr gütig zu sein.«

»Oh, sie kann auch streng sein, wenn nicht alles genau nach ihrem Willen läuft. Da ist sie wie Synbalos.«

»Nur ist der Meister nicht so hübsch wie sie«, versuchte Kimon zu scherzen. Eirene schmiegte sich lachend an ihn.

»Ja, ich habe dir angesehen, wie sehr sie dir gefällt. Dabei dürfte sie älter sein als unsere Mutter. Was macht denn unsere kleine Schwester?«

»Inzwischen hält sie die Amme für ihre Mutter. Uns wird sie sicher bald vergessen haben.«

»Unsinn. Unser Blut fließt auch in ihr.«

Eine Weile herrschte Schweigen zwischen ihnen. Beide waren zu der beruhigenden Erkenntnis gelangt, dass es dem anderen gut ging, doch sie lebten nun in ihren eigenen Welten.

»Natürlich soll ich dich herzlich grüßen«, fiel Kimon ein, »von Mabol, Yumbo, Himero, Akkaba …«

»Und Salicar?«, unterbrach sie seine Aufzählung.

»Ja, von ihm auch!« Nicht zum ersten Mal beschlich ihn der Verdacht, dass seine Schwester sich in den jungen Arzt verguckt hatte. Wenn dem so war, dann war es nun vorbei mit ihrer Schwärmerei. Aber es war ja letztlich ihre eigene Entscheidung gewesen.

»Grüß ihn zurück von mir«, sagte Eirene. »Die anderen auch«, fügte sie rasch hinzu.

»Werde ich machen.«

»Ich vermute mal, unsere beiden Pfleger machen sich darüber lustig, dass ich nun hier bin.«

»Das ist noch untertrieben. Den ganzen Tag muss ich mir ihre anzüglichen Witze anhören.«

»Dann solltest du nicht müde werden, ihnen zu versichern, dass ich keine Gazelle bin.«

»Was glaubst du, was ich tue? Und weißt du, was Mabol mir dann antwortet?«

»Hm. Ich kann es mir ungefähr denken.«

»Er sagt: ›Gewiss doch, und beim Bäcker wird kein Brot gebacken!‹«

Erstmals flog ein Schatten des Unmuts über Eirenes Gesicht. »Ich bin Didos Leibdienerin, keine Gazelle, und selbst wenn es so wäre: Sie sind allesamt Menschen wie du und ich, nicht besser, aber auch nicht schlechter. Sie erfüllen Bedürfnisse, die sie nicht selbst in die Welt gesetzt haben, und niemand kommt zu Schaden durch das, was sie tun. Ihr Männer seid es doch, ihr wollt immer vögeln – ha, was guckst du so entsetzt? Bist du etwa anders? So, wie du die Herrin angesehen hast, fällt es mir schwer, das zu glauben.«

»Eirene, bitte«, flüsterte er. Dennoch konnte er sich eine weitere Bemerkung nicht verkneifen. »Unsere Eltern wären entsetzt, und das weißt du.«

Zu seiner Verwunderung fachten seine Worte ihren Unmut nicht noch weiter an. Sie stieß einen resignierten Seufzer aus und starrte eine Zeitlang sinnierend auf ihre Füße, die in feinen Sandalen steckten.

»Die Welt, in der wir aufwuchsen, existiert nicht mehr, Kimon«, sagte sie endlich leise. »Vater und Mutter können uns nicht mehr beistehen, wir sind ganz auf uns allein gestellt. Was sie für falsch hielten, kann für uns richtig sein. Willst du dich bis an das Ende deines Lebens immer wieder fragen, was unsere Eltern gesagt hätten? Soweit ich mich erinnere, wollte Vater, dass du Kaufmann wirst. Hätte er gewusst, dass du den versoffenen Medicus aus der Unterstadt besuchst …«

»Schon gut, du hast ja recht, Eirene!« Kimon wünschte, sie könnten ihr Wiedersehen noch einmal von vorn beginnen. »Verzeih mir, aber ich vermisse dich eben. Obwohl ich jetzt wenigstens weiß, dass du hier glücklich bist.«

»Ich vermisse dich auch, Kimon.«

Sie reichten einander die Hände und verflochten die Finger.

»Falls es dich beruhigt, Bruderherz: Die Herrin sagt, ich sei viel zu jung, um eine Gazelle zu sein.«

»Sie übertreibt«, erwiderte Kimon mit einem schwachen Lächeln.

Nach dem Besuch des Bruders war Eirene nachdenklicher, als sie es offen zugegeben hätte. Sie dachte zurück an ihre unbeschwerten Kindheitstage in Sagunt. Wenn sie mit den anderen Mädchen einer dieser heruntergekommenen Straßendirnen begegnet war, hatten sie diese stets mit Spottrufen überschüttet. Dabei hatten sie nicht einmal genau gewusst, was Dirnen eigentlich trieben. Sie wussten nur, dass man schlecht über sie sprach. Seltsamerweise verhielt es sich in Neu-Karthago anders. Didos Gazellen, so ihr Eindruck, wurden hier verehrt wie Prinzessinnen, und eine war schöner als die andere. Da war Kuba, eine schlanke, hochgewachsene Negerin aus dem Herzen Afrikas; Tana, die es liebte, sich kühl und unnahbar zu geben; Xantha, deren Haar die Farbe von Gold hatte; Agriope, die sich Fürstin nennen ließ; Lakinia mit dem Schwanenhals; Drypetis, die stolze Perserin; Omphale mit den Katzenaugen; oder Athene, die ihren makellosen Leib wie eine Schlange winden konnte. Und nicht zuletzt gab es Kirta, die von Dido angewiesen worden war, Eirene alles beizubringen, was sie als Leibdienerin wissen und können musste. Im Vergleich zu all diesen wunderschönen Frauen kam Eirene sich unscheinbar, ja geradezu hässlich vor.

»Sieh her, den Kamm musst du *so* packen, wenn du die Haarsträhne bändigen willst. Und hier, genau hier befestigst du die Spange!«

Jeden Tag verbrachte sie mit Kirta eine Stunde vor der Büste, die angeblich die erste Königin von Karthago darstellte.

Zwar wies diese keinerlei Ähnlichkeit mit der Herrin auf, aber immerhin trug sie denselben Namen. Für die Übungseinheiten lag ein Sortiment verschiedener Perücken bereit.

Es war erstaunlich, was sich mit den Haaren einer Frau alles anstellen ließ. Kirta hatte eine große Meisterschaft darin entwickelt, Frisuren herzurichten. Sie wusste sogar, wie die Frauen in Rom ihre Haare zu tragen pflegten. Eirene fragte sich, ob ihr die Kunst des Frisierens jemals in der gleichen Weise in Fleisch und Blut übergehen würde. Und zögerte nicht, ihre Bedenken auch laut zu äußern. Aber Kirta winkte ab.

»Unsinn! Du machst das ganz gut. Als ich anfing, habe ich mich noch viel ungeschickter angestellt. Es ist alles nur eine Frage der Übung.«

Auch wenn Kirta manchmal etwas launisch war, mochte Eirene sie sehr. Vielleicht weil sie so verletzlich wirkte, obwohl sie in Wahrheit sehr genau wusste, was sie wollte. In Eirene sah sie offenbar keine Rivalin. Kirta hatte beschlossen, eine Gazelle zu sein, und Dido hatte dem zugestimmt. Für Kirta bedeutete das ein Emporsteigen in der Rangleiter des Hauses. Was Eirene wiederum nicht ganz begreifen konnte.

»Darf ich dich etwas fragen, Kirta?«

»Nur zu.«

»Warum willst du unbedingt eine Gazelle sein? Ich meine … als Leibdienerin der Herrin musstest du nicht mit Männern schlafen.«

Kirta tauschte die Perücke auf dem Kopf der Büste gegen eine andere aus. Dann sah sie Eirene mit einem Lächeln an, wenngleich dieses nicht ihre Augen erreichte. »Die Herrin ist nicht geizig, wenn sie ihre Gazellen entlohnt. Eines Tages, wenn ich genug Geld beisammen habe, gehe ich vielleicht von hier fort, suche mir einen Mann und gebäre ihm ein paar Kinder. Bis dahin muss ich mir keine Sorgen machen, ich habe ein Dach über dem Kopf und täglich genug zu essen.« Sie griff nach dem

Kamm aus Elfenbein und widmete sich der marmornen Dido. »Und außerdem«, fuhr sie gleichmütig fort, »wer sagt dir denn eigentlich, dass es mir nicht gefällt, mit Männern zu schlafen?«

So einfach wollte Eirene sie nicht davonkommen lassen. »Sehnst du dich denn nicht nach dem *einen* Mann, den du für immer lieben kannst?«

»Oh ja. Ich fürchte nur, dass es diesen Mann nicht gibt. Im Leben geht es anders zu als in diesen dummen Liebesgedichten. Oder willst du etwas anderes behaupten? Warst du schon einmal richtig verliebt?«

Eirene dachte an Salicar, blieb Kirta die Antwort auf ihre Frage jedoch schuldig. »Es gefällt dir also.«

»Aber ja! Du solltest es selbst einmal ausprobieren. Wie willst du sonst mitreden können, du jungfräuliches Kitz?« Sie kicherte scheppernd.

Neulich hatte Kirta ihr erlaubt, ihr durch ein Guckloch in der Wand bei der Arbeit zuzuschauen. Kirta hatte einen reisenden gallischen Kaufmann bedient. Was Eirene gesehen hatte, hatte sie teils fasziniert, teils abgestoßen. Es war ja nicht so, dass sie sich nie nach einer Umarmung gesehnt hätte. Aber ein Bild wollte ihr nicht mehr aus dem Kopf gehen.

»Ich könnte niemals so ein Ding in den Mund nehmen.« Sie zog eine Grimasse. »Erst recht nicht das Ding von einem Wildfremden!«

»Söldner töten für Geld, wir tun eben solche Dinge, was ist daran abstoßend? Willst du mir eine Moralpredigt halten? Versuch das mal bei der Herrin, dann bist du die längste Zeit ihre Leibdienerin gewesen.«

Es war nicht Eirenes Absicht gewesen, Kirta zu verärgern, geschweige denn sie zu beleidigen, doch genau das schien sie erreicht zu haben. »Verzeih mir, ich wollte dich nicht beleidigen.«

Kirta reiche ihr den Kamm. »Du bist dran!«, sagte sie kurz angebunden. »Los, mach schon!«

Während sich Eirene die Perücke vornahm, sah Kirta ihr mit verschränkten Armen zu. Für den Rest des Tages, so Eirenes Erfahrung, würde eisiges Stillschweigen zwischen ihnen herrschen. Zum Glück war Kirta nicht nachtragend. Morgen hätte sie sich wahrscheinlich wieder beruhigt.

14.

Gades

Das Entsetzen unter Hannibals Vertrauten war nicht gering gewesen, als er ihnen seine Absicht kundtat, eine Wallfahrt nach Gades zu unternehmen. Weniger die Absicht selbst, sondern sein Beharren darauf, dass er allein reisen wolle, stieß auf heftigen Widerspruch. Wie könne er, der große Feldherr, so leichtsinnig sein, ohne Leibwache und ohne Geleitschutz einen so langen Weg auf sich zu nehmen, verlangte Bato zu erfahren.

Doch alles Haareraufen war vergebens: Hannibal bestand darauf, dem Melkart so demütig wie möglich gegenüberzutreten. Außerdem würde ihn niemand erkennen, wenn er inkognito reiste. Aufmerksamkeit würde er vielmehr dann erregen, wenn ein stattliches Gefolge ihn begleitete. Nur Rasbos, seinen Leibdiener, gedachte er mitzunehmen.

Erstaunlicherweise hatten sich Imilkos Proteste in Grenzen gehalten. Tapfer hatte sie sich inzwischen damit abgefunden, dass ihr persönliches Glück vorerst einem höheren Ziel weichen musste. *Wenn es die Götter wirklich gibt*, dachte Hannibal, *dann ist Imilko vielleicht deren Geschenk an mich*. Bevor er aufgebrochen war, hatte sie ihm zudem unter Freudentränen mitgeteilt, sie sei wieder schwanger. Betrüblich war nur, dass er abermals nicht zugegen sein würde, wenn sie das Kind in einigen Monaten zur Welt brachte.

Elf Tage nur – auf die schnellsten Pferde hatte er für die Reise nicht verzichten wollen – hatten sie benötigt, um Gades zu erreichen. Wie er vorausgesagt hatte, waren sie unterwegs unbehelligt beblieben. Nur einmal gerieten sie in eine etwas bizarre Situation. In Urci hatten Herr und Diener hungrig Rast in einer Taverne gemacht, wo auch ein Trupp libyscher Söldner eingekehrt war, die sich auf dem Weg nach Neu-Karthago befanden. Diese hatten dem Wein bereits ordentlich zugesprochen. Als ihr Anführer später vom Pinkeln zurückkehrte, verkündete er, vor dem Gasthaus draußen stünden vier herrliche Gäule. »Die muss ich hiermit requirieren!«, sagte er in Richtung Hannibal, den er richtigerweise als Besitzer der Pferde ausmachte.

Natürlich war der Feldherr nicht willens, seine Reit- und Packpferde den Soldaten zu überlassen, und erwiderte ruhig, dass er die Tiere leider nicht entbehren könne. Die Soldaten lachten, und der Anführer trat breitbeinig an Hannibals Tisch heran.

»Ich glaube, du hast mich nicht verstanden, Mann. Die Pferde sind requiriert für das karthagische Heer.«

»Esel«, sagte Rasbos, »du weißt wohl nicht, wen du da vor dir hast!«

Hannibal brachte den Diener mit einer Geste zum Schweigen und erhob sich langsam von seinem Hocker.

»Wie ist dein Name, Soldat?«

Der Gefragte war verdutzt, da der andere nicht im Geringsten eingeschüchtert oder verängstigt wirkte, sondern ihn vielmehr so durchdringend ansah, dass er Mühe hatte, diesem Blick standzuhalten, und sich überdies genötigt sah, seine Frage zu beantworten.

»Bodun!«

»Was, Bodun, hätte wohl der Stratege Hamilkar mit Dieben wie dir gemacht? Du weißt es, nicht wahr? Es hätte dir nicht viel Ehre eingebracht. Also geh zurück zu deinen Kameraden und mach Karthago keine Schande.«

Der befehlsgewohnte Ton irritierte den Soldaten. »Habe ich dich schon einmal gesehen?«

»Unwahrscheinlich, aber du wirst mich wohl bald wiedersehen. Und jetzt entschuldige mich, mein Essen wird kalt! Wegtreten!«

Niemand wagte es, die Pferde anzutasten.

Die Stadt Gades, vor Jahrhunderten von Phöniziern gegründet, war Hannibal keineswegs unbekannt. Als er neunjährig mit seinem Vater und seinen Brüdern nach Iberien gekommen war, hatte er hier die ersten Jahre verbracht. Die Stadt lag auf einer Insel vor der Küste unweit der Säulen des Herakles. Einige Stätten waren Hannibal noch bekannt und riefen wehmütige Erinnerungen in ihm hervor, vieles aber war neu entstanden. Überhaupt wirkte Gades dichter bebaut und es herrschte mehr Trubel als damals, ein Eindruck, der sicherlich stimmte, denn als Handelsplatz war die Stadt dank karthagischer Protektion weiter expandiert. Menschen aus aller Herren Länder bevölkerten die Gassen; die Stadt war so überfüllt, dass sie zunächst keine Unterkunft fanden.

»Wir müssen ihnen sagen, dass du Hannibal Barca bist!«, drängte Rasbos. »Dann zaubern sie uns im Handumdrehen das schönste Quartier.«

Aber Hannibal bestand darauf, weiter anonym zu bleiben. Vielleicht hätten sie auf Rasbos' Vorschlag zurückkommen müssen, hätte sich nicht ein Wirt bereit erklärt, ihnen eine verlauste Dachkammer zur Verfügung zu stellen und die Pferde in einem schäbigen Stall unterzubringen.

Anderentags machte sich Hannibal in Begleitung seines Dieners auf den Weg zum Tempel des Melkart, der etwas abgelegen am anderen Ende der Insel lag. Der von Säulen umgebene Hof wirkte alles andere als prächtig – einen Reisenden aus Athen oder Korinth hätte der Anblick des Heiligtums kaum staunen lassen –, doch das hielt die Gläubigen nicht ab. Kahlköpfige Priester in grauen Kutten versahen ihren Gottesdienst und sorgten dafür, dass das Feuer auf dem Altar nicht erlosch. Überall lag der Geruch von Opferharz in der Luft.

Bei einem der zahlreichen Händler, die ihre Stände rings um das Heiligtum errichtet hatten, beabsichtigte Hannibal eine Ziege zu kaufen, die er den Priestern später als Opfergabe darbringen würde. Zuvor aber beschloss er, sich nach Pilgersitte Kopf- und Barthaar scheren zu lassen. Ein Stück abseits des Trubels kam Rasbos dieser Aufgabe nach. Während der Diener seinen Kopf mit einem Schermesser bearbeitete, betrachtete Hannibal gedankenverloren die bronzene Figur des Melkart in seinen Händen, ein faustgroßes Duplikat der Statuette des Lysippos. Wie immer, wenn er unterwegs war, führte er die kleine Figur mit sich.

»Warum verehrst du diesen Gott?«, sagte Rasbos in das Schweigen hinein. Die Frage klang respektlos, aber das entsprach nun einmal seiner Art. Hannibal war bereit, die Neugier des Dieners zu befriedigen.

»Für die Griechen heißt er Herakles. Du kennst seine Geschichte?«

Rasbos schob die Unterlippe vor. »Ein unsägliches Großmaul, wie die meisten Götter.«

»Großmäuler gibt es nicht nur unter den Göttern; sogar nichtsnutzige Sklaven können welche sein.«

»Würde gern mal einen kennenlernen.«

»Herakles war ein Sohn des Zeus, aber selbst das dürfte einen Flegel wie dich nicht beeindrucken. Hera, Zeus' Gemahlin, war jedoch nicht seine Mutter, deshalb machte sie Herakles aus Eifersucht das Leben schwer. Beispielsweise, indem sie ihm zwei Schlangen in die Wiege legte.«

»Die der Heros selbstverständlich eigenhändig erwürgte. Ich weiß auch, dass er den berüchtigten Nemeischen Löwen erlegte und sich fortan mit dessen Fell kleidete – und so weiter und so fort. Ach Herr, ich kenne diese Geschichten. Warum erzählst du mir nicht, warum er dich wirklich so fasziniert, dieser ruhmreiche Sprössling des Zeus?«

Hannibal konnte sich eines Schmunzeln nicht erwehren. »Mir scheint, du wüsstest bereits die Antwort.«

»Er wurde ein großer Feldherr, unterwarf Iberien, marschierte über die Alpen, eroberte Italien. Dem räuberischen Fürsten Cacus, der dort lebte und ihm ein paar Rinder gestohlen hatte, machte er den Garaus.«

Das Messer schabte nun rhythmisch über Hannibals Wange. Der Feldherr ließ sich seine Verwunderung über das analytische Talent des Dieners nicht anmerken.

»Dass du gern lauschst, ist mir ja nicht neu, Rasbos. Wenn ich nicht wüsste, dass man sich auf deine Verschwiegenheit verlassen kann, würde ich *dich* anstatt einer Ziege als Opfergabe wählen. Dann hätte ich zwei Fliegen mit einer Klappe erschlagen.«

Rasbos zeigte sich von der Drohung unbeeindruckt. »Du vertraust mir also, Herr?«, fragte er leise.

»Gäbe es einen Grund, dies nicht zu tun?«

»Wer weiß.« Rasbos' Stimme bekam einen Beiklang, den jemand, der den jungen Mann nicht kannte, vielleicht als verächtlich bezeichnet hätte. »Hat dein Schwager Hasdrubal etwa seinem Diener vertraut, bevor dieser ihn ermordete?« Die Klinge schabte hart über Hannibals Hals. »Wenn ich dich jetzt töten würde«, fuhr Rasbos flüsternd fort, »wäre es ein Leichtes für mich, über alle Berge zu fliehen. Niemand erkennt dich hier, niemand würde mich verfolgen, und niemand würde mich jemals wieder finden. Ich wäre ein freier Mensch. Und die Römer würden es mir sicher danken. Vielleicht sogar in barer Münze.«

Falls er beabsichtigt hatte, mit seiner frechen Rede seinem Herrn einen Schrecken einzujagen, sah er sich getäuscht. Hannibal zuckte mit keiner Wimper.

»Du hast mich schon besser unterhalten. Unterwegs hättest du reichlich Gelegenheit gehabt, mich hinterrücks zu ermorden, warum solltest du es ausgerechnet hier und jetzt tun?«

Rasbos lächelte flüchtig. »Du hast mich durchschaut, Herr. Es ist nicht *meine* Bestimmung, dich umzubringen. Das wird wohl eines Tages jemand anderes tun. Ich gebe zu, dass ich dann traurig sein werde.«

Am nächsten Morgen machte sich Hannibal mit seinem Leibdiener auf den Rückweg nach Neu-Karthago. Das Opfer war gebracht und alles getan, um die Gunst des Gottes zu erlangen. Blieb ihm nur noch, es dem Herakles gleichzutun.

15.

Neu-Karthago

Im Haus des Synbalos genossen die Ärzte und Pfleger gerade den deftigen Kohleintopf, den Akkaba bereitet hatte, als ein Hausdiener erschien und die Ankunft eines Söldners meldete. Dieser trage einen Verletzten bei sich. Störungen solcher Art waren nichts Ungewohntes, entsprechend unaufgeregt waren die Reaktionen auf diese Mitteilung.

»Sag dem Mann, er soll den Verletzten in den Behandlungssaal bringen«, trug Synbalos dem Diener auf. »Salicar wird ihn sich gleich ansehen.«

Kimon, der bereits satt und ohnehin kein großer Esser war, räusperte sich. »Wenn es dir nichts ausmacht, Herr, schaue ich mir den Verletzten schon einmal an.«

»Vorsicht«, grinste Himero, »es könnte wieder ein Wahnsinniger sein.« Mit einem Finger fuhr er sich über den Hals und ließ die Zunge heraushängen. Nur Yumbo und Mabol fanden das witzig, doch unter dem strengen Blick des Meisters verstummte ihr Kichern.

»Meinetwegen geh, mein Junge. Wenn es dringend ist, ruf uns.«

Der Söldner, ein Iberer aus der Gegend, trug den Verletzten geschultert, einen eher schmächtig gebauten Mann, vielleicht ein Bauer oder Tagelöhner. Der Grund für seine Verwundung war offenkundig: Ein Pfeilschaft ragte unmittelbar neben dem Schlüsselbein aus seiner linken Schulter. Kimon ging voran in den Behandlungssaal und wies auf einen Tisch. Der Söldner legte seine Last dort ab, wobei er sich wenig Mühe gab, behutsam vorzugehen.

»Vorsicht!«, sagte Kimon, der sich sorgte, der Schaft könne noch tiefer ins Fleisch eindringen.

»Gibt es hier auch einen richtigen Arzt?«, fragte der Söldner.

»Geduld, er kommt gleich. Was ist geschehen?«

»Wir fanden ihn auf einem Patrouillengang vor den Mauern der Stadt. Keine Ahnung, wer er ist oder wer auf ihn geschossen hat. Der Kerl will einfach nicht sprechen.«

Kimon besah sich den Verletzten genauer. Bewusstlos war er jedenfalls nicht. Er atmete schwer, aber gleichmäßig, seine Augen waren geöffnet, das Gesicht voller Schmutz und somit von ähnlich dunkler Farbe wie sein kurz geschnittenes Haar und sein Chiton.

»Wie ist dein Name?« Kimon sprach langsam und deutlich, als der Verletzte den Blick auf ihn richtete. Das Weiße seiner Augen stach ein wenig unheimlich aus dem dunklen Gesicht heraus. Seine vollen Lippen formten lautlos ein Wort, vielleicht einen Namen.

»Ich sagte doch, dass er nicht spricht, Jungchen«, knurrte der Söldner ungeduldig. »Wo bleibt der Knochenbrecher?«

Der Mann ging Kimon auf die Nerven. »Warum gehst du nicht zurück zu deiner Patrouille?«

»Weil die Vorschrift sagt, dass ich den Verletzten einem

Arzt übergeben muss. Und ich habe nicht den ganzen Tag Zeit, verdammt.«

»Er kommt ja gleich. Inzwischen kannst du mir helfen, ihn zu entkleiden, wir werden nämlich operieren müssen. Am besten schneidest du mit deinem Schwert sein Gewand auf, das ist die schmerzloseste Methode für ihn.«

Der Söldner verdrehte unwillig die Augen. Dennoch tat er, was Kimon vorgeschlagen hatte, zog sein Kurzschwert und begann, den Chiton mit ruckartig durchgeführten Schnitten zu durchtrennen. Als der Verletzte endlich mit entblößtem Oberkörper vor ihnen lag, hielt der Söldner inne.

»Sehe ich richtig?«, sagte er blinzelnd.

Zunächst begriff Kimon nicht, was er meinte. Erst als er genauer hinsah, fielen ihm die kleinen, aber zweifellos weiblichen Brüste auf, deren Nippel ihn wie zwei spottende Äuglein anblickten.

»Nun? Was fehlt dem Verletzten denn?« Plötzlich stand Salicar neben ihm und erwartete Auskunft. Kimon gab sich alle Mühe, bei seiner Antwort nicht zu stottern.

»Eine Pfeilverletzung, Herr. Der Patient ist eine Frau. Ich glaube, sie ist sowohl taub als auch stumm!«

»Befehl der Herrin! Bring das ins Rosengemach!«

Kirta übergab Eirene ein Tablett, auf dem neben einem randvoll gefüllten Weinkrug vier Becher standen. Eirene hob verwundert die Brauen.

»Vier?«

»Agriope und Athene haben zwei besondere Freier zu Gast. Sieht ganz so aus, als vergnügten sich diese Jungs am liebsten gemeinsam – wie es sich für gute Freunde gehört.«

Zu viert also. Auch nach den Wochen, die Eirene schon im »Gazellengarten« weilte, gab es noch Dinge, die sie sprachlos machten.

Kirta grinste. »Kein Grund, rot zu werden, meine Süße. Der Freier bekommt das, wofür er zahlt. Das ist der Grund, weshalb es uns gut geht. Los, geh schon, sie warten.«

Vorsichtig stieg Eirene die Treppe empor. Schon einmal hatte sie ein voll bepacktes Tablett fallen gelassen, danach hatte es tagelang wie in einer Spelunke gerochen. Den Ruf der Tolpatschigkeit wollte sie sich auf keinen Fall einhandeln.

Das Rosengemach war ein mit zahllosen Kissen und Polstern ausgelegter Raum, den ein seidener Vorhang vom Korridor abtrennte. Das Bedürfnis, beim Liebesspiel herumzutollen, schien bei vielen Männern ausgeprägt zu sein. Dido war bemüht, allen Wünschen nachzukommen, sofern sie nicht das Wohl ihrer Gazellen gefährdeten.

»Na, du bist aber ein Stürmischer«, hörte sie Athene sprechen, es klang ein wenig gequält. »Wollten wir nicht zuerst in aller Ruhe einen Schluck trinken?«

Vom Korridor her vernahm Eirene die Antwort des Mannes, der es offenbar kaum erwarten konnte, zur Sache zu kommen.

»Wer achtet schon auf die Reihenfolge, mein Täubchen!«

»Los, zieht euch aus!«, hörte sie die Stimme des zweiten Mannes.

Eirene erstarrte. Diese Stimmen gehörten Glaukias und Aiakides! Die Gehilfen des Synbalos waren ihr nicht eben in angenehmer Erinnerung geblieben. Noch immer graute ihr bei der Erinnerung daran, wie die beiden sie beim Baden im Fluss belästigt hatten. Und auch ihren Bruder hatten sie mit großer Herablassung behandelt. Die Tatsache, dass Synbalos dem Jungen wohlgesonnen war, hatte Glaukias und Aiakides mit hässlichem Neid erfüllt.

Nein, diesen dreisten Kerlen wollte Eirene wirklich nicht begegnen! Erst recht nicht an einem Ort wie diesem. Also machte sie auf dem Absatz kehrt, ging zurück zu Kirta und reichte ihr das Tablett.

»Würdest du mir einen Gefallen erweisen? Bring es selbst ins Rosengemach!«

Kirta blinzelte sie an. »Gibt es ein Problem?«

Mit knappen Worten erzählte Eirene, weshalb sie wenig Lust verspürte, Glaukias und Aiakides unter die Augen zu treten. Kirta zeigte sich einigermaßen verständnisvoll.

»Na schön, ich gehe. Allerdings solltest du dir ein dickes Fell zulegen, Eirene. Unser Dienst hat wenig mit Zuneigung zu tun.«

Schon wollte sie sich auf den Weg machen, als Eirene sie am Ärmel festhielt.

»Warte!«

»Was denn noch?«

Eirene war eine Idee gekommen. »Ich würde den Kerlen gern ein paar Gehässigkeiten heimzahlen«, dachte sie laut nach.

»Was du nicht sagst. Und wie stellst du dir das vor?«

»Ich weiß nicht. Schlag was vor.«

»Freier, die zahlen und sich zu benehmen wissen, sind unantastbar, Eirene.«

»Und wenn sie sich nicht benehmen?«

»Das weißt du: Kerberos würde ihnen eine ordentliche Tracht Prügel verpassen und sie vor die Tür setzen.«

Eirenes Stimme wurde zu einem Flüstern. »Bestimmt gibt es Möglichkeiten, ihr Benehmen zu beeinflussen.«

Kirta atmete schnaufend ein und aus. »Bist du verrückt geworden?« Sie ließ den Blick schweifen, um sicherzugehen, dass niemand in der Nähe weilte. »Die Essenzen dürfen nur mit strengster Genehmigung der Herrin verabreicht werden.«

Bei den Essenzen handelte es sich um ein Sortiment verschiedener Aphrodisiaka, deren Verabreichung nach strenger Vorschrift erfolgte. Schon die kleinste Überdosis konnte die seltsamsten Wirkungen hervorrufen und beispielsweise aus einem friedfertigen Mann einen wüsten Rabauken machen.

»Die Herrin muss es ja nicht erfahren«, betonte Eirene verschwörerisch.

»Nenn mir nur einen Grund, weshalb ich das für dich tun sollte.«

»Weil du meine Freundin bist, Kirta. Die Einzige, die ich habe. Und weil mein Gerechtigkeitssinn mich bedrängt, dass diese Kerle eine Strafe verdienen.«

Kirta, die den anderen Gazellen eher als Einzelgängerin galt, schien es nicht unberührt zu lassen, dass Eirene sie eine Freundin nannte. »Du schuldest mir dann auch einen Gefallen«, grummelte sie.

»Sicher. So ist das unter Freundinnen.«

Das Kunststück bestand nicht nur in der rechten Dosis, sondern auch darin, Athene und Agriope verständlich zu machen, nichts davon zu trinken. Da die Gazellen eine geheime Gestensprache beherrschten, mit der sie im Bedarfsfall untereinander kommunizierten, stellte dies das kleinere Problem dar.

Eine halbe Stunde später beobachtete Eirene, verschanzt hinter einer Säule im Peristyl, wie Glaukias und Aiakides von dem unerbittlichen Kerberos auf rüde Weise hinausgeworfen wurden. Der Riese hielt die beiden offensichtlich Betrunkenen im Genick gepackt, ignorierte beharrlich ihren lautstarken Protest, stieß sie mit den Köpfen zusammen und beförderte sie letztlich mit heftigen Tritten aus dem Haus.

»Wenn ich euch hier noch einmal sehe, breche ich euch sämtliche Knochen!«, drohte er ihnen zum Abschied.

Kirta, die neben Eirene getreten war, legte ihr eine Hand auf die Schulter. »Zufrieden?«, fragte sie mit gedämpfter Stimme.

»Allerdings. Das haben sie sich redlich verdient.«

»Athene und Agriope beklagen ihren Verdienstausfall. Du wirst ihnen deinen Lohn abtreten müssen, wenn du auf ihre Verschwiegenheit zählen willst.«

Eirene errötete verlegen. »Natürlich, das werde ich tun.«

Sie begriff, dass sie Solidarität keinesfalls geschenkt bekam. Auch im »Gazellengarten« war das nicht anders als im normalen Leben.

Der Mohnsaft hatte die Fremde schläfrig gemacht. Mit großer Tapferkeit ließ sie den Eingriff über sich ergehen. Synbalos und Salicar arbeiteten Hand in Hand, um den Pfeil aus ihrer Schulter zu operieren. Zuvor hatte Kimon den beiden Ärzten alle Instrumente, die sie benötigen würden, bereitgelegt. Seltsamerweise zeigte er selbst diesmal auffallend wenig Interesse daran, dem Wirken seiner Mentoren zu folgen. In erster Linie galt seine Aufmerksamkeit der halb Bewusstlosen. Sie erinnerte ihn an Reza.

Reza war eine Enkelin des Japyx gewesen, jenes Medicus aus Sagunt, unter dessen Obhut Kimon erstmals Bekanntschaft mit dem ärztlichen Handwerk gemacht hatte. Eigentlich hatte er Reza nur ein einziges Mal getroffen. Eines Tages war sie in der Behandlungsstube aufgetaucht, um dem Großvater ihre Aufwartung zu machen. Japyx freilich war wegen Trunkenheit etwas unpässlich gewesen, sodass Kimon mit dem etwa gleichaltrigen Mädchen allein gewesen war. Sie hatte große, runde Augen, ihre gelockten dunklen Haare reichten ihr kaum zu den Schultern. Man hätte sie nicht unbedingt hübsch nennen können – dafür wirkte sie etwas zu knabenhaft –, aber die Art und Weise, wie sie sich gab und bewegte, hatte etwas Anmutiges und Gewinnendes. Abgesehen von seiner Schwester hatte Kimon nicht viel Erfahrung im Umgang mit Mädchen. Was daran lag, dass er sich bis dahin nicht sonderlich für sie interessiert hatte. Bei Reza war das anders gewesen, deshalb hatte ihn ihre Gegenwart verunsichert. Anstatt mit ihr ins Gespräch zu kommen, hatte er verlegen nach einer Tätigkeit Ausschau gehalten. Zu tun gab es schließlich immer etwas, erst recht in der unaufgeräumten

Praxis des Japyx. Also machte er sich daran, irgendwelche Dinge von hier nach dort zu räumen. Reza sah ihm dabei zu.

»Willst du dich nicht mit mir unterhalten?«, fragte sie ihn nach einer Weile. Trotz des ausgesprochenen Vorwurfs lächelte sie ihn an. Er spürte, wie er rot anlief.

»Doch, ich …–«

»Gut. Was möchtest du mir sagen?«

Er hatte nicht die geringste Ahnung, was er ihr sagen sollte. Er konnte ja wohl kaum mit der Tür ins Haus fallen und ihr gestehen, dass ihre Anwesenheit ihn nervös machte. Und zwar auf eine Weise, die ihn selbst überraschte.

»Leider muss ich jetzt nach Hause gehen«, sagte er in einem Anflug von Panik.

Reza hob die Brauen, doch das Lächeln blieb. »Aha? Nun gut, vielleicht bist du ja beim nächsten Mal gesprächiger.«

Die folgenden Tage machte sich Kimon die heftigsten Vorwürfe. Warum um alles in der Welt hatte er ihr nicht zu verstehen gegeben, dass sie ihn faszinierte? Er nahm sich vor, künftig alles besser zu machen. Doch dummerweise kam es nie wieder zu einer Begegnung zwischen ihnen. Einmal hakte Kimon bei Japyx nach und erfuhr, dass Reza mit ihren Eltern die Stadt verlassen hatte.

Es war das erste und einzige Mal gewesen, dass ein Mädchen Kimon den Kopf verdreht hatte. Immerhin war sein Kummer bald verflogen, und er dachte nicht mehr allzu häufig an Reza zurück.

Die Erinnerung an sie war nun zurückgekehrt. Diese Fremde – sicher, sie war älter und eine äußerliche Ähnlichkeit zu Reza war nur bedingt vorhanden – weckte in Kimon jene Empfindungen, die er noch von damals kannte. Zugleich hatte er sein Vorhaben, es beim nächsten Mal besser zu machen, nicht vergessen. Vermutlich war dies der Grund, weshalb er sich mehr als nötig um die Patientin sorgte. Er ertappte sich, wie er tröstend ihre Hand drückte, was auch Salicar nicht entging.

»Bemuttern kannst du sie hinterher noch, Junge. Hol uns lieber eine größere Extraktionszange. Diese hier ist zu klein, das hättest du sehen müssen.«

Kimon verspürte das Bedürfnis, sich zu rechtfertigen. »Ihre Hand fühlt sich so kalt an, Herr. Ich mache mir nur Sorgen, sie könnte zu viel Blut verloren haben.«

»Hat sie nicht«, stellte Synbalos klar. »Sie ist stark und wird den Eingriff überleben. Müssen wir noch lange auf die Zange warten, Kleiner?«

»Verzeih, Meister.« Das waren gleich zwei Rüffel hintereinander gewesen. Kimon beeilte sich, das geforderte Instrument herbeizuschaffen. Als er zurückkehrte, bemerkte er, dass die Augen der Verletzten geradewegs auf ihn gerichtet waren. Der wässrige Blick, mit dem sie ihn musterte, hatte trotz aller Erschöpfung etwas Warmes, Zärtliches. Kimons Herz schlug höher.

»Kimon! Die Zange!«

Salicars mahnende Stimme riss ihn aus seiner Entrückung. Hastig reichte er dem Arzt das Instrument und widerstand der Versuchung, erneut nach der Hand der jungen Frau zu greifen, die ihn so sehr an Reza erinnerte.

Endlich hielt Synbalos den Pfeil in seinen Händen. Die Fremde hatte nur kurz aufgestöhnt, als er ihn mit einem letzten Ruck aus dem Fleisch gezogen hatte. Kimon fand, dass sie sich mannhafter verhielt als die meisten Männer. Synbalos nickte zufrieden und präsentierte Kimon das Geschoss, das vorne spitz zulief.

»Sieh her, mein Junge: Keine Blattspitze! Ansonsten wäre der Eingriff komplizierter geworden. Der Pfeil hat weder große Adern getroffen noch Knochen verletzt. Diese Frau ist ein Glückskind. Ein paar Tage, dann dürfte sie wieder auf den Beinen sein.«

Im Stillen dankte Kimon der unbekannten Schutzgottheit, die den Pfeil so gelenkt haben mochte, dass er kein größeres Unheil angerichtet hatte. »Welcher Schuft legt auf wehrlose Frauen an?«, sagte er halblaut zu sich selbst.

Die beiden Ärzte sahen sich an.

»Vielleicht traf der Pfeil sie aus Versehen«, mutmaßte Salicar. »Sie könnte eine Jägerin sein.«

Überzeugt klang das nicht, aber irgendwie gefiel Kimon diese Vorstellung: Reza die Jägerin!

»Du scheinst sie zu mögen«, schmunzelte Synbalos. »Hilf Salicar, ihr einen Verband anzulegen.« Er rieb sich die blutigen Hände an seinem Kittel ab, bevor er den Saal verließ.

»Findest du nicht, dass du sie jetzt lange genug angestarrt hast, Kimon?«, foppte ihn Salicar.

»Ich starre sie doch gar nicht an.«

»Doch, das tust du. Na los, fangen wir an. Kannst sie ja später noch in den Schlaf singen, wenn du willst.«

Kimon fand es ärgerlich, dass er so leicht zu durchschauen war.

»Nach Gades? Eine Wallfahrt?«

Hasdrubal glaubte nicht recht zu hören, als Bato ihm die Abwesenheit des Bruders erklärte.

»Nichts und niemand konnte ihn davon abhalten«, sagte der Adjutant mit einem Schulterzucken. Hasdrubal richtete den Blick hilfesuchend auf seine Schwägerin.

»Nicht einmal du?«

Imilko lächelte flüchtig und wiegte den schlafenden Hamilkar in ihren Armen. »Wozu hätte ich es ihm ausreden sollen? Mein Sohn und ich wollen ihn nicht für immer entbehren, und für das, was er plant, braucht er den Schutz seines Hausgottes.«

»Der Schutz einer Eskorte wäre angemessener gewesen, findet ihr nicht? Habe ich das richtig verstanden? Nur dieser vorlaute Kerl von Diener begleitet ihn?«

Bato seufzte. »Wie ich schon sagte, der Feldherr war sehr eigenwillig, was die Planung dieser Reise anging.«

Hannibals Bruder ließ sich auf einen Hocker sinken und massierte sich ausgiebig die Stirn. »Danke, Bato. Du kannst gehen.«

Mit grimmiger Miene zog sich der Adjutant zurück. Hasdrubal war soeben aus Karthago zurückgekehrt und glaubte immer noch, den schwankenden Schiffsboden unter seinen Füßen zu spüren. Dem Oberkommandierenden des Seglers hatte er unentwegt in den Ohren gelegen, seine Männer anzutreiben. Jede Stunde, die er früher ans Ziel kam, war eine gewonnene Stunde. Die Ruderer hatten sich derart ins Zeug gelegt, dass er förmlich ihre hasserfüllten Blicke im Rücken gespürt hatte. Selbst einen heftigen Sturm hatten sie unbeschadet überstanden. Und nun das.

»Wann erwartest du deinen Gemahl zurück?«, fragte er frustriert.

»Jeden Tag«, erwiderte Imilko.

Hasdrubal blähte die Wangen auf und blies langsam den Atem aus. »Ja. Sofern ihm nichts zugestoßen ist.«

»Warum so trübsinnig, Schwager? Du musst durstig sein.« Sie winkte einer Hausdienerin, die ihm sogleich einen Becher brachte. Dankbar nickte Hasdrubal, trank aber nicht.

»Soweit ich weiß, seid ihr Barkiden mutige Löwen, keine ängstlichen Hyänen«, fuhr Imilko lächelnd fort. »Hannibal wird nichts zustoßen.«

»Willst du mich beschämen, Schwägerin? Aber verdammt, du hast wohl recht. Melkart wird ein Auge auf ihn haben, sonst wäre es gottlose Undankbarkeit. Zeigst du mir meinen Neffen?«

Sie beugte sich zu dem Sitzenden hinunter, damit er das Gesicht des schlafenden Kindes betrachten konnte.

»Was stellst du bloß mit ihm an, dass er so rasch gedeiht,

Imilko? Sein Anblick macht mich beinahe neidisch. Meine Brüder und ich werden alles dafür tun, dass er in einer Welt aufwächst, in der er nicht mehr gegen die Römer in den Krieg ziehen muss.«

»Ach, die Römer – nachts träumt ihr wohl von ihnen, nehme ich an. Ich wünschte, man könnte sie alle in Fische verwandeln, damit sie für immer in den Tiefen des Meeres verschwinden, wo sie Krieg führen könnten, gegen wen sie wollten. Welche Nachrichten bringst du aus Karthago? Gute?«

»Hm! Ich weiß nicht so recht, schönste aller Schwägerinnen, ob man sie als gut oder schlecht bezeichnen kann. Wie man es nimmt, würde ich sagen.«

16.

»Ich möchte, dass du für mich einen Einkauf in der Stadt erledigst, Eirene!«

»Gewiss, Herrin!« Eirene entging nicht der distanzierte Unterton, mit dem Dido zu ihr sprach.

»Hier steht alles drauf.«

Eirene nahm die kleine Papyrusrolle entgegen.

»Damit gehst du zu der alten Lyka. Sie wird dir geben, was ich notiert habe.«

Lyka war eine Kräuterfrau, die in der Unterstadt, unweit des Hafens, einen Laden besaß.

»Wird erledigt.«

»Warte!«

Eirene, die schon auf dem Absatz kehrtgemacht hatte, hielt inne. Vermutlich würde sie nun den Grund für Didos Reserviertheit erfahren.

»Auf der Liste steht auch Hanfpulver. Es ist seltsam, aber ich dachte, es sei noch genug davon vorrätig gewesen. Du weißt nicht zufällig, ob es verwendet wurde?«

Ein kalter Schreck erfasste Eirene. Doch sie brachte es nicht über sich, Dido, die sie nunmehr mit kalten Augen musterte, zu belügen. Betreten senkte sie den Kopf.

»Wenigstens spielst du nicht die Unwissende«, stellte Dido fest. »Wer hat dir geholfen? Kirta?«

»Nein! Ich war es allein.«

»Ah, eine Denunziantin bist du auch nicht, dafür hast du aber nun doch gelogen. Wie auch immer, Kirta habe ich mir bereits zur Brust genommen. Ich glaube, sie wird es nie wieder wagen.«

Eirene presste die Lippen zusammen. Bestimmt würde Kirta wütend auf sie sein.

»Hör mir gut zu«, fuhr Dido dann tief durchatmend fort, »ich nehme an, es hatte noch jemand eine Rechnung bei dir offen. Für diesmal will ich darüber hinwegsehen, Synbalos zuliebe. Aber künftig wirst du so etwas nie wieder ohne mein Wissen tun. In diesem Haus treffe *ich* die Entscheidungen. Hast du das verstanden?«

Eirene nickte zaghaft. Die Botschaft von Didos Worten war unmissverständlich: Noch einmal würde sie keine Gnade walten lassen, sondern Eirene kurzerhand vor die Tür setzen; dann würde sie wohl oder übel wieder verletzte, rüpelhafte Soldaten pflegen müssen.

»Ich kann dich nicht hören!«, insistierte Dido.

»Ich habe es verstanden, Herrin. Verzeih mir! Es wird nicht wieder vorkommen!«

»Gut.« Didos Stimme klang nun versöhnlicher. »Und jetzt geh! Wenn du möchtest, kannst du auf dem Weg deinen Bruder besuchen.«

Was für ein freundliches Zugeständnis, obwohl sie doch vielmehr eine Strafe verdient gehabt hätte! Eirene nahm sich vor, Didos Güte nie wieder zu missbrauchen. Dido mochte kapriziös und mitunter auch sehr streng sein, aber im Grunde besaß sie ein gutes Herz. Wenn Eirene im »Gazellengarten« bleiben wollte, musste sie eben nach der Pfeife der Herrin tanzen, so einfach war das. Es gab Schlimmeres auf dieser Welt, wie sie ja selbst zur Genüge erfahren hatte. Nun war die Zeit für ein besseres Leben gekommen.

Draußen genoss Eirene die milde Morgenluft, die bereits den Frühling ankündigte. Vor allem aber genoss sie die Blicke der jungen Männer, die ihr unterwegs begegneten. Sie gaben ihr das Gefühl, begehrenswert zu sein, denn immer noch kam sie sich, aller prächtigen Kleider zum Trotz, zwischen all den schönen Gazellen wie ein hässliches Entlein vor.

Als Erstes, so beschloss sie, würde sie, wie von Dido angeregt, ihren Bruder besuchen. Er fehlte ihr, das ließ sich nicht leugnen. Auch Lanike fehlte ihr. Sie durfte nicht zulassen, dass es zu einer Entfremdung mit den Geschwistern kam. Doch dies war, wenn sie ehrlich zu sich selbst sein wollte, nicht der alleinige Grund, weshalb es sie zum Haus des Synbalos zog, hoffte sie doch insgeheim, dort auch Salicar anzutreffen. Seitdem sie im »Gazellengarten« lebte, war sie ihm nicht mehr begegnet. Noch war sein Bild in ihrer Erinnerung und auch in ihren Träumen nicht verblasst, und sie wollte es keinesfalls so weit kommen lassen.

Dummerweise waren es Mabol und Yumbo, die ihr vor dem Hauseingang zuerst begegneten. Aller Wiedersehensfreude zum Trotz verzichteten sie nicht auf ihre Frotzeleien.

»Hast du etwa eine Gazelle bestellt, Mabol?«

»Wie konnte ich denn ahnen, dass sie uns ausgerechnet unser Küken schicken.«

Eirene kniff ihm in den Arm. »Ich bin keine Gazelle, das wisst ihr ganz genau. Ich freue mich aber trotzdem, euch zu sehen. Wer ist sonst noch da außer euch Lästermäulern? Wo sind sie?«

»Wo sollen sie schon sein? Bei der Arbeit natürlich.« Yumbo seufzte theatralisch. »Bis auf Salicar. Der hat sich heute freigenommen. Hättest an einem anderen Tag herkommen sollen.«

Auch Yumbo erhielt einen Knuff von ihr, aber sie versuchte, sich die Enttäuschung nicht anmerken zu lassen. Das nannte man wohl Sehnsucht.

Die beiden Pfleger führten sie ins Haus, wo sie jeden begrüßte, der ihr über den Weg lief. Akkaba fiel ihr um den Hals und schleppte sie mit sich in die Küche, wo sie allerlei leckere Sachen probieren musste.

»Hab ich es nicht gleich gesagt? Du bist eine wunderschöne Gazelle!«, strahlte die Köchin. »Genieß diese Zeit, mein Kind.«

Es war zwecklos, ihr zu sagen, dass sie nur Didos Leibdienerin sei. Wenn man im »Gazellengarten« lebte, war man für die Menschen – eine Gazelle. Und eine ehemalige Gazelle wie Akkaba schämte sich nicht für das, was sie früher getan hatte. Ob Kirta oder Tana oder Athene eines Tages auch so empfinden würden?

»Komm, koste meine Hühnerpastete«, drängte die Köchin.

»Deine Hühnerpastete ist sicher eine Ode, aber ich bin satt bis obenhin, Akkaba.« Ob die Köchin vielleicht glaubte, sie bekäme nichts zu essen?

»Ich dagegen koste gern!«, rief Yumbo aus dem Hintergrund.

Die Köchin wedelte drohend mit dem Zeigefinger. »Bleib, wo du bist, Vielfraß, sonst zieh ich dir eins mit der Bratpfanne über!«

Yumbo gab sich erschrocken. »Zum Glück habe ich dich nie als Gazelle kennengelernt. Ich hätte mein Geld zurückverlangt.«

»Pah! Du hast nicht die geringste Ahnung, was dir entgangen ist!«

Eirene drängte es nun, ihren Bruder zu sehen. Mabol nahm sie beiseite. »Dem Jungen geht's derzeit wie dir, Eirene.«

»Was meinst du damit?«

»Er ist verliebt!«

»Das glaubst du doch selbst nicht.«

»Wenn ich's dir sage.« Er berichtete ihr von der mysteriösen jungen Frau, die man vor wenigen Tagen zu ihnen gebracht hatte. »Der Meister und Salicar haben sie operiert, seitdem weilt sie bei uns. Sie kann weder sprechen noch hören, aber Kimon nennt sie Reza.«

»Reza?«

»Kimon ist der Meinung, dass man ihr einen Namen geben muss, da sie ja selbst nicht in der Lage ist, zu sagen, wie sie heißt. Außerdem glaubt er, warum auch immer, dass sie eine Jägerin war, bevor das Vergessen über sie kam. Ich selbst halte das für unwahrscheinlich, dafür sind ihre Hände viel zu fein. Jedenfalls betrachtet Kimon sie als seine persönliche Patientin. Mich und Yumbo würde er am liebsten verscheuchen, sobald wir in ihre Nähe kommen. Ich glaube, er ist im Moment wieder bei ihr. Komm mit, ich begleite dich zu den Turteltäubchen.«

Man hatte Reza, um sie nicht unnötigerweise den Blicken der männlichen Patienten auszusetzen, in einer Einzelkammer untergebracht. Eirene staunte nicht schlecht, als sie den kleinen Raum betrat. Wie in großer Vertrautheit saßen Kimon und Reza Seite an Seite auf dem Schlaflager.

»Besuch für dich, Junge!« Mabol räusperte sich, zog sich aber sogleich wieder zurück.

Kimon sprang auf. »Eirene!«

Die Geschwister umarmten einander. Kimon wirkte ein wenig verlegen; mit dem Besuch seiner Schwester hatte er nicht gerechnet.

»Wollte nur mal wieder nach dir schauen, Bruderherz!«

Eirene richtete den Blick auf die Fremde, die ihr freundlich zunickte. Kimon stellte sie vor.

»Eirene, das ist Reza! Sie kuriert hier eine Pfeilschussverletzung aus.«

»Ja, Mabol hat es mir erzählt. Wer mag wohl auf sie geschossen haben?«

»Ich habe versucht, es durch Zeichensprache von ihr zu erfahren, aber ich fürchte, sie hat zudem ihr Gedächtnis verloren. Reza – das ist meine Zwillingsschwester Eirene! Verstehst du? Sie ist meine Schwester!«

Mit Gesten, die er offenbar einstudiert hatte, versuchte er, ihr seine Worte verständlich zu machen. Besonders viel Wert legte er auf die Feststellung, dass Eirene nichts anderes als seine Schwester sei. Reza lächelte schüchtern. Eirene hatte Verständnis für ihren Bruder. Wahrscheinlich war Reza ein paar Jahre älter als Kimon, und sie schien von sanftem und gefälligem Wesen zu sein. Wenn man sie eingehender betrachtete, wirkte sie, entgegen dem ersten Eindruck, sehr fraulich. *Wäre ihr dunkles Haar nicht kurz geschnitten wie bei einem Mann, gäbe sie vielleicht eine Gazelle nach Didos Geschmack ab*, dachte Eirene. »Wie ich hörte, kümmerst du dich fürsorglich um sie«, sagte sie zu Kimon.

»Pfeilschussverletzungen bedürfen sorgfältigster Nachsorge, damit es nicht zu Entzündungen kommt!«

»Aber gewiss doch. Was geschieht mit ihr, wenn die Wunde verheilt ist?«

Kimon zuckte mit den Schultern, während er Reza nachdenklich ansah. Eirene merkte ihm an, dass der Gedanke, sie könnte fortgehen, ihn schon jetzt traurig machte.

»Nicht, dass ich eine große Lücke hinterlassen hätte, aber vielleicht hat sie ja Lust, meine Nachfolgerin zu werden.«

Eigentlich hatte sie das halb im Spaß gesagt, aber Kimon horchte auf. »Meinst du?«

»Hm! Wenn sie das möchte und Synbalos sie nimmt – warum nicht?«

Kimon fühlte sich sichtlich hin- und hergerissen zwischen dem Wunsch, Zeit mit Eirene zu verbringen, und dem Verlangen, an Rezas Seite zu bleiben.

»Reza, ich komme später wieder, einverstanden?«

»Bleib!«, winkte Eirene ab. »Ich muss ohnehin noch Einkäufe erledigen und habe nicht viel Zeit.«

»Wir könnten gemeinsam einen Happen essen.«

»Akkaba hat mich bereits gemästet. Schon gut, Bruderherz. Wenn ich das nächste Mal komme, bleibe ich länger, ich versprech's.«

Zum Abschied hob sie die Hand, Reza erwiderte den Gruß. Kimon geleitete seine Schwester bis vors Haus.

»Sie ist bezaubernd«, sagte sie zu ihm.

»Wer?«

»Stell dich nicht dumm! Reza natürlich. Ich verstehe, dass du sie magst.«

»Ja. So wie du Salicar magst.«

Die Feststellung des Bruders überraschte Eirene. Aber sie zog es vor, nicht darauf einzugehen. Bevor sie das Haus verließ, tauschten sie Wangenküsse aus.

»Bist du sicher, dass du im >Gazellengarten< gut aufgehoben bist?«, fragte er.

»Mach dir keine Sorgen, Kimon. Es geht mir gut. Oder glaubst du etwa, Meister Synbalos würde zulassen, dass ich in einer Schlangengrube lebe?«

»Nein, das würde er sicher nicht«, räumte Kimon ein.

Als sie wieder auf dem Weg in die Stadt war, dachte sie über ihre Worte nach. Nein, eine Schlangengrube war der »Gazellengarten« nicht. Dido meinte es gut mit ihr, und in Kirta hatte sie sogar eine Freundin dort gefunden. Niemand wollte ihr Übles, keiner verlangte von ihr, Dinge zu tun, die sie nicht tun wollte, sie durfte hübsche Kleider tragen und musste nicht hungern. Und doch war der Zauber der ersten Tage inzwischen verflogen. »Es ändert nichts daran, dass es in Wahrheit ein Bordell ist«, hatte Kimon unlängst zu ihr gesagt. Er hatte recht, damit musste sie sich abfinden. Was sie mitbekam, wenn die Gazellen ihre Arbeit verrichteten, trieb ihr oftmals die Schamröte ins Gesicht.

Was sie sich früher gemeinhin unter Beischlaf vorgestellt hatte, machte nur einen geringen Teil dessen aus, was die Freier mit den Gazellen anstellten – und umgekehrt. Eirene blieb nichts übrig, als Kirtas Beteuerung Glauben zu schenken: Bordelle gehörten zu den normalen Dingen dieser Welt. Solange nicht sie es war, die fremden Männern beiliegen musste, würde sie mit ihrer Situation gut leben können.

Ihr Befremden, was das Tun der Gazellen anging, stand ihren eigenen Sehnsüchten ganz und gar nicht im Wege. Auch sie träumte davon, in den Armen des Mannes zu liegen, den sie liebte. Die Kühnheit, die sie besessen hatte, als sie nackt vor Salicars Augen aus dem Fluss gestiegen war, hätte sie nie und nimmer bei einem anderen Mann aufgebracht. Wie bedauerlich, dass sie ihn im *Iatreion* nicht angetroffen hatte. Was mochte er wohl tun heute? Wo wohnte er eigentlich? Vielleicht begegnete sie ihm ja rein zufällig in der Stadt. Auf dem Weg zum Laden der Lyka hielt sie deshalb Augen und Ohren offen.

Tatsächlich sollte ihr Wunsch sich erfüllen, wenn auch auf deprimierende Weise. Denn als sie ihn plötzlich erblickte, stürzte ihr Traumgebilde jäh in sich zusammen.

Es geschah, als sie gerade um eine Ecke biegen wollte. Das Straßennetz Neu-Karthagos war schachbrettförmig angelegt, ständig gelangte man an Wegkreuzungen. Beinahe wäre sie mit einem Lastträger zusammengestoßen, der einen Ballen Wollstoff geschultert hatte. Hinter seinem breiten Rücken, kaum zwanzig Schritte entfernt, sah sie Salicar. Er war nicht allein. Begleitet wurde er von einer Frau, der er zärtlich den Arm um die Taille gelegt hatte. Selbst von Weitem konnte man die Narbe erkennen, die quer über ihre rechte Gesichtshälfte lief. Die beiden kamen geradewegs auf sie zu, offensichtlich waren sie in eine Unterhaltung vertieft. Rasch trat Eirene zurück und duckte sich hinter einen Karren, der vor dem Eckhaus stand und randvoll mit Fischen beladen war.

Das Herz klopfte ihr bis zum Hals. Vorsichtig lugte sie über den Rand des Gefährts. Wenn dieses Weibsbild nicht Salicars Frau war, dann würde sie es sicher bald sein. Eng schmiegte sie sich an ihn, als könne sie es kaum erwarten, endlich mit ihm allein zu sein. Trotz der Narbe war sie durchaus hübsch zu nennen. Eirene wartete, bis das Paar ihrem Blickfeld entschwunden war. Dann stieß sie einen hellen, wütenden Schrei aus. Ein alter Mann, dem offenbar der Karren mit den Fischen gehörte, fragte mitfühlend, was ihr fehle, aber Eirene wandte sich ab, um ihm keine Antwort geben zu müssen. Was hätte sie sagen sollen? Das Herz des Mannes, den sie liebte, war bereits vergeben. Wie hatte sie nur so töricht sein können, zu glauben, Salicar sei *ihr* bestimmt? Abgesehen von ein paar unverbindlichen Sympathiebekundungen, damals bei den Latrinengräben vor Sagunt – ha, Latrinengräben, wie sinnbildlich! –, hatte er ihr nie wirklich zu verstehen gegeben, dass sie ihm etwas bedeutete. Salicar war der Stellvertreter des obersten Wundarztes von Karthago in Iberien, sie dagegen nur ein Mädchen aus Sagunt, eine Sklavin, die darüber hinaus in einem Bordell tätig war – warum hätte sich Salicar mit einer wie ihr abgeben sollen? Nur weil er nie über private Angelegenheiten gesprochen hatte, war sie in ihrem Irrglauben gefangen gewesen. Hätte er seine Braut doch wenigstens erwähnt, einmal nur, sie hätte sich niemals gestattet, sich in ihn zu verlieben. Ach, sie war so wütend! Auf ihn, aber auch auf sich selbst. So wütend, dass für Trauer kein Platz in ihr war. Noch nicht.

Aufgewühlt lief sie zum Hafen, setzte sich auf die Kaimauer, den Rücken an einen der schweren Vertäuungssteine gelehnt, und starrte eine Ewigkeit lang auf das Hafenbecken und das Meer dahinter hinaus, ohne etwas wahrzunehmen. Sie befand sich in einer anderen Welt, bemerkte nicht einmal das Frachtschiff, das unter dem ohrenbetäubenden Palaver der Seeleute anlegte. Ein streunender Hund, der ihr übers Gesicht leckte, holte sie ins Jetzt zurück. Endlich raffte sie sich auf, um zum »Gazellengarten« zurückzukehren, da fiel ihr ein, dass sie noch nicht bei der alten Lyka gewesen war. Also ging sie zuerst in deren Laden und erledigte den aufgetragenen Einkauf.

Am Abend, als Eirene ihrer Herrin die Gesichtshaut mit einer duftenden Flüssigkeit betupfte, war sie immer noch in sich gekehrt und schweigsam. Dido sah ihr durch den bronzenen Spiegel, vor dem sie saß, tief in die Augen.

»Es ist nicht mein Tadel von heute morgen, der dich so wortkarg macht, Eirene, das würde nicht zu dir passen. Beinahe könnte man denken, du hättest Liebeskummer.«

Auch zu dieser Bemerkung schwieg Eirene. Dido sah sich in ihrer Vermutung bestätigt.

»Glaub nicht, dass ich nicht wüsste, was Liebeskummer bedeutet, Mädchen. Doch sei getröstet, er wird vergehen. Ich weiß, dass der ›Gazellengarten‹ nicht das Leben ist. Wir verrichten nur Dienste, für die Bedarf besteht. Es wundert mich allerdings, dass du in den vergangenen Wochen die Zeit hattest, dich zu verlieben.«

»Nur eine alte Geschichte, Herrin.« Eirenes Stimme war heiser, als hätte sie Spinnweben im Hals. »Es ist lächerlich und nicht der Rede wert.«

Zweifelnd runzelte Dido die Stirn, aber zu Eirenes Erleichterung fühlte sie ihr nicht weiter auf den Zahn. Ein deprimierender Tag ging zu Ende.

»Als man mir sagte, du seiest nach Gades gereist, um dem Melkart ein Opfer zu bringen, da dachte ich, man wollte mir einen Bären aufbinden!« Hasdrubal Barca war erleichtert, den Bruder endlich zu umarmen. Drei Tage lang hatte er in dessen Haus auf ihn gewartet.

»Große Ziele brauchen den Segen der Götter«, erwiderte Hannibal; dabei grinste er schief, als sei er sich über die

Ernsthaftigkeit dieser Worte selbst nicht im Klaren.

»Oh ja! Da hast du dir wohl gedacht: Was soll's, wer die Götter auf seiner Seite hat, der braucht keine Leibwache! Warum ist Alexander nicht auf diesen Gedanken gekommen?«

»Lass uns nicht über Götter und Tote sprechen. Welche Botschaften bringst du aus Karthago mit?«

»Du meinst außer den Grüßen unserer geliebten Schwester Niobe, die ihr Witwenleben in vollen Zügen genießt?«

»Erfreulich, dass es ihr gut geht. Ja, außer ihren Grüßen, meinte ich.«

»Nichts, was dich sonderlich überraschen dürfte, Hannibal. Wo können wir reden?«

Sie zogen sich in das Studiergemach des Strategen zurück. Die Strapazen der Reise waren Hannibal nicht anzumerken, obwohl er sich noch nicht die Zeit für ein Bad genommen hatte. Aus dem Pilger war im Handumdrehen wieder der karthagische Feldherr geworden.

»Die römische Gesandtschaft bestand aus fünf Senatoren, darunter waren drei ehemalige Konsuln«, begann Hasdrubal seinen Bericht. Er rümpfte die Nase. »Ihr Auftreten im Rat war an Hochmut nicht zu überbieten, und wäre es nach mir gegangen, hätte man die Kerle auf der Stelle in den Kerker werfen sollen.«

»Was forderten sie?«

»Deine Auslieferung, Hannibal. Und auch die deiner Berater.«

»Gab es Stimmen, die dem Verlangen nachgeben wollten?«

»Erstaunlicherweise nicht eine einzige. Alle empörten sich über das dreiste Ansinnen. Selbst Hanno und seine Handlanger wagten es nicht, sich gegen dich auszusprechen. Der Sufet von Karthago verdeutlichte den Gesandten, dass die Eroberung Sagunts mit dem ausdrücklichen Willen des karthagischen Rates erfolgt sei. Daraufhin berieten sich die Römer. Schließlich trat ihr Wortführer vor, ein Kerl namens Quintus Fabius. Im römischen Senat sei lange darüber debattiert worden, ob man Karthago den Krieg erklären solle, verkündete er. Noch sei die Chance für den Frieden nicht vertan. Ha! Hatte dieser Hurensohn etwa erwartet, dass man vor lauter Angst Rom um Gnade anflehen würde? Als er wiederum auf Sagunt zu sprechen kam, wurde er niedergeschrien. Der Sufet, obgleich selbst sichtlich von Zorn auf die Gesandten erfüllt, hatte alle Mühe, die Ordnung wiederherzustellen. Dann erklärte er den Römern, sie hätten kein Recht, für Sagunt einzutreten. Sie seien nicht dessen Bundesgenosse, und die Stadt läge unzweifelhaft im Einflussbereich Karthagos. Zur Bekräftigung ließ er den Ebro-Vertrag vorlesen. Doch man hätte das auch in den Wind reden können, denn die Römer zeigten sich allen Argumenten gegenüber taub. Noch einmal forderten sie deine Auslieferung, Hannibal. Und wieder wäre es fast zu einem Tumult gekommen. Der Sufet erklärte, die Antwort auf dieses Ansinnen sei immer dieselbe: Auf keinen Fall werde man dich oder irgendeinen anderen Karthager an Rom ausliefern. Jetzt brandete ohrenbetäubender Beifall auf. Du hättest diesen Fabius sehen sollen: Mit steinerner Miene wartete er darauf, dass der Lärm verklang. Blieb nur noch die Frage, wie er und die anderen Gesandten auf die Abweisung reagieren würden. Als wieder halbwegs Ruhe eingekehrt war, raffte er seine Toga zu zwei Bäuschen und rief: ›Hier bringe ich euch Krieg oder Frieden! Nehmt, was euch gefällt!‹«

Hannibal lächelte. »Bei diesem Theaterstück wäre ich gern dabei gewesen.«

»Du hättest deinen Spaß gehabt. Mancher Ratsherr zeigte sich indes weniger amüsiert, andere nahmen die Posse mit Humor und lachten den Römer aus. Alle Blicke richteten sich nun auf den Sufeten. ›Ich will dir einen Vorschlag machen, Fabius‹, sagte dieser, ›schütte einfach aus, was ihr Römer für gut befindet.‹ Einen Moment lang schien der Römer verwirrt zu sein, doch auch das gehörte vermutlich nur zu dem albernen Schauspiel, das er uns bot. Den linken Bausch ließ er fallen, indem er rief: >So nehmt den Krieg!< Diesmal war er es selbst, der den Beifall erntete.«

»Die Römer haben uns den Krieg erklärt?« Hannibal schnalzte mit der Zunge und schüttelte in gespieltem Bedauern den Kopf.

Hasdrubal presste die Lippen zusammen. »Der Stein wurde ins Rollen gebracht. Niemand kann ihn mehr aufhalten. Später machte ein Wort Hannos die Runde, der behauptet haben soll, Sagunts Trümmer würden uns eines Tages auf die Häupter fallen.«

»Ginge es nach Krämern wie Hanno, die allein um ihren Reichtum und ihre Macht fürchten, bliebe die Welt auf immer so, wie sie ist. Die Römer wollen den Krieg ebenso sehr wie wir, selbst meine Auslieferung würde ihn nicht verhindern. Karthago und Rom – für beide ist auf Dauer kein Platz in der *Oikumene*. Welcher Narr möchte glauben, der Senator hätte auch nur für die Dauer eines Wimpernschlags erwogen, den rechten Bausch seiner Toga fallen zu lassen? Schon bevor sie ihre Gesandtschaft nach Karthago schickten, suchten die Römer nach Verbündeten in Iberien und Gallien und ließen sich zusichern, ihr Heer an deren Küsten an Land setzen zu dürfen. Aber nicht im Traum käme ihnen der Gedanke, der Krieg könnte in ihrem eigenen Land ausgetragen werden.«

»Wie viel Zeit bleibt uns noch?«

»Geduld, Hasdrubal. Wir werden schneller sein als die Römer. In gut einem Monat werden unsere Truppen vollzählig eingetroffen sein. Noch bevor das Frühjahr zu Ende geht, befinden wir uns auf den Spuren des Herakles.«

17.

Der Vorschlag, sich die Elefanten anzusehen, stammte von Synbalos. Auch dem obersten Wundarzt war nicht entgangen, dass Kimon und seine Patientin sich mochten. Weil Rezas Genesung ohne Probleme voranschritt und sie nichts mehr auf dem Krankenlager hielt, war Synbalos gewillt, ihr etwas Abwechslung zu gönnen.

»Begleite sie und sieh zu, dass nicht schon wieder jemand auf sie anlegt«, riet er Kimon mit einem Augenzwinkern. »Sag dem obersten Elefantenhüter, dass ich euch schicke. Er heißt Branco und ist meistens mürrisch, aber wenn er erst einmal aufgetaut ist, kann er sehr unterhaltsam sein.«

Die Frage, was künftig mit Reza geschehen würde, blieb vorerst offen. Sie selbst schien es nirgendwo hinzuziehen, als hätte sie weder Heimat noch Verwandte. Kimon war das nur recht. Allein der Gedanke, sie könnte fortgehen, bereitete ihm Magenschmerzen.

Die Stallungen der Elefanten befanden sich auf einem Landstreifen im Südteil der Halbinsel, zwischen Wohnbezirken und Meer, wo die Tiere dem Lärm der Stadt weniger ausgesetzt waren. Auf dem Weg dorthin griff Kimon nach Rezas Hand. Sie lächelte ihn an und lehnte ihren Kopf an seine Schulter. Kimon war glückselig.

Branco war ein gedrungener Syrer mit grauem Bart und einem zerfurchten Gesicht. Vor vielen Jahren hatte ein Elefant ihm einen Stoßzahn in die Brust gerammt, und nur der Heilkunst des Synbalos verdankte der Mann sein Leben. Allein aus diesem Grund empfing er die beiden Besucher, die darauf beharrt hatten, zu ihm geführt zu werden. Eine launische Bemerkung konnte er sich dennoch nicht verkneifen.

»Synbalos schickt euch? Hält er mich neuerdings für ein Kindermädchen?«

Kimon war solche Spötteleien gewohnt und ließ sich nicht unterkriegen. »Ich bin Kimon, ein Gehilfe des Wundarztes. Er bittet dich, uns deine Elefanten zu zeigen!«

»Ach was. Und wer ist das Mädchen?«

»Der Meister hat sie nach einer Pfeilschussverletzung behandelt und ihr heute frische Luft verordnet.«

»Frische Luft, wie?« Der Syrer blinzelte mit den Augen. »Und da schickt er euch zu den Elefanten? Will er mich ärgern?«

»Wirst du uns die Elefanten nun zeigen oder nicht?«

»Nur wenn es sein muss. Weil der ehrenwerte Knochenbrecher es gesagt hat. Du belügst mich doch nicht?«

Empört hob Kimon das Kinn.

»Schon gut, schon gut – folgt mir!« Der oberste Elefantenhüter deutete auf die gewaltigen Stallanlagen, die die Ausmaße eines mittelgroßen Palastes besaßen.

Zum ersten Mal in seinem Leben sah Kimon Elefanten. Von Kindheit an hatte er viele Geschichten über sie gehört. Manche hatten ihn verängstigt, weil sie von grausamen Bestien erzählten, andere Anekdoten wiederum priesen ihre Treue, Hilfsbereitschaft und Intelligenz. Jetzt, da er in ihre Augen blicken konnte, glaubte er die gutmütigsten Tiere der Welt vor sich zu haben. Angepflockt standen sie in ihren Koppeln, doch die beschränkte Bewegungsfreiheit schien ihnen nichts auszumachen. Einige schwenkten ruhig die gewaltigen Schädel, sodass ihre Rüssel hin und her pendelten, als lauschten sie dem Rhythmus einer Melodie. Fasziniert sah Kimon einem Kalb beim Fressen zu. Mit dem Rüssel griff es nach dem Apfel, den ein Wärter ihm reichte, schob ihn ins Maul und wackelte fröhlich mit den Ohren. Das Kalb wirkte so putzig, dass der Gedanke, es könne ein Koloss wie seine älteren Artgenossen werden, absurd erschien. Kimon schätzte, dass in den Stallungen an die achtzig Tiere untergebracht waren. Auch die Zahl der Wärter war beachtlich. Was Branco anging, so bewahrheitete sich Synbalos' Prophezeiung: Nachdem er seinen Griesgram abgelegt hatte, wollte er gar nicht mehr aufhören zu erzählen. Elefanten waren sein Leben, es gab scheinbar nichts, was er nicht über sie wusste. Und es bereitete ihm sichtlich Freude, die Besucher an seinem Wissen teilhaben zu lassen. Er berichtete über Eigenschaften, Launen, Tugenden und Untugenden der Tiere, als spräche er über Menschen. Manchmal gelang es Kimon, eine Zwischenfrage zu stellen; dann erhielt er Antworten, die so weitschweifig waren wie Homers *Ilias*. Doch bei aller Redseligkeit verstand Branco es gleichwohl, Kimon mit seinen Geschichten zu fesseln. Nur einmal unterbrach er abrupt seinen Wortschwall.

»Sag mal, was ist eigentlich mit deiner Freundin?«, flüsterte er Kimon zu. Ihm war aufgefallen, dass sie zu allem schwieg und selbst durch die erstaunlichsten Erzählungen nicht aus der Reserve zu locken war.

»Sie kann dich nicht hören«, belehrte ihn Kimon.

Das beruhigte den obersten Hüter, der schon an seinem Redetalent gezweifelt hatte. Er fuhr fort mit einer Wundergeschichte, in der es um einen Elefantenbullen ging, der angeblich eine ganze Armee in die Flucht geschlagen hatte. Darüber wunderte sich Kimon, denn er konnte immer noch nichts Furchterregendes an den grauen Riesen finden.

»Das müssen wohl Söldner aus *Bungnis* gewesen sein«, witzelte er. Aber Branco fand das alles andere als amüsant.

»Lass dich bloß nicht täuschen«, sagte er ernst. »Die Elefanten, die du siehst, sind nur aus einem Grund hier: Sie werden eines Tages für Karthago in den Krieg ziehen. Dann ist es vorbei mit ihrer Friedfertigkeit. Wenn sie erst einmal ernst machen, wird jeder Feind, der ihnen vor die Füße läuft, niedergestampft. Sie bringen Tod und Verwüstung, darauf sind sie abgerichtet, und es gibt wenig, was sie dann aufhält.«

Kimon erinnerte sich an die Behauptung, dass die Karthager ihre Gefangenen manchmal durch Elefanten zu Tode trampeln ließen. Was Branco erzählte, war selbstverständlich einleuchtend. Es musste Wege geben, die Stimmung der Tiere zu lenken und ihren Zorn zu entfachen, sonst wäre es sinnlos, sie in eine Schlacht zu werfen. Aber im Augenblick mochte sich Kimon lieber keine wütenden Elefanten vorstellen, zu majestätisch und erhaben erschienen sie ihm. Branco sah sich jedoch genötigt, seine Behauptungen zu untermauern.

»Sieh her!« Er hob den Leibrock und präsentierte seine entblößte Brust. Eine wulstige Narbe mit leuchtend roten Rändern war auf der rechten Seite zu sehen. »Das war ein Bulle, dem meine Fresse nicht gefiel. Normalerweise respektieren mich die Elefanten, aber dieser hasste mich.«

»Warum?«

»Das will ich dir verraten. Er hatte einmal mitangesehen, wie ich eines seiner Weibchen, das mich zur Weißglut trieb, mit Stockschlägen traktierte. Das hat er nicht vergessen. Glaub mir, Junge, Elefanten vergessen nichts, und Suru erst recht nicht. Aber er hat mich nie merken lassen, wie böse er auf mich war. Bis ich eines Tages in seinen Pferch ging, um die Arbeit der Wärter zu überprüfen. Da schwenkte der Bursche plötzlich seinen gewaltigen Schädel, stieß mir einen Stoßzahn in die Seite und brach mir sämtliche Rippen. Und ob du es glaubst oder nicht, Suru mimte danach den Erschrockenen, als habe er nur eine unbedachte Bewegung gemacht, als sei alles nur ein tragisches Versehen gewesen. Was soll's, Meister Synbalos hat mich wieder zusammengeflickt. Was einem anderen Arzt schwerlich gelungen wäre.«

»Was geschah mit dem Bullen?«

»Mit Suru? Was soll mit ihm geschehen sein? Wenn du möchtest, kannst du ihn dir ansehen.«

Er führte seine beiden jungen Gäste hinaus. Draußen, hinter den Ställen, gab es einen großen Teich, der mit frischem Süßwasser aus einem zugeleiteten Bachlauf gespeist wurde. Vier Elefanten standen im Schlamm am Rand des Gewässers und tranken, indem sie sich das Wasser mit dem Rüssel in den Schlund spritzten. Sie waren nicht angepflockt, doch ein breiter Graben, der das weitläufige Gelände umspannte, hielt sie in ihrem Gehege. Selbst von Weitem war zu erkennen, dass die vier etwas größer waren als die Elefanten in den Ställen. Auch in anderen Merkmalen unterschieden sie sich bei näherer Betrachtung von ihren Artgenossen. Die Ohren waren deutlich kleiner, die Stirn wulstiger, der breite Rücken runder und ihr Grau heller.

»Darf ich vorstellen? Suru und seine drei Weiber! Sie haben heute Freigang. Tja, Wasser lieben sie über alles. Wie alle Elefanten.«

Kimon wunderte sich, dass Branco keinen Groll gegen jenen Elefanten zu hegen schien, den er Suru nannte. Immerhin hatte der ihn damals beinahe umgebracht.

»Du hast ihn nicht bestraft für seine Tat?«

Branco lachte. »Warum sollte ich das tun? Er war es, der *mich* bestrafte. Ich hätte sein Weibchen niemals in seiner Gegenwart schlagen dürfen. Außerdem lehrte es mich, dass Suru Charakter besitzt. Nur Elefanten mit Charakter können in den Krieg ziehen.«

»Warum sehen diese dort anders aus als die in den Ställen?«

»Weil es Inder sind. Die anderen sind Afrikaner. Afrikanische und Indische Elefanten mögen sich nicht besonders, aber wir arbeiten daran, sie aneinander zu gewöhnen. Schon Hasdrubal, der Schwager unseres Feldherrn, sprach sich dafür aus, vermehrt Inder für den Kriegsdienst einzusetzen. Sie vermögen in den feindlichen Reihen noch mehr Furcht und Schrecken zu verbreiten als die Afrikaner, die leichter die Nerven verlieren.«

Der größte der vier – das musste der Bulle Suru sein – hatte genug getrunken und ging dazu über, mit dem Rüssel Schlamm auf seinen Rücken zu packen. Die drei Kühe folgten seinem Beispiel.

»Er hat uns längst entdeckt, doch er ist zu stolz, um uns seine Neugier zu zeigen. Kommt, wir gehen näher heran, damit ihr sie besser betrachten könnt.«

Kimon war beunruhigt. »Äh – ist das denn nicht gefährlich? Suru mag dich doch nicht, du hast es selbst gesagt.«

»Hast du Angst um mich, um dich selbst oder um deine Freundin?« Branco klopfte ihm auf die Schulter. »Er wird uns nichts zuleide tun. Es stimmt, wir sind uns nicht sonderlich grün, aber Suru weiß genau, dass wir jetzt quitt sind. Zwischen ihm und mir besteht ein Zweckbündnis. Ich lasse seine Kühe in Frieden, und er benimmt sich dafür so gut es geht.«

Kimon spürte Rezas warmen Händedruck. Ein Blick in ihr Gesicht ließ vermuten, dass sie völlig furchtlos war. Das beschämte ihn, also gab er sich einen Ruck. Wer über Söldner aus dem imaginären *Bangnis* spottete, durfte sich keine Blöße geben, wenn er einem gezähmten Elefanten gegenübertreten sollte. Sie folgten Branco, der etwa zehn Schritte vor der kleinen Herde stehenblieb.

»He, Suru, alter Schurke! Willst du unsere Besucher nicht willkommen heißen?«, fragte er in die Richtung des Bullen.

Majestätisch kam der Elefant näher, während die Kühe am Teich blieben und ihm neugierig hinterherblickten. Kimon widerstand dem Impuls, die Flucht zu ergreifen. Es wäre weitaus schlimmer, sich vor Reza zu blamieren, als von dem Tier niedergetrampelt zu werden. Hoffentlich bemerkte sie nicht, dass seine Hände feucht wurden.

Zwei Schritte vor ihnen blieb Suru stehen. Wie ein lebender Fels erschien er Kimon. Seine von Falten umkränzten Augen waren nicht größer als die eines Hengstes, den mächtigen Schädel hielt er ein wenig schief. Er sah Kimon direkt in die Augen. Da jedoch nichts Bedrohliches in seinem Blick lag, entspannte sich der Junge. Suru hob den Rüssel, strich mit der Spitze zuerst über Kimons, dann über Rezas und zuletzt wieder über Kimons Kopf. Während Kimon in einem Anflug neuerlicher Angst die Luft anhielt und die Augen schloss, stieß Reza einen Laut aus, der einem Kichern ähnlich war – zweifellos gefiel ihr Surus Begrüßungszeremonie. Im Stillen schalt sich Kimon wieder einmal für seine Ängstlichkeit. Immerhin rang er sich zu einer kühnen Geste durch und tätschelte sanft den runzligen Rüssel des Elefanten. Sogleich stieß der Koloss ein lautes Trompeten aus, aber auch das klang eher gefällig als gefährlich. Den obersten Elefantenhüter ignorierte Suru gänzlich.

»Ich weiß nicht, warum, aber er mag euch! Ganz besonders dich, Junge«, stellte Branco fest.

»Mich? Wie komme ich zu der Ehre?«

»Elefanten können in das Herz eines Menschen schauen. Was er bei dir sieht, gefällt ihm.«

Kimon hielt das für blanken Unsinn, äußerte seine Meinung aber nicht laut. Wahrscheinlich hatte der Elefant, der jetzt gemächlich zu den Kühen zurücktrottete, nur seine Angst gespürt. Oder seine Demut. Und genau das hatte ihm gefallen.

»Bilde dir bloß nichts darauf ein, Junge. Auch Elefanten können irren!«, sagte plötzlich eine missmutige Stimme.

Sie fuhren herum.

»Myrkan! Begrüßt man so Gäste?«, sagte Branco kopfschüttelnd. »Myrkan ist Surus Treiber«, erklärte er Kimon.

»Der beste Treiber, den ich je hatte, aber …«, er zwinkerte mit einem Auge, »wenn es um Suru geht, kann er sehr eifersüchtig werden. Nicht wahr, Myrkan?«

Kimon sah einen etwa dreißigjährigen, braunhäutigen Mann mit stechendem Blick und hervorstehendem Kinn. Die Arme hielt er vor seiner entblößten muskulösen Brust verschränkt. Zu der Bemerkung, die der oberste Elefantenhüter hatte verlauten lassen, schwieg er.

»Suru ist bemerkenswert«, sagte Kimon, um das Eis zu brechen. Und weil der andere immer noch schwieg, fügte er hinzu: »Ich hoffe, dass er niemals in den Krieg ziehen muss.«

»Machst du Witze?«, lachte Branco. »Natürlich muss er in den Krieg. Dafür wurde er ausgebildet!«

»Und wenn es keinen Krieg gibt?«

»Ha! Vielleicht mag er dich deshalb, Kimon: Weil du ein Träumer bist. Der nächste Krieg kommt so sicher wie auf den Tag die Nacht folgt. Es wird gar nicht mehr lange dauern, das kannst du mir glauben. Nicht wahr, Myrkan?«

»Wenn du es sagst, wird es wohl so sein«, brummte der Gefragte.

Möglich, dass Leute vom Schlage eines Branco immer so sprachen, möglich auch, dass er mehr wusste als mancher andere. Kimon aber verspürte keine Lust, über Krieg zu sprechen, außerdem fühlte er sich unter Myrkans durchdringendem Blick unwohl. »Ich fürchte, wir müssen jetzt gehen«, ließ er Branco deshalb wissen. »Im *Iatreion* wartet man sicher schon auf uns.«

Während Branco ihn und Reza hinausbegleitete, hielt er ihm einen letzten Vortrag über den Elefantenrüssel, den er für ein Wunderwerk der Natur hielt. Ein Elefant fraß und trank mit seinem Rüssel und verwendete ihn als Werkzeug. Er war in der Lage, damit kleinste Dinge vom Boden aufzuheben, Wasserlöcher zu bohren und seine Artgenossen zu liebkosen.

Aber er bediente sich seiner auch als fürchterliche Waffe: einem Löwen brach er damit mühelos das Genick, und ein einziger Hieb genügte, um einen bärenstarken Mann damit in den Hades zu schicken.

Aber uns hat er mit dem Rüssel die Köpfe gestreichelt, dachte Kimon. »Dieser Treiber«, sagte er laut, »er hat mich angesehen, als wolle er mir den Hals durchschneiden.«

Branco stieß einen leisen Seufzer aus. »Tja, der gute Myrkan. Der Umgang mit Menschen fällt ihm schwer; mit Elefanten hingegen versteht er sich blind. Als Kind verlor er während des Römischen Krieges seine Eltern. Ich nahm den Jungen unter meine Fittiche, er ist mein Ziehsohn. Zugegeben, ich hätte ihm bessere Manieren beibringen sollen, aber er war ja immer nur bei den Elefanten. Im Grunde ist es ein Wunder, dass er die menschliche Sprache beherrscht und ihm selbst noch kein Rüssel gewachsen ist.«

Auf dem Heimweg bedauerte Kimon, dass seine Zweisamkeit mit Reza bald wieder ein Ende finden würde. Es war ein wundervoller Tag gewesen, daran änderte auch die zwischenzeitlich ausgestandene Furcht vor Suru nichts. Um noch ein wenig Zeit mit Reza zu verbringen, führte er sie in eine der Garküchen im Herzen der Stadt, bestellte Ziegenwürstchen mit Kraut und zwei Becher dünnen Wein. An einem der grob gezimmerten Tische saßen sie sich gegenüber und aßen und tranken. Akkaba würde entsetzt sein, wenn sie erfuhr, dass sie fremde Küche genossen hatten.

Kimon hatte nicht darüber nachgedacht, dass er eigentlich keinen Wein vertrug, selbst wenn dieser reichlich verdünnt war. Heute stellte er fest, dass der Genuss ihn mutig machte. Nachdem sie gegessen hatten, fasste er sich ein Herz.

»Reza, ich möchte dich etwas fragen!«

Sie starrte ihm auf den Mund, als wolle sie anhand seiner Lippenbewegungen erahnen, was er sagte. Kimon wusste, es hatte keinen Sinn, laut zu sprechen; viel wichtiger war, dass er seine Worte deutlich artikulierte.

»Könntest du dir vorstellen, in die Dienste des Meisters zu treten? Er kann sicherlich noch zwei geschickte Hände gebrauchen, nachdem meine Schwester gegangen ist. Deine Wunde ist gut verheilt, bald wirst du wieder arbeiten können. Traust du dir zu, Kranke und Verletzte zu versorgen?«

Sie nickte lächelnd. Kimon war sich nicht ganz sicher, ob sie ihn wirklich verstanden hatte. Trotzdem hüpfte sein Herz vor Freude.

»Sobald sich eine Gelegenheit bietet, werde ich mit dem Meister reden«, fuhr er eifrig fort. »Er wird bestimmt nichts dagegen haben.«

Wieder nickte Reza und nippte an ihrem Becher. Vor lauter Glück hätte Kimon am liebsten noch mehr Wein bestellt. Doch wenn er angetrunken nach Hause kam, würde der Meister ihm so rasch keine Ausflüge mit Reza mehr gestatten.

Draußen wurde es dunkel. Vom Meer her waren graue Regenwolken aufgezogen. Dennoch hatte Kimon es auf dem Heimweg nicht sonderlich eilig. Was wohl auch für Reza galt, denn sie hatte sich bei ihm eingehakt und schien den abschließenden Spaziergang durch die Gassen sichtlich zu genießen.

Feixend empfingen Yumbo und Mabol die Rückkehrer.

»Da seid ihr ja endlich! Wir dachten schon, die Elefanten hätten euch vernascht!«

»Nun, Kimon? Hast du dir abgeschaut, wie man seinen Rüssel hebt? Immerhin hattest du ja nette Begleitung, da dürfte dir das nicht allzu schwergefallen sein.«

Kimon errötete. »Sei bloß still, Mabol. Schämst du dich denn nicht?«

»Du meinst wegen Reza? Die ist doch taub wie ein Stein, da kann man sich ruhig mal einen Scherz erlauben. Was, Bruder?«

»Wenn sie uns hören könnte, würde sie sich sogar

geschmeichelt fühlen«, behauptete Yumbo.

»Sie versteht mehr, als ihr glaubt«, zischte Kimon.

»Ist das wahr, Reza?« Mabol sah ihr direkt in die Augen. Reza hob nur lächelnd die Schultern.

»Hm!«, machte Mabol.

»Hat Kimon einen Elefantenrüssel, Reza?«, verlangte Yumbo von ihr zu erfahren.

Sie schüttelte den Kopf.

»Seht ihr?«, rief Kimon triumphierend.

»Hm!«, machte Mabol ein weiteres Mal.

»Was gibt es da zu quatschen?«, brummte der hinzutretende Himero. An manchen Tagen wollte auch er zeigen, dass er etwas zu sagen hatte. Meistens dann, wenn ihn seine alten Verletzungen plagten, was für gewöhnlich der Fall war, wenn das Wetter umschlug. »Der Behandlungsraum muss noch aufgeräumt werden. Wärt ihr beiden schwarzen Müßiggänger so gütig, das endlich zu erledigen? Kimon, du darfst ihnen zur Hand gehen. Hast ja heute sonst nichts getan außer Elefantengucken.«

Seinem Lebensretter musste Kimon diese kleine Gemeinheit durchgehen lassen. »Und Reza?«, fragte er, wissend, wie dümmlich das klingen mochte.

»Und Reza?«, äffte Himero ihn nach. »Die geht ins Bett, was sonst? Befindet sich schließlich noch im Genesungsprozess. Husch, husch, Reza, oder wie immer du auch heißt! Geh schlafen!« Er machte eine scheuchende Handbewegung, die man nicht missverstehen konnte.

Wie zum Trotz hob Reza das Kinn. Doch bevor sie letztlich gehorchte und davonschritt, küsste sie Kimon auf die Wange. Das war keineswegs ein flüchtiger Kuss.

Verwundert starrten die Männer ihr nach. Am meisten verblüfft war Kimon selbst, der mit zitternden Fingerspitzen vorsichtig nach der Stelle tastete, die Rezas Lippen gerade noch berührt hatten.

»Sieh mal einer an«, murmelte Himero, »unser Kleiner ist tatsächlich ein Weiberheld. So kann man sich irren.«

Mabol gab sich philosophisch. »Was Elefanten alles bewirken können«, sinnierte er.

Gaius Lentulus Hortalus verspürte wenig Lust, die schäbige Schenke am Hafen zu betreten, in der sich bevorzugt zwielichtiges Gesindel herumtrieb. Natürlich ging er trotzdem hinein. Wenn die Mission letztlich erfolgreich sein sollte, durfte er nicht wählerisch sein, und der Wirt der »Blauen Amphore« zählte nun einmal zu seinen Informanten. Außerdem hatte er es eilig, dem einsetzenden Regen zu entrinnen.

In der Wirtsstube roch es nach ranzigem Fett und billigem Wein. Tagelöhner versoffen ihren Lohn und sangen anstößige Lieder, andere frönten dem Würfelspiel. Gerber waren darunter, unverkennbar, diese Kerle stanken eine Meile gegen den Wind. Auch Söldner gab es hier zuhauf: Vor der Stadt hatte Hortalus bereits große Zeltlager erblickt. Offenbar hatte man den Soldaten verboten, die Stadt mit Waffen zu betreten, damit ihre unvermeidlichen Streitigkeiten nicht blutig endeten. Hannibal, so schien es, überließ nichts dem Zufall. Aber das würde ihn nicht vor dem Schicksal bewahren, das Hortalus' Auftraggeber für ihn vorgesehen hatten.

Das Stimmengewirr war dermaßen laut, dass man denken konnte, auf einem Basar zu sein. Naserümpfend hielt Hortalus Ausschau nach einem freien Tisch und fand einen in der hintersten Ecke. Dort nahm er Platz und wartete auf den Wirt. Doch an seinen Tisch traten zwei Burschen, deren Chitons keinen Zweifel daran ließen, dass sie den ganzen Tag lang Mist geschaufelt haben mussten.

»Du da! Wir brauchen noch einen, der mit uns würfelt!«, sprach der Größere ihn an.

»Kein Interesse«, antwortete Hortalus ruhig.

»Wir wollen aber unbedingt, dass du mit uns spielst!«

Zweifellos waren sie auf Streit aus. Hortalus fluchte innerlich. Er war allein hier und fremd, und er besaß nicht gerade eine Statur, die ihn als ernstzunehmenden Raufbold auswies – scheinbar ein ideales Opfer. Diese Burschen suchten nach Mitspielern, die sie wie Mastgänse ausnehmen konnten. Hortalus kannte die Sorte Halunken, es gab sie überall. In Rom, im Stadtviertel Subura, wimmelte es geradezu von ihnen. Er zweifelte nicht daran, dass er mit diesen Kerlen leicht fertig geworden wäre, hatten ihn doch schon ganz andere Schlagetots unterschätzt und hinterher bitter bereut, sich mit ihm angelegt zu haben. Das Dumme war nur, dass Hortalus Aufmerksamkeit um jeden Preis vermeiden wollte. Unscheinbarkeit gehörte zu seinem Auftrag, sie war seine Spezialität. Trotzdem hatte er nun diese Hohlköpfe am Hals.

»Es ehrt mich, dass ihr dabei an mich denkt, aber – danke, nein. Ein anderes Mal vielleicht.«

»Ein anderes Mal sind wir aber nicht mehr hier!«

Hortalus roch den fauligen Atem seines Gegenüber. »Warum lasst ihr mich nicht in Ruhe?«

»Du denkst, wir seien Betrüger?«

»Nein, das denke ich nicht.«

»Doch, das tust du. Und wir finden das ziemlich beleidigend!«

Die Kerle würden nicht locker lassen. Hortalus erwog inzwischen ernsthaft, sie mit ihren Köpfen zusammenzustoßen, was sie auf schnellstem Wege mundtot machen würde. Aber dann wäre ihm die Aufmerksamkeit all der hier versammelten Schmeißfliegen gewiss. Und bestimmt würde die Nachricht bald die Runde machen: *Der und der sind von einem fremden Händler verdroschen worden!* Solcherlei Aufmerksamkeit konnte Hortalus nicht gebrauchen.

»Geht und sucht euch einen anderen!«, versuchte er es

noch einmal, dabei verlieh er seiner Stimme einen drohenden Unterton.

»Würfle mit uns!«, kam es nicht weniger drohend zurück.

Zum Glück erschien endlich der Wirt, der, wie man wusste, früher ein professioneller Faustkämpfer gewesen war. Er selbst behauptete, bei den Olympischen Spielen einen Siegerkranz errungen zu haben.

»Lasst den Mann in Frieden, ihr Schwanzlutscher! Ich dulde es nicht, wenn in meiner Schenke ehrenwerte Kaufleute belästigt werden!«

Das Wort des Wirts hatte Gewicht, und tatsächlich trollten sich die Kerle ohne Widerspruch. Was auch daran lag, dass der Wirt den Ruf besaß, nicht zimperlich mit Gästen umzuspringen, die nicht nach seiner Pfeife tanzten.

»Wo bleibst du denn, Zordan?«, fragte Hortalus ihn vorwurfsvoll.

»Entschuldige, aber du siehst doch, was hier los ist. Ich sah dich nicht kommen! Möchtest du etwas essen?«

Hortalus verkniff sich die Bemerkung, dass er nicht die Absicht hatte, sich den Magen zu verderben. Schlimm genug, dass er in dieser Absteige die nächsten Tage verbringen musste. »Bring mir Wein. Aber von deinem besten, wenn ich bitten darf!«

Als der Wirt mit einem Krug und zwei Bechern zurückkehrte, setzte er sich unaufgefordert zu seinem Gast an den Tisch.

»Nun, Argos? Wie steht es um die römische Sache?«

Obwohl er die Worte nur geflüstert hatte, schaute Hortalus sich rasch um. »Leise, Mann. Oder willst du, dass es alle hören?«

Der Wirt schenkte ein und reichte ihm einen Becher. »Vor mir wird niemand etwas erfahren, das weißt du. Auf dein Wohl!«

Hortalus nahm nur einen Schluck. Wenn das der beste Wein war, den man in dieser Taverne bekommen konnte, dann wollte er nicht von dem schlechten kosten. Mit dem Ärmel wischte er sich über den Mund. »Sei so gut und berichte mir jetzt, Zordan«, sagte er dann.

Der Wirt beugte sich vor. »Unser Mann ist genau dort, wo du ihn haben wolltest«, verkündete er leise. Dabei grinste er so verschmitzt, als ginge es hier um einen Lausbubenstreich.

»Ist er vertrauenswürdig?«

»Dafür verbürge ich mich.«

»Ist er kaltblütig genug, um das zu tun, was von ihm verlangt wird?«

»Sicher. Er muss nur noch auf die richtige Gelegenheit warten.«

»Viel Zeit bleibt uns nicht mehr. Es wimmelt hier ja geradezu von Kriegsvolk. Der Feldherr wird bald aufbrechen wollen!«

»Wie ich schon sagte, du kannst meinem Mann vertrauen.«

»Na schön.« Hortalus starrte in seinen Becher. Was blieb ihm anderes übrig, als den zuversichtlichen Worten des Wirtes Glauben zu schenken? Er hasste es, wenn seine Pläne irgendwelche Schwachstellen aufwiesen, aber er hatte alles getan, um diese so klein wie möglich zu halten. Die iberischen Bauerntölpel, die den punischen Trupp mit den Verwundeten überfallen hatten, waren ihm eine Lehre gewesen. Zordan aber war ein Mann, der für Geld alles tat und mehr Grips besaß, als man ihm auf den ersten Blick zutraute. Der ihm in Aussicht gestellte Reichtum mochte Anreiz genug für ihn sein, nichts zu vermasseln.

»Ich möchte, dass du mir später, wenn wir in Ruhe reden können, seinen Namen nennst und mir alles über ihn erzählst, Zordan.«

»Wie du willst. Übrigens: Was ist mit der zweiten Vorschussrate?« Der Wirt hatte sich zurückgelehnt und die Arme vor der Brust verschränkt.

»Es war keine vereinbart. Du bekommst den Rest, wenn die Sache erledigt ist. Das musst du verstehen. Ich vertraue dir, also musst du auch mir vertrauen. Bei mir geht alles der Reihe nach. Deinen olympischen Siegerkranz hast du ja auch erst nach dem letzten Kampf erhalten, oder etwa nicht?«

Zordan breitete seufzend die Hände aus. »In Rom, so erzählt man sich, nimmt man es mit der Reihenfolge nicht so genau, wenn man gewisse Leute für ihre Dienste bezahlt.«

»Das ist sogar die Wahrheit. Aber wir sind nicht in Rom. Römisch muss dieses Land erst noch werden.«

»Auch wieder wahr. Bist du sicher, dass du nichts essen möchtest?« Er winkte eines seiner Schankmädchen herbei. »Bring dem edlen Herrn etwas von dem gerösteten Lammfleisch.«

»Danke, aber nein, ich bin nicht hungrig«, wehrte Hortalus ab.

Das Mädchen – es war recht ansehnlich und hatte kupferrotes Haar – zuckte mit den Schultern und ging wieder. Der Anblick ihres wogenden Hinterns erinnerte Hortalus daran, dass er seit geraumer Zeit keiner Frau mehr beigelegen hatte. Es wurde höchste Zeit, diesem Mangel Abhilfe zu schaffen. Der Wirt schien seine Gedanken lesen zu können.

»Wenn du willst, kannst du mit ihr nach oben gehen.«

Das Angebot war verlockend, doch Hortalus war nicht gewillt, es anzunehmen. Geschäfte durften niemals durch Gefälligkeiten verwässert werden. Außerdem hatte er keine Lust, sich bei der Kleinen Ungeziefer zu holen. Ihm fiel ein, dass es in Neu-Karthago ein Bordell der edleren Sorte gab. Spontan beschloss er, dorthin zu gehen. Ja, eine akkurate Dirne mit roten Haaren, genau danach stand ihm der Sinn. Er sah keinen Grund, weshalb er sich dieses kleine Vergnügen nicht gönnen sollte.

»Danke, Zordan, aber ich will deine Mädchen nicht von ihrer Arbeit abhalten. Was schulde ich dir?«

»Ich bitte dich – der Wein geht aufs Haus!«

Hortalus schob ihm trotzdem eine Münze über den Tisch. »Ich komme später zurück, dann reden wir weiter. Lass mir eine Kammer herrichten. Sauber, wenn es keine Umstände macht. Ich bleibe, bis alles vorüber ist.«

»Du kannst auf mich zählen«, versicherte ihm der Wirt.

Eirene lag schlaflos in ihrem Bett, die Hände unter dem Kopf verschränkt. Wartend starrte sie in die Dunkelheit. Sie hatte Kirta, die gerade einen Freier zu bedienen hatte, gebeten, später noch bei ihr reinzuschauen. Also musste sich Eirene in Geduld üben.

Erst seit Kurzem war Kirta nicht mehr böse auf sie. Tagelang hatte sie ihr wegen der Sache mit dem Hanfpulver und den beiden Freiern gegrollt. Die Herrin hatte sie mächtig heruntergeputzt. Keine Gazelle war erpicht darauf, Didos Unmut zu wecken. Doch schließlich hatte sich Kirtas Zorn auf Eirene in Wohlgefallen aufgelöst. So war sie eben.

Eirene hatte beschlossen, der Freundin endlich von ihrem Kummer zu erzählen. Sicher, Kirta konnte nichts daran ändern, aber hinterher würde sich Eirene bestimmt ein wenig erleichtert fühlen.

Als Kirta sich schließlich einfand, kroch sie sogleich unter Eirenes Decke und schmiegte sich an sie. Eirene fand, dass die Freundin auf unangenehme Weise nach Männern roch, beschwerte sich aber nicht. Es wäre ein schlechter Beginn gewesen für das vertraute Gespräch, das sie mit ihr führen wollte.

»Ihr Götter«, raunte Kirta, »ich glaube, ich habe einen neuen Stammkunden. Er hat meine Haare gepriesen, als wären sie das Kostbarste, was er je gesehen hat. Noch während er in mich eindrang, konnte er sich nicht satt daran sehen. Ich glaube, er ist ein Römer, weißt du.«

»Wie kommst du darauf?«

»Na ja, als es ihm kam, stammelte er in seiner Verzückung etwas in einer fremden Sprache. Ich kenne zwar die Sprache der Römer nicht, aber ich glaube, es war Lateinisch. Was meinst du, muss ich das der Herrin melden? Vielleicht ist er ja ein Spion oder so etwas.«

»Wenn du deinen neuen Stammkunden wieder verlieren willst – bitte!«

Die Römer waren in Eirenes Augen keine Feinde, deshalb sah sie sich veranlasst, diesem Fremden, der möglicherweise ein Römer war, beizustehen. Während der Belagerung Sagunts hatten die Erwachsenen immer wieder davon gesprochen, dass bald die Römer kommen und die Belagerer vertreiben würden. Wenn sie letztlich auch nicht erschienen waren, um die Saguntiner zu retten, so waren die Römer für Eirene dennoch diejenigen, die es den Mördern ihrer Eltern eines Tages heimzahlen würden.

Kirta seufzte. »Dann behalte ich's eben für mich, was soll's. Und eigentlich mag ich ihn sogar.«

»Du magst ihn?«, wunderte sich Eirene.

»Ich weiß, es klingt verrückt. Aber warum sollte man einen Freier nicht mögen dürfen?«

»Also, ich weiß nicht …«

»Na schön, lassen wir das. Ach, Eirene, du fühlst dich so herrlich weich und warm an. Weißt du was? Manchmal würde ich gern mit einer Frau schlafen. Genauer gesagt: mit dir! Wenn du willst, komme ich von nun an jede Nacht zu dir.« Schmatzend küsste sie ihre Freundin auf den Mund.

»He!«, sagte Eirene. »Wie oft hast du schon damit geprahlt, wie sehr dir deine Arbeit mir den Freiern gefällt? So oft, dass es mir aus den Ohren herauskam.«

»Dinge ändern sich. Inzwischen kann ich mir etwas Schöneres vorstellen. Es sei denn, mein schmucker Römer kommt zu mir.«

»Jedem das Seine.«

»Eifersüchtig?«

»Unsinn. Ich will deine Freundin sein, Kirta. Nicht deine Geliebte.«

»Verstehst du denn keinen Spaß, Süße? So, und jetzt erzähl mir mal, wieso du mich eigentlich herbestellt hast.«

Und Eirene erzählte ihr alles der Reihe nach. Sie erzählte, wo sie Salicar zum ersten Mal gesehen und wie sie im Lazarett unter seiner Obhut gearbeitet hatte. Wie sie sich allmählich verliebt hatte, in dem albernen Glauben, ihre Gefühle beruhten auf Gegenseitigkeit. Auch die kleine Eskapade am Fluss verschwieg sie nicht. Aufmerksam hörte Kirta ihr zu. »Du bist nackt vor ihm aus dem Wasser gestiegen?«, staunte sie.

»Dafür könnte ich mich heute ohrfeigen.«

»Salicar!« Kirta sprach den Namen beinahe ehrfurchtsvoll aus.

»Du kennst ihn?«, fragte Eirene erschrocken.

»Keiner unserer Gäste, wenn du das meinst. Aber in Neu-Karthago kennt den Namen Salicar fast jede Frau; immerhin ist er der Stellvertreter des obersten Wundarztes. Und er sieht verdammt gut aus.«

»Oh ja, das kann man wohl sagen. Aber es ist nicht sehr tröstend für mich, wie du das betonst.«

»Warte! Du sagst, er hatte eine Frau im Arm?«

»Genau deshalb bin ich frustriert, Kirta.«

»Hatte sie eine Narbe im Gesicht?«

»Ja, und zwar eine große. Ich würde gern darüber spotten, aber leider war das Weib trotzdem bildhübsch.«

Obwohl es in der Kammer dunkel war, spürte Eirene, wie Kirta sie lange anstarrte. Schließlich begann die Gazelle zu kichern, was Eirene ärgerlich fand.

»Kannst du mir sagen, was du daran lustig findest?«

»Ach, du süßes Dummchen! Das war doch nur Elissa, seine Schwester!«

18.

Für den Feldherrn Hannibal brachen arbeitsreiche, hektische Tage an. Viel zu selten bekam er Imilko und den kleinen Hamilkar zu sehen. Er sagte sich, dass dieses Opfer nur eines unter unendlich vielen sein würde, die zu bringen er bereit sein musste. Sein großes Vorhaben, das ein mit weniger Wagemut ausgestatteter Feldherr als wahnwitzig bezeichnet hätte, war zum Erfolg verdammt. Das Geschick Karthagos lag in seinen Händen. Die kommenden Monate würden vermutlich darüber entscheiden, ob das Antlitz der Welt in Zukunft römisch geprägt sein würde.

Vor der Stadt war ein Heerlager entstanden, das täglich anwuchs. Gleichzeitig waren Scharen von Handwerkern damit beschäftigt, die Mauern Neu-Karthagos nach Hasdrubals Anweisungen festungsartig auszubauen. Die Kriegsvorbereitungen waren im vollen Gange und ließen sich nicht verheimlichen. Ein Römer oder einer ihrer Spione, der dies an Ort und Stelle womöglich beobachtete, musste davon ausgehen, dass sich Karthago für die Verteidigung seiner iberischen Gebiete rüstete.

Täglich trafen Pioniere und Kundschafter im Lager ein, um dem großen Strategen Bericht zu erstatten. Hannibal war auf das Wohlwollen der keltischen Stämme angewiesen, deren Gebiete er mit seinen Heeresmassen auf dem Weg nach Italien durchqueren wollte. Manche verlangten für ihr Stillhalten beträchtliche Entlohnung, aber Hannibal zeigte sich nach eingehender Beratung mit seinen Stabsoffizieren bereit, auf die Forderungen der Kelten einzugehen. Allein Maharbal, sein Reitergeneral, zeigte sich mürrisch ob dieser Zugeständnisse.

»Sind wir Krieger oder Krämer?«, schimpfte er während einer Stabsbesprechung. »Wer sich aufmüpfig zeigt, bekommt unser Schwert zu spüren. Warum sollte Karthago für ihr Wohlwollen zahlen?«

»Weil es unseren Zwecken dient, Freund«, entgegnete Hannibal ruhig. Sie kannten sich seit Kindertagen. Hannibal wusste, wie er mit ihm umgehen musste. Maharbal war ein Heißsporn, aber gleichwohl der beste Reitergeneral, den Hannibal sich wünschen konnte. »Wer gegen Rom Krieg führt, kann sich keine weiteren Feinde leisten. Erst recht keine, die uns aus dem Hinterhalt überfallen.«

»Wer sagt dir, dass sie es nicht trotzdem tun werden, Hannibal? Unwegsames Gelände gibt es unterwegs mehr als genug.«

»Mit dem Risiko werden wir leben müssen, Maharbal. Wenn sie das wagen sollten, dann werden sie uns zweifellos Verluste beibringen. Aber letztlich werden sie es bitter bereuen, denn sie bekommen es mit den besten Soldaten der Welt zu tun! Oder gibt es etwa einen unter euch, der in der Haut des Feindes stecken möchte, wenn die karthagische Kavallerie mobil macht?«

Die Offiziere – es waren um die zwanzig im Zelt des Feldherrn versammelt – lachten beifällig. Auch Maharbal lachte, wenn auch verhalten, sah aber von weiteren Einwänden ab.

»Mago!« Hannibal wandte sich an seinen Bruder. »Wie laufen die Rekrutierungen?«

Magos Augen leuchteten. »Täglich sind es mehrere hundert. Kräftige Kerle aus ganz Iberien, aber auch Kelten und Griechen sind darunter. Sie können es kaum erwarten, für dich zu kämpfen.«

»Sieh zu, dass sie bei Laune bleiben, denn sie müssen sich noch ein wenig gedulden. Außerdem bleibt es dabei: Kein Wort über den Weg, der ihnen bevorsteht. Ich werde es ihnen beizeiten selbst sagen.«

Nicken in der Runde. Allen war bewusst, wie wichtig es war, dass die Einzelheiten der Kriegspläne nicht ans Tageslicht kamen. Das Brodeln der Gerüchteküche war schon Lärm genug.

Mit einem wehmütig wirkenden Lächeln sah Hannibal die Offiziere der Reihe nach an. »Vor uns liegen Zeiten großer Entbehrungen und Gefahren, Männer. Doch auch hier und heute lauern Risiken, von denen wir noch nichts wissen mögen. Meinen Spionen ist es bislang nicht gelungen, die sogenannte Bewegung der >Freunde der Wölfin< zu enttarnen. Zwar wissen wir von einigen Bauern aus dem Landesinneren, dass ihr Haupt ein Mann ist, den man >Argos< nennt, was natürlich kaum sein richtiger Name sein dürfte. Doch leider ist dieser Mann nirgends auszumachen, weil er die hiesigen Dialekte bestens beherrscht und sein Erscheinungsbild ihn nicht verdächtig macht. Zudem sind die Beschreibungen, die wir von ihm haben, dürftig und allgemein, sodass sie auf jeden und niemanden zutreffen könnten. Wir vermuten, dass er im Auftrag gewisser römischer Senatoren handelt. Iberien soll römisch und die iberische Landbevölkerung mit falschen Versprechungen gefügig gemacht werden. Oh, ich weiß genau, was ihr jetzt denkt, Männer, ich kann es deutlich in euren Augen lesen: Wie sollte uns ein römischer Ränkeschmied gefährlich werden können? Was vermag er auszurichten gegen die tapferste Armee der Welt? Warum bereiten mir die >Freunde der Wölfin< so große Sorgen?«

»Sag es uns, Bruder!«, forderte Hasdrubal ihn mit großem Ernst auf.

Hannibal sah ihn lange an. »Manchmal sind es nur Albernheiten, die Stürme entfachen. Oder sie zum Erliegen bringen, wie man es nimmt. Vor sechzig Jahren starb der Molosserkönig Pyrrhos, der neben Alexander einer der größten Feldherren war, die es je gab. Nicht nur Karthago, auch Rom kann ein Klagelied von seinen Kriegskünsten singen. Vielleicht sähe die Welt heute anders aus, wenn er länger gelebt hätte. Doch er starb in Argos während eines Scharmützels. Ein schnöder Dachziegel, geworfen von einer alten Frau, traf ihn am Kopf. Bewusstlos stürzte er vom Pferd, worauf einer seiner Feinde ihm den Kopf abschlug. Habt ihr mir zugehört? Eine alte Frau, die vermutlich nie im Leben ein Schwert in den Händen hielt, bestimmte Pyrrhos' Geschick. Wäre es nicht denkbar, dass ein Schatten auch unsere Pläne vereitelt?«

Betreten starrten die Männer, die Hannibal noch nie so pessimistisch erlebt hatten, auf ihre Füße. Nur Hasdrubal ergriff das Wort.

»Die Wallfahrt nach Gades, die du ohne Geleitschutz unternommen hast – verzeih, dass ich wieder darauf herumreite –, nun, sie scheint dich nicht besonders ermutigt zu haben.«

»Gades war gestern, Hasdrubal. Wir müssen auf heute und morgen blicken, nichts anderes verlangen die Götter von uns Menschen. Die Aussicht auf den Ruhm, der uns winkt, darf uns nicht denken lassen, dass die Gegenwart keine Fallstricke birgt. Ich will, dass jeder von euch Augen und Ohren offen hält!«

Mit Genugtuung stellte Hannibal fest, dass seine Worte bei den Männern die beabsichtigte Wirkung erzielten. Ja, sie würden wachsam bleiben. Schon sein Vater Hamilkar hatte ihm immer wieder eingetrichtert, dass übertriebene Euphorie eine Armee ebenso sabotieren konnte wie Niedergeschlagenheit oder Hoffnungslosigkeit. Deshalb galt es, vor einem Feldzug dafür zu sorgen, dass niemand sich dem Irrglauben hingab, sein Schicksal läge allein in den Händen der Götter.

»Römische Ränkeschmiede in Iberien sind aber nur eine Sache«, fuhr Hannibal fort. »Ich will euch nicht verschweigen, was in Rom geschieht. Dort bereitet man sich mit großem Eifer auf den Krieg gegen Karthago vor. Einer meiner Leute kehrte erst gestern zurück. Hört selbst, was er zu berichten weiß.« Er winkte einem Mann, der bislang geduldig im Hintergrund gewartet hatte. Dieser trat vor, stellte sich unmittelbar neben den Strategen und sah in die Runde.

»Im römischen Senat«, begann er ohne jede Vorrede, »gibt es eine Fraktion, die den Beginn des Krieges kaum erwarten kann. Diese Leute versprechen sich große, auch persönliche Gewinne und haben sich durchgesetzt gegen jene, die für neuerliche Friedensverhandlungen plädieren. Viele gehen von einem leichten Waffengang aus. Den italischen Bauern, die ungern ihre Höfe verlassen, um in einem fernen Land Krieg zu führen, wird reichlich Beute in Aussicht gestellt. Es machen Geschichten von dem sagenhaften Reichtum die Runde, den Karthago aus den iberischen Gold- und Silberminen bezieht. Auch die Volksversammlung hat einem Krieg zugestimmt. Dem neu gewählten Konsul Publius Cornelius Scipio wurde Iberien als Provinz zugelost, sein Kollege Tiberius Sempronius Longus erhielt Afrika und den Auftrag, Karthago während seiner Amtszeit zu belagern. Der Bau neuer Kriegsschiffe wird vorangetrieben.« Er machte eine Pause, die offenbar mit Hannibal abgesprochen war.

»Ihr habt ihn gehört, Männer«, sagte der Stratege mit raumfüllender Stimme. »Die Römer verteilen das Fell des Löwen, den sie noch nicht erlegt haben, ja dem sie noch nicht einmal Auge in Auge gegenübergetreten sind. Schon betrachten sie Iberien als ihre Provinz, als wären wir nur ein paar Strolche, die sie vertreiben müssten. Karthago? Sie wollen die Stadt, in der viele von euch geboren wurden, zerstören, als wäre es ein Nest von Seeräubern. Gewiss, das empört euch, es macht euch wütend, aber wir werden kühlen Kopf bewahren und sie für ihren Übermut bestrafen.« Er wandte sich an den Spitzel. »Kam denn keinem der Gedanke, dass ein karthagisches Heer in Italien einmarschieren könnte?«

»Einer erwog diese Möglichkeit während einer Senatssitzung, aber er wurde nur ausgelacht, bevor man zum nächsten Tagesordnungspunkt überging. Darin ging es um die Einzelheiten der Invasion südlich des Flusses Ebro. Mindestens sechzig Kriegsschiffe wollen die Römer an die iberischen Küsten schicken, weitaus mehr sehen sie für die Invasion in Afrika vor. Sie denken, dass sie in Iberien leichtes Spiel haben werden, und dass du, Hannibal, bald gezwungen sein wirst, nach Karthago zurückzukehren, um die Heimat zu verteidigen. Sie haben Karthago schon einmal besiegt. Die Vorstellung, sie könnten den zweiten Krieg verlieren, ist ihnen völlig fremd. Schlaflose Nächte bereitet ihnen nur die eigene Gier nach Beute und Reichtum. Wenn Karthago erst einmal am Boden liegt, so hört man es in den Gassen, dann ist Rom demnächst die ganze Welt untertan.«

Mit diesen Worten beendete der Mann seinen Bericht und zog sich wieder in den Hintergrund zurück. Hannibal dankte ihm mit einem Nicken. Es war üblich, die Namen von Agenten nicht vor anderen Versammelten auszusprechen. Ihr Geschäft war es, nicht aufzufallen und keinen Eindruck zu hinterlassen. In den Plänen Hannibals bildeten sie eine eigene kleine Armee.

»Hat jemand noch etwas hinzuzufügen?«, fragte er in die Runde.

»Sie werden auch weiterhin schlaflose Nächte haben, wenn wir erst einmal in Italien sind«, rief Maharbal.

Diesmal erntete er allgemeine Zustimmung, einige hoben die Fäuste und riefen Parolen. Hannibal bat mit einer Geste um

Ruhe. »Sie werden sich wünschen, dass alles nur ein Albtraum sei, aus dem sie erwachen müssten – was jedoch nie geschehen wird«, sagte er mit inbrünstigem Ernst. »Wir werden kämpfen, bis einer besiegt ist. Wenn die Götter uns gewogen sind und wir alle wachsam bleiben – denkt an euer Versprechen, Männer! –, dann werden nicht wir es sein, die am Ende kapitulieren. Ich bin stolz, euch meine Offiziere nennen zu dürfen. Einer von euch wiegt zehn Römer auf! Es lebe Karthago!«

»Es lebe Hannibal Barca!«, antworteten die Männer im Chor.

Die Stabsbesprechung war beendet. Nach und nach verließen die Männer das Zelt des großen Strategen, bis nur noch seine beiden Brüder und Bato bei ihm waren.

»Sie werden für dich durchs Feuer gehen, Herr«, stellte der Iberer fest.

»Ja, das werden sie sicher tun müssen«, seufzte Hannibal, »aber vorerst bin ich zufrieden, wenn sie zwei Gebirge überqueren. Danach bekommen sie noch zur Genüge die Gelegenheit, ihre Treue zu beweisen. Hasdrubal, dir wird es in Iberien nicht an Beschäftigung mangeln. Gleichgültig, wie erfolgreich wir in Italien sein werden, Rom wird um sich beißen wie ein tollwütiger Hund und versuchen, uns überall zu packen.«

»Lass sie kommen, ich bin bereit!«, sagte Hasdrubal, dem ein nicht unbeträchtlicher Teil der Truppen zur Verfügung bleiben würde, um Iberien vor römischer Aggression zu schützen.

»Sie werden den Tag verfluchen, an dem ihre Mütter sie geboren haben«, warf Mago ein, der es kaum erwarten konnte, dass der Krieg endlich begann.

Hannibal streckte müde die Beine aus. »Na schön, ihr Treuesten der Treuen, für den Moment reicht es mir mit Sprüchen von Kühnheit und Heldentum. Seid so gut und lasst mich allein, damit ich meine Gedanken ungestört auf Frau und Kind richten kann, die ich heute unbedingt noch sehen möchte.«

Hasdrubal legte Mago die Hand auf die Schulter und schob ihn Richtung Zeltausgang. »Komm, Bruder. Der große Löwe muss ausruhen. Er will im Augenblick nichts mehr hören von Krieg, Römern und tollwütigen Hunden.«

»Heiratet und zeugt Kinder, ihr Lästermäuler. Danach sprechen wir uns wieder! Natürlich müsst ihr damit aber erst mal warten, bis dieser Krieg vorüber ist.«

»Grüß mir Imilko und unseren Neffen!«

»Ich werde es nicht vergessen! – Bato!«

Sein Adjutant, der sich anschickte, den Barkidenbrüdern zu folgen, blieb stehen und blickte fragend zurück.

»Schick mir Rasbos, ich brauche ihn!«

»Ja, Herr!«

»Bemüh dich nicht, mein lieber Bato, ich bin schon da!«, flötete der Leibdiener und betrat leichtfüßig das Zelt. Bato zuckte mit den Schultern und machte sich davon.

»Stets zu Diensten, Herr!«, verkündete Rasbos. In seinen Augen blitzte wie immer ein Quentchen Spott auf.

»Wenn ich dich jemals beim Lauschen erwische«, drohte ihm Hannibal in nur mäßig scharfem Ton, »dann breche ich dir jeden einzelnen Knochen.«

»Es wäre mir eine große Ehre, vom Bezwinger der Römer zum Krüppel geschlagen zu werden, Herr.«

»Bis es soweit ist, kommst du deinen Pflichten nach. Hilf mir aus dem Zeug hier raus.«

Rasbos löste ihm die Schnallen des ledernen Brustpanzers, während Hannibal sich seines Schwertgurtes entledigte.

»Bevor du deinen Krieg beginnst, Herr, solltest du noch einmal deinen Freund, den Arzt, aufsuchen und dich beschweren. Die Narbe an deiner Hüfte ist hässlicher als meine Hasenscharte.«

»Was wäre ich für ein Feldherr, wenn ich keine Narben

aufzuweisen hätte, du dreister Flegel. Aber verdammt, du hast recht, ich muss ihn unbedingt besuchen, den alten Knochenbrecher.«

Obwohl die Vorbereitungen für den Feldzug in vollem Gange waren, hatte Hannibal noch nicht die Zeit gefunden, dem obersten Wundarzt, der ihm bereits vor Sagunt seine Treue versichert hatte, einen Freundschaftsbesuch abzustatten. Er beschloss, das in den kommenden Tagen nachzuholen.

Rasbos nickte zufrieden.

»Er soll eine vorzügliche Köchin haben. Wenn du ihn besuchst, begleite ich dich gern, Herr.«

»Damit du mich wieder blamieren kannst, Rasbos?«

»Niemand kann den Bezwinger der Römer blamieren.«

»Noch ein einziges Wort über Römer, und ich verkaufe dich. Wobei ich mich frage, weshalb ich das nicht schon längst getan habe.«

Rasbos grinste. »Verstanden, Herr. Kein Wort mehr über diese verfluchten Hurensöhne.«

Als Salicar erkannte, wie glücklich seine Schwester war, fragte er sich, warum er nicht schon früher die Idee gehabt hatte, ihr die kleine Lanike vorzustellen. Es schien ihm wie Liebe auf den ersten Blick zu sein: Hier das Kind, das seine Eltern verloren hatte, dort die Mutter, die seit zwei Jahren um den Tod ihrer kleinen Tochter trauerte.

Mit Grauen dachte Salicar an die Ereignisse zurück, die dazu geführt hatten, dass seine Schwester in diese Situation geraten war. Ihr Mann Qadhir, ein junger Silberschmied, war ein hoffnungsloser Rauf- und Trunkenbold gewesen. Dabei hatte zu Beginn ihrer Ehe alles so rosig ausgesehen. Qadhir besaß eine kleine Werkstatt, die Geschäfte liefen nicht schlecht, und mit der Geburt der Tochter – sie nannten sie Tagalit – war das Glück des Paares vollkommen gewesen. Das hatte Salicar zumindest gedacht. Bis ihm zugetragen wurde, dass der Schwager die Nächte lieber in den Tavernen Neu-Karthagos verbrachte als daheim bei Frau und Kind. Als Salicar bei nächster Gelegenheit Elissa darauf ansprach, winkte sie ab. Alles sei in bester Ordnung, behauptete sie, auf keinen Fall wolle sie ihren Mann bevormunden, wenn er nach einem langen Arbeitstag Durst verspüre. Salicar hatte das Thema vorläufig darauf beruhen lassen, denn im Grunde ging es ihn ja nichts an, wie die beiden ihre Ehe führten. Doch eines Tages wurde ihm klar, dass Qadhir seine Frau im Suff regelmäßig verprügelte. Zunächst stritt Elissa ab, dass die Flecken, die regelmäßig ihr hübsches Gesicht verunstalteten, von Schlägen herrührten, doch als Salicar sie beschwor, endlich mit der Wahrheit herauszurücken, brach sie in Tränen aus und bekannte Farbe: Qadhir war ein unberechenbarer Unhold, der, vor allem wenn er getrunken hatte, nicht vor Gewalt zurückschreckte.

Von maßloser Wut erfüllt, hatte Salicar daraufhin den Schwager in seiner Werkstatt aufgesucht, wo er ihn nicht arbeitend antraf, sondern faul auf einer Holzbank liegend: Qadhir schlief einen seiner Räusche aus. Mit einem Fußtritt, der den Schwager beinahe auf den Boden befördert hätte, weckte Salicar ihn auf.

»Los, steh auf, Qadhir!«

Der Silberschmied rappelte sich grunzend hoch. »Was … hast du denn, Schwager?«, stammelte er. »Verdammt, warum trittst du mich?« Sein Atem roch nach saurem Wein.

»Nie wieder wirst du meine Schwester schlagen! Nie wieder, hast du das kapiert?«

»Aber Schwager …«

Salicar versetzte ihm eine brutale Ohrfeige. Und musste an sich halten, nicht weiter wild auf ihn einzuprügeln. Qadhir war viel zu betrunken, um Gegenwehr überhaupt in Erwägung zu ziehen.

»Wenn du sie noch einmal schlägst, bringe ich dich um, Qadhir. Das schwöre ich!«

Qadhir mimte den Reumütigen. Der Wein habe ihm die Sinne vernebelt, da hätte er wohl über die Stränge geschlagen, jammerte er, als sei er selbst der Gepeinigte. Dergleichen werde jedoch nie wieder vorkommen, versprach er auf Salicars Drängen hin mit erhobener Schwurhand.

Später musste Salicar sich vorwerfen, dass erst sein Besuch den Schwager zu noch brutalerem Vorgehen angestachelt haben mochte. Am Abend darauf erschien nämlich seine völlig verstörte Schwester bei ihm. Ihr Gewand war gänzlich mit Blut besudelt.

»Elissa! Bei allen Göttern, was ist geschehen?«

Sie zitterte am ganzen Leib, eine fürchterlich blutende Wunde lief über ihre rechte Gesichtshälfte. Sie war kaum imstande, halbwegs verständliche Worte zu formulieren und holte das Kind unter ihrem Umhang hervor.

Tagalit war tot, ihr Köpfchen zertrümmert. Nur schien Elissa das noch nicht begriffen zu haben, denn sie streckte den leblosen Säugling dem Bruder entgegen. »Bitte, mach sie wieder heil!«, forderte sie ihn mit schwerer Zunge auf.

Es war das Schrecklichste, was Salicar jemals erlebt hatte. Männer, die sich gegenseitig in der Schlacht töteten, das war nun einmal der Lauf der Welt – aber ein wehrloses Kind? Er ahnte, was sich in der Wohnung des Schwagers abgespielt haben musste.

Rasch legte er der Schwester einen vorläufigen Verband an und brachte sie zum Haus des Synbalos, wo man sich sogleich ihrer annahm. Salicar selbst beschloss, sich den Schwager vorzuknöpfen, und Himero erklärte sich bereit, ihn zu begleiten. Darüber war Salicar froh.

Sie fanden Qadhir bewusstlos in seiner Wohnung vor, in einem Meer aus Blut liegend. Offenbar war es Elissa gelungen, dem Betrunkenen das Messer, mit dem er sie verletzt hatte, zu entreißen und mehrmals auf ihn einzustechen. Es steckte noch in seiner Brust.

»Es gibt zwei Möglichkeiten«, erklärte Himero nüchtern. »Entweder wir flicken den elenden Schweinehund so weit zusammen, dass man ihn zumindest noch pfählen kann für das, was er getan hat. Oder wir machen der Sache schon hier und jetzt ein Ende. Es würde uns eine Menge Arbeit ersparen, und das Resultat wäre das gleiche. Wenn auch zu barmherzig für meinen Geschmack.«

Bis zu diesem Moment wäre es Salicar nie in den Sinn gekommen, einen Menschen mutwillig zu töten. Er war Arzt, kein Soldat, geschweige denn ein Henker. Allerdings hatte er auch noch nie solchen Hass auf einen Menschen verspürt. »Würdest du es für mich tun?«, fragte er Himero tonlos.

Der Veteran nickte nur, und Salicar wandte ihm den Rücken zu.

Später beseitigte Himero die Leiche in aller Heimlichkeit; er kannte da Mittel und Wege. In der Stadt erzählte man bald, der Silberschmied habe im Vollrausch sein Kind getötet und seine Frau verstümmelt, bevor er das Weite gesucht habe, um für seine Tat nicht zur Rechenschaft gezogen zu werden.

Elissa war in eine tiefe Schockstarre gefallen, die Wochen angehalten hatte. Aufopferungsvoll hatte sich Salicar um die Schwester gekümmert und sie gepflegt. Es stellte sich heraus, dass Qadhir eine Menge Schulden angehäuft hatte, und seine Werkstatt musste verkauft werden. Elissa wohnte von da an bei ihrem Bruder. Der sorgte dafür, dass sie bei einer Näherin arbeiten konnte, die eine entfernte Verwandte war. Die Wunde in Elissas Gesicht hinterließ eine markante Narbe, die Verletzung ihres Gemüts hingegen würde wohl nie ganz verheilen.

Tagalit wäre heute so alt wie Lanike, dachte Salicar. Ihm kam es so vor, als sei ihnen das kleine Mädchen von den Göttern gesandt worden, um Elissa über ihren Kummer hinwegzuhelfen. Während er die beiden beobachtete, wie sie in großer Vertrautheit beisammensaßen und eine Holzpuppe ankleideten, da hielt er es für möglich, dass Elissa und Lanike in Wahrheit füreinander bestimmt waren. Ihre Schicksale hatten sie unweigerlich zusammengeführt. Er würde mit Kimon und Eirene darüber sprechen und sie um ihr Einverständnis bitten, dass seine Schwester sich künftig des Kindes annahm. Die Toten kehrten nicht zurück. Vermutlich waren Synbalos ähnliche Gedanken durch den Kopf gegangen, als er in Eirene die Wiedergeburt seiner Nichte Helena gesehen hatte.

Eirene! Er konnte nicht verhehlen, dass er sie inzwischen vermisste. Ihr frisches Wesen und ihre Vorwitzigkeit fehlten ihm. Außerdem träumte er manchmal von ihr, dann sah er sie nackt wie eine Nymphe aus dem Wasser steigen. Träume wie diese erinnerten ihn daran, dass er in Wirklichkeit einsam war und nur für seine Arbeit lebte. Er liebte seine Schwester über alles, und doch ersetzte sie ihm nicht die Gefährtin, die ein Mann sich wünschte. Als Arzt, der meistens für die Armee arbeitete, hatte er keine Zeit, eine Familie zu gründen. Was seine männlichen Bedürfnisse freilich nicht daran hinderte, regelmäßig aufzuflammen.

Normalerweise mied Salicar Freudenhäuser. Käufliche Liebe war nicht das, wonach er sich sehnte. Doch sein Verlangen war schon lange nicht mehr so groß gewesen.

19.

»Du wirst nicht glauben, welch seltener Gast dieses ehrenwerte Haus betreten hat!«

Kirta wirkte ziemlich aufgeregt. Mit nur wenigen Nadeln hatte sie ihr Haar gebändigt.

»Wirst du es mir verraten?« Eirene verspürte keine Lust auf Ratespielchen. Überhaupt war heute wieder einer dieser nachdenklichen Abende, an denen sie sich fragte, ob der »Gazellengarten« wirklich eine Heimat für sie sein konnte. Kirtas Antwort riss sie aus allen Wolken.

»Salicar! Nun, was sagst du dazu?«

Es ärgerte Eirene, dass Kirta über Salicar sprach, als sei dieser eine stadtbekannte Attraktion. Und schon der Gedanke, dass Salicar einer Gazelle beiliegen würde, machte sie eifersüchtig. Aber sie versuchte, sich möglichst gelassen zu geben. Kirta durchschaute sie, und es stellte sich heraus, dass sie nichts von dem vergessen hatte, was Eirene ihr anvertraut hatte.

»Das ist deine Chance, Eirene«, flüsterte sie verschwörerisch.

»Wie meinst du das?«

»Bediene du ihn!«

Eirene tippte sich an die Stirn. »Bist du verrückt? Ich bin keine Gazelle!«

»Na und? Für ihn kannst du eine sein.«

Eirene wusste nicht, was sie dazu sagen sollte. Es war so absurd. »Die Herrin wäre außer sich«, lautete ihr Einwand, als gäbe es nicht reichlich andere Gründe, es nicht zu tun.

»Die Herrin ist gerade außer Haus, sie wird nichts erfahren.«

»Willst du, dass wir schon wieder Ärger kriegen?«

»Ich habe es nur gut mit dir gemeint.« Kirta hob die Schultern.

Eirene nagte an ihrer Unterlippe. »Wo ist er?«

»Er wartet im Gemach der Sirenen.«

»Wer soll ihn bedienen?«

»Omphale, wenn du dich nicht beeilst.«

Das durfte doch alles nicht wahr sein.

»Wer weiß, vielleicht ist er ja nur gekommen, um dich zu sehen!«, sagte Kirta mit einem Augenzwinkern.

Eirene dachte, dass nichts sie glücklicher machen würde, als wenn dies wahr wäre.

»Komm mit!« Kirta ging ihr voran. Alle Gemächer waren durch winzige Gucklöcher in den Wänden von außen einzusehen, auch das Gemach der Sirenen.

Eirene kam sich schäbig vor, aber sie konnte nicht anders, sie musste Salicar sehen. Er saß auf dem mit roten Polstern ausgelegten Sofa und wartete offenbar darauf, dass sich jemand seiner annahm. Sonderlich glücklich sah er nicht aus, doch sein Anblick ließ Eirenes Herz höher schlagen.

»Und?«, flüsterte Kirta.

»Was willst du denn hören?«

»Also, von ihm hätte ich mir nur zu gern meine Jungfräulichkeit nehmen lassen.«

»Du bist unmöglich, Kirta.«

»Mag sein, aber wie ich schon sagte, ich meine es gut mit dir. Wenn du es nicht machst, wirst du es für immer bereuen.«

Gut möglich, dass Kirta recht hatte. Und doch spürte

Eirene, dass ein hohes Maß an Überwindung nötig sein würde, um in dieses Gemach zu gehen. Sie war in keiner Weise auf diese Situation vorbereitet gewesen. Was, wenn Salicar sie wieder fortschickte? Das wäre noch schmerzlicher als der Gedanke, er hätte eine Geliebte.

»Was gibt es denn da zu glotzen?«, verlangte Omphale zu erfahren, die plötzlich hinter den beiden erschienen war. »Das ist *mein* Freier!«

»Willst du ihn mir abtreten?«, fragte Kirta.

Omphale kniff ihre Katzenaugen zusammen. »Wozu?«

»Weil ich gerade Langeweile habe.«

»Hübscher junger Arzt, was?«

»Meinen Anteil gebe ich dir im vollen Umfang ab, du hast also keinerlei Verlust. Einverstanden?«

»Und die Herrin?«

»Wird nichts davon erfahren.«

»Ich nehme dich beim Wort, Kirta.« Omphale zog wieder ab. Leichter ließ sich Geld nicht verdienen.

»Lass mich dich anschauen, Eirene!« Kirta nahm ihr Gesicht in beide Hände und betrachtete es eingehend. Dann zupfte sie an ihrem Kleid herum. »Ja, hübsch siehst du aus. Und jetzt rein mit dir!«

»Sei so gut und schau nicht durch das Guckloch. Versprichst du mir das?«

»Sicher. Geh jetzt, mach schon!«

Eirene atmete einmal tief durch, bevor sie das Gemach betrat.

Früher hatte sich Kimon vor der Dunkelheit gefürchtet, inzwischen machte sie ihm nichts mehr aus. Im Gegenteil, er mochte es, in die Nacht zu lauschen. Am meisten liebte er den Gesang der Elefanten in den Kasematten. Wenn der Wind günstig stand, konnte er hören, wie die grauen Riesen miteinander in Verbindung traten. Dann wünschte er, Reza wäre bei ihm, damit sie den Elefanten gemeinsam lauschen konnten. Auch wenn Reza gehörlos schien, so war Kimon überzeugt, dass sie alles verstand, sofern ihre Hand nur in seiner lag.

Er merkte, dass die Arbeit ihm derzeit ziemlich schwerfiel. Manchmal mangelte es ihm an Konzentration, was vor allem daran lag, dass Reza sich zunehmend nützlich machte und er sie gewissermaßen ständig zu Gesicht bekam. Der Meister hatte nichts dagegen einzuwenden gehabt, dass sie den Pflegern zur Hand ging. Dabei stellte sie sich nicht einmal ungeschickt an. Jedenfalls zeigte sie, anders als Eirene, niemals Widerwillen gegen ihre Arbeit. Im Stillen hegte Kimon den ungehörigen Wunsch, sie möge ihr Gedächtnis nicht wiedererlangen, damit sie für immer bei ihnen bliebe. Dafür schämte er sich ein wenig.

Mit Mabols und Yumbos Neckereien wusste er inzwischen umzugehen. Heute hatte Mabol ihm weismachen wollen, er habe gehört, wie Reza ein Liedchen gesungen habe. »Darin ging es um den Mann, den sie einst liebte«, behauptete er und tippte sich an die Brust. »Er war schwarz und sah aus wie ich.«

»Wenn das wahr ist«, erwiderte Kimon lachend, »dann wäre es für sie besser, sie würde ihr Gedächtnis ein zweites Mal verlieren. Ansonsten müsste man sie nämlich für verrückt erklären.«

»Um hier zu arbeiten«, warf Yumbo ein, »muss man verrückt sein.«

»Oder vollkommen wahnsinnig«, ergänzte Mabol.

»Verliebtsein hilft auch«, überlegte Yumbo, mit dem Kinn auf Kimon weisend.

Sein Bruder spreizte die Hände. »Das meine ich ja.«

Kimon selbst war zu dem Schluss gelangt, dass Verliebtsein und Wahnsinn durchaus vergleichbar waren. Verliebtsein war vermutlich die schönste Form des Wahnsinns überhaupt.

Durch die Nacht schallte jetzt ein besonders lautes Trompeten. Ob das Suru war? Kimon fragte sich, ob Elefanten nicht in

Wahrheit Götter waren, die in Tiergestalt auf die Erde kamen. Zumindest würde dies ihre Erhabenheit erklären.

Während er noch darüber nachsann, hörte er gedämpfte Schritte. Erlaubten sich Mabol und Yumbo etwa wieder einen Schabernack mit ihm? Er richtete sich auf. »Lasst mich gefälligst schlafen, ihr Quälgeister.«

In der Dunkelheit konnte er die Konturen einer Person ausmachen. Nein, es war keiner der beiden Brüder, der da immer näher kam. Es war vielmehr … Kimon fragte sich, ob er wachte oder träumte.

Im nächsten Augenblick kroch sie zu ihm unter die Decke. Sie war nackt. Seinen aufgerichteten Oberkörper drückte sie mit sanfter Gewalt zurück aufs Bett, bevor sie sich an ihn schmiegte und eine Hand auf seine Brust legte.

Kimon wusste nicht, wie ihm geschah. Reza war zu ihm gekommen! Überall fühlte er ihren warmen Körper; schon hundert Mal hatte er versucht, sich das vorzustellen. Er wagte es nicht, sich zu rühren. Dafür spürte er seine Erregung im wahrssten Sinne des Wortes wachsen, was auch Reza nicht entging. Langsam wanderte ihre Hand bauchwärts, dann tiefer, bis sie ihm behutsam, aber entschlossen Erleichterung verschaffte. Danach küsste sie ihn auf den Mund und schlief auf der Stelle ein.

Erschöpft, als habe er soeben einen Berg erklommen, lag Kimon noch eine Weile schwer atmend da, bevor auch er in Morpheus' Arme sank.

»Eirene?«

Beinahe klang es erschrocken, wie Salicar ihren Namen aussprach.

»Länger nicht gesehen, nicht wahr?«, sagte Eirene.

Verlegen kratzte er sich am Kinn. »Ehrlich gesagt, eigentlich hatte ich gehofft, dir hier nicht zu begegnen.«

»Hast du die Nase voll von mir?«

»Nein, das natürlich nicht, aber … Du willst mich nur begrüßen, oder? Ich meine … du bist ja keine … äh, Gazelle. Behauptet zumindest dein Bruder.«

»Er hat recht, Salicar, ich bin keine Gazelle. Ich bin Didos Leibdienerin.« Sie fasste sich ein Herz, setzte sich neben ihn auf das Sofa und achtete darauf, dass eine Armlänge Abstand zwischen ihnen blieb.

»Schön, dich zu sehen«, sagte sie.

»Ich freue mich auch, Eirene.« Er räusperte sich in seine Hand. »Geht es dir gut?«

»Könnte weitaus schlimmer sein. Immerhin muss ich hier nicht in menschlichen Ausscheidungen wühlen.«

»Oh, das nenne ich einen Vorteil.«

»Und ob. Du und die anderen, ihr habt sicher viel Arbeit, nehme ich an.« Über irgendwas mussten sie ja schließlich sprechen.

»Oh ja. Doch die meiste Arbeit steht uns noch bevor – wenn Hannibal zu seinem nächsten Feldzug aufbricht.«

Eirene bekam einen Schreck. »Ihr werdet Neu-Karthago verlassen?«

»Tja, das wird sich wohl kaum vermeiden lassen, wie du dir vorstellen kannst.« Immer wieder blickte er zum Eingang des Gemachs, an dem ein seidener Vorhang vor unbefugten Blicken schützte. Eirene spürte, dass ihre Gegenwart ihn verunsicherte. Sie musste es irgendwie hinbekommen, ihm seine Befangenheit zu nehmen. Was umso schwieriger war, wenn man selbst vor Aufgeregtheit kaum noch klar denken konnte.

»Kommst du oft hierher?« Ihre Frage sollte unbefangen klingen, was sie natürlich nicht war.

»Nein, eigentlich nicht. Genau genommen bin ich zum ersten Mal hier.«

»Ah! Und warum heute?« Es war zum Haareraufen. Fiel

ihr denn wirklich nichts Gescheiteres ein, worüber sie mit ihm reden konnte?

»Ich, äh …«

»Schon gut. Du musst dich nicht vor mir rechtfertigen.«

»Tja …«

»Weißt du noch, wie du mich vor Glaukias und Aiakides gerettet hast? Damals, am Fluss? Daran muss ich manchmal denken.«

»Oh ja. Diese Flegel!«

»Dafür bin ich dir immer noch sehr dankbar.«

»Das war eine Selbstverständlichkeit.«

Eirene überlegte, ob sie ihm erzählen sollte, wie Kerberos den beiden tüchtig eingeheizt hatte, hielt es aber letztlich für klüger, darüber zu schweigen. Wieder wanderte sein Blick zum Vorhang. Es war schon erstaunlich, wie gehemmt sich der sonst so Selbstsichere zeigte.

»Übrigens, unsere beiden Schwestern verstehen sich ausgezeichnet«, sagte er dann, doch sie begriff nicht gleich, worüber er eigentlich sprach.

»Was?«

»Lanike und Elissa – so heißt meine Schwester. Gestern haben sie sich kennengelernt. Elissa würde eine sehr fürsorgliche Ziehmutter für die Kleine abgeben. Was hältst du davon?«

Das kam überraschend. »Oh!«

»Meine Schwester hat vor zwei Jahren ihre eigene Tochter verloren, weißt du? Unter tragischen Umständen, aber das … nun, ich erzähle es dir besser ein anderes Mal.«

Ein anderes Mal! Das hörte sich verheißungsvoll an.

»Lanikes Glück ist mir wichtig. Wenn es ihr bei deiner Schwester gut geht, soll sie bei ihr bleiben. Vorläufig zumindest.«

»Es würde sicher beide glücklicher machen.«

»Was sagt Kimon dazu?«

»Ich glaube, er ist damit einverstanden. Allerdings ist er mit seinen Gedanken derzeit nicht ganz bei der Sache.«

»Ja, das fiel mir auch schon auf. Er ist verliebt. Was denkst du über seinen Schwarm? Wie nennt ihr sie? Reza?«

»Wie es scheint, hat sie ihr Gedächtnis verloren. Aber sie weiß genau, was sie will. Ich kann deinen Bruder gut verstehen. Reza hat das, was die Griechen Charisma nennen. Manchmal erinnert sie mich an ein Mädchen aus Sagunt. Oh verzeih mir, eigentlich ist diese Saguntinerin kein Mädchen mehr. Darauf legt sie großen Wert. Und sie hat tausendmal recht dabei.«

Eirene traute ihren Ohren nicht. Flirtete Salicar nun mit ihr? Doch während er sprach, hatte er vermieden, ihr in die Augen zu blicken. Wovor fürchtete er sich? Es war an der Zeit, nun ein größeres Wagnis einzugehen. Sie rutschte näher an ihn heran und legte sanft eine Hand auf seinen Oberschenkel. Salicar zögerte kurz, dann ergriff er die Hand, und ihre Finger verflochten sich. Eirene durchströmte ein warmes Gefühl des Glücks und der Geborgenheit. Beide schwiegen und schauten geradeaus, als könne jede weitere Regung diesem Moment ein jähes Ende bereiten. Schließlich war es Salicar, der die Stimme erhob.

»Gleich wird die Gazelle kommen«, sagte er; es klang beinahe verdrossen.

Sie schüttelte den Kopf. »Nein, Salicar. Niemand wird kommen. Wir beide bleiben allein.«

Die Frage nach dem >Warum< schien ihm nicht auf der Zunge zu brennen. »Ah, das ist gut. Denn im Grunde steht mir gar nicht der Sinn nach … Gazellen.«

Sie nahm all ihren Mut zusammen. »Wenn du möchtest, kann *ich* deine Gazelle sein.«

Er sah sie an. »Wie meinst du das?«

»Du hast verstanden, was ich gesagt habe.«

Die Angst, sie könnte mit ihren kecken Worten alles verdorben haben, schlich sich in ihr Herz. Dass er ihr seine Hand nicht auf der Stelle entzog, machte ihr jedoch Mut.

»Hier ist es gemütlicher als damals bei den Latrinengräben, nicht wahr?« Zu ihrer Erleichterung erwiderte er ihr unsicheres Lächeln.

»Gemütlicher, das kann man wohl sagen.«

Nun wollten ihre Blicke sich gar nicht mehr voneinander lösen. Deutlich spürte sie sein Verlangen, sie zu küssen. Um es ihm leichter zu machen, neigte sie ihm den Kopf entgegen. Die Lippen leicht geöffnet, die Augen geschlossen – jetzt lag es nicht länger in ihrer Macht, was geschehen würde.

Gebt, dass er mich küsst!, flehte sie im Stillen alle Götter an.

Zuerst spürte sie seinen Atem, dann seinen Mund auf ihren Lippen. Zunächst war es ein vorsichtiges Berühren, eher ein Abtasten, bis sie plötzlich die feuchte Spitze seiner Zunge zwischen ihren Lippen spürte. Eirene schlang die Arme um ihn und streichelte zärtlich seinen Rücken. Auch Salicar setzte seine Hände ein; die eine begann ihren Nacken zu liebkosen, während die andere an verschiedenen Stellen ihres Kleides zupfte, als frage sie sich, wozu dieser Stoff eigentlich nutze sei. Währenddessen lieferten sich ihre Zungen ein wildes Spiel. Beider Atem wurde zunehmend schwer, bis Eirene sich plötzlich aus seiner Umarmung löste und ihm tief in die Augen blickte.

»Komm!«, sagte sie, mit einer Kopfbewegung auf das mit Kissen ausgelegte Liebeslager deutend. Sie nahm ihn an der Hand, er folgte ihr widerstandslos. Eirene triumphierte. Sein Herz gehörte ihr. Gleich würde er sie zur Frau machen.

Nachdem sie sich niedergelegt hatten, liebkosten sie sich weiter. Eirene wusste, dass Eile alles verderben konnte. Salicar wusste das offenbar auch. Es gab keine Welt mehr um sie herum, es gab nur noch sie und ihn. Eirenes Sehnsucht stand vor der Erfüllung.

Salicar suchte mit den Händen den Weg unter ihr Kleid, nachdem er ihre Schärpe gelöst hatte. Seine Finger auf ihrer

Haut zu spüren war wunderbar. Salicar war nicht gierig oder grob wie die meisten Freier der Gazellen, vielmehr war er behutsam, zärtlich und einfühlsam. Als er begann, ihre Brüste zu streicheln und sie sanft zu massieren, seufzte sie auf vor Wonne. Eine Weile genoss sie die Berührungen, dann beschloss sie, dass es an der Zeit wäre, sich ihrer Kleidung nunmehr ganz zu entledigen.

»Ich bin dein, Salicar!«, flüsterte sie, als sie wieder bei ihm lag. Salicar aber wirkte plötzlich wie aus seinem Traum erwacht. Verwirrt, ja beinahe verstört betrachtete er Eirene, als sei ihm jetzt erst bewusst geworden, dass sie unter ihrem Kleid nackt sein könnte. Eirene erschrak. Gefiel sie ihm nicht? Damals, am Fluss, hatte sie keineswegs diesen Eindruck gehabt. Warum machte er nicht weiter, wo er vorhin aufgehört hatte? In ihrer Verzweiflung versuchte sie es mit einem Scherz.

»Ich werde dich nicht beißen, Salicar. Ich versprech's!«

Salicar wandte den Blick ab. »Ich darf das nicht tun, Eirene«, flüsterte er.

»Warum? Willst du mich nicht?«

»Damit hat das nichts zu tun.«

»Womit sonst?«

Salicar rang nach Worten. »Du … du bist die Schutzbefohlene des Meisters.«

»Na und?« Ihr Hochgefühl wich allmählich blanker Wut. Sie griff nach zwei Kissen, um ihre Blöße damit zu bedecken. »Was hat Synbalos damit zu tun? Er will doch auch, dass ich glücklich bin.«

»Es ist nicht recht«, stammelte Salicar. »Und mit mir könntest du schwerlich glücklich werden.« Er erhob sich und glättete seine Kleidung.

Eirene war fassungslos. Sie fühlte sich schäbig und hilflos. Salicar schien das zu spüren. »Es hat nichts mit dir zu tun, Eirene«, sagte er mit belegter Stimme.

»Ach nein? Dann kannst du ja verschwinden! Los, verschwinde, Salicar. Geh mir aus den Augen!«

Salicar nickte traurig. »Es tut mir leid, Eirene.«

Eirene wandte den Kopf ab und sah ihm nicht einmal hinterher, als er das Gemach verließ.

»Warum hast du ihn nicht verwöhnt?« Kirta stand neben ihr, die Arme in die Hüften gestemmt. Kopfschüttelnd sah sie auf Eirene herab. »Ach, mein Schatz! Du hättest ihn nach allen Regeln der Kunst verführen müssen, dann wäre ihm niemals der Gedanke gekommen, abzuhauen.«

»Du hast zugesehen!«, fauchte Eirene sie an. »Obwohl du mir versprochen hattest, es nicht zu tun! Eine feine Freundin bist du! Wie soll ich dir jemals wieder vertrauen, du Miststück?«

»Ich wollte doch nur sehen, wie du's anstellst. War ja schließlich das erste Mal. Wenn du meinen Rat hören willst …«

»Nein, das will ich nicht! Dein Rat ist mir völlig egal, verstanden? Lass mich allein!«

Mit einem Seufzen schlich Kirta sich davon. Zum ersten Mal begann Eirene sich zu fragen, ob es nicht besser für sie gewesen wäre, wenn sie das Schicksal ihrer Eltern geteilt hätte.

20.

Der iberische Rekrut hatte auf dem Exerzierplatz vor der Stadt von seinem Ausbilder einen heftigen Hieb mit dem Schlagstock auf den Schädel erhalten. Dumm war nur, dass er danach nicht mehr aufstand, wozu ihn auch die Fußtritte seines Peinigers nicht bewegen konnten. Ein Offizier, der gerade vorbeikam, sah sich den Verletzten genauer an und fällte die Entscheidung, ihn in ärztliche Obhut zu geben. Deshalb brachte man ihn auf einem Karren in die Stadt, zur Praxis des Synbalos, wo man ihn sogleich auf einen Behandlungstisch legte. Der oberste Wundarzt hatte die Untersuchung des Bewusstlosen rasch abgeschlossen.

»Trepanation!«, ordnete er an.

Salicar nickte und rief nach Kimon, damit der Junge die nötigen Instrumente herbeischaffte. Weil der aber nicht in der Nähe war, beauftragte er Yumbo damit.

Nach einer Schlacht waren Trepanationen häufig durchzuführen, in Friedenszeiten eher selten. Salicar spannte den Trepan in die Sehne eines Fiedelbogens und reichte das Werkzeug dem Meister. In der Zwischenzeit hatte Yumbo den Schädel an der verletzten Stelle mit einem Messer enthaart.

Synbalos arbeitete mit einer Gewandtheit, um die ihn jeder

andere Arzt beneidet hätte. Unter leichtem Druck versetzte er den Kronentrepan in Rotation. Salicar wusste, dass er selbst, bei allem Können, das er sich angeeignet hatte, noch weit davon entfernt war, so geschickt und fingerfertig zu sein wie Synbalos. Bei einer Trepanation war es entscheidend, wenn auch äußerst schwierig, die Hirnhaut nicht zu verletzen. Nie hatte Salicar erlebt, dass Synbalos dieses Missgeschick widerfahren wäre. Ihm selbst kam die Aufgabe zu, den durch die Reibung erhitzten Kronentrepan hin und wieder in kühles Wasser zu tauchen.

»Wo ist eigentlich Kimon?«, fragte der Meister. »Es wundert mich, dass er sich das hier nicht ansehen möchte.«

Salicar seufzte leise. »Ich glaube, er ist momentan ein wenig überfordert.«

»Womit?«

»Mit sich selbst, würde ich meinen.« Es war nicht ganz fair, das zu sagen, dachte Salicar bei sich, denn ihm selbst ging es kaum anders.

»Hm!« Synbalos unterbrach seine Arbeit nicht, aber sein Stirnrunzeln drückte aus, wie wenig ihm die Abwesenheit des Jungen gefiel. »Es ist ja schön und gut, wenn man als junger Mensch verliebt ist – wir kennen das schließlich auch, nicht wahr? –, aber wenn die Arbeit darunter leidet, dann ist es ärgerlich. Kimon hat viel Talent, deshalb ist er bei uns. Wir müssen darauf achten, dass er sich nicht ablenken lässt.«

Dies war eine Anweisung. »Ich werde ein Auge auf ihn werfen«, versprach Salicar mürrisch.

Synbalos sah ihn an. »Auch du wirkst heute ein wenig begossen, wenn ich mir diese Bemerkung erlauben darf. Ist etwas mit deiner Schwester?«

»Nein, Elissa geht es gut. Es ist nichts, Meister. Bin nur ein wenig müde. Ich … habe schlecht geschlafen.«

»Hm.« Synbalos kannte seinen jungen Stellvertreter gut

genug, um zu erkennen, wenn ihn etwas beschäftigte. Salicar war froh, dass er nicht weiter nachhakte.

Immerhin, das mit der schlaflosen Nacht entsprach der Wahrheit. Gestern Abend, nach dem Besuch im »Gazellengarten«, war Salicar in der nächsten Taverne eingekehrt, obwohl er sonst nur selten trank. Eine Hure, die zu ihm kam und ihre Dienste anbot, schickte er kurzerhand wieder fort. Später, im Bett, hatte er sich das vom Wein benebelte Hirn zermartert. Er mochte Eirene, das hatte er vorher bereits gewusst. Nun war ihm klar geworden, dass er mehr für sie empfand als freundschaftliche Zuneigung. Doch der Abend war ein Desaster gewesen. Ein schlechter Witz, wenn man so wollte, wie ersonnen von einem Mabol oder Yumbo. Was konnte schon dabei herauskommen, wenn sich zwei Menschen, die einander zugetan waren, in einem Bordell begegneten?

Zweifellos schwärmte Eirene schon seit Längerem für ihn. Anfangs hatte ihn das erschreckt. Doch sie war eben nicht das Kind, für das er sie gehalten hatte. Noch nie war er jemand gewesen, der es sich leicht gemacht hätte, wenn es um Gefühle ging. Gestern hätte alles gut werden können. Seine Bedenken hatten es verhindert: Eirene war schließlich, daran gab es nichts zu deuteln, ein Schützling des Meisters. Wie ein Verrat wäre es Salicar vorgekommen, hätte er seinen Begierden nachgegeben, ohne zuvor mit Synbalos über Eirene gesprochen zu haben.

Aber das war es nicht allein. Es stand unabänderlich fest, dass Synbalos und sein Ärztestab den geplanten Feldzug Hannibals in Kürze begleiten würden. Man munkelte, dieser könnte sehr lange dauern. Was wiederum bedeutete, dass er und Eirene getrennt sein würden. War es nicht klug oder sogar weise, diesen Schmerz gar nicht erst aufkommen zu lassen? Wozu sollte Eirene ihr junges Leben damit vergeuden, auf ihn zu warten, zumal es nicht einmal gewiss war, dass er den Feldzug überlebte?

Noch einen dritten Grund gab es, weshalb Salicar vor

Eirene geflüchtet war, und dieser war keineswegs der nebensächlichste: Eirene wähnte ihren Vater tot, Salicar aber wusste, dass er in einem Bergwerk im Westen Iberiens nunmehr ein trostloses Dasein fristete. Kaum ein Sklave überlebte drei Jahre in den Minen. Ihr dieses Wissen voraus zu haben, war schwer zu ertragen, aber er hatte jenem Mann mit dem Namen Demetrios sein Wort gegeben, den Kindern nichts zu verraten. Wie ließe sich dieses traurige Geheimnis vor einem Menschen hüten, den man liebte? Er würde sich immer wie ein Schuft vorkommen.

»Salicar?«

Ihm wurde klar, dass er eine Weile geistig abwesend gewesen war. »Verzeih, Meister.« Eilig nahm er den Trepan entgegen, den Synbalos ihn reichte, um ihn in die Wasserschüssel zu tauchen.

»So!«, sagte Synbalos schließlich. Er hatte ein ausreichend tiefes Loch in das verletzte Schädeldach gefräst. Salicar reichte ihm eine Spatelsonde, mit der Synbalos den Knochen vorsichtig anhob. Auch dies geschah mit viel Fingerspitzengefühl. Hernach wischte er sich die blutigen Hände an seiner Schürze ab. »Das dürfte ihm Erleichterung verschaffen. Bleibt nur noch zu hoffen, dass er aufwacht, worauf ich allerdings momentan keine Wette eingehen würde. Dem Feldherrn werde ich sagen, dass er seinen Rekruten keine Tobsüchtigen mehr auf den Hals hetzen soll. Es ist ja nicht so, dass wir händeringend Arbeit suchten. Sei so gut und beende das hier, Salicar.«

»Ja, Meister.«

Synbalos schickte sich an, den Raum zu verlassen, wandte sich aber noch einmal um. »Ach, noch etwas, Salicar.«

»Meister?«

»Der Feldzug – du wirst mich doch begleiten, nicht wahr? Ich brauche dich!«

»Zweifelst du? Natürlich komme ich mit dir!«

»Diesmal könnte es ein weiter Weg werden.«

»Ich habe nicht erwartet, dass Hannibal vor den Toren

Neu-Karthagos kämpfen wird.«

»Und deine Schwester?«

»Sie wird zurechtkommen.«

»Gut!« Der oberste Wundarzt nickte zufrieden. Nachdem er gegangen war, sagte Yumbo: »Ein weiter Weg? Wohin wollen sie denn ziehen? Etwa bis nach Gallien? Das kann ja heiter werden.«

»Wir werden es früh genug erfahren«, knurrte Salicar. »Übrigens: Der Meister denkt wohl dasselbe wie ich!«

»Und was denkst du?«

»Wenn sich jemand so merkwürdig verhält wie du, ist immer eine Frau im Spiel.«

»Halt die Klappe, Yumbo!«

»Derzeit scheint die halbe Welt von Eros berührt zu sein. Oder wie heißt dieser griechische Götterlustmolch?«

»Sei still und mach deine Arbeit, Idiot!«

»Die arme Eirene.«

Salicar hob das Kinn und funkelte ihn an. »Was ist mit ihr?«

»Sie wird sehr traurig sein, wenn sie erfährt, dass du eine Flamme hast, Herr. Es sei denn …«

»Geh mir aus den Augen! Ich komme hier allein zurecht!«

»Wie du meinst, Herr.«

Zum Menschenfreund werde ich heute nicht mehr, dachte Salicar verbittert.

Gegen Mittag hatte im Hafen ein Frachtschiff aus Alexandria angelegt. Der Schankraum der »Blauen Amphore« füllte sich mit hungrigen, vor allem aber mit durstigen Seeleuten. Zordan, der Wirt, trieb seine Mädchen an. Wenn sie nicht spurten, bedachte er sie mit lauten Schimpftiraden, oder sie fingen sich gleich eine Ohrfeige ein.

Hortalus hatte lange geschlafen. Hierzu hatte er in den vergangenen Monaten wenig Gelegenheit gehabt. Doch nun, da alles seinen Lauf nahm und nichts mehr zu tun war, außer zu warten, da konnte er sich durchaus ein wenig Ruhe gönnen. Bedauerlich war nur, dass er auf ein vornehmeres Quartier verzichten musste. Aber in diesem Drecksloch würde man eben kaum einen römischen Agenten vermuten, deshalb galt es, diese Unannehmlichkeit hinzunehmen. Immerhin gab es ja einen hübschen Ort, den er aufsuchen konnte, wenn ihm der Sinn nach Abwechslung stand. Die rote Kirta hätte er schon sehr gern zu seiner persönlichen Lieblingssklavin gemacht. Oder gar zu seiner Frau? Warum eigentlich nicht? Er kannte keine Römerin, die der roten Kirta etwas voraus gehabt hätte.

Nachdenklich hockte er an seinem Tisch, aß als verspätetes Frühstück ein paar Oliven, und beobachtete gelangweilt, was in der Schankstube vor sich ging. Ein hochgewachsener junger Mann, der die Taverne betrat, weckte seine Aufmerksamkeit. Gekleidet war er wie ein Bauer, aber Hortalus war sich sicher, dass er noch nie einen Pflug angefasst hatte. Der Mann suchte sogleich den Wirt auf und redete auf ihn ein. Zordan beäugte ihn misstrauisch, nickte schließlich knapp und schritt geradewegs auf Hortalus' Tisch zu.

»Dieser Jüngling dort will mit dir sprechen. Er kannte die Losung«, fügte er wie zur Rechtfertigung hinzu.

Anstatt dem Wirt zu antworten, nickte Hortalus dem Ankömmling, der zu ihm herüberschaute, einladend zu. Wenn er die Losung kannte, durfte er ihn auf keinen Fall ignorieren.

»Bring uns Wein!«, befahl er dem Wirt.

»Sehr wohl.« Zordan eilte zum Schanktisch.

Der Ankömmling setzte sich unaufgefordert zu Hortalus an den Tisch. Der sah ihn zum ersten Mal in seinem Leben, wusste aber gleich, mit welcher Sorte er es zu tun hatte.

»Sprich Griechisch«, raunte der Jüngling ihm zu.

»Darauf wäre ich nie gekommen«, erwiderte Hortalus im gleichen Tonfall.

»Nenn mich Apollonios, wenn du mich ansprichst.«

»Apollonios! Hübscher Name für einen jungen Römer.« Seinen richtigen Namen würde er wohl nicht erfahren. Ohnehin war er nicht von Wichtigkeit.

»Für Spott gibt es nicht den geringsten Grund, Argos.«

»Oh, ich spotte nicht, Apollonios.«

Sie verstummten, als Zordan ihnen höchstselbst eine Kanne Wein und zwei Becher brachte. »Auf euer Wohl!«, sagte er. Hortalus verscheuchte ihn mit einer lässigen Geste.

»Bei allen Göttern«, knirschte Apollonios angewidert, nachdem er einen Schluck genommen hatte.

Hortalus grinste. »Willkommen in Iberien. Darf ich fragen, was dich nach Neu-Karthago führt?«

»In Rom gibt es Leute, die langsam ungeduldig werden, Hortalus. Man hat mich gebeten, nach dem Rechten zu schauen.«

Nach dem Rechten schauen! Hortalus musste an sich halten, um nicht laut loszulachen, obwohl die Angelegenheit alles andere als amüsant war. Was bildete sich der Schnösel mit dem hochmütigen Gesicht eigentlich ein? Vermutlich war er der Sohn eines Senators oder eines höheren Beamten, der in die Sache eingeweiht war. Und offenbar hatte der gelangweilte Sohn den Herrn Vater angefleht, sich einmal gehörig aufplustern zu dürfen. In Rom gab es Unzählige von seiner Sorte, so viele wie Schmeißfliegen. Wenn er sich wenigstens klug angestellt hätte! Denn wer hatte schon jemals einen Bauern mit so zarten Händen gesehen? Der noch dazu einen hellenischen Bauern namens Apollonios in Iberien mimte? Solche Wichtigtuer waren es, die am Ende eine Mission zum Scheitern brachten. Dies galt es zu verhindern, aber dabei musste Hortalus diplomatisch vorgehen. Seinen Spott und seine Abneigung durfte er nicht allzu freigiebig kundtun. Wenn er dieses Söhnchen verärgerte, konnte das Ärger und Schwierigkeiten hervorrufen. Hortalus beschloss, sich später, wenn alles erledigt war, an geeigneter Stelle in Rom über dieses Vorgehen zu beschweren.

»Es läuft alles nach Plan, Apollonios. Das kann ich dir mit gutem Gewissen versichern.«

Es war, als hätte er in den Wind gesprochen. »Seit dem Fall von Sagunt sind Monate vergangen, aber er lebt immer noch«, zischte Apollonios und sah sich verstohlen nach Lauschern um. Als er keine entdeckte, fuhr er fort. »Wie lange wollt ihr denn noch warten?«

Hortalus gab sich geduldig. »Ich verstehe, dass mancher schon nervös geworden ist, aber der Plan brauchte nun einmal Zeit. Es ist ja nicht irgendein Narr, auf den wir es abgesehen haben.«

»Vor der Stadt sammeln sich ganze Heerscharen!«

»Ich weiß. Aber ich kann dir versichern, dass unser Mann bereits dort ist, wo wir ihn haben wollten. Es ist nur noch eine Frage von Tagen, wann es geschehen wird. Er wartet nur noch auf den rechten Moment. Du willst doch nicht, dass er überstürzt agiert und alles vermasselt?«

Hortalus' Selbstsicherheit machte den jungen Römer etwas kleinlauter. »Wer ist dieser Mann? Und wo ist er?«

»Mit Verlaub, Apollonios, das werde ich auch dir nicht verraten. Zu deiner eigenen Sicherheit.«

»Ich könnte dich zwingen, es mir zu sagen.«

Es war nicht zu fassen: Jetzt gebärdete er sich auch noch wie ein beleidigtes Kind. »Nein, das kannst du nicht«, widersprach Hortalus ohne jede Schärfe. »Aber ich möchte dir einen guten Rat geben: Du hast eine lange Reise hinter dir, warum also entspannst du dich nicht? Du bleibst in Neu-Karthago, bis die Meldung von seinem Tod die Runde macht. Wie gesagt, es kann sich nur noch um wenige Tage handeln, und *du* wirst derjenige sein, der die Nachricht nach Rom bringt. In der Zwischenzeit zeige ich dir, wo man sich in Neu-Karthago ein wenig vergnügen kann.«

Wie Hortalus gehofft hatte, wurde der verwöhnte Jüngling nun umgänglicher.

»Vergnügen? Hier? Da bin ich aber gespannt.«

»Neu-Karthago ist nicht Rom, aber lass dich nicht täuschen: Ich kenne hier ein Bordell, das seinesgleichen sucht. Dort kannst du wählen unter den schönsten Frauen, die du je gesehen hast.«

Blieb zu hoffen, dass Apollonios nicht Knaben bevorzugte. Dagegen sprach, dass er interessiert die Brauen hob. »Kann es dort besser sein als im >Schoß der Venus< auf dem Palatin?«

»Der >Schoß der Venus< ist ein Dreck gegen den >Gazellengarten<!«

Apollonios dachte kurz über diese ungeheuerliche Behauptung nach und fällte eine Entscheidung. »Na schön. Da will ich hin!«

»Gewiss. Aber zuerst gehen wir ins Badehaus. Du musst wissen, in den >Gazellengarten< darf nicht jeder einfache Bauer. Ich besorge dir saubere Kleidung, die dich nicht wie einen solchen aussehen lässt.«

»Einverstanden.«

Hortalus atmete auf. Diesen verzogenen Burschen um den Finger zu wickeln, war einfacher gewesen, als er zunächst gedacht hatte. Sein Ehrgeiz war nur ein Strohfeuer; gutes Essen, Wollust und Bequemlichkeit waren ihm letztlich wichtiger; auch das zeichnete die meisten dieser römischen Weichlinge aus. Wenn Hortalus ihn so bei Laune hielte, würde er ihm nicht ins Handwerk pfuschen.

Kerberos hatte alle Hände voll zu tun, die Spreu vom Weizen zu trennen. Seit sich vor der Stadt die Söldner für den Feldzug sammelten, war der Andrang der Besucher nur mit Mühe zu bewältigen: Im »Gazellengarten« herrschte Hochbetrieb. Dido hatte zwei weitere Muskelprotze angeheuert, die dem überforderten Türsteher zur Seite standen. Das Problem bestand darin, dass selbst der hinterwäldlerischste Rekrut glaubte, er müsse wenigstens einmal die große Attraktion Neu-Karthagos, den »Gazellengarten«, besucht haben. Leisten konnten sich die Burschen den Besuch von ihrem Sold freilich nicht, was sie aber nicht davon abhielt, munter mit den Türstehern zu feilschen, wofür mancher sogar eine Abreibung riskierte. Dido hatte Kerberos und seinen neuen Kollegen eingeschärft, allein erlesenem und zahlungskräftigem Publikum Einlass zu gewähren. Der »Gazellengarten« war ein gehobenes Etablissement und sollte es bleiben. So durften nur ausgewählte Offiziere die Dienste der Gazellen in Anspruch nehmen. Allen anderen blieb das Übliche, sie hatten sich mit den gewöhnlichen Huren zu begnügen, die immerhin in beträchtlicher Zahl um das Lager streiften.

Den Händler wies Kerberos nicht zurück. Er war schon einige Male hier gewesen und galt als liquide. Diesmal wurde er begleitet von einem Jüngling, der sich dermaßen hochmütig gebärdete, dass Kerberos ihn am liebsten an den Ohren gepackt, durchgeschüttelt und mit einem deftigen Tritt in den Hintern wieder hinausbefördert hätte. Aber der Ältere – es musste sich um einen Hellenen handeln, der in Neu-Karthago Geschäften nachging –, zahlte im Voraus mit guter Münze. Er selbst verlangte nach der roten Kirta, seinem Begleiter war es einerlei, wer ihm beilag, Hauptsache die Auserwählte sei nicht zu zart besaitet und hielt den Mund, während sie ihrer Arbeit nachkam. Kerberos suchte Dido auf, um ihr die Wünsche der beiden Gäste mitzuteilen. Dido entschied, dass Tana den Vorstellungen des Jüngeren am ehesten entsprach. Da aber sowohl Kirta als auch Tana noch mit anderen Freiern zugange waren, führte Kerberos sie in den Innenhof und bat sie, dort zu warten, bis die Gazellen zur Verfügung stünden. Eirene wurde beauftragt, die Wartenden mit Erfrischungen zu versorgen. Es gab wahrlich Dinge, die sie lieber erledigte, um nicht die geilen Blicke der Männer ertragen zu müssen, aber diesmal war sie neugierig: Einer der beiden war schließlich Kirtas neuer Stammgast. Mehrfach hatte Kirta ihr erzählt, wie verrückt er nach ihr sei.

Eirene ging in die Küche, um zwei Becher mit verdünntem Wein zu füllen. Damit machte sie sich auf den Weg zum Peristyl, wo Kirtas Stammgast und sein Begleiter sich auf eine Bank gesetzt hatten und in gedämpften Ton miteinander plauderten. Eirene betrachtete die ihr zugewandten Rücken der Männer, und weil ihre Neugier unwiderstehlich war, huschte sie hinter eine Säule und lauschte. Kirtas Stammgast schwärmte von seiner roten Gazelle. »Für eine Rothaarige wie die reizende Kirta würde ich töten!«, sagte er. Eirene musste lächeln, später würde sie Kirta alles berichten und ihr damit sicherlich eine Freude machen.

»Töte besser den, für den wir hier sind«, lautete die grantige Antwort des Jüngeren.

Eirene linste hinter der Säule hervor und sah, dass der Ältere sich genervt die Stirn rieb. »Ich habe dir doch gesagt, dass alles seinen Gang geht, Apollonios. Wolltest du nicht entspannen?« Er dämpfte die Stimme, aber Eirene konnte ihn trotzdem hören, wenngleich nicht verstehen, denn plötzlich sprach er kein Griechisch mehr. Eirene erinnerte sich an Kirtas Vermutung. War dieser Mann tatsächlich ein Römer? Hatte er gerade Lateinisch gesprochen?

Eirene beeilte sich, ihnen nunmehr den Wein zu bringen, bevor sie einer von ihnen hinter der Säule entdeckte. Der Jüngere grinste wölfisch, als er den Becher aus ihrer Hand entgegennahm. »Wie heißt du, Gazelle?«, verlangte er von ihr zu wissen. »Mein Name ist nicht wichtig: Ich bin keine Gazelle«, antwortete sie abweisend. Den Kerl fand sie auf Anhieb widerlich. Andererseits nahm Dido Anstoß daran, wenn man sich Freiern gegenüber barsch verhielt. Wenn dieser hier sich über sie beschwerte, dann müsste sie Dido schon einen guten Grund für ihre Ruppigkeit nennen.

»Deinen Namen will ich aber trotzdem wissen!«, beharrte der Kerl dreist. Zum Glück kam Kirtas Verehrer ihr zu Hilfe. »Lass sie in Ruhe! Am Ende wird sie noch wütend auf dich sein. Sieh nur, wie ihre Augen funkeln.«

Eirene überließ die beiden wieder sich selbst. Die Unterhaltung, die sie belauscht hatte, wollte ihr nicht aus dem Kopf gehen. Zwei Stunden später, als die beiden Männer ihr Vergnügen gehabt hatten und den »Gazellengarten« verließen, beschloss Eirene spontan, ihnen heimlich zu folgen. Die Gelegenheit war günstig, niemand bemerkte ihr Fortgehen, und so wurde sie zum Schatten. Die Männer schlugen den Weg Richtung Hafen ein. Dass sie schließlich in die »Blaue Amphore« einkehrten, war eine Überraschung: Wer sich einen Besuch im »Gazellengarten« erlauben konnte, leistete sich üblicherweise ein edleres Quartier. Irgendetwas an den beiden kam ihr seltsam vor. Nachdenklich schlug sie wieder den Heimweg ein.

Als am Abend im »Gazellengarten« endlich Ruhe eingekehrt war, schlich sich Eirene in Kirtas Kammer. Erfreut schlug Kirta die Decke zurück, damit die Freundin sich zu ihr legen konnte.

»Bist du gekommen, um mir zu vergeben, Eirene?«

»Haben wir jemals länger als eine Woche gestritten? Es ging doch nur … um einen Mann.«

»He, es ging um Salicar!«

»Ich bin über ihn hinweg.«

»Nun lügst du aber.«

»Was soll ich von einem Mann halten, der mich auf solch demütigende Art zurückweist.«

»Vielleicht hatte er ja einen handfesten Grund.«

»Und was, bitte schön, würdest du einen handfesten Grund nennen?«

»Keine Ahnung, ich bin nicht Kassandra. Jedenfalls hatte ich nicht den Eindruck, dass du ihm gleichgültig bist. Ganz im Gegenteil.«

»Genug, Kirta. Ich will nichts mehr davon hören.«

»Wie du meinst.«

»Wie hat's denn deinem Lieblingsfreier heute gefallen?«

Kirta schmiegte sich noch enger an sie. »Ha! Manchmal denke ich, er würde mich am liebsten heiraten. So viele Gazellen, eine hübscher als die andere – er aber will immer nur mich!«

»Und … wenn er dich wirklich heiraten wollte – würdest du es tun?«

»Spinnst du?« Kirta stieß sie mit dem Ellenbogen an. »Nun, vielleicht«, räumte sie dann kichernd ein.

»Glaubst du immer noch, dass er ein Römer ist?«

»Weiß nicht. Warum fragst du?«

»Weil … na ja, ich hörte, wie er sich mit seinem Begleiter unterhielt.«

»Du meinst diesen Schnösel? Ach, die arme Tana. Normalerweise ist sie ja nicht zimperlich, aber der Kerl war ziemlich grob zu ihr. Er stand auf die harte Masche, wenn du verstehst. Tana sagt, sie hätte fast nach Kerberos gerufen. Ausgerechnet die eisenharte Tana, die doch immer alles im Griff haben muss.«

»Ich hörte, wie dein möglicher Gatte etwas auf Lateinisch zu ihm sagte. Zumindest vermute ich, dass es Lateinisch war.«

»Na und? Du hast doch selbst gesagt, dass mich das nicht stören soll.«

»Stimmt, das habe ich gesagt. Aber was, wenn sie … etwas Schlimmes planen?«

»Etwas Schlimmes? Was denn zum Beispiel?«

»Weiß nicht. Sie könnten die Stadt anzünden. Die Römer sind ziemlich wütend auf diesen Hannibal. Und der befindet sich bekanntlich in Neu-Karthago.«

»Hör mir zu, Eirene: Er ist kein Brandstifter, sondern mein Gespiele. Ich kann nichts dafür, dass es mit dir und Salicar nicht geklappt hat. Willst du deshalb auch mir alles vermiesen?«

Eirene erschrak über diesen Vorwurf. »Natürlich nicht, Kirta. Bitte, ich wusste ja nicht, dass er dir so viel bedeutet.«

»Findest du das etwa verwerflich?«

»Ich wundere mich ja nur. Du weißt, was unsere Herrin dazu sagen würde.«

»Dido kann mich mal, sie ist nicht meine Mutter. Und jetzt gute Nacht, Eirene!«

Die Versöhnung hatte nicht lange Bestand gehabt. Es war zwecklos, Kirta würde vorerst zu keiner weiteren Aussprache mehr bereit sein. Konsterniert kehrte Eirene in ihre eigene Schlafkammer zurück.

21.

In der Nacht hatte Eirene einen bösen Traum: Neu-Karthago wurde belagert – von den Römern.

Während der Belagerung von Sagunt waren die Römer die einzige Hoffnung der Saguntiner gewesen. Nicht nur Eirene hatte sich immer wieder vorgestellt, wie sie die Karthager vertrieben und die Stadt unter dem Jubel der Bevölkerung befreiten. Der Traum verdeutlichte ihr einmal mehr, dass die Dinge heute völlig anders lagen. Wenn die Römer die Absicht hegten, das Versäumte nachzuholen und Hannibal anzugreifen, wären Eirene und ihre Geschwister erneut nichts weiter als Opfer, den Launen eines unberechenbaren Schicksals schutzlos ausgeliefert. Die Schrecken einer Belagerung wollte Eirene nie wieder erleben. Dieser Gedanke blieb ihr, als sie aus dem Schlaf hochfuhr.

Lange rang sie mit sich. Sie fühlte sich Hannibal und Karthago nicht zur Loyalität verpflichtet, im Gegenteil, denn sie trugen die Schuld an allem, was geschehen war. Doch wenn Eirene und ihre Geschwister erneut in die Hände von Feinden fielen – denn als solche musste sie die Römer ja nun ansehen –, dann drohte ihnen diesmal womöglich noch größeres Leid. Wenn schon nicht sich selbst, so war sie es doch zumindest Kimon und Lanike schuldig, alles zu unternehmen, damit ihnen nicht neues Unheil widerfuhr. Sollte Kirtas Freier – als ihren *Gespielen* hatte sie ihn sogar bezeichnet –, sollte er wirklich ein Römer sein, dann war seine Anwesenheit in Neu-Karthago erklärungsbedürftig. Lag es nicht nahe, zu denken, dass er Arges im Schilde führte?

Nach reiflicher Überlegung beschloss Eirene, mit ihrer Herrin darüber zu reden.

Dido war nicht sonderlich gesprächig an diesem Morgen. Womöglich hatte sie ebenfalls schlecht geschlafen, dachte Eirene bei sich. Doch mit ihrem Anliegen wollte sie nicht warten, bis die Herrin besser gelaunt wäre. Also fasste sie sich, während sie ihr mit inzwischen äußerst geübten Bewegungen die Haare kämmte, ein Herz.

»Kennst du den Freier, Herrin, der neuerdings immer zu Kirta möchte? Und zwar *nur* zu ihr?«

Dido witterte eine Klatschgeschichte. Sie mochte es nicht, wenn man abschätzig über die Kundschaft sprach, von der sie alle gut lebten. Das war auch ihrer Miene deutlich anzumerken. Dennoch forschte sie nach dem Grund für Eirenes Frage.

»Ein hellenischer Händler! Nein, ich kenne ihn nicht persönlich. Wieso fragst du?«

»Ich glaube, er ist kein Hellene. Er ist ein Römer!«

»Wieso denkst du das?«

»Gestern hörte ich, wie er mit seinem Begleiter ein paar Worte auf Lateinisch wechselte.«

»Dann ist er eben ein Römer, Eirene. Hast du ein Problem damit?«

»Ist Rom nicht Karthagos Feind?«

»Vielleicht ist er ja ein Gesandter oder so etwas Ähnliches.«

»Dann frage ich mich, warum er seine wahre Identität verbergen will.«

Dido kam nicht umhin, über dieses Argument nachzudenken. »Es mag gute Gründe geben, warum ein Römer, auch wenn er ein Gesandter ist, sich auf den Straßen Neu-Karthagos nicht als Römer zu erkennen gibt. Seit wann beherrschst du übrigens deren Sprache?«

»Oh, das tue ich nicht, Herrin. Es ist ja nur meine Vermutung, dass es Lateinisch war …«

»Deine Vermutung, ja? Findest du nicht, dass du dir sicher sein solltest, bevor du einem Menschen etwas unterstellst?«

Der Tadel kränkte Eirene. Sie hatte doch nur auf ihr Gewissen gehört. Oh ja, die Herrin war heute wirklich sehr schlecht gelaunt.

»Ich habe mir gemerkt, was er zu seinem Begleiter gesagt hat«, erwiderte sie trotzig.

»Ach? Du verstehst kein Lateinisch, hast dir aber trotzdem seine Worte eingeprägt?«

»Genau so ist es.«

»Dann lass mich doch einmal hören!«

»Er sagte: *Hannibalem necaturum iri!*«

Dido sah ihr durch den Spiegel tief in die Augen und forderte sie mit einer Geste ihrer Hand auf, ihre Tätigkeit einzustellen. »Wiederhole das«, sagte sie mit gefährlich leiser Stimme.

Schon begann Eirene sich zu fragen, ob sie nicht besser den Mund gehalten hatte. Sie ließ die Hand, die den Kamm hielt, langsam sinken.

»*Hannibalem necaturum iri!* – So lauteten seine Worte.«

»Du hast dich nicht verhört?«

»Wie gesagt, ich kenne den Sinn dieser Worte nicht, aber ich habe sie mir gemerkt. Begriffen habe ich immerhin, dass es wohl um den Feldherrn Hannibal geht.«

Dido wandte sich zu ihr um. »Wenn das stimmt, Eirene«, sagte sie leise, »dann will man den Feldherrn umbringen.«

»Oh!« Eirenes Mitgefühl hielt sich in Grenzen, aber sie sah sich nun in ihrem Misstrauen bestätigt. Und weil sie den Stein einmal angestoßen hatte, blieb ihr wohl nichts weiter übrig, als ihn ins Rollen zu bringen.

»Der … Römer und sein Begleiter – sie haben Quartier in der ›Blauen Amphore‹ genommen, Herrin.«

»So. Und woher hast du diese Information, wenn ich fragen darf?«

»Ich bin ihnen heimlich gefolgt. Verzeih mir, aber … ich hielt es für richtig, dies zu tun.«

Eine Strafpredigt blieb ihr erspart. Dido dachte nach.

»Nun gut, wir müssen handeln. Geh zu Kerberos, er soll mir ein paar Sänftenträger besorgen! Sofort!«

»Du willst das Haus verlassen?«

»Danach sieht es aus, nicht wahr?«

»Und deine Frisur?«

»Muss warten. Gib mir einen Schleier, damit niemand meine wüsten Haare sieht!«

Eirene hoffte nur, dass Kirta nicht erfuhr, was sie gerade preisgegeben hatte, damit sie sich nicht wie eine Verräterin fühlen müsste.

Synbalos war erstaunt, wenn auch gleichsam hocherfreut, dass die Gefährtin ihm zu so früher Stunde unangemeldet einen Besuch abstattete. Er empfing sie in seinem privaten Gemach.

»Wunderschön siehst du aus, Liebste!«

»Alter Lügner! Ich war mitten bei der Morgentoilette.«

Sie umarmten und küssten sich.

»So sehr treibt es dich in meine Arme, dass du sogar deine Morgentoilette unterbrichst?«

»Wie gut kennst du mich?«

»Normalerweise würdest du so etwas niemals tun. Es muss also einen triftigen Grund geben.«

»Scharfsinniger!«

Er führte sie zum Sofa, wo sie Platz nahmen. Möchtest du

mit mir essen? Bitte, es wäre herrlich, den Tag mit dir beim Frühstück zu beginnen.«

»Zugegeben, das klingt verlockend. Nur ist mir leider der Appetit vergangen.«

»Liebste, allmählich beginne ich mir Sorgen zu machen. Was ist geschehen?«

»Eirene«, sagte sie tief durchatmend. Was den obersten Wundarzt hochschrecken ließ.

»Es ist ihr doch hoffentlich nichts …–«

»Es geht ihr gut«, versicherte sie ihm rasch. »Ob sie allerdings auf Dauer glücklich bei mir sein wird, wage ich mittlerweile zu bezweifeln. Vermutlich weiß sie es selbst noch nicht: Der >Gazellengarten< ist nicht ihre Welt. Aber deshalb bin ich nicht gekommen. Eirene hat mir vorhin etwas Besorgniserregendes mitgeteilt.«

Synbalos hörte ihr aufmerksam zu. Sie sprach ruhig und unaufgeregt, wie es ihre Art war, aber mit jedem Wort wurde seine Miene ernster. »Ich weiß nicht, was letztlich davon zu halten ist«, schloss sie ihren Bericht. »Vielleicht hat sie sich verhört, vielleicht haben sich die Männer auch nur einen dummen Scherz erlaubt. Vielleicht hat sie aber auch tatsächlich zwei Verschwörer belauscht – ich kann und will das nicht beurteilen. Wäre es nicht fahrlässig, der Sache nicht weiter auf den Grund zu gehen? Der Feldherr ist dein Freund, Synbalos. Ich hatte gehofft, du wüsstest, wie nun vorzugehen sei.«

Synbalos drückte sanft ihre Hand. »Da trifft es sich gut, dass er mir für heute Abend seinen Besuch angekündigt hat. Er soll alles erfahren, dann kann er selbst die Maßnahmen treffen, die er für notwendig hält. Es wäre nicht das erste Mal, dass man ihm ans Leben will.«

»Heute Abend? Du solltest ihn vorher schon informieren. Man kann nie wissen.«

Synbalos rieb sich das Kinn. »Du hast recht, ich darf das

nicht auf die lange Bank schieben. Ich werde ihm sofort ein Schreiben zukommen lassen.«

»Dann habe ich meine vaterländische Pflicht erfüllt. Wenn du gestattest, kehre ich jetzt nach Hause zurück. Du siehst ja, wie es um meine Frisur bestellt ist.«

»Ein Wort noch, Liebste. Ich möchte dich kniefällig bitten, heute Abend an meiner Seite zu sein. Hannibal bringt seine Imilko mit; er soll nicht denken, er allein habe eine wunderschöne Frau.«

»Imilko könnte meine Tochter sein, oberster Schmeichler. Sie mag mich nicht besonders, und mein Geschäft hält sie für anrüchig. Sprichst du im Übrigen von den wunderschönen Frauen, die demnächst wieder ohne ihre Männer und Geliebten dasitzen, weil diese ins Feld ziehen, um Homers größenwahnsinnigen Helden nachzueifern?«

»Leider triffst du den Nagel auf den Kopf. Doch das ist ein Grund mehr, mir keinen Korb zu geben. Vielleicht wird es für lange Zeit das letzte Mal sein, dass wir unbeschwert beisammensein können.«

Dido seufzte. »Deine Offenheit ist wie ein schlechter Kuss.«

»Wie unglücklich mich die Trennung macht, brauche ich dir nicht zu sagen.«

»Ich muss damit leben, dass ich Hannibals obersten Wundarzt liebe.«

»Also wirst du kommen?«

Mit dem Zeigefinger fuhr sie ihm zärtlich über Nase und Lippen. »Gewiss doch. Wer weiß, vielleicht kann ich den Strategen überreden, seinen Feldzug ohne dich anzutreten. Soweit ich weiß, ist Salicar noch unbeweibt, bestimmt würde er dich würdig vertreten.«

»Wenn dir das gelingt«, schmunzelte Synbalos, »werde ich dir nie wieder von der Seite weichen.«

»Ist das ein Versprechen oder eine Drohung?«

»Diese Entscheidung musst du wohl selbst treffen.«

»Dann nehme ich es als Versprechen. Aber machen wir uns nichts vor, der Stratege würde niemals auf dich verzichten.«

Insgeheim bedauerte Synbalos, dass er vor Sagunt nicht wenigstens versucht hatte, dem Strategen das waghalsige Unternehmen eines Feldzuges nach Italien auszureden. Wie auch immer, jetzt war es zu spät. Schon war mehr als die Hälfte des Heeres in den Lagern vor der Stadt eingetroffen, und die Kriegspläne mochten bereits bis ins Detail ausgearbeitet sein. Der Feldzug würde stattfinden, es sei denn, jemand brachte seinen Freund Hannibal vorher um. Doch genau das galt es zu verhindern.

Synbalos setzte das Schreiben an Hannibal eigenhändig auf, denn einem Schreiber wollte er den heiklen Inhalt lieber nicht anvertrauen. Dann ließ er Himero rufen und reichte ihm die versiegelte Papyrusrolle.

»Heute bist du mein Bote! Bring das dem Feldherrn Hannibal. Wenn er nicht in seinem Haus ist, dürftest du ihn in den Lagern vor der Stadt finden. Gib es nur ihm, niemand anderem! Die Nachricht ist von großer Wichtigkeit!« Ein alter Veteran wie Himero, so die Überlegung des Arztes, würde sich von diensteifrigen Offizieren weder abweisen noch einschüchtern lassen.

Himero wunderte sich. »Hast du einen Schlachtplan für ihn entworfen, Meister?«

»Wie man es nimmt. Geh!«

Daheim, in seinem Palast, war der Feldherr nicht anzutreffen. Er hielt sich, wie Synbalos bereits vermutet hatte, bei den Soldaten auf. Zwei junge Wachen, die ihm den Zutritt zu dem mit Holzpalisaden befestigten Zeltlager verwehrten, beäugten ihn misstrauisch.

»Habt ihr was mit den Ohren?«, herrschte Himero sie an. »Zum Feldherrn will ich! Also lasst mich durch, ihr Hohlköpfe!«

»Parole?«

»Kenne ich nicht!«

»Oh ja, das glaube ich dir aufs Wort. Zu welcher Einheit gehörst du denn, Hinkebein?«

»Zu keiner! Aber ich war schon bei der Armee, da habt ihr beiden Söhne von Ziegenschändern noch fröhlich in die Windeln geschissen. Und wenn du mich noch einmal Hinkebein nennst, kannst du dir mit deinen eigenen Zähnen eine hübsche Halskette machen.« Er zog die Papyrusrolle aus dem Ausschnitt seines Chitons und wedelte damit vor ihren Nasen. »Erkennt ihr dieses Siegel? Das ist eine Nachricht von Synbalos, dem obersten Wundarzt des Strategen. Ich arbeite übrigens für ihn. Wenn euch beim nächsten Kampf irgendein Wilder zu Hackfleisch verarbeitet, werde ich es sein, der eure Ärsche wieder zusammenflickt. Also lasst mich durch, bevor ich die Geduld mit euch Grünschnäbeln verliere!«

Eingeschüchtert erklärten sie ihm, wo der Feldherr zu finden sei, und ließen ihn passieren. Vor dem großen Stabszelt erwartete ihn die nächste Hürde. Wache hielten dort erwartungsgemäß keine Grünschnäbel, sondern gestandene Männer von offenbar keltischer Herkunft, Kerle wie Eichen. Diese Männer würde er anders anpacken müssen.

»Eine Nachricht von Synbalos? Na schön, lass sie hier!«

»Es ist nur so, Jungs, dass ich sie dem Feldherrn persönlich überreichen muss. So lautet mein Auftrag.«

»Der Feldherr befindet sich gerade in einer Stabsbesprechung. Das kann dauern.«

»Die Nachricht sei wichtig, sagt mein Meister.«

»Was kann ein Knochenbrecher schon Wichtiges mitzuteilen haben? Meinetwegen warte hier, aber fall uns nicht auf die Nerven.«

Noch während Himero darüber nachdachte, wie er die beiden weichklopfen konnte, steckte Hannibals junger Leibdiener den Kopf zur Zelttür hinaus.

»Schon gut, lasst ihn rein«, sagte er zu den Wachen. »Das ist Himero. Alter Veteran.«

»Seit wann hast du etwas zu sagen, Rasbos?«

»Ihr habt es doch gehört: Die Nachricht ist von Synbalos. Und der ist bekanntlich ein guter Freund des Feldherrn.«

Die Wachen sahen sich an und fällten eine Entscheidung. »Wenn es deswegen Ärger gibt, wirst du das schön alleine ausbaden, Rasbos.«

Sie gaben Himero den Weg frei. Der fand sich nun im Vorzelt wieder. Rasbos wies auf einen Hocker. »Warum nimmst du nicht Platz, alter Knochenbrecher?«

»Weil ich nicht den ganzen Tag Zeit habe. Wo ist der Stratege? Ich muss ihm die Schriftrolle überreichen.«

Rasbos zog eine Grimasse und wies mit dem Kinn auf den hinteren Teil des Zeltes, der durch einen schweren dunkelroten Vorhang vom Vorzelt abgetrennt war. »Stabsbesprechung! Alle sind da: Hasdrubal, Mago, Maharbal, Gisko, Bato, Sosylos, Silenos … sogar der junge Hanno. Außerdem eine Delegation keltischer Insubrer.«

»Kelten?«

»Kundschafter des Feldherrn.«

»Keltische Kundschafter, wie? Was hat er vor? Das, was ich schon seit Langem denke?«

»Keine Ahnung, was du meinst, aber wir werden es bald erfahren. Die Jungs von der Wache hatten schon recht, man kann da nicht einfach hereinplatzen wegen eines Schreibens, wenn es nicht zufällig von höchster Stelle kommt. Da können die Herren ganz schön ungemütlich werden.«

»Aber es ist wichtig!«

»Geht es um das Treffen heute Abend?«

»Keine Ahnung, das hat er mir nicht gesagt.«

»Siehst du? Dann kann es nicht so wichtig sein, dass man

den Feldherrn stören müsste.«

»Wie lange dauert das denn noch?«

»Weiß nicht. Gestern haben sie den ganzen Tag debattiert.«

»Scheiße!«

Rasbos ging hinüber zu einem Tisch, auf dem eine Kanne und einige Becher standen, füllte einen bis zum Rand mit Wein und reichte ihn dem Veteranen. »Hier, spül dir mal den Staub aus der Kehle.«

»Bin nicht zum Saufen gekommen«, knurrte Himero, nahm den Becher aber ohne Zögern entgegen, leerte seinen Inhalt in einem Zug und rülpste dann behaglich.

»Wer sagt's denn!« Rasbos füllte ihm den Becher ein zweites Mal.

»Gar nicht so übel, das Gesöff!«, stellte Himero fest. »Kriegen bestimmt nur die Offiziere.«

»Wie sehr vermisst du eigentlich die Armee, Himero?«

»Ehrlich gesagt: Vollstrecken war aufregender als zusammenflicken. Es ist nett von dir, dass du mich reingelassen hast, aber was nützt mir das, wenn ich jetzt die ganze Zeit mit dir plaudern muss.«

»Pah, Ärzte!« Rasbos schüttelte den Kopf. »Nie haben sie Zeit. Ich mache dir einen Vorschlag.«

»Und der lautet?«

»Lass die Schriftrolle hier. Ich werde sie dem Feldherrn geben, sobald sie mit ihrer Besprechung fertig sind. Du kannst dich voll und ganz auf mich verlassen.«

Himero blickte ihn stirnrunzelnd an. Empört stemmte Rasbos die Hände in die Hüften. »He, glaubst du vielleicht, der Feldherr hätte mich zu seinem Leibdiener gemacht, wenn er mir nicht vertrauen würde?«

»Die Frage, welchen Narren er an dir gefressen hat, haben sich schon andere gestellt.«

»Er ist eben ein Menschenkenner.«

»Auch wieder wahr. Also gut.« Himero streckte ihm die Rolle entgegen. »Wenn du es vergisst, mein Junge, dann bekommst du von mir die Abreibung deines Lebens.«

Rasbos grinste. »Die will ich mir auf jeden Fall ersparen.«

»Jetzt schenkst du mir noch einen ein, und dann muss ich gehen.«

»Wie du willst. Vielleicht sehen wir uns ja heute Abend?«

»Was, er nimmt dich mit zum Gastmahl?«

»Das will ich hoffen. Ich bin unentbehrlich.« Er reichte ihm den nachgefüllten Becher. »Auf dein Wohl, ergrauter Soldat.«

»Auf dein Wohl, angeberisches Schlitzohr.«

Nachdem Himero das Zelt verlassen hatte, hörte Rasbos auf zu grinsen. Blinzelnd starrte er auf die Schriftrolle in seiner ausgestreckten Hand.

»Du wirst nicht glauben, wen der Meister heute zum Abendmahl geladen hat!«

Rezas Augen waren fest auf Kimons Mund gerichtet. Sie hob die Brauen. *Wen?*, musste das wohl bedeuten.

»Der Stratege Hannibal höchstselbst wird zu Gast sein. Kannst du dir das vorstellen? *Hannibal!*«

Mabol, der den beiden half, die Operationstische mit Bürsten sauber zu schrubben, blickte Kimon kopfschüttelnd an. »Sie hat das Gedächtnis verloren, mein Junge. Da wird sie sich wohl kaum an den Namen Hannibal erinnern können. Abgesehen davon, begreift sie wahrscheinlich sowieso nichts.«

»Müssen wir schon wieder darüber streiten? Sie begreift mehr, als du wahrhaben willst.«

»Sicher. Sie hat keine Ahnung, wer sie ist und woher sie kommt – aber Hannibal, klar, den kennt sie ganz bestimmt.«

»Der Meister hat gesagt, dass sie ihr Gedächtnis vielleicht eines Tages zurückerlangt. Wer sagt uns denn, dass dies nicht durch einen Namen geschieht, den sie von früher kennt?«

Mabol strich sich nachsinnend über seine Kraushaare. »Mal unter uns: Weiß unsere hübsche Jägerin denn noch, wie man …« Anstatt den Satz zu beenden, präsentierte er mit einer verstohlenen Geste seinen zwischen zwei Fingern eingeklemmten Daumen.

Kimon errötete und vergewisserte sich mit einem schnellen Seitenblick, dass Reza nichts davon mitbekommen hatte. »Mabol, bitte!«

»War doch nur eine Frage! Muss dir nicht gleich peinlich sein. Weiß sie's oder weiß sie's nicht? Ich denke, du könntest darüber Auskunft geben.«

»Es reicht.«

»Na schön, bevor du vor lauter Scham noch in den Erdboden versinkst, reden wir eben über etwas anderes.« Schnuppernd reckte er die Nase in die Höhe. »Riechst du das? Akkaba läuft schon zur Hochform auf. Für den Feldherrn das Feinste vom Feinsten. Ich glaube, ich werde die Gute gleich in ihrer Küche besuchen.«

»Nichts dergleichen wirst du tun!«, schalt ihn Synbalos, der den Saal betrat. »Ich möchte, dass bis heute Abend alles blitzblank ist. Der Stratege soll nicht denken, dass dieses Haus ein Saustall ist. Seht zu, dass unsere Patienten ordentlich versorgt sind, wenn er eintrifft. Das sollten sie natürlich immer sein. Nicht wahr, Mabol?«

»Ja, Herr.«

»Kimon, ich hatte dich gebeten, nach dem Kopfverband des Rekruten zu schauen. Wie sieht die Wunde aus? Hat er sein Bewusstsein schon wiedererlangt?«

»Herr, ich …«

»Du bist noch nicht dazu gekommen. Das willst du mir doch sagen?«

»Ja, Herr.«

»Ich will, dass du das auf der Stelle erledigst.«

»Ja, Herr.«

»Und bestimmt schaffst du das diesmal auch ohne Rezas Hilfe.«

Rasch machte Kimon sich davon.

»Mabol!«

»Herr?«

»Der Junge ist verliebt. Wenn man ihn ständig damit aufzieht, hört es irgendwann auf, witzig zu sein. Außerdem ist es respektlos dem Mädchen gegenüber. Sag das auch deinem Bruder.«

»Ja, Herr.«

»Heute Abend, wenn ich den Feldherrn und seine Gemahlin empfange, haltet ihr euch diskret im Hintergrund. Ich will nicht, dass ihr ihn angafft wie eines der Weltwunder.«

»Verstanden, Herr.«

»Das will ich hoffen. Ihr Burschen seid ja immer für eine Blamage gut.«

Mabol stülpte die Unterlippe vor und mimte den Beleidigten. »Herr, jetzt übertreibst du aber.«

»Ich wünschte, es wäre so. Noch etwas!« Er winkte Reza zu sich und legte ihr väterlich eine Hand auf die Schulter. »Sie mag stumm sein und ihr Gedächtnis verloren haben, aber sie hat einen wachen Verstand. Wenn ihr dem Mädchen etwas beibringt, dann behandelt es wie eine ganz normale Person.«

»Sowieso, Herr.«

Seufzend schritt Synbalos davon und überließ die beiden wieder ihrer Arbeit.

»So viel Theater wegen eines Feldherrn, der zum Essen kommt«, murmelte Mabol. »Reza, Mädchen: Wenn du das alles verstehen könntest, würdest du nur noch mit dem Kopf schütteln.«

Reza lächelte, und zu Mabols Überraschung schüttelte sie tatsächlich den Kopf.

»Sag mal, Reza: Du und der Junge – habt ihr es tatsächlich miteinander getrieben?«

Reza streckte ihm die Zunge heraus.
»Verstehe«, grinste Mabol.

Mein viel zu wagemutiger Freund!

Ich muss dir diese Warnung zukommen lassen, wenn ich auch nicht weiß, wie berechtigt sie sein mag. Ist sie es nicht, ertrage ich liebend gern deinen Spott und werde überdies damit leben müssen, diesen Brief umsonst geschrieben zu haben, für einen vielbeschäftigten Arzt ein schrecklicher Gedanke. Ist die Warnung jedoch berechtigt, trachtet man dir nach dem Leben.

Im »Gazellengarten« hörte eines der Mädchen, wie zwei Männer, die sich unbeobachtet wähnten, in lateinischer Sprache miteinander redeten. Dabei will sie erfahren haben, dass Mordpläne gegen dich bestehen. Das Mädchen vertraute sich meiner geliebten Dido an.

Die beiden Männer – der eine jung und hochgewachsen, der andere mittleren Alters, kurz geschorener Bart – haben Quartier in der »Blauen Amphore« genommen. Das Mädchen hörte, wie der Ältere den Jüngeren »Apollonios« nannte. Er selbst gibt vor, ein hellenischer Händler zu sein; ob dies der Wahrheit entspricht, erscheint nach dem belauschten Gespräch zumindest fraglich.

Es wäre denkbar, dass der Verdacht durch ein Missverständnis zustande kam, doch darauf zu vertrauen, wäre nach meinem Empfinden riskant. Vermutlich kennst du Mittel und Wege, die Wahrheit heraus-

zufinden, ohne dass Unschuldige dabei zu Schaden kommen. Da ich um deinen Gerechtigkeitssinn weiß, ist Letzteres meine geringere Sorge.

Gleichwohl hoffe ich sehr, dass es trotz dieses Ärgernisses bei deinem angekündigten Kommen bleibt. Wenn du schon in den vergangenen Wochen nicht als Patient zu mir kamst – was mich annehmen lässt, dass deine Hüftverletzung auskuriert ist –, so freue ich mich umso mehr, endlich wieder einen guten Freund als meinen Gast begrüßen zu dürfen. Dido wird ebenfalls zugegen sein; sie kann es kaum erwarten, dir und deiner wundervollen Gemahlin Gesellschaft zu leisten.

Gruß und Gesundheit,

Synbalos

Hannibal blickte von der Schriftrolle auf. »Wer hat die Nachricht überbracht, Rasbos?«

»Himero, Herr. Der Veteran im Dienst des Synbalos.«

»Was steht drin?«, verlangte Hasdrubal zu erfahren. Er, seine Brüder Mago und Hanno sowie Bato waren die letzten, die von der Stabsbesprechung noch übrig geblieben waren.

Hannibal reichte Hasdrubal die Rolle. Der las den Inhalt und übergab sie Mago, der nach der Lektüre tief durchatmete und sie seinerseits Hanno, dem jüngsten der Barkidenbrüder, weiterreichte.

»Was gedenkst du zu tun, Hannibal?«, fragte Hasdrubal beschwörend.

Müde raufte sich Hannibal die Haare. Wieder hatten sie

einen ganzen Tag lang debattiert. Immerhin zeigte seine Überzeugungsarbeit Früchte, die anfängliche Skepsis einiger Offiziere war inzwischen heiligem Eifer gewichen. Sie schienen begriffen zu haben, dass den Römern nur mit Tollkühnheit beizukommen war. Mit solchen Männern war der Krieg zu gewinnen!

»Wie soll ich Kriege führen, wenn ich ständig darüber nachdenken muss, wie ich einem Attentat entgehe?«

»Attentat?«, fragte Bato.

Mago reichte ihm das Schreiben.

»Ärzte machen sich Sorgen und raten ständig zur Vorsicht«, sagte Hannibal. »Das ist ihre Berufung.«

»Du nimmst es auf die leichte Schulter?«, tadelte Hasdrubal.

»Nein. Aber was geschehen muss, wird auch geschehen.«

»Komm mir nicht wieder mit den Göttern. Du selbst hast uns neulich zur Wachsamkeit gemahnt. Erinnerst du dich nicht an deine eigenen eindringlichen Worte? Wir müssen etwas unternehmen. Sofort! Womöglich sind wir ja den >Freunden der Wölfin< auf der Spur.«

»Was mich und *meine* Freunde betrifft«, winkte Hannibal ab, »so werde ich tun, was ich mir für heute Abend vorgenommen hatte: Ich werde Synbalos besuchen, und kein verfluchter Römerfreund soll mich daran hindern. Sei so gut und geh der Sache auf den Grund, Bruder. Aber denk daran: Synbalos hält mich für gerecht.«

»Das ist nicht witzig, Hannibal.« Hasdrubal sah die verbliebenen Männer der Reihe nach an. »Ist jemand der Meinung, dass der Feldherr keinen Leibschutz benötigt?«

Die Antwort war ein einstimmiges entschlossenes Kopfschütteln.

»Wie du siehst, Hannibal, finde nicht nur ich, dass es Grund zur Sorge gibt. Wenn du den Arzt heute Abend besuchst, benutze die Sänfte. Mago, nimm dir ein paar Männer! Ab sofort wirst du unseren Bruder überallhin begleiten. Du bist mir für sein Leben verantwortlich!«

Mago nickte ernst.

»So ändern sich die Zeiten«, seufzte Hannibal. »Früher war ich es, der euch kleine Hosenscheißer beaufsichtigen musste.«

»Und was kann ich tun?«, fragte Hanno gekränkt. Mit seinen dreizehn Jahren besaß er bereits die beeindruckenden Körpermaße seiner älteren Brüder, doch sein Gesicht wirkte noch recht knabenhaft.

»Du wirst dich mit Maharbal um unsere keltischen Kundschafter kümmern«, entschied Hannibal.

Hanno rümpfte die Nase. »Aber sie riechen so fürchterlich.«

»Deine Nase ist noch jung, sie wird es schadlos überstehen. Sorge für ihre Unterhaltung, damit sie sich im Lager wohlfühlen, aber halt dich beim Trinken zurück.«

»Ein wahres Wort«, sagte Rasbos. »Man sollte sich nicht der Illusion hingeben, dass man diese Wilden unter den Tisch saufen könnte. Nicht wahr, Herr? Sag, was ist mit mir? Ich darf dich doch begleiten, wenn du den obersten Wundarzt besuchst?«

»Ha! Das fehlte noch!«

»Wird die schöne Dido von ihren Gazellen begleitet? Ach bitte, Herr: Lass mich mitkommen!«

»Soll ich den Burschen verprügeln, Stratege?«, fragte Bato.

Hannibal rieb sich die Nasenwurzel. »Ich denke darüber nach. Aber nützen würde es nichts, ich habe es bereits ausprobiert.«

22.

Synbalos selbst empfing an der Tür seinen hohen Gast und dessen Gemahlin. Mit einer entschuldigenden Geste wies Hannibal auf den Trupp aus zehn bewaffneten Männern, darunter zwei iberische Bogenschützen, die ihn begleitet hatten. Vor dem *Iatreion* hatten sie neben der abgestellten Sänfte vorläufig Stellung bezogen, während die zugehörigen Träger sich auf den Boden niederließen, um zu verschnaufen.

»Verzeih dieses Theater, Freund Medicus. Du weißt, dass ich es am liebsten unauffällig mag. Aber meine Brüder bestanden darauf, dass ich ohne Eskorte keinen Schritt mehr gehen soll. Sie wird draußen auf mich warten und uns nicht behelligen.«

Synbalos legte ihm eine Hand auf die Schulter. Was angesichts des Größenunterschieds zwischen den beiden Männern etwas komisch aussah. »Sie hätten dich wenigstens auf einen Elefanten setzen können. Warum sollte ich mich daran stören, dass man sich um das Leben von Karthagos großem Feldherrn sorgt? Es beweist mir, dass du meine Nachricht erhalten hast und offenbar ernst nimmst.«

»So ist es. Dir verdanke ich diese Fessel. Ein feiner Freund bist du!«

»Dein Tod könnte am Ende noch Frieden bedeuten und alle Söldner und Wundärzte um ihr Brot bringen, junger Blitz. Das wäre scheußlich! – Imilko! Verzeih meinen Sarkasmus, es ist die Macht der Gewohnheit. Für gewöhnlich sind keine hübschen Frauen zugegen, wenn dein Gemahl und ich uns über den Lauf der Welt austauschen. Es ist mir eine Ehre, dich begrüßen zu dürfen.« Elegant verneigte sich Synbalos vor ihr.

»Danke, dass du die Wunden meines Gemahls verarztest«, erwiderte sie mit einem feinen Lächeln. »Ich wünschte, du müsstest das seltener tun. Immerhin, der Gedanke, dass du nicht weit bist, wenn er ins Feld zieht, beruhigt mich.« Ihr Blick richtete sich auf die Person, die neben den Arzt getreten war. Dido trug ein strahlendweißes, mit Goldfäden durchzogenes Gewand. Anders als Imilko, die einen Halbschleier trug, war ihr Haar unbedeckt und mit unsichtbaren Spangen kunstvoll hochgesteckt.

»Der berühmte Feldherr Hannibal und seine wundervolle Gemahlin – ich habe mich sehr auf diesen Abend gefreut«, verkündete sie lächelnd.

Imilko lächelte flüchtig zurück, während Hannibal sich tiefer verneigte, als es der Anstand erfordert hätte.

»Ihr hättet den kleinen Hamilkar mitbringen sollen«, fuhr Dido fort. »Ich würde ihn nur zu gern einmal im Arm halten.«

»Wozu?«, fragte Imilko. »Reicht es nicht, dass sein Vater in Lebensgefahr schwebt? Bei seiner Amme ist das Kind besser aufgehoben.«

»Ja. Wahrscheinlich hast du recht, Imilko.« Dido schien ihr den Ton nicht übelzunehmen. Imilko war nicht die erste Frau, die sich in ihrer Gegenwart herausgefordert fühlte. Mitunter war Synbalos der Ansicht, dass es in der Natur der Frauen lag, aufeinander eifersüchtig zu sein, ob dafür nun handfeste Gründe vorlagen oder nicht. Dido war eine erfolgreiche Geschäftsfrau, die viel Geld mit einem Gewerbe verdiente, über das andere die Nase rümpften.

»Ich hätte schon sehr gern Kinder gehabt«, erklärte sie mit einer Spur von Wehmut.

»Du hast deine Erfüllung anderswo gefunden«, entgegnete Imilko schulterzuckend.

»Hoffentlich habt ihr Appetit mitgebracht!« Synbalos trat beiseite, um die Gäste in sein Haus zu lassen.

»Sieht sie nicht aus wie eine Göttin?«, raunte Rasbos seinem Nebenmann zu. Gemeint war Dido, die neben Synbalos an der Tür erschienen war. »Ein Jammer, dass sie nicht selbst als Gazelle tätig ist. Ich würde meinen Herrn bestehlen, um einmal mit ihr ...–«

»Idiot«, zischte der Söldner. »Weißt du nicht, dass sie deine Mutter sein könnte?«

»Na und? Was war denn mit Ödipus?«

»Außerdem ist sie die Gefährtin des obersten Wundarztes. Da käme ihr ein Niemand wie du bestimmt gerade recht.«

»Immerhin ein Niemand mit großen Liebhaberqualitäten.«

»Du meinst wohl Großmaulqualitäten.«

Sie sahen Hannibal und Imilko im Haus des Arztes verschwinden. Hannibal winkte den Männern noch zu, bevor sich die Tür hinter ihm schloss.

»Ah, riechst du das?« Schnuppernd hielt Rasbos die Nase in die Abendluft. »Gesottenes! Die legendäre Köchin des Arztes verrichtet ihr köstliches Werk. Stimmt es eigentlich, dass sie früher eine Gazelle war?«

»So sagt man jedenfalls.«

»Mein Herr ist grausam. Er hätte mir erlauben sollen, ihn zu begleiten.«

»Mit Recht hat er's dir verweigert! Was soll er mit einem Diener, der nur an Weiber und Fressen denkt? Er will sich nicht blamieren.«

Mago bereitete ihrer Unterhaltung ein jähes Ende. »Was

gibt es da zu quatschen? Haltet die Klappe, ihr zwei, sonst lernt ihr mich kennen!«

»Ja, Herr«, sagte der Söldner.

»Los, Männer, verteilt euch um das Haus. Ihr drei, da entlang, und ihr drei nehmt die andere Seite! Die anderen bleiben bei mir. Lasst die Umgebung nicht aus den Augen. Wer sich dem Haus nähert, den nehmt fest und führt ihn auf der Stelle zu mir!«

Die Männer schwärmten aus.

»Der junge Löwe ist froh, dass er auch mal befehlen darf«, flüsterte Rasbos.

Mago bedachte ihn mit einem scharfen Blick. »Was hast du gerade gesagt?«

»Nichts, Herr. Wo soll *ich* eigentlich Stellung beziehen?«

»Du bleibst bei mir.«

»Weil du meine Gegenwart so sehr schätzt?«

»Nein. Damit du keinen Schaden anrichtest.«

»Wieso hält mich eigentlich alle Welt für einen Nichtsnutz?«

Bei aller Anspannung konnte Mago sich ein Grinsen nicht verkneifen. »Das stimmt nicht ganz. Alle Welt bis auf meinen Bruder. Der hat die Hoffnung mit dir noch nicht aufgegeben. Rasbos, du bist ein witziger Bursche, aber jetzt haben wir eine Aufgabe zu erfüllen, also heben wir uns die Späße für hinterher auf, verstanden?«

»Damit meinem Herrn nichts widerfährt?«

»Ah, du hast es begriffen.«

»Gut, dann eben später, Herr. Ganz wie du meinst. Obwohl ich mir nicht die geringsten Sorgen um deinen Bruder mache.«

Mago ließ aufmerksam den Blick durch die Dämmerung schweifen. Es war ein ruhiger Abend, nichts deutete auf etwas Außergewöhnliches hin. »Dein Wort in Tanits Ohr, Rasbos«, murmelte er.

Synbalos hatte seine Untergebenen angewiesen, im Krankensaal Aufstellung zu nehmen, weil ihm bewusst war, dass Hannibal sie würde begrüßen wollen. Schon standen sie in einer Reihe, als er den Feldherrn hereinführte. Himero war einen Schritt vorgetreten, als sei er der Führer dieser kleinen Truppe, und stand stramm wie eine Eiche. Noch bevor Hannibal das Wort ergreifen konnte, salutierte er vor ihm, indem er sich die geballte Faust auf die Brust schlug.

»Feldherr!«

»Schon gut, Himero«, sagte Synbalos, »der Feldherr ist heute mein privater Gast. Du darfst dich rühren.«

»Ja, Meister.« Trotzdem behielt Himero seine kerzengerade Haltung bei.

Hannibal packte ihn gönnerhaft am Arm. »Himero! Soldaten, wie du einer warst, gibt es leider nicht wie Sand am Meer. Ich habe immer bedauert, dass du nicht mehr mit mir kämpfen kannst. Aber ich bin froh, dass du der Armee trotz deines steifen Beines erhalten geblieben bist.«

»Ja, Feldherr. Verdammtes Bein!«

Hannibal, der ein außergewöhnliches Gedächtnis besaß, waren auch die beiden Pfleger wohlbekannt.

»Mabol und Yumbo! Ohne Kerle wie euch wären die Herren Ärzte aufgeschmissen.«

»Das kannst du laut sagen, Herr!« Grinsend präsentierte Mabol sein weißes Gebiss.

»Wenn der Feldherr etwas zu euch sagt«, sagte Synbalos mit Nachdruck, »dann müsst ihr das nicht kommentieren. Verstanden?

»Ja, Herr«, brummte Mabol.

Schon hatte sich Hannibal den Nächsten zugewandt. »Diese jungen Leute sind neu in deinen Diensten, nicht wahr? Jedenfalls erinnere ich mich nicht, ihnen schon einmal begegnet zu sein.«

»Der Junge heißt Kimon«, erklärte Synbalos. »Er besitzt großes Talent und wird sicher eines Tages einen guten Wundarzt abgeben. Er und seine beiden Schwestern kommen aus Sagunt.«

Plötzlich wirkte Hannibal sehr ernst. »Kimon! Ich bin froh, dass mein Freund Synbalos sich deiner angenommen hat. Einen besseren Mentor wirst du nirgendwo finden.«

»Ja, Herr.« Kimon hatte diesem Moment mit großem Unbehagen entgegengesehen. Immerhin stand vor ihm der Mann, der seine Eltern auf dem Gewissen hatte. Wie ein Ungeheuer wirkte der Feldherr freilich nicht auf ihn. Auch nicht wie ein Mann, dessen Befehle Tausenden den Tod bringen konnten.

»Dann bist du wohl eine der erwähnten Schwestern Kimons, nehme ich an«, sagte Hannibal zu Reza. Unbefangen erwiderte sie seinen Blick.

»Sie versteht dich nicht, Herr«, warf Kimon eifrig ein. »Sie kann weder hören noch sprechen. Aber sie ist nicht meine Schwester.«

»Man brachte sie vor wenigen Wochen mit einer Pfeilschussverwundung zu uns«, erklärte Synbalos. »Wie es scheint, kann sie sich an nichts erinnern. Ob sie Gehör und Sprache durch den Schock der Verletzung verlor, oder ob ihr die Sinne vorher schon abhanden kamen, ist ungewiss. Weil sie sich als Pflegerin geschickt anstellt, habe ich sie vorläufig in meinen Dienst genommen.«

»Sie ist uns eine große Hilfe, Herr«, bekräftigte Kimon, als wäre der Stratege eigens gekommen, um über ihren Verbleib zu entscheiden.

Mabol und Yumbo kicherten.

»Ruhe!«, wies Synbalos sie zurecht.

»Wo ist dein junger Stellvertreter?« Nichts schien Hannibal zu entgehen. Auch nicht die Abwesenheit Salicars.

»Er fühlte sich nicht wohl und lässt sich entschuldigen. Doch sei unbesorgt, er wird zur Stelle sein, wenn du in den

Krieg ziehst. Möchtest du unsere Patienten sehen?«

Der oberste Wundarzt hatte ein drängendes Anliegen und führte Hannibal deshalb zu dem jungen Rekruten. Dieser war immer noch nicht aus seinem Tiefschlaf erwacht, und es war fraglich, ob dies überhaupt noch geschehen würde.

»Sieh ihn dir an, Hannibal: Sein Ausbilder hat ihn so zugerichtet. Ich weiß, Zucht und Ordnung müssen sein, aber er hier ist ein Opfer niederträchtiger Willkür. Auf dem Feldzug wartet auf uns Ärzte genug Arbeit, da will ich mich nicht mit solchen Ärgernissen aufhalten müssen.«

Mit steinerner Miene musterte Hannibal den Verwundeten. »Du hast recht. Wer gegen die Römer kämpft, braucht keinen weiteren Feind in den eigenen Reihen. Ich werde mir die Ausbilder einmal ordentlich zur Brust nehmen. Du hast mein Wort darauf.«

»Das wollte ich von dir hören, Freund. Folge mir jetzt in den Speiseraum, unsere Frauen und meine eigenwillige, aber begnadete Köchin Akkaba warten sicher schon. Und wartende Frauen sind eine Gefahr. Gegen einen Weiberstreit wärst selbst du mit all deinen Feldherrnkünsten machtlos.«

Nachdem sie gegangen waren, entspannten sich die Gehilfen des obersten Wundarztes. Das Auftreten Hannibals hatte bei Kimon Eindruck hinterlassen. Das musste ihm anzumerken sein.

»Du wirst ihn demnächst wohl häufiger zu Gesicht kriegen«, behauptete Mabol. »Aber eines will ich dir sagen, Kimon: Er scheißt nicht anders als wir.«

»Wen kümmert es, wie er scheißt? Er ist noch genialer als sein Vater und wird große Schlachten schlagen«, schwärmte Himero.

Yumbo stieß ein hohles Lachen aus. »Aha. Und woher weißt du das so genau, du großer Experte?«

»Ich bin Soldat und habe im Gegensatz zu dir einen Blick für solche Dinge. Und während seine Männer unsterblichen Ruhm im Kampf erringen, muss ich meine Zeit mit Lehmköpfen wie euch im Lazarett verbringen.«

»Wir werden nie aufhören, dich deshalb zu bedauern«, versicherte ihm Mabol. »Schaut euch *sie* an!« Mit dem Kinn wies er auf Reza, die ihre Arme vor der Brust verschränkt hielt und völlig unbeeindruckt vom Besuch des hohen Gastes zu sein schien. »Selbst wenn der Kriegsgott persönlich hier aufkreuzte, würde sie das nicht aus der Ruhe bringen. Ohne Gedächtnis lebt es sich leichter, das sag ich euch.«

Yumbos Gedanken waren inzwischen wieder woanders. »Hoffentlich hält die gute Akkaba Wort und hebt uns ein paar Portionen von ihrem köstlichen Zauberlamm auf«, sagte er sehnsuchtsvoll. Weil er allen aus dem Herzen sprach, schalt niemand ihn einen Vielfraß.

»Aaaachtung!«, brüllte der Hauptmann. Mit ihm am Tisch saßen drei weitere Soldaten; sie trugen rote Chitons, lederne Brustpanzer und erhoben sich augenblicklich. Grund für ihr Strammstehen war der Bruder des Feldherrn, der mit einem guten Dutzend Männern soeben die »Blaue Amphore« betrat. Alle Gäste in der zum Bersten gefüllten Schenke verstummten. Dass Hasdrubal und seine Begleiter nicht gekommen waren, um ihren Durst zu löschen, war ihren steinernen Mienen anzumerken. Zumal zwei Männer vor der Tür Wache hielten, damit niemand die Schenke verlassen konnte.

Hasdrubal wandte sich an den Mann hinter dem Schanktisch, der sich sichtlich Mühe gab, die Unruhe, die in ihm aufflackerte, zu verbergen.

»Du bist der Besitzer dieses Lochs, nehme ich an!«

Zordan verneigte sich, während er die nassen Hände an seiner Schürze rieb. »Ja, Herr, stets zu Diensten. Es ist mir eine große Ehre! Wie kann ich dir helfen?«

»Du beherbergst zwei Fremde. Der Jüngere nennt sich

Apollonios. Wo sind sie?«

Zordan kratzte sich nachsinnend die Nase.

»Wo?«, herrschte Hasdrubal ihn an.

»Nicht hier, Herr!«

Hasdrubal trat auf ihn zu und versetzte ihm eine dröhnende Ohrfeige. »Ich habe dich nicht gefragt, ob sie hier sind. Vielmehr wollte ich von dir wissen, *wo* sie sich aufhalten.«

»Das … das weiß ich nicht, Herr.« Zordan gab sich unterwürfig. »Sie haben hier Quartier genommen, das ist richtig. Aber sie sagen mir nicht, wohin sie gehen, wenn sie das Haus verlassen. Selbstverständlich frage ich nicht danach, weil es mich nichts angeht, was meine Gäste treiben.«

»Sicher. Bist ja ein Mann von Ehre, nicht wahr?« Hasdrubal winkte Bato und zwei weitere Männer zu sich. »Lasst euch von ihm die Quartiere zeigen! Durchsucht alle Kammern!«

Bato stieß den Wirt unsanft voran. Über eine steile, knirschende Holzstiege folgten sie ihm in das obere Stockwerk. Hasdrubal schritt derweil mit hinter dem Rücken verschränkten Händen zwischen den Tischen auf und ab, während er die Schenkenbesucher eindringlich musterte. Die meisten mieden beharrlich seinen Blick. Dagegen starrte ein keckes Schankmädchen ihn an und fuhr sich dabei mit der Zunge über die Lippen. Nach kurzem Zögern beschloss Hasdrubal, sie zu ignorieren. Noch immer herrschte angespanntes Schweigen in der Stube. Nur der zechende Hauptmann, wenn auch schon etwas beschwipst, wagte es, das Wort zu ergreifen. »Auf der Suche nach Deserteuren, Herr? Können wir dir behilflich sein?«

»Schon gut, Nyherbal. Wir machen das. Setzt euch wieder hin und trinkt ruhig weiter, Männer.« Künftig würden sie für solche Zechtouren keine Gelegenheit mehr haben. Aber diese Bemerkung behielt Hasdrubal für sich.

Nach einer Weile kehrten die Ausgesandten, den in Schweiß gebadeten Wirt im Schlepptau, in die Stube zurück. »Keiner da,

Herr!«, meldete Bato.

»Wie du siehst, habe ich die Wahrheit gesagt, Herr!«, verkündete Zordan gepresst.

»Das hier haben wir im Quartier jenes Apollonios gefunden! Sorgfältig versteckt unter seinem Bettgestell.«

Hasdrubal fing den Lederbeutel auf, den Bato ihm zuwarf. Münzen klimperten darin. Er löste die Verschnürung: römische Silbermünzen!

»Den Wirt nehmt fest!«, wies er zwei seiner Leute an. »Bringt ihn ins Verlies der Festung, ich will ihn mir später vornehmen. Der Rest kommt mit mir!«

»Ich habe nichts mit den Kerlen zu schaffen!«, protestierte Zordan.

»Nun, wir werden sehen!« Hasdrubal gab das Zeichen zum Aufbruch. Er wusste, wo er als Nächstes suchen musste.

»Du gehst noch fort?«

Elissa hatte ihr Liedchen für Lanike unterbrochen und sah den Bruder, der sich hastig einen Umhang über die Schultern warf, fragend an.

»Ja, Elissa. Ich brauche frische Luft.«

»Aber du hast noch gar nichts gegessen.«

»Ich bleibe nicht lange.«

Salicar verließ die Wohnung, denn er hielt es nicht mehr aus. Das Bedürfnis, Eirene wiederzusehen, war übermächtig. Klarstellen wollte er, dass es nicht ihre Schuld gewesen war, als er neulich fluchtartig ihrer Gegenwart entfloh. Fühlte sie sich brüskiert? Er war fest entschlossen, ihr zu sagen, dass sie ihm etwas bedeutete. Zwar wusste er nicht, was daraus entstehen würde – eine gemeinsame Zukunft war ihnen ohnehin nicht vergönnt –, er wusste nur, dass er sie sehen *musste*. Aus diesem Grund hatte er sich vorsorglich krank gemeldet – ein leichtes Unwohlsein plage ihn, hatte er dem Meister ausrichten lassen.

Warum dem Feldherrn mehr Zeit opfern als nötig? Reichte es nicht, wenn er ihn in den kommenden Monaten auf seinem verfluchten Kriegszug begleiten musste?

In den Gassen der Stadt war von der Hektik des Tages nur noch wenig übrig geblieben. Das Übliche: Handwerker, die ihre Werkstätten schlossen, ein paar Seeleute und Söldner, die Tavernen ansteuerten, neben deren Türen brennende Fackeln zum Eintritt einluden, streunende Hunde auf der Suche nach Fressbarem. Salicar sah auch einen bettelnden Greis mit schwarzen Zahnstümpfen, der ihn, mit dem Rücken an eine Hauswand gelehnt, mit ausgestreckter, zitternder Hand um ein Almosen bat. Münzen trug Salicar nicht bei sich; ohnehin benötigte dieser Mann Hilfe ganz anderer Art, denn sein ausgezehrtes, graues Gesicht – Salicar war erfahren genug, um das zu beurteilen – zeugte von einer todbringenden Krankheit. Sein ärztliches Gewissen regte sich. Im Haus des Meisters gab es die Möglichkeit, sich seiner anzunehmen und ihm Linderung zu verschaffen. Es war nur eine Frage von Tagen, bis der Mann starb. Aber Salicar sah sich in diesem Augenblick außerstande, an etwas anderes zu denken, als an seine Begegnung mit Eirene. »Ich komme später zurück!«, tröstete er den Todkranken. Immerhin überließ er ihm seinen Umhang.

Am »Gazellengarten« angelangt, sank ihm fast wieder der Mut. Eine Weile betrachtete er unschlüssig die marmorne Aphrodite neben dem Eingang sowie die Gazelle, die sich liebkosend an die Göttin schmiegte: Erst als Kerberos erschien, der einen Burschen an die Luft setzte, wurde Salicar aus seiner Nachdenklichkeit gerissen.

»Hättest du mir das nicht freundlicher sagen können?«, protestierte der Bursche.

»Verpiss dich!«, entgegnete der Türsteher unbeeindruckt. Sein Blick fiel auf Salicar. »Ah, unser junger Arzt. Schön, dich wiederzusehen!« Er deutete auf den Burschen, der, seinem Rat folgend, das Weite suchte. »Eine Plage, diese jungen Krieger. Inzwischen machen sie sich einen Sport daraus, hier ohne eine einzige Münze aufzutauchen. Leider hat die Herrin mir verboten, ihnen die Eier abzureißen. Wird höchste Zeit, dass sie endlich in ihren verdammten Krieg ziehen!«

»Ja«, sagte Salicar, weil er nicht wusste, was er sonst sagen sollte. »Ich werde übrigens mit ihnen ziehen.«

»Selbstverständlich bist du willkommen hier, junger Arzt. Hat es dir beim letzten Mal, äh … nicht zugesagt? Ich sah, wie du das ehrenwerte Haus schon vor der Zeit verlassen hast. Und zwar wie ein geölter Blitz.«

Salicar schluckte mühsam. »Eigentlich möchte ich nur mit Eirene sprechen.«

»Eirene?«

»Ja, mit ihr.«

»Ah!« Er rieb sich das Kinn. »Du weißt aber, dass Eirene keine Gazelle ist?«

»Das ist mir klar.«

Kerberos fragte nicht weiter nach und ließ ihn eintreten. »Schon gut, der hier ist in Ordnung«, erklärte er seinen beiden neuen Kollegen, die Dido zu seiner Verstärkung eingestellt hatte. Die zwei saßen würfelnd an einem Tischchen und nickten nur.

»Ich gehe und hole sie«, sagte Kerberos. Freundlich, aber bestimmt fügte er hinzu: »Warte solange im Peristyl, junger Arzt.«

Dort hatte man bereits eine Reihe von Fackeln entzündet, deren Licht die Schatten der Säulen auf dem Mosaikboden tanzen ließ. Salicar setzte sich auf eine Bank und wartete.

»Ich könnte mit Synbalos sprechen«, flüsterte er zu sich selbst, »ich könnte ihm gestehen, dass ich mich verliebt habe. Der Meister ist ein Mann, dem Liebe nichts Fremdes ist, er würde es sicher verstehen …«

Aus einem der oberen Stockwerke erschallten Lustschreie, was Salicar jäh in die Realität zurückriss. Der »Gazellengarten« war ein Bordell, ein ausgesuchtes zwar, aber gleichwohl kein Ort für Gefühlsduseleien. Hier war alles nur Geschäft.

Nach einer Weile fand Kerberos sich wieder bei ihm ein. »Tut mir leid, junger Arzt.«

»Ist sie nicht da?«

Kerberos breitete bedauernd die Hände aus. »Schon, aber sie weigert sich, mit dir zu sprechen.«

»Ich will doch nur …«

»Tut mir leid«, wiederholte der Hüne kopfschüttelnd.

Ein Schlag in die Magengrube hätte nicht schmerzhafter sein können. Wenngleich Salicar nachvollziehen konnte, wie sehr Eirene sich seit jenem Abend gekränkt fühlen musste.

»Wenn ich dir einen Vorschlag machen darf«, Kerberos legte eine mächtige Pranke auf Salicars Schulter. »Xantha und Lakinia sind gerade frei. Sie würden dich ganz sicher auf andere Gedanken bringen!«

Salicar ließ den Vorschlag unkommentiert. Wie ein Schlafwandler erhob er sich und stahl sich davon. Kerberos folgte ihm.

»Er ist schon fertig?«, grinste einer der beiden Türwächter.

»So wie er dreinschaut, kann er's selbst noch nicht glauben«, meinte der Zweite. »Wer hat sich denn mit ihm befasst? Lass mich raten – Athene?«

Kerberos öffnete Salicar die Tür, um ihn gehen zu lassen. »Dann vielleicht ein anderes Mal, junger Arzt«, raunte er ihm zu.

Der frische Seewind, der Salicar draußen ins Gesicht blies, brachte wieder etwas Ordnung in seine trüben Gedanken. Eirene wollte nichts mehr von ihm wissen. Bitte, dann war es eben so. Natürlich war es von Anfang an eine Dummheit gewesen, zu denken, aus ihnen könnte ein Paar werden. Jetzt konnte er wenigstens mit seinem Meister in den Krieg ziehen, ohne dass er so etwas Albernes wie Trennungsschmerz fürchten musste. Je rascher er Eirene vergaß, umso besser. Schließlich war er Arzt; seine Berufung lag nicht darin, sich eine Frau zu nehmen, geschweige denn mit ihr Kinder in die Welt zu setzen. Sie lebten in verschiedenen Welten.

Unweit des Hephaistos-Tempels machte Salicar einem Soldatentrupp Platz, der ihm entgegenkam, offenbar hatten sie es eilig. Einige trugen Fackeln, in deren Licht er das Gesicht des Hasdrubal auszumachen glaubte. Salicar war zu sehr mit sich selbst beschäftigt, um weiter darüber nachzudenken.

Der Abend war kühl geworden. Nicht zuletzt wegen seines fehlenden Umhanges erinnerte sich Salicar an den alten Bettler, den er vertröstet hatte. Der Alte würde sterben, so viel stand fest, und es war an ihm, dafür zu sorgen, dass er nicht allzu sehr litt. Ja, genau das und nichts anderes war seine Bestimmung!

An der Stelle angelangt, wo der Alte vorhin noch gekauert hatte, hielt er vergeblich nach ihm Ausschau. Salicar klopfte an die Tür des Hauses. Ein Mann mittleren Alters öffnete und beäugte ihn misstrauisch. Salicar fragte, ob er wisse, wo der Bettler sei, der eben noch an der Hauswand gesessen habe. Er habe diesen Abschaum verjagt, erwiderte der Gefragte in einem Ton, der klarstellte, dass dies die einzig mögliche Antwort sei, die man auf solche Fragen erwarten könne.

Daraufhin suchte Salicar die Gassen in der näheren Umgebung nach dem Alten ab, fand ihn aber nicht, fragte Anwohner, aber keiner wollte ihn gesehen haben. Seine Entscheidung, ihn warten zu lassen, war falsch gewesen. Genauso falsch wie die törichte Vorstellung, er und Eirene könnten eines Tages ein Paar werden.

Mit schwerem Herzen ging er nach Hause, wo wenigstens Elissa und die kleine Lanike sich darauf freuten, ihn zu sehen.

»Nicht umsonst singt man ein Loblied auf deine Köchin«, stellte Hannibal klar. »Sie ist jeden Vers davon wert.« Er riss ein Stück von dem Fladenbrot ab, tunkte es in den Sud aus Öl und

Kräutern, worin der im Teigmantel gesottene Aal gelegen hatte, und steckte es sich in den Mund.

Gastgeber Synbalos lächelte breit. »Akkaba wird platzen vor Stolz.«

»Als sie noch eine begehrte Gazelle war«, warf Dido schmunzelnd ein und tat, als würde sie Imilkos Naserümpfen nicht bemerken, »da betörte sie die Männer auf andere Weise. Und noch sind wir nicht am Ende: Sie wird uns noch eine köstliche Nachspeise darbieten.«

Bis dahin blieb ihnen noch Zeit für Plaudereien. Sie machten es sich auf ihren mit Leder bespannten Klinen bequem, die Kelche aus geschliffenem Kristall in den Händen.

»Es wird wohl das letzte Mal für längere Zeit sein, dass wir in vertrauter Runde beisammen sein können«, sagte Imilko. Aus ihrem Mund klang das eher schmollend als betrübt. Ihr Gemahl streckte eine Hand nach ihr aus und legte sie zärtlich auf ihren Arm. Aber auch das trug nicht dazu bei, ihre Stimmung aufzuhellen.

»Wer weiß, vielleicht sehe ich meinen Gemahl ja niemals wieder?«, fuhr sie fort und sah dabei Dido an, als trüge sie die Schuld daran.

Dido hatte Verständnis für sie. Imilko war schwanger – voller Stolz hatte der Stratege es vorhin verkündet, und alle hatten sich über diese Nachricht gefreut. Schwangere konnten bekanntlich sehr launenhaft sein, zudem mochte Imilko sie nicht sonderlich, da war es nachvollziehbar, weshalb sie ihren Unmut an ihr ausließ. Im Lauf der Zeit hatte Dido gelernt, gelassen mit weiblicher Ablehnung umzugehen.

»Du *wirst* ihn wiedersehen, Imilko. Daran glaube ich fest!«

»So, du glaubst das? Und was, wenn ich fragen darf, macht dich da so sicher? Hat Tanit es dir geflüstert? Oder die Aphrodite?«

»Gewissheit kann man nie haben. Nur Vertrauen in die

Götter.«

»In die der Griechen oder die der Karthager?«

Synbalos seufzte. »Ich wusste es: Früher oder später würden wir auf die Götter zu sprechen kommen.«

»Nur weil du nicht an sie glaubst«, sagte Dido lächelnd, »müssen wir das Thema nicht aussparen, mein Lieber.«

»Ein wahres Wort!« Hannibal hob seinen Weinkelch. »Du hättest mich nach Gades begleiten sollen, Synbalos. Es hätte dir sicher nicht geschadet. Vielleicht wärst du sogar bekehrt worden.«

»Es wären zwei vergeudete Wochen gewesen«, widersprach der Arzt.

Imilko sah ihn scharf an. »Was sind schon zwei vergeudete Wochen? Deine Gefährtin und ich, wir werden noch viel länger ohne Mann sein. Ist das nicht auch eine Vergeudung von Leben?«

»Dein Einwand ist es wert, gehört zu werden«, entgegnete Synbalos mitfühlend und kam sich, was selten genug geschah, ein wenig hilflos vor.

Imilkos Aufmerksamkeit galt indes wieder Dido. »Wusstest du, dass mein Gemahl mich nach Karthago schickt? Zu seiner Schwester? Wo wirst *du* sein, wenn sie in den Krieg ziehen? Mein Gemahl hält Iberien und Neu-Karthago nicht für sicher.«

»Liebste, es ist doch nur eine reine Vorsichtsmaßnahme«, warf Hannibal ein. »Wir haben ausgiebig darüber gesprochen. Willst du Dido Furcht einflößen?«

Dido lachte, um der angespannten Stimmung die Schärfe zu nehmen. »Furcht bereiten mir allenfalls deine rüpelhaften Söldner, Herr. Mein Kerberos hat alle Hände voll zu tun, sie zu verscheuchen. Du musst ein Machtwort mit deinen Soldaten sprechen. Der >Gazellengarten< ist keine Spelunke.«

»Du siehst mich zerknirscht, werte Dido. Auch mein oberster Wundarzt hat mir schon den Pelz gewaschen wegen eines blindwütigen Ausbilders. Ich werde mich darum kümmern, das gelobe ich. Bald können sie alle ihren Übermut am Feind auslassen.«

Über Imilkos Wange rollte eine Träne. »Liebste, bitte weine nicht«, flüsterte Hannibal.

»Sie weint, weil sie dich liebt, Herr!«, verkündete Dido ernst.

Auch Hannibal hätte – zum ersten Mal, seit er dem Knabenalter entwachsen war – in diesem Augenblick am liebsten hemmungslos geweint.

23.

Eirene kam innerlich nicht zur Ruhe, obwohl sie doch Genugtuung hätte empfinden müssen. Wie einen lästigen Bittsteller hatte sie Salicar durch Kerberos abweisen lassen. Eine winzige Rache nur, zugegeben, aber besser als gar keine Rache. Bestimmt war er nur gekommen, um ihr zu sagen, wie sehr er sein Verhalten bedauerte. Doch was half ihr eine solche Entschuldigung? Sie machte ihre Demütigung letztlich nur noch größer, denn eines stand fest: Er liebte sie nicht!

Oder etwa doch?

Immer wieder schlich sich der Gedanke in ihr Hirn: Was, wenn Salicar mehr für sie empfand, als sie glaubte? Wenn die Gründe für seine Verweigerung komplexer waren, als sie vermuten konnte? So unwahrscheinlich das auch war, sie würde es nun, da sie ihn vertrieben hatte, nicht mehr herausfinden.

Inzwischen bedauerte sie zudem, beim Gastmahl des Synbalos nicht zugegen zu sein, dann wäre ihr das Dilemma zumindest vorläufig erspart geblieben. Dido hatte ihr freigestellt, sie als ihre Leibdienerin zu begleiten, aber Eirene hatte darum gebeten, im »Gazellengarten« bleiben zu dürfen, und als Grund

Kopfschmerzen vorgeschützt. In Wahrheit hatte sie vermeiden wollen, dort Salicar zu begegnen; und jetzt erschien ihr auf einmal alles ganz anders.

Sie lag auf ihrem Bett, die Hände wie in höchster Verzweiflung vors Gesicht geschlagen. Es gab nur eine, mit der sie darüber sprechen konnte. Aber Kirta hatte wieder ihren Gespielen bei sich. Der Kerl musste wirklich vernarrt in sie sein. Auch diese Tatsache trug nicht dazu bei, dass Eirene sich besser fühlte. Wie konnte sie der Freundin unbefangen in die Augen schauen? An eine Versöhnung wäre nicht mehr zu denken, wenn Kirta erführe, dass sie mit der Herrin über den vermeintlichen Römer gesprochen hatte.

Laute Stimmen ließen sie aufhorchen. Jemand bellte Befehle. Ein entsetzter Schrei aus heiserer Kehle – das war Kirta! Erschrocken richtete Eirene sich auf. Was ging da vor sich?

»Wer sich bewegt«, rief der Befehlshaber drohend, »ist ein toter Mann!«

»Lasst ihn in Ruhe!«, hörte sie Kirta schreien.

Wie immer, wenn Neugier und Beklemmung in Eirene um die Vorherrschaft rangen, siegte die Neugier. Sie stand auf, warf sich einen Umhang über die entblößten Schultern und verließ mit klopfendem Herzen ihre Kammer, um herauszufinden, was Kirta in Aufruhr versetzte. Der Anblick, der sich ihr bot, als sie in den Korridor blickte, erfüllte sie mit Bestürzung.

Die beiden Männer, Kirtas Gespiele und sein nicht weniger ominöser Begleiter mit dem Namen Apollonios, waren von einem guten Dutzend rüder Soldaten mit gezückten Schwertern umringt.

Gaius Lentulus Hortalus wusste, dass sein Leben verwirkt war. Irgendetwas musste fürchterlich schiefgelaufen sein.

»Dein Name, Römer!«

Der Mann, der ihn mit der Schwertspitze gegen die Wand

drückte, musste einer der Brüder des Feldherrn sein, jedenfalls gab es eine gewisse Ähnlichkeit. Offenbar waren höchste Stellen mit der Sache betraut.

Hortalus schwieg. Nur mit einem Leibschurz bekleidet, stand er vor dem Punier, der die Frage nach seinem Namen wiederholte, diesmal auf Lateinisch. Hortalus lächelte nur kalt. Apollonios, der neben ihm stand, gab sich weniger gelassen.

»Wir sind ehrbare Händler!«, lamentierte er auf Griechisch. »Was wirft man uns vor?«

»Hast du jemals von den ›Freunden der Wölfin‹ gehört?«, fragte ihn der Anführer des Trupps.

»Nein, nie!« Viel zu schnell kam die Antwort des Apollonios. *Was für ein Idiot!*, dachte Hortalus. Längst hatten die Punier den Jüngeren als den Schwächeren ausgemacht. Deshalb galt die nächste Frage des Anführers wieder allein ihm.

»Dir ist also nichts bekannt über ein geplantes Attentat auf den Feldherrn?«

Apollonios schüttelte angstvoll den Kopf. Dort, wo die Schwertspitze sein Brustbein berührte, sickerte ein rotes Rinnsal aus der Haut.

»Wir Karthager kennen Mittel und Wege, einem Lügner die Wahrheit zu entlocken«, erklärte der Anführer in einschmeichelndem Ton, was seine Behauptung nur noch beängstigender machte.

Apollonios geriet zunehmend in Panik. »Ich weiß nichts, das schwöre ich! Fragt *ihn!*«

»Erbärmliche Memme«, raunte Hortalus ihm zu.

»Soll ich dem Jüngling ein Ohr abschneiden?«, fragte einer der Soldaten den Anführer mit einem Grinsen.

»Später. Ich denke, dass dieser Jammerlappen tatsächlich nicht in die Sache eingeweiht ist, sonst hätte er längst geplaudert. Er hat recht, *ihm* müssen wir auf den Zahn fühlen!« Seine Schwertspitze wanderte hoch, bis sie Hortalus' Kehlkopf erreichte. »Nun? Willst du endlich sprechen, Römer? Oder wartest du damit, bis man dir die Haut vom Leib zieht? Du hast die Wahl!«

Hortalus zweifelte nicht daran, dass der Punier seine Drohung wahr machen würde, um ihm die Wahrheit zu entlocken. Wer hätte jemals unter Folter geschwiegen? Es gab nur noch eines, was er tun konnte, damit der Auftrag erfüllt werden konnte. Was für ein Glück, dass dieser Schwachkopf Apollonios nicht den Namen wusste. Bedauerlich war nur, dass er nun Abschied von der roten Kirta nehmen musste. Auch wenn es albern war, er hatte die junge Gazelle lieb gewonnen. Er entdeckte sie, ihre Augen bang aufgerissen, hinter den Männern, die sie daran hinderten, zu ihm zu gelangen. Er hätte sie schon gern in den Arm genommen und getröstet, ihr übers Haar gestreichelt und ins Ohr geflüstert, wie sehr er sie mochte.

»Sprich!«, drängte der Anführer, der allmählich die Geduld verlor.

Hortalus starrte ihn an. »Wenn Karthago dem Erdboden gleichgemacht ist«, jedes einzelne Wort spie er verächtlich aus, »wird Rom noch lange stehen und die ganze Welt beherrschen – bis in alle Ewigkeit!«

Dann – erstaunlicherweise hatte wohl niemand damit gerechnet – machte er einen jähen Schritt nach vorn. Tief bohrte sich das Schwert in seinen Hals. Röchelnd ging er auf die Knie, hörte, wie die rote Kirta schrie und die Soldaten aufgeregt palaverten. Jemand presste ihm ein Stück Stoff auf den Hals, aber Hortalus wusste, dass sein Tod nicht mehr abzuwenden war. Der Gedanke, dass seine Henker sich verzweifelt um sein Leben bemühten, war so absurd wie erheiternd.

Allmählich wurde es dunkel um ihn.

Hasdrubal stieß einen lauten Fluch aus. Wie hatte ihm das passieren können? Dieser Kerl, dessen römisches Blut ihm mitten ins Gesicht gespritzt war, hatte ihn kurzerhand übertölpelt. Wütend steckte er sein Schwert weg und wischte sich mit dem Ärmel über die blutbesudelten Augen. Sechs, acht Gazellen bevölkerten den Gang; voller Entsetzen starrten sie auf die Szenerie. »Verschwindet!«, fuhr Hasdrubal sie an, erntete aber nur verstörte Blicke. Erst Kerberos, der gleichfalls am Ort des Geschehens erschienen war, vermochte die Mädchen zu beruhigen und führte sie fort.

»Nichts mehr zu machen«, sagte Bato, der neben dem leblosen Römer in die Knie gegangen war. Angeekelt warf er seinen blutgetränkten Übermantel beiseite, den er umsonst geopfert hatte, um die klaffende Wunde am Hals des Feindes zu verschließen.

Hasdrubal wandte sich, einen Wutschrei unterdrückend, an den zweiten Römer, der zitterte wie eine Weide im Wind. »Immerhin haben wir ja noch dich!«, sagte er mit mahlendem Kiefer.

»Bei allen Göttern … ich weiß nichts«, stammelte dieser.

»Du wirst mir einen Namen nennen müssen, wenn du nicht in einer Stunde schon am Kreuz hängen willst.«

»Fragt den Wirt«, lautete die Antwort aus heiserer Kehle.

Akkaba hatte sämtliche Diener verscheucht. Die von ihr bereiteten Speisen gedachte sie diesmal selbst auf den Tisch zu bringen. Die hohen Gäste sollten die gereichten Köstlichkeiten allein mit ihr in Verbindung bringen. Heute war *ihr* Tag! Hannibal, der beste Feldherr Karthagos, er aß, was *sie* ihm vorsetzte. Mit Lob hatte er nicht gespart, als sie noch während des Mahls in den Raum stolziert war, um sich zu erkundigen, ob das »Zauberlamm« mundete. Nicht, dass sie geglaubt hätte, die Gäste könnten ihr Essen nicht köstlich finden. Aber hören wollte sie es mit eigenen Ohren. Denn was wäre eine Köchin ohne den Applaus der Geladenen?

Damals, vor vielen Jahren, als sie noch rank und schlank und eine von Didos ersten Gazellen gewesen war, da hatte sie meistens im Vordergrund gestanden. Viele Männer wollten zu ihr, der »Schwarzen Gazelle«, wie sie genannt wurde, der dunklen Schönheit aus den Tiefen Afrikas. Das waren Zeiten gewesen. Aber auch als Köchin hatte sie später Aufmerksamkeit erlangt. Wenn sie schon nicht mehr die begehrenswerteste Gazelle sein konnte, dann doch wenigstens die beste Köchin Neu-Karthagos. Ihr Vater – er war, bevor die Sklavenjäger kamen, ein großer Stammeshäuptling gewesen – hatte sie gelehrt, immer die Beste sein zu wollen. Auch als Köchin war Akkaba stets die stolze, selbstbewusste Häuptlingstochter geblieben.

Mit Wehmut dachte Akkaba an diese längst vergangenen Tage zurück, während sie den Topf mit den gekochten Birnen vom Herd nahm und das Kochwasser in eine Schüssel goss. Dann schnitt sie jede Birne in vier Teile, gab diese erneut in den Topf und fügte das Kochwasser sowie Honig, Weißwein und Olivenöl hinzu. Als sich plötzlich eine Hand auf ihre Schulter legte, fuhr sie erschrocken herum.

»Reza!«, schnaufte sie. »Was machst du in meiner Küche? Ich hab dich nicht kommen gehört!«

Wie zur Entschuldigung hob Reza die Schultern. Akkaba hatte Mitleid mit der jungen Frau. Es musste furchtbar sein, wenn man keine Erinnerungen hatte, denen man nachhängen konnte. »Bist du gekommen, um mir zu helfen?«

Rezas Antwort bestand aus einem dünnen Lächeln.

»Langeweile, wie? Also gut, ausnahmsweise!« Akkaba zeigte auf das Regal mit den Gewürzen. »Bring mir Zimt und Kümmel. Hast du das verstanden? Zimt – und – Kümmel!«

Reza *hatte* verstanden, denn sie brachte das Gewünschte. Akkaba würzte das Gericht und stellte den Topf wiederum auf den Herd. »Jetzt brauche ich noch ein paar Eier!«

Als Akkaba das fast fertige Birnengericht schließlich mit geriebenem Muskat bestreute, nickte sie zufrieden. »Riecht das nicht herrlich?« Sie tippte sich an die Nase. »Deinen Geruchssinn hast du hoffentlich nicht verloren, Reza.«

Reza schloss verträumt die Augen und atmete tief, wohl um zum Ausdruck zu bringen, wie köstlich Akkabas Nachspeise roch.

»Danke für deine Hilfe, Mädchen. Aber jetzt verschwinde! Ich werde die Speisen selbst auf den Tisch bringen, kapiert?«

»Aber gewiss doch«, entgegnete Reza leise.

Eirene fühlte sich fürchterlich. Außerdem hatte sie keine Ahnung, wie sie Kirta, die sich die Augen ausheulte, trösten konnte. Aber hatte sich nicht gezeigt, dass ihr Verdacht berechtigt war? Hätte sich Kirtas Gespiele etwa ins Schwert gestürzt, wenn er sich keiner Schuld bewusst gewesen wäre? Als Trost für Kirta taugten diese Überlegungen freilich nicht. So blieb Eirene nur, ihrer Freundin, deren Kopf an ihrer Schulter lehnte, zärtlich durchs Haar zu streichen und ihr hin und wieder mit einem Taschentuch das tränennasse Gesicht zu trocknen.

Tana steckte den Kopf in die Kammer. »Was gibt es da zu flennen? Helft uns lieber, die Schweinerei auf dem Korridor aufzuwischen.«

»Lass uns in Frieden«, fauchte Eirene sie an. Tana verdrehte die Augen und ging.

»Warum nur, warum?«, schluchzte Kirta immer wieder. Diese Frage vermochte Eirene ihr auch nicht zu beantworten. »Arme Kirta«, hauchte sie ihr ins Ohr, und obwohl ihre Anteilnahme von Herzen kam, fühlte sie sich wie eine Heuchlerin.

Was würde die Herrin sagen, wenn sie von dem Gastmahl zurückkehrte?

»Ein ganzer Wachtrupp begleitet den Strategen«, wunderte sich Himero. »Angeführt von seinem Bruder Mago. Sogar Bogenschützen sind darunter.« Ihn beschäftigte der Gedanke, ob dieser ungewöhnlich große Begleitschutz mit der Nachricht zusammenhing, die er am Morgen dem Strategen hatte überbringen müssen.

»Die hohen Herren werden allmählich nervös«, orakelte Yumbo. »Dazu haben sie auch allen Grund. Die Welt ist voller Irrer. Erinnert euch nur an unseren Dionysos.«

Mabol nickte zustimmend. »Und wenn sie, wie behauptet wird, wirklich gegen Rom Krieg führen wollen, dann haben sie noch tausend Gründe mehr, nervös zu sein.«

»Mir persönlich wäre eine hübsche Belagerung lieber. Man bleibt an Ort und Stelle und muss als Sanitäter weniger um sein Leben fürchten. – Oh, verzeih mir, Kimon. Ich wollte keine schlimmen Erinnerungen in dir wachrufen.«

»Schon gut«, sagte Kimon mit belegter Stimme.

Im Innenhof warteten sie bei einem Becher Wein auf das Ende des Gastmahls. Akkaba hatte ihnen versprochen, sie mit den Resten zu versorgen, sofern es welche gäbe. Für Akkabas »Zauberlamm« und ihre gebackenen Birnen übten sie sich gern in Geduld.

»Bleibt nur noch die Frage, wann die Römer kommen werden. Vielleicht haben sie es sich ja längst anders überlegt«, führte Yumbo seine Überlegungen fort.

Himero stieß ein leises Grunzen aus. »Wer sagt denn, dass die Römer nach Iberien kommen?«

»Wie sonst? Karthagos Flotte ist viel zu klein, um ein Heer nach Italien überzusetzen. Ein Altgedienter wie du sollte das besser wissen.«

»Ihr Dummköpfe habt ja keine Ahnung. Schon mal was vom Landweg gehört?«

»Sicher, Himero.« Lachend schenkte Yumbo ihm Wein aus einem tönernen Krug nach. »Hier, trink nur weiter! Amüsiere uns!«

»Idioten!«, brummte der Veteran.

»Wo ist eigentlich Reza?«, fragte Mabol.

»Vielleicht in der Küche«, mutmaßte sein Bruder.

»Um uns die Reste vor der Nase wegzunaschen? Dann wäre sie noch viel gerissener, als ich geglaubt habe.«

»Andererseits wäre es nicht ungefährlich. Akkaba hat schon manchen Störenfried mit grober Gewalt aus der Küche vertrieben.«

Drei Augenpaare richteten sich auf Kimon. »Wo ist sie? Hast du deine Freundin etwa nicht im Griff, Junge?«, foppten sie ihn.

Kimon stellte seinen Becher beiseite. Ohnehin begann ihm der Wein zu Kopf zu steigen. »Ich schaue mal nach, wo sie sich herumtreibt«, beschloss er, nicht zuletzt auch in der Hoffnung, unbeobachtet die eine oder andere Liebkosung mit ihr auszutauschen.

»Vergiss bloß nicht, dass wir hungrige Mägen haben, Eros«, rief Mabol ihm hinterher.

Angespannt sah Mago den Reitern entgegen, die aus der Dunkelheit heranpreschten.

»Wer kann das sein?«, fragte Rasbos beklommen. Gab es einen Aufstand? Wer ritt nachts, noch dazu im wilden Galopp, durch die Gassen Neu-Karthagos?

»Zieht die Schwerter!«, befahl Mago seinen Männern. Erst als er Hasdrubal an der Spitze des Reitertrupps erkannte, war offenkundig, dass es sich nicht um einen feindlichen Angriff handelte.

»Es ist dein Bruder!«, stellte auch Rasbos nicht ohne Erleichterung fest.

»Hatten wir nicht vereinbart, dass du die Klappe hältst?«

Die Männer sprangen von ihren Pferden, noch bevor diese zum Stehen gekommen waren. Hasdrubal warf Rasbos den Zügel zu.

»Beim Melkart, was ist geschehen?«, empfing Mago seinen

Bruder, dessen erhitztes Gesicht voller Blutspuren war.

»Er schwebt in höchster Gefahr! Rasbos, kümmere dich um die Pferde!«

Alle anderen eilten Hasdrubal im Laufschritt nach.

»Reza?« Synbalos hob verwundert die Brauen. »Das nenne ich eine Überraschung: Die gute Akkaba hat dich um Hilfe gebeten? Ob sie auf ihre alten Tage noch milde wird? Oder einsichtig? Oder ist ihr die Nachspeise diesmal nicht gelungen?«

Auf dem Tablett, das sie trug, dampfte es aus den Schalen. Die Gäste blickten neugierig zu ihr auf.

»Ah, unsere geheimnisvolle Schöne!« Freundlich nickte Hannibal ihr zu. »Du musst wissen«, sagte er zu seiner Gemahlin, »die Ärmste hat Sprache und Gedächtnis verloren. Jetzt steht sie in Meister Synbalos' Diensten.«

»Dann erstaunt es mich«, flüsterte Imilko ihm ins Ohr, »dass diese herrenlose Schönheit nicht im ›Gazellengarten‹ gelandet ist.«

Ihr zu versichern, dass niemand gegen seinen Willen dorthin gelangte, erschien Hannibal zwecklos: Seine geliebte Imilko hatte beschlossen, an ihren trotzigen Spötteleien festzuhalten. Auch das würde er schmerzlich vermissen. In den vergangenen Tagen hatte es Augenblicke gegeben, wo er erwogen hatte, seine Entscheidung zu ändern und Imilko nach Italien mitzunehmen. Doch im Grunde wusste er genau, dass es verantwortungslos und zudem schlichtweg Wahnsinn wäre, selbst wenn Imilko kein Kind unter dem Herzen trüge.

»Sei so gut und stell das Tablett dort ab, Reza«, sagte Synbalos, auf den Tisch weisend.

Reza tat, wie ihr geheißen. Dido musterte sie nachdenklich. »Irgendetwas stimmt nicht mit ihr«, raunte sie Synbalos zu.

»Wie Hannibal schon sagte: Sie kann nicht hören und nicht sprechen, Liebste«,

»Das meine ich nicht.«

Synbalos sah sie fragend an. Weil aber auch Reza ihr geradewegs ins Gesicht starrte und dabei herausfordernd lächelte, schwieg Dido, hielt ihrem Blick aber mühelos stand.

»Wenn die Nachspeise so gut schmeckt, wie sie riecht …«, begann Hannibal, konnte den Satz aber nicht zu Ende bringen.

»Vorsicht!«, schrie Synbalos und sprang von seiner Kline hoch.

Ein eiskalter Schreck erfasste Kimon, als er die Köchin leblos auf dem Küchenboden fand.

»Akkaba?«

Mit klopfendem Herzen kniete er sich neben sie hin und legte zwei Finger auf ihren Hals, um ihren Herzschlag zu überprüfen, wie Salicar es ihm beigebracht hatte. Den Göttern sei Dank, sie lebte.

»Akkaba! Was ist mit dir?« Sanft rüttelte er an ihrer Schulter, doch die Köchin blieb bewusstlos. Erst jetzt, da sich ihr Kopf ein wenig zur Seite neigte, sah er unter dem verrutschten Kopftuch das Blut in ihren Haaren. Wer hatte sie geschlagen? Und vor allem: Warum? Akkaba mochte eigenwillig und auch ziemlich eingebildet sein, aber niemand hätte einen Grund gehabt, ihr den Schädel einzuschlagen. Beängstigend war dabei der Gedanke, dass es wohl jemand vom Hauspersonal gewesen sein musste.

Wie auch immer, die Köchin brauchte Hilfe. Hoffentlich war die Verletzung nicht so schlimm wie bei dem misshandelten Rekruten. Mabol und Yumbo mussten ihm helfen, sie in das Behandlungszimmer zu tragen. Hastig erhob er sich, um sie herbeizurufen. In diesem Moment hörte er laute Schritte und erregtes Geschrei durch das Haus dröhnen.

Aus dem Augenwinkel sah Hannibal die blitzende Klinge. Aber

Hannibal war Soldat. Schon als Knabe war er hart gedrillt worden, jahrelanges Training und zahllose Ernstfälle hatten seine Reflexe geschult und beinahe perfektioniert. Blitzschnell kam er hoch, mit der Rechten beiseite fegend, was auf ihn niederging. Der Kelch aus Kristall, den er gehalten hatte, ging klirrend zu Boden und zersprang in tausend Scherben.

Sein nächster Gedanke galt den Möglichkeiten, die er nun hatte. Er konnte versuchen, die Angreiferin zu überwältigen. Sie war nicht besonders kräftig, aber sie hielt ein großes Küchenmesser in der Hand und wirkte trotz des misslungenen Stoßes zu allem entschlossen. Hannibal würde sich hüten, sie zu unterschätzen. Er selbst trug keine Waffe bei sich, was selten genug vorkam, aber weshalb hätte er zu einem Gastmahl bei einem guten Freund bewaffnet erscheinen sollen, zumal seine Brüder weitreichende Schutzmaßnahmen getroffen hatten?

Er beschloss, vorerst kein Risiko einzugehen. Die beiden Frauen und den Gastgeber zu beschützen, hatte Vorrang. Denn wer würde sie verteidigen, wenn ihm etwas zustieß? Deshalb stellte er sich zwischen sie und seine Bedroherin, die mit dem Rücken zur Tür stand und somit den möglichen Fluchtweg versperrte.

»Leg das Messer beiseite, Reza!« Hannibal sprach mit ruhiger und beherrschter Stimme. »Arbeitest du für die Römer?«

Reza verharrte in Lauerstellung; auf die Frage reagierte sie nicht. Hannibal zweifelte nicht daran, dass sie es abermals versuchen würde. Inzwischen hatten sich die anderen von ihrem ersten Schrecken erholt. Vor ihren Klinen stehend, beobachteten sie mit sorgenvollen Mienen das Duell, das sich vor ihren Augen abspielte.

»Wenn du ihn tötest, Mädchen, bringe ich dich eigenhändig um!«, zischte Imilko.

Synbalos, der allmählich begriff, dass Rezas Anwesenheit in seinem Haus wohl einem lange ausgeklügelten Plan entsprach, unternahm den Versuch, der Lage Herr zu werden. »Es ist vorbei, Reza. Diesen Kampf kannst du nicht gewinnen. Selbst wenn du den Feldherrn und uns alle tötest – da draußen wimmelt es nur so von Soldaten. Du hast keine Chance. Gib auf!«

Reza schüttelte den Kopf. Das Licht der Wandleuchter spiegelte sich in ihren Augen und ließ sie bedrohlich funkeln.

»Man wird einen Weg finden, gnädig mit dir zu verfahren«, sagte Dido sanft. »Noch hast du niemanden getötet.«

Doch auch diese Aussicht vermochte Reza nicht zum Aufgeben zu bewegen. Es war ihr geradezu anzumerken, wie sie sich gedanklich auf den nächsten Angriff vorbereitete.

Hannibal war gewappnet, auch wenn er gelassen wirkte. Nein, unterschätzen würde er sie nicht, aber er war voller Zuversicht, dass es ihm gelingen würde, sie zu überwältigen. Denn diesmal hatte sie das Moment der Überraschung nicht auf ihrer Seite.

Dennoch kam die Attacke mit erstaunlicher Schnelligkeit. Just in diesem Moment stürmten Hannibals Brüder und deren Männer in den Raum.

»Nein!«, rief Hannibal, der Rezas Handgelenk bereits fest umklammert hielt. Die Waffe entglitt ihr. Doch schon hatte Hasdrubal dem Bogenschützen ein Zeichen gegeben. Hannibal sah in die weit aufgerissenen Augen der jungen Frau, fing sie auf und ließ sie langsam zu Boden gleiten. Aus ihrem Rücken ragte ein Pfeil.

Imilko fiel ihrem Gemahl in die Arme. Er drückte seine Lippen auf ihren Scheitel.

»Glaube nicht, dass ich jetzt vor Erleichterung weinen werde«, schnaubte sie.

Die Männer hatten inzwischen einen Kreis um die beiden gebildet, als bedürften sie immer noch ihres Schutzes. Hasdrubal atmete auf. »Gerade noch rechtzeitig, würde ich sagen.«

»Wie seid ihr …?«

»Später, Bruder. Bist du verletzt?«

»Nein. Eigentlich hatte ich sie schon überwältigt.«

»Nichts zu danken. Wir haben das wirklich sehr gern getan!«

»Ich weiß. Nur werden wir jetzt leider kein Sterbenswörtchen mehr von ihr erfahren.«

»Sie atmet noch!«, verkündete Synbalos, der sich über sie gebeugt hatte. Er winkte zwei von Magos Männern zu sich. »Bringt sie in den Behandlungssaal! Geht dabei vorsichtig mit ihr um!«

Die Männer gehorchten ihm, als wäre er ihr Vorgesetzter. »Lasst sie keine Sekunde unbewacht!«, ordnete Mago an. Hannibal klopfte ihm auf die Schulter. Dann entdeckte er den Jungen, der den Raum betreten hatte und verstört zusah, wie man Reza heraustrug.

Dido gesellte sich zu ihm. »Kimon!«

»Was …?« Die Worte blieben ihm im Hals stecken. Um sein Herz wuchs ein eiserner Ring.

»Sie ist eine Attentäterin, Kimon.«

»Niemals!«

Sie drückte ihn fest an sich, aber Kimon löste sich von ihr. »Niemals!«, wiederholte er, und seine Stimme zitterte.

»Sie wollte den Feldherrn töten!«, sagte der hinzutretende Mago, der ihn beobachtet hatte. »Wer ist der Junge? Steht er ihr nahe?« Die Fragen galten Dido, die ihn darauf mit einem drohenden Blick bedachte.

»Du wirst ihn in Ruhe lassen, junger Löwe! Der Junge ist schuldlos, verstanden?«

Hilfesuchend sah Mago zu Hasdrubal. Der ältere Bruder nickte nur knapp. »Verstanden! Verzeih mir!« Mago deutete eine Verbeugung vor Dido an und zog sich zu seinen Männern zurück.

Kimon wähnte sich in einem Albtraum. Auch Synbalos

nahm sich nun seiner an.

»Es tut mir leid, mein Junge. Aber wie es aussieht, hat sie uns alle zum Narren gehalten.«

Obgleich die Worte als Trost gedacht waren, bewirkten sie das Gegenteil. Reza hatte *alle* zum Narren gehalten? Auch ihn? Dieser Gedanke war kaum zu ertragen.

»Akkaba«, stammelte er. »Sie liegt bewusstlos in ihrer Küche …« Noch während er sprach, wurde ihm schmerzlich bewusst, *wer* dafür verantwortlich sein musste.

Auch Himero, Mabol, Yumbo und einige andere Bedienstete hatte der Lärm inzwischen an den Ort des Geschehens getrieben. Synbalos wies den Veteran und die beiden Pfleger an, sich sofort um Akkaba zu kümmern.

Während im *Iatreion* noch höchste Aufregung herrschte, bezogen Mago und sein Trupp auf Hasdrubals Geheiß hin wieder Stellung vor dem Haus. Für nachlassende Aufmerksamkeit gab es keinen Grund, solange das genaue Ausmaß der Verschwörung nicht zu überschauen war. Mago erinnerte sich an die Unterhaltung, die Rasbos ihm vor etwa zwei Stunden aufgezwungen hatte, und beschloss, dem Burschen seine Worte um die Ohren zu schlagen.

»Du machst dir also nicht die geringsten Sorgen um deinen Herrn, wie?«

Rasbos nickte selbstbewusst. »So war es und so ist es.«

»Um ein Haar wäre er ermordet worden!«

»Aber er lebt. Aus seiner Ermordung wurde nichts.«

»Warum redest du, als hättest du das immer schon gewusst?«

»Ich *habe* es gewusst. Das Leben meines Herrn währt noch lange. Selbst den Krieg gegen die Römer wird er überleben.«

»Ha! Hältst du dich für ein Orakel?«

»Nein! Aber ich habe einen syrischen Sterndeuter gefragt. In Gades. Als ich mit dem Herrn dort war. Ich tat es heimlich, damit der Herr nichts davon mitbekommt.«

»Und der Sterndeuter hat es dir prophezeit.«

»So ist es. Deshalb habe ich mir keine Sorgen um den Herrn gemacht.«

Mago legte den Kopf schief und musterte ihn aus schmalen Augen. »Was hat er dir sonst noch gesagt?«

»Dieses, jenes, manches!«

»Hat er dir gesagt, wer aus diesem Krieg als Sieger hervorgehen wird?«

»Nein, hat er nicht«, erwiderte Rasbos bedauernd. Aber das war eine Lüge, denn er war überzeugt, dass Mago die Antwort nicht gefallen würde.

Mit weiten Schritten durchmaßen Hannibal und Hasdrubal den Behandlungssaal, vor dem zwei Söldner Wache bezogen hatten. Neben Synbalos, der auf einem Hocker saß und ratlos wirkte, lag bäuchlings Reza auf dem Tisch; der Schaft des Pfeils drang nach wie vor aus ihrem entblößten Rücken hervor.

»Nun?«, fragte Hasdrubal den Arzt. »Kannst du etwas tun?«

Synbalos schüttelte den Kopf. »Der Pfeil hat ihr Herz nur haarscharf verfehlt. Aber die Widerhaken der Blattspitze würden es aufreißen, sobald ich versuchte, den Pfeil herauszuziehen. Noch atmet sie, aber sie wird bald sterben, so oder so. Im Grunde ist es ein Wunder, dass sie noch lebt.«

»Sie wird uns also nichts mehr sagen können?«

»Ich fürchte nein. Abgesehen davon, dass sie wahrscheinlich nicht sprechen kann.«

Damit wollte sich Hasdrubal allerdings nicht zufrieden geben. »Ich würde es gern herausfinden, wenn du gestattest.«

»Lieber nicht.«

»Sie lebte unter *deinem* Dach!«

»Ist das ein Vorwurf, Hasdrubal?«

Hasdrubal schwieg und senkte den Kopf.

»Ich glaube, mein Freund Synbalos hat dich etwas gefragt, Bruder«, sagte Hannibal eindringlich.

»Nein, kein Vorwurf. Vergib mir, Meister Synbalos. Ich dachte nur, sie könnte uns vielleicht noch weitere Namen nennen. Es wäre doch möglich, dass …«

»Du hast ja gehört, was der Medicus gesagt hat«, schnitt Hannibal ihm das Wort ab. »Warum sollte sie plaudern, wenn sie bis heute geschwiegen hat? Lass sie in Ruhe sterben.«

»Deine Nerven möchte ich haben. Sie wollte dich umbringen. Sie verdient keine Barmherzigkeit.«

»Diese Entscheidung überlass mir.«

»Bitte, ganz wie du willst!«

Der Grund für Hannibals Zurückhaltung war unverhohlene Anerkennung für die junge Frau, die ihn hatte töten wollen. »Was für ein Jammer, dass sie Rom diente und nicht mir«, sagte er wie zu sich selbst.

»Oh ja, wie bedauerlich«, merkte Hasdrubal bissig an.

Hannibal legte ihm einen Arm um die Schulter. »Komm, Bruder! Hier stören wir nur. Hab Dank für das Gastmahl, Synbalos. Wenn die Köchin erwacht, versichere ihr noch einmal meine Wertschätzung ihrer Kunst. Die Birnennachspeise kosten wir besser ein anderes Mal.«

»Ich wünsche euch ein langes Leben, Söhne des Hamilkar Barca. Was freilich nicht bedeutet, dass wir uns nicht schon bald wiedersehen.«

»*Sehr* bald, Freund Medicus. Sehr bald.«

Ihre Freundschaft war zu tief, als dass sie durch die merkwürdigen Umstände des Abends hätte beschädigt werden können.

Kimon stand unter dem Torbogen, der den Behandlungssaal vom Innenhof trennte. Eigentlich hätte er respektvoll den Kopf neigen müssen, als er den Strategen und dessen Bruder auf sich zukommen sah. Hasdrubal schritt an ihm vorbei, ohne ihn wirklich wahrzunehmen, doch der Feldherr verharrte neben ihm.

»Du mochtest sie, nicht wahr, Kimon?«

Er erinnerte sich an seinen Namen? Verblüfft sah Kimon zu ihm auf. Und begriff, dass er von Reza sprach.

»Ja, Herr.« Er würde sie nicht verleugnen. Selbst jetzt nicht.

»Manchmal ist nichts, wie es scheint. Geh und nimm Abschied von ihr. Vielleicht begegnet ihr euch eines Tages wieder – in einer anderen Welt.« Ernst nickte der Stratege ihm zu, bevor er seinem Bruder folgte. Was immer er auch mit seinen Worten gemeint hatte, Kimon besaß nicht die Kraft, darüber nachzudenken. Mit fast versagenden Beinen näherte er sich dem Tisch, auf dem die Sterbende lag.

»Ich habe alles mitangehört«, sagte er mit gepresster Stimme zu seinem Meister.

»Wie geht es Akkaba?«, verlangte Synbalos von ihm zu erfahren.

»Sie ist aufgewacht und kann schon wieder zetern, Herr.«

»Nun gut. Wenigstens das.«

Kimon biss sich auf die Unterlippe. »Gibt es denn wirklich nichts, was du für Reza tun kannst?«

»Nichts, Kimon, gar nichts. Sie verblutet innerlich. Denn diesmal traf sie ein feindlicher Pfeil.«

»*Diesmal*? Wie meinst du das, Herr?«

Synbalos seufzte leise. »Angesichts der Umstände sehe ich dir deinen fehlenden Scharfsinn nach, Junge. Beim ersten Mal, als weder Knochen, Adern noch Organe ernsthaft verletzt wurden, muss ihr die Verwundung mit größtem Bedacht und vermutlich mit ihrem eigenen Einverständnis zugefügt worden sein. Auf diese Weise gelang es ihr, in mein Haus zu kommen. Dass mein Freund, der Feldherr, irgendwann bei mir erscheinen würde, müssen die Leute, denen Reza diente, ins Kalkül gezogen haben.«

Tränen stiegen in Kimon hoch. Von diesen Dingen wollte

er nichts hören.

»Ein Arzt darf sich in seiner Tätigkeit nie von persönlichen Gefühlen leiten lassen«, tadelte Synbalos ihn streng. »Merk dir das für alle Zeiten!«

»Ja, Meister.« Nur mit Mühe kamen ihm die Worte über die Lippen.

»Möchtest du mit ihr alleine sein?«

Die Frage des obersten Wundarztes, der sich nun wieder sanft gab, überraschte ihn. »Wenn es dir nichts ausmacht, Meister.«

»Hätte ich dann gefragt?«

Ohne ein weiteres Wort verließ Synbalos den Saal. Immer noch verdutzt, sah Kimon ihm nach; dann nahm er seinen Platz ein. Mit einiger Überwindung blickte er der Sterbenden ins Gesicht, das jegliche Farbe verloren hatte. Ihre Augen waren geschlossen, als sei der Todesschlaf bereits über sie gekommen. Mit zitternder Hand strich Kimon ihr eine Haarsträhne aus dem Gesicht und küsste zärtlich ihre Stirn.

»Warum ich, Reza, warum ich?«, flüsterte er gequält. Als ihre Lider sich hoben, erschrak er, und seine Kehle wurde eng. Sie sah ihn an, ihre Mundwinkel hoben sich für ein letztes Lächeln.

»Kimon«, kam es kaum vernehmlich von ihren blutleeren Lippen. »Alles … war … echt.«

24.

Fünf Tage später

»Es kann beginnen, Bruder!«, verkündete Hasdrubal feierlich. Begleitet von dem Reiterführer Maharbal und seinem jüngsten Bruder Hanno, hatte er das Zelt des Feldherrn betreten. »Dein Elefant ist eingetroffen, und auf dem Exerzierplatz stehen die Truppen bereit, um dich zu hören.«

Hannibal fühlte sich angespannt wie selten. Es war nicht das erste Mal, dass er eine Rede an seine Soldaten halten würde. Doch diesmal war alles anders. Ungeheuerliches würde er verkünden müssen. Wenn wenigstens Imilko bei ihm wäre, die ihm Mut zusprach. Aber am Vortag waren sie und sein Sohn in einem Schnellsegler nach Karthago abgereist. Der Abschied war wie ein Speer, der tief in seine Brust drang – und ein weiterer Grund, die Römer zu hassen.

»Sie lechzen nach jedem Wort von dir, du musst sie nur noch zum Jubeln bringen«, fuhr Hasdrubal fort.

Noch war Rasbos damit beschäftigt, Hannibal den bronzenen Brust- und Rückenpanzer anzulegen. »Sie jubeln zu lassen, dürfte dir mühelos gelingen, Herr«, sagte er zuversichtlich. »Viel wichtiger ist es, sie glauben zu lassen, dass sie noch häufig die Gelegenheit bekommen werden, in Triumphgeschrei auszubrechen!«

»Wenn ich die Meinung eines Philosophen hören möchte, Rasbos«, erwiderte Hannibal leicht gereizt, »dann schicke ich dich los, um einen herbeizuholen. Bis dahin brauchst du nicht seine Rolle einzunehmen.«

»Wozu einen Philosophen, wenn du mich hast?«, fuhr Rasbos unverdrossen fort.

»Du willst diesen unsäglichen Burschen wirklich ins Land der Römer mitnehmen?«, fragte Hasdrubal seinen Bruder mit einem verhaltenen Grinsen.

»Er ist wie ein Laster, man kommt nicht von ihm los. Außerdem dachte ich, dass er vielleicht als Geheimwaffe gegen die Römer taugt. Er wäre durchaus imstande, sie allesamt in den Wahnsinn zu treiben.«

»Ja, sofern er nicht zuvor deine Armee in den Wahnsinn treibt«, sagte Maharbal trocken. Neben den Barkidenbrüdern wirkte der Reiterführer, obwohl von sehniger Gestalt, beinahe schmächtig.

»In den Wahnsinn treibe ich allenfalls die Römerinnen«, widersprach Rasbos, indem er die letzte Schnalle der Panzerung befestigte. »Weil sie nämlich aus lauter Liebe zu mir … –«

»Es reicht, Rasbos!« Hannibal gab ihm einen Klaps der heftigeren Sorte auf den Rücken. »Jetzt den Umhang, du träumender Maulheld!«

Rasbos legte ihm den purpurroten Feldherrenmantel über die Schultern und schloss ihn vor seiner Brust, wo das Haupt Melkarts in die Panzerplatte eingearbeitet war, mit einer Bronzespange. »Ich nehme an, du nimmst den Helm mit Federbusch, Herr«, sagte er dann. »Damit selbst der Elefant weiß, mit wem er es zu tun hat!«

»Erraten. Wobei ich mich frage, ob das viele Rot den Elefanten nicht reizen wird.«

Hasdrubal schüttelte verneinend den Kopf. »Branco hat mir versichert, dass es sein bester Elefant ist! Er wird dir keine Scherereien machen.«

»Ein Pferd hätte auch gereicht«, sagte Rasbos zu sich selbst.

Hasdrubal schnalzte mit der Zunge. »Du unterschätzt die Wirkung der grauen Riesen, vorlauter Sklave.«

»Kriege gewinnt man dennoch nur zu Pferde«, warf Maharbal im Brustton der Überzeugung ein.

»So ist es, Freund«, erwiderte Hasdrubal rasch, denn er wusste, dass die Laune des Reiterführers sich rapide verschlechtern konnte, wenn dieser den Verdacht hegte, man wolle den Nutzen seiner Reiterei kleinreden. »Doch bedenke, da draußen gibt es Rekruten aus dem Hinterland, die haben noch nie einen Elefanten gesehen. Sie werden begreifen, dass sie der großartigsten Armee der Welt angehören. Angeführt vom besten Feldherrn der *Oikumene.*«

»Besten Dank, Bruder«, sagte Hannibal. »Ihre Gunst werde ich mir trotzdem ständig neu erarbeiten müssen, denn einem Verlierer werden sie nicht folgen. Maharbal, alter Freund, du hast natürlich tausendmal recht: Ohne deine Reiter bräuchten wir unseren Marsch gar nicht erst anzutreten. Ein Feldherr ist nur so gut wie seine Reiterei. Möge den Römern diese Erkenntnis für immer verwehrt bleiben.«

Mit diesem Lob gab Maharbal sich zufrieden. »Die Nachricht vom gescheiterten Attentat hat sich inzwischen überall herumgesprochen«, sagte er mit einem flüchtigen Lächeln. »Die Männer glauben jetzt erst recht, dass die Götter dich lieben, Hannibal. Du musst sie nur noch einmal in ihrer Meinung bestätigen, dann folgen sie dir bis in den Hades.«

Hannibal prüfte den Sitz seines Helms und zog den Kinngurt fest. »Bis in den Hades, nun gut. Was ihnen bevorsteht, kommt dem vielleicht recht nahe. Auf, gehen wir! Lassen wir sie nicht länger warten.«

»Vergiss das nicht, Herr!« Rasbos reichte ihm einen gerollten Papyrus.

»Ah, richtig.« Hannibal ließ ihn unter seinem Umhang verschwinden.

Vor dem Zelt übten sich Mago und sein Schutztrupp in Geduld, hielten dabei aber respektvoll Abstand zu dem Elefanten, der von Branco, dem obersten Elefantenhüter, und einem Treiber geführt wurde. Als Hannibal, begleitet von seinen Brüdern und Maharbal, das Zelt verließ, eilte Mago ihnen entgegen.

»Die Männer können es kaum erwarten, dich sprechen zu hören, Hannibal!«, rief er mit leuchtenden Augen. »Am liebsten würden sie schon heute für dich kämpfen.«

»Dann will ich ihren Eifer nicht zügeln.« Doch zunächst galt Hannibals Aufmerksamkeit dem Elefanten. Ruhig schritt er auf das Tier zu. Branco verbeugte sich tief.

»Es ist mir eine große Ehre, Stratege!«

»Wie ich hörte, bringst du mir deinen grauen Liebling, Branco!«

»Ich möchte es anders ausdrücken, wenn du gestattest: Suru ist der beste Elefant, den ich jemals hatte. Unser persönliches Verhältnis ist allerdings getrübt, seitdem ich eines seiner Weibchen ein wenig unsanft behandelte. Suru vergisst nichts. Doch mit Myrkan, seinem Treiber, steht er auf gutem Fuß.« Er warf dem Treiber, der wie gelangweilt die Umgebung betrachtete, einen drohenden Blick zu. »Vor dir steht der Stratege von Iberien, Myrkan.«

Erst jetzt deutete Myrkan eine Verneigung vor Hannibal an, die mit viel gutem Willen als Ehrerbietung durchgehen konnte. Hannibal musterte ihn eingehend.

»Ich habe von dir gehört, Myrkan. Man erzählt sich, dass die Elefanten dich als einen der ihren betrachten. Was denkst du, übertreiben die Leute?«

»Was die Leute erzählen, ist mir gleich«, lautete Myrkans launische Antwort.

»Myrkan«, zischte Branco.

»Lass ihn«, sagte Hannibal. »Er spricht aus, was er denkt. Für einen Feldherrn kann es sehr aufschlussreich sein, wenn seine Leute mit ihrer Meinung nicht hinterm Berg halten.« Furchtlos trat er direkt vor den Elefanten hin, der ihn die ganze Zeit über nicht aus den Augen gelassen hatte. Hannibal tätschelte seinen Rüssel, und Suru ließ es ohne ein Anzeichen von Missbehagen geschehen. Aus der Kehle des Tieres ertönte ein sanftes Murmeln.

»Er ist dir gewogen, Herr!« In Brancos Stimme schwang Erleichterung mit, als hätte er die Befürchtung gehegt, dass es auch anders sein könnte.

»Wir haben einen langen, steinigen Weg vor uns, Suru. Doch heute ist deine Aufgabe leicht. Du wirst nichts weiter tun müssen, als mich zu tragen und einem Haufen Männer zu imponieren. Myrkan, sei so gut und lass mich aufsteigen.«

Mit einer Kopfbewegung forderte Myrkan ihn auf, ihm zu folgen. Am linken Hinterbein des Elefanten angelangt, gab Myrkan einen kehligen Laut von sich – offenbar ein Befehl. Denn augenblicklich beugte Suru das Bein, sodass der nach hinten ragende Unterschenkel eine Stufe bildete. Jeder andere Treiber hätte dies bewerkstelligt, indem er die Kniekehle des Tieres mit einem Rohrstock berührte. Myrkan benötigte keinen Stock. Er sprach, wie es schien, die Sprache der Elefanten.

Behände stieg Hannibal auf den Rücken des Tieres und nahm Platz hinter dessen gewaltigem Schädel. Suru setzte sich in Marsch.

Kimon war gekommen, um Abschied von seiner Schwester zu nehmen. Kerberos schickte ihn in den Hof. Während Kimon dort wartete, versuchte er, seinen Trübsinn zu verdrängen. Das letzte Bild, das Eirene von ihm in Erinnerung behielt, sollte nicht das eines Melancholikers sein. Als sie erschien, merkte er ihr an, dass sie ebenfalls Kummer litt, auch wenn sie ihn anlächelte.

Eine Weile standen sie in enger Umarmung da; dann setzten sie sich nebeneinander auf die Bank, schweigend, als wären Worte Gift für ihre Zweisamkeit. Dennoch war beiden klar, dass ihr Abschied nicht aus Stille bestehen durfte.

»Danke, dass du gekommen bist«, sagte Eirene schließlich. »Und was die Sache mit Reza angeht …«

»Wir müssen nicht über Reza sprechen, Eirene!«

»Ich dachte nur …-«

»Bitte! Ich werde darüber hinwegkommen.«

Eirene begriff, dass jedes weitere Wort über Reza ihn aus der Fassung bringen würde. Also schwiegen sie von Neuem eine Weile.

»Ihr werdet lange fort sein, nicht wahr?« Eirenes Stimme klang brüchig.

Kimon nickte. »Himero behauptet, der Feldzug könnte drei Jahre dauern. Oder länger.«

»Dann ist es also wirklich wahr? Ihr marschiert in das Land der Römer?«

»So ist es wohl«, erwiderte er so unbefangen, wie er nur konnte.

»Ich habe Angst um dich, Kimon.« Fest drückte sie seine Hand. »Ich will dich nicht auch noch verlieren.«

»Ich muss ja nicht auf dem Schlachtfeld kämpfen. Wir werden uns wiedersehen, Eirene. Ganz bestimmt. Das werden selbst die Römer nicht verhindern können.« Er lachte unterdrückt.

»Vater und Mutter wären sehr stolz auf dich«, behauptete Eirene mit feierlichem Ernst.

»Dafür hätten sie wenig Grund.«

»Hör endlich auf, dich kleinzureden, Kimon. Du besitzt die Gunst eines großen Arztes. Wann brecht ihr auf?«

»Morgen, in der Frühe. Wie du dir vorstellen kannst, herrscht im *Iatreion* hektische Betriebsamkeit. Der Meister hat weitere Wundärzte und Sanitäter angeworben. Auch Aiakides und Glaukias sind wieder eingetroffen.«

»Was für ein Glück, dass ich ihre unverschämten Fratzen nicht mehr ertragen muss. Lass dir von ihnen bloß nicht den Schneid abkaufen, Bruder.«

»Keine Sorge, ich habe gelernt, mich zu wehren. Außerdem haben Himero, Mabol und Yumbo stets ein Auge auf mich, falls es dich beruhigt.«

»Ja, das beruhigt mich. Ich vermisse sie.«

»Sie vermissen dich auch. Der Meister bedauert, dass er wohl keine Zeit mehr findet, sich von dir zu verabschieden. Aber ich soll dir das hier von ihm geben.« Er griff in seinen Umhang, zog eine Schachtel aus Ebenholz hervor und reichte sie der Schwester. Eirene betrachtete sie eine Weile unschlüssig.

»Willst du sie nicht öffnen?«, drängte Kimon.

»Später.« Sie stellte die Schachtel neben sich auf die Bank.

»Ich würde dir gern noch eine Frage stellen, Eirene.«

»Gewiss doch. Du willst wissen, ob ich hier immer noch glücklich bin.«

»Bist du es?«

Sie brachte ein kaum wahrnehmbares Lächeln zustande. »Nichts ist, wie es auf den ersten Blick scheint. Das gilt auch für den >Gazellengarten<.«

»Aber immerhin kannst du hier wunderschöne Kleider tragen«, scherzte er.

»Weißt du noch, wie wir die Eltern anbettelten, damit sie uns Spielzeug kaufen? Wenn wir es dann hatten, konnten wir nachts vor lauter Aufregung nicht schlafen. Nach ein paar Tagen war unsere Begeisterung abgekühlt, und wir konzentrierten uns auf neue Wünsche.«

»Bedeutet das, dass dir wunderschöne Kleider gar nicht mehr so wichtig sind?«

»Und ob sie mir wichtig sind. Aber …«, sie suchte nach treffenden Worten, »…aber manchmal glaube ich, dass alles, was uns froh macht, seinen Preis fordert.«

Kimon dachte darüber nach. »Demnach bist du nicht wirklich zufrieden mit dem Leben, das du nun führst«, lautete seine Schlussfolgerung.

»Mach dir keine Sorgen um mich, hörst du? Ich komme zurecht, und das weißt du sehr gut.«

»Hat es etwas mit Salicar zu tun?«

Eirene versteifte sich, presste fest die Lippen zusammen.

»Bist du immer noch in ihn verliebt?«, wollte Kimon von ihr wissen. Und erschrak über den kalten Blick, mit dem sie ihn bedachte.

»Du willst nicht, dass ich über Reza spreche. Ich will nicht, dass wir über Salicar sprechen. Gilt die Vereinbarung?«

Kimon nickte eingeschüchtert. »Sie gilt.«

Eine Stunde später, nachdem sie über unverfänglichere Dinge geplaudert hatten, lagen sie sich wieder in den Armen und sagten einander Lebewohl.

»Du bist ein Teil von mir«, sagte Eirene mit feuchten Augen. »Nie war ich mir dessen so bewusst.«

Auch Kimon kämpfte mit den Tränen. »So ist das eben bei Zwillingen. Aber vergiss nicht, dass wir noch eine Schwester haben. Wirst du ab und zu nach ihr sehen?«

»Wie kannst du fragen? Sie ist die Einzige, die mir jetzt noch bleibt.«

Als Kimon gegangen war, ging Eirene ins Gemach ihrer Herrin und bat sie, sie für den Rest des Tages von ihren Pflichten freizustellen. Dido fragte nicht nach den Gründen, die sie wohl erahnte, und kam dem Wunsch ihrer Leibdienerin nach.

Eirene verließ das Gemach, verließ den »Gazellengarten«. Sie wollte allein sein. Zwei Meilen nördlich der Stadt gab es ein paar zerklüftete Hügel, einen davon erklomm sie, um sich ganz oben auf einen Fels zu setzen. In der Linken hielt sie Synbalos' Geschenk, einen kleinen Handspiegel aus massivem Silber. Eirene war überzeugt, dass er einst Helena gehört hatte. Und obwohl sie Synbalos' Nichte niemals begegnet war, fühlte sie sich auf merkwürdige Weise mit ihr verbunden. Genau dort, wo Eirene nun gedankenvoll in ihr eigenes Antlitz blickte, war früher – wie oft wohl? – Helenas Antlitz abgebildet gewesen. Es war ihr, als hätte der Spiegel die Verstorbene nicht vergessen, als stünde Helena genau hinter ihr und schaute ihr über die Schulter.

Eirenes Wunsch nach Einsamkeit wurde gestört durch das Geschrei aus vielen tausend Männerkehlen. Das karthagische Heerlager, eine unübersehbare Stadt aus Zelten, lag nur zwei Meilen von ihrem auserkorenen Ruheplatz entfernt. Ihr Blick schweifte über das Panorama, das sich ihr bot. Als sie die Umgebung der Zeltstadt in Augenschein nahm, erkannte sie ein Meer aus Soldaten sowie einen Elefanten, jedenfalls ein Tier, das jenen auf dem Wandbehang im Haus des Synbalos verdammt ähnlich sah. Auf ihm saß ein Mann mit wehendem rotem Umhang; sogar den hohen Helmbusch konnte sie aus der Ferne ausmachen.

Hannibal! Wer sonst sollte der Mann auf dem Rücken des Elefanten sein? Er hielt wohl eine Rede an seine Soldaten, die den Zerstörer Sagunts bekanntlich vergötterten und immerzu in jubelähnliches Gejohle ausbrachen.

Eirene fragte sich, ob der Stratege von Iberien noch am Leben wäre, wenn sie Dido nichts von ihrem belauschten Gespräch erzählt hätte. Der geplante Feldzug fände vielleicht nicht statt, Kimon würde in ihrer Nähe bleiben, ebenso Salicar.

Nein! Sie durfte Salicar nicht nachtrauern. Es war müßig, darüber nachzudenken, was geschehen wäre, wenn sie das römische Geheimnis für sich behalten hätte. Salicar liebte sie nicht. Sie hatte versucht, sein Verhalten schönzureden, war aber zu dem Schluss gelangt, dass es da nichts schönzureden gab. Es war gut, dass er für lange Zeit fort sein würde. Sollte es ihm vergönnt sein, eines Tages nach Neu-Karthago zurückzukehren, würde sie ihn sicher längst vergessen haben.

Wieder sah sie in den Spiegel. Und erschrak über die Traurigkeit, die ihr daraus entgegenblickte.

Der junge Arzt, dem Eirenes Gedanken galten, nahm zur selben Stunde Abschied von seiner Schwester Elissa und kämpfte dabei gegen seine Müdigkeit. In der Nacht war nämlich der von seinem Ausbilder misshandelte Rekrut gestorben, ohne das Bewusstsein wiedererlangt zu haben. Neben all den Dingen, die ihn bedrückten, empfand Salicar die neuerliche Erkenntnis, dass selbst die hohe ärztliche Kunst eines Synbalos viel zu häufig nutzlos war, wie eine schallende Ohrfeige der Götter. Er bemühte sich jedoch, sowohl Erschöpfung als auch Trübsinn zu missachten, um die letzten Stunden, die er mit der Schwester verbrachte, nicht zu einer Trauerzeremonie ausarten zu lassen.

Zunächst plauderten sie, wie um die unvermeidliche Trennung hinauszuzögern, ausgiebig über die Ereignisse der vergangen Tage. Dabei tranken sie verdünnten Wein und aßen eine dicke Fischsuppe, die Elissa zubereitet hatte.

»Ist es wahr, dass sie Zordan, den Wirt, gekreuzigt haben?«, verlangte sie von ihrem Bruder zu erfahren. Sie sprach leise, damit Lanike, die ihren Brei löffelte und dabei mit sich selbst brabbelte, nichts von der Unbarmherzigkeit dieser Welt mitbekäme.

Auch Salicar antwortete mit gedämpfter Stimme. »Sicher. Er war ein Verräter und durfte nicht auf Gnade hoffen. – Schmeckt ausgezeichnet, die Suppe. Womit hast du sie gewürzt?«

»Mit Dill und Koriander. – Stimmt es auch, dass man diesen jungen Römer, den man im ›Gazellengarten‹ festgenommen hat, wieder zurück nach Rom schicken will?«

»Gegen ein Lösegeld, das noch ausgehandelt werden muss. Er behauptet nämlich, der Sohn eines Senators zu sein.«

»Ist das gerecht? Wenn Zordan den Tod verdient, warum nicht auch der Römer?«

»Das ist Politik, und die hat mit Gerechtigkeit bekanntlich nichts zu tun. Außerdem will man die Römer wohl nicht schon vor der Zeit wütend machen, indem man einen ihrer Aristokraten schändlich hinrichtet. – Was für ein köstliches Mahl, Elissa.«

»Ein Abschiedsmahl«, erwiderte sie klagend.

»Ich werde nicht für ewig fort sein. In der Zwischenzeit solltest du dir einen Mann suchen, finde ich. Du hast lange genug allein gelebt.«

»Ich habe Lanike.«

»Ja. Aber Lanike ist kein Mann. Es ist nicht gut, dass du so viel arbeiten musst.«

»Mein Gesicht mag entstellt sein, aber …«

»Hübsch bist und bleibst du!«

»… aber ich habe zwei gesunde Hände, lieber Bruder. Warum sollte ich nicht arbeiten?«

»Ja, ja. Und Lanike?«

»Was soll mit ihr sein? Ich nehme sie mit, wenn ich arbeiten gehe. Sie bleibt dann bei den Kindern der Näherin.«

»Trotzdem musst du dir einen Mann suchen. Und zwar zur Abwechslung mal einen vernünftigen.«

»Du redest ja so, als hätte ich mir Qadhir damals selbst ausgesucht.«

»Du musst unserem Vater zugute halten, dass Qadhir zunächst einen ordentlichen Eindruck machte.«

»Und überhaupt, was ist mit dir? Ich habe noch nie eine Frau an deiner Seite gesehen. Auch wenn du ein paar Jahre jünger bist als ich – wieso bist du immer noch alleine?«

»Ich habe keine Zeit für Liebschaften. Das weißt du doch.«

»Unsinn. Selbst der große Synbalos leistet sich eine Geliebte! Und was für eine!«

Salicar löffelte seine Suppe und schwieg.

»Ich kenne dich«, fuhr Elissa fort, »irgendwas ist vorgefallen. Was bedrückt dich?«

»Mich bedrückt, dass ich lange fort sein werde und dich nicht unterstützen kann.«

»Das ist nicht alles, spiel mir nichts vor. Ich weiß, wie liebeskranke Männer sich verhalten.«

»Ach ja? Und wie verhalten sie sich?«

»So wie du. Du kannst dich mir anvertrauen, wenn du willst. Wenn du nicht willst, lässt du es eben bleiben. Du hast die Wahl. Aber vielleicht fühlst du dich besser, wenn du es dir von der Seele redest.«

Salicar legte seinen hölzernen Löffel beiseite. »Na schön«, verkündete er dann mit einem leisen Seufzen. »Ich bin verliebt.«

Elissa hob die Augenbrauen, überrascht von der unvermuteten Offenheit des Bruders. »Wirklich? In wen?«

»In ihre Schwester«, flüsterte er, mit einer Kopfbewegung auf Lanike deutend.

»Du meinst … die Gazelle?«

»Sie ist keine Gazelle«, widersprach Salicar mit unterdrückter Heftigkeit. »Sie ist Didos Leibdienerin.«

»Ach ja, richtig! Und weiter?«

Salicar blähte die Wangen auf und blies langsam den Atem aus. »Es ist verrückt. Anfangs bedeutete sie mir nichts. Ich weiß selbst nicht genau, ab wann sich das änderte. Und ich bin mir ziemlich sicher, dass sie auch in mich verliebt war. Aber dann …, ich habe es verdorben, Elissa.«

»Was ist geschehen?«

»Ich …«, er knetete jeden einzelnen Finger, »ich habe sie …– also, das ist wirklich nichts, was man mit seiner Schwester besprechen sollte. Jedenfalls will sie jetzt nichts mehr von mir wissen.«

»Rede mit ihr!«

»Zwecklos. Sie will mich nicht sehen.«

Elissa erhob sich, trat von hinten an ihren Bruder heran und massierte ihm sanft die Schultern. »Du Ärmster. Aber glaub mir, Frauen können sehr impulsiv sein. Wenn wir einen Entschluss fassen, muss der nicht für alle Ewigkeiten in Stein gemeißelt sein.«

»Eirene ist anders. Sie ist stur. Was sie sich vornimmt, setzt sie durch.«

»Hört sich nach einer starken Persönlichkeit an.«

»Das ist sie. Vermutlich ist es genau das, was mich zu ihr hinzieht.«

»Und hübsch ist sie obendrein, nicht wahr?«

»Hübsche Frauen gibt es viele auf der Welt. Aber keine ist wie Eirene.« Salicar staunte über sich selbst: Kamen diese schwärmerischen Worte wirklich aus seinem eigenen Mund? Er fühlte sich wie ein unreifer Jüngling und winkte ab. »Ach, vergiss einfach, was ich dir erzählt habe.«

»Warum sollte ich das tun?«

»Weil es belanglos ist.«

»Liebe ist niemals belanglos.«

»Jetzt redest du wie ein Dichter.«

»Eirene!«, rief Lanike fröhlich. Offenbar hatte sie begriffen, dass man über ihre Schwester sprach. Elissa und Salicar schenkten ihr ein fürsorgliches Lächeln.

»Wie auch immer«, fuhr Salicar fort, »selbst wenn sie mir verzeihen würde, was würde es nützen? Vermutlich würde es alles nur noch schlimmer machen, denn morgen bin ich fort.

Die Götter allein wissen, wie lange dieser verdammte Feldzug dauern wird. Warum sollte sie auf mich warten?«

»Du wirst andere Frauen kennenlernen und sie vergessen.«

Salicar nickte, weil er seine Schwester nicht spüren lassen wollte, wie wenig Trost ihre Worte ihm spendeten.

»Aber zuerst musst du gesund heimkehren. Versprichst du mir das?«

»Ja. Wenn du mir im Gegenzug versprichst, dir einen guten Mann zu suchen.«

»Du erpresst mich?«

»Nenn es, wie du willst.«

»Ich werde sehen, was ich tun kann, damit du bei deiner Heimkehr zufrieden bist.«

Sie widmeten sich wieder dem Essen und bemühten sich, nicht in Schwermut zu verfallen.

Dann vernahmen sie ein Geräusch wie ein fernes Donnergrollen. »Was ist das?«, fragte Elissa aufhorchend.

»Tausende von Kriegern!«, erklärte Salicar gequält. »Der Feldherr spricht in diesem Augenblick zu seinen Truppen!«

25.

Auf dem Paradeplatz neben dem Zeltlager hätte eine Maus schwerlich noch einen Platz gefunden. Hannibals Offiziere hatten ihre Männer in Reih und Glied Aufstellung beziehen lassen. Das Licht der Frühlingssonne blitzte auf ungezählten Helmen, Rüstungen und Waffen. Karthager, Iberer, Kelten, Keltiberer, Libyer, Hellenen, Numider – es war eine bunt gemischte Armee von Söldnern, die der Feldherr dazu ausersehen hatte, der römischen Wölfin den Garaus zu machen. Wochen harten Drills und aufreibender Waffenübungen lagen hinter ihnen, und bislang waren es nur Gerüchte gewesen, die von den Plänen des großen Strategen kündeten. Sicher war nur, dass es Krieg geben würde, dass neben dem großzügigen Sold auch reiche Beute zu erwarten war, jedenfalls waren die Herren Offiziere nie müde geworden, ihnen dies im Namen Hannibals zu versichern.

Der Anblick des Feldherrn, der auf einem stolzen Elefanten sitzend vor ihnen erschien, hatte die Männer zu einem ersten Jubelsturm bewogen. Hannibal hatte sie eine Weile gewähren lassen, bevor er mit einer resoluten Geste um Ruhe bat. Augenblicklich wurde es still, so still, dass man eine Nadel fallen gehört hätte. Erwartungsvoll hingen Tausende Augen an ihm.

Hannibal begann seine Rede mit der Feststellung, er sei glücklich, die beste Armee der *Oikumene* zu befehligen, darunter viele Veteranen, die schon seinem Vater Hamilkar und seinem Schwager Hasdrubal gedient und als »heilige Schar« Berühmtheit weit über die Grenzen Iberiens und Karthagos hinaus erlangt hätten. Undenkbar sei es, mit solchen Männern eine Feldschlacht zu verlieren. Dann berichtete er von einem Traum, den er neulich, in der Nacht nach dem gescheiterten Attentat, gehabt habe. Darin sei ihm Herakles erschienen. Der Gott habe ihm aufgetragen, seinen Spuren zu folgen.

Immer wieder legte der Feldherr Pausen ein, damit die bereitstehenden Dolmetscher seine Worte den fremdsprachigen Truppen übersetzen konnten. Und immer wieder brandete Jubel auf. Branco hatte recht gehabt, Suru ließ der Krach völlig kalt. Wenn die Männer anfingen zu brüllen, hob er den Rüssel und stellte die Ohren auf, als wolle er die Krieger auf diese Weise noch zu lauterem Getöse animieren.

»Ihr wisst, dass Herakles – die Karthager nennen ihn Melkart –, den Fürsten Cacus für den Raub seiner Rinder bestrafte!«, rief Hannibal. »Wir wollen es dem Gott gleichtun. Bestrafen wollen wir jene, die Karthago Sizilien und Sardinien raubten.«

Diesmal klang der Jubel merklich gedämpfter, beinahe glich er einem Geraune. Was daran liegen mochte, dass viele nun begriffen, welchen Feind der Feldherr meinte, nämlich Rom. Niemand hatte eine rechte Vorstellung davon, wie ein Krieg gegen die Römer aussehen mochte, da Karthago kaum über einsatzbereite Schiffe verfügte.

Hannibal besaß ein ausgezeichnetes Gedächtnis für Namen und Gesichter. Nicht nur seine Unterführer, auch unzählige einfache Soldaten kannte er mit Namen. Während er sprach, entdeckte er ein Gesicht in einer der vorderen Reihen, das ihm zwar bekannt vorkam, doch ein Name wollte ihm trotz fieberhaften Nachdenkens nicht einfallen.

»Soldat!«, rief er diesem Mann, einem Iberer, in dessen Sprache zu. »Sag mir, wie steigt man in einen Stiefel?«

»Von oben!«, erwiderte der Gefragte.

»Du sagst es, von oben, eine andere Möglichkeit gibt es nicht. Wie ist dein Name?«

»Tajo!«

Da glomm in Hannibals Augen ein Funke des Wiedererkennens. »Wir waren Knaben! Erinnerst du dich, was ich dir auf den Feldern vor der Stadt, die damals noch ein Fischerdorf war, prophezeit habe?«

»Du sagtest, wir würden eines Tages Waffengefährten sein.«

»Ich bin froh, dass ich recht behalten habe.«

»Und unsere Schwerter, sie sind nicht mehr aus Holz«, grinste der Iberer.

»Dieser Mann!«, rief Hannibal, auf Tajo deutend, ist nicht nur klug, weil er weiß, dass man von oben in einen Stiefel steigt!« Vergnügtes Gelächter. »Er ist auch ein hervorragender Kämpfer! – Bomilkar!«

Einer der vielen Scharführer trat vor.

»Mach Tajo zum Führer einer Rotte!«

»Ja, Herr!«

»Und ihr alle«, fuhr Hannibal mit aller Leidenschaft fort, »ihr alle seid Erwählte und habt reichen Lohn in Aussicht! Die Römer haben wegen Sagunt die Auslieferung sämtlicher karthagischer Offiziere verlangt!« Wie beabsichtigt, sorgte diese Behauptung, die nicht ganz der Wahrheit entsprach, denn die Römer hatten nur von Hannibal und seinen Beratern gesprochen, für heftige Empörung. Hannibal ließ die Männer eine Weile fluchen und schimpfen; dann erbat er sich wieder Ruhe. »Als hätte Sagunt ihnen jemals gehört. Sie nehmen sich immer, was ihnen nicht zusteht. Aber diesmal müssen sie für ihren Hochmut teuer bezahlen. Nie wieder sollen sie sich zum Herrn über die Völker machen. Die *Oikumene* und die Geschichte werden es uns danken. Ja, ihr werdet Geschichte schreiben, Männer. Noch in tausend Jahren wird man von euren Taten sprechen.«

Er zog den Papyrus unter seinem Umhang hervor, entrollte ihn und reckte ihn mit beiden Händen in die Höhe, damit so viele wie möglich erkennen konnten, was darauf abgebildet war.

»So sieht Italien aus, wenn man seine Umrisse zeichnet. Seht ihr das? Italien ist wie ein Stiefel! Ihr wisst, was Herakles tat. Ihr wisst auch, wie man in einen Stiefel steigt. Der Weg ist weit und – ich werde euch nicht belügen! – er wird mühsam sein, aber denkt daran, dass jeder Schritt dorthin ein Schritt zum Sieg ist. Bis ans Ende der Welt würde ich mit euch gehen! Die Gunst des Herakles ist uns gewiss – was brauchen wir noch? Euer Siegespreis wird fruchtbarer italischer Boden sein, wo ihr an der Seite eurer Frauen und Kinder alt werden könnt! Wenn ihr eines Tages sterbt, werdet ihr als reiche Männer sterben, so reich, dass Charon euch fragen wird, wieso ihr ihm nur eine einzige läppische Münze mitbringt.«

Damit war es vollbracht, weiterer Worte bedurfte es nicht. Besinnungsloser Jubel brandete auf, unzählige Schwerter reckten sich in die Höhe, ebenso viele Kehlen skandierten den Namen des Feldherrn. Hannibal ließ seinen Blick noch eine Weile über das Meer von Männern schweifen, winkte ihnen lachend zu. Schließlich gab er Surus Treiber ein Zeichen.

Myrkan schnippte mit den Fingern, der Elefant kniete nieder, und Hannibal konnte mühelos absteigen. Hasdrubal trat an die Seite des Bruders. »Gut gemacht, Götterliebling!«, raunte er ihm zu.

Auch Maharbal, Mago und Hanno gesellten sich zu dem Feldherrn. »Wenn wir vor den Toren Roms stehen«, sagte der Reiterführer, der ernster wirkte als alle anderen, »dann werde ich dich an deine Rede erinnern, Hannibal.«

»Warum sagst du das, Freund?«, wunderte sich Hannibal.

Maharbal kratzte sich im Nacken und antwortete dann

kryptisch: »Weil Sieger es sich manchmal nicht leisten können, anders als Barbaren zu handeln.«

»Rom ist noch weit, Maharbal. Bis wir dort sind, wirst du mit deinen Reitern noch manchen Kampf entscheiden müssen.«

»Ich werde alles daransetzen, dass das Unternehmen nicht an *mir* scheitert.«

»Was redest du, Maharbal?«, rief der junge Hanno, immer noch mitgerissen von der Rede des Bruders. »Der Krieg ist so gut wie gewonnen. Die Götter sind mit uns! Warum pinkelst du in die Suppe?«

»Spricht man so mit einem verdienten Offizier, Hanno?«, tadelte Hannibal den Jüngsten der Löwenbrut streng. »Er hat in mehr Schlachten gekämpft, als du an Jahren alt bist. Und rede nicht von den Göttern, als wüsstest du, welches Spiel sie mit uns Menschen treiben.«

»Aber du hast doch selbst gesagt …–«

»Ich habe eine Rede gehalten. Die Rede eines Feldherrn, der seine Krieger in den Kampf führt und ihnen die Ängste nehmen will, die ganz natürlich sind. Entschuldige dich bei Maharbal!«

»Lass ihn«, beschwichtigte der Reiterführer. »Er hat's nicht so gemeint.«

Hannibal aber bestand darauf. Hanno senkte den Kopf und murmelte eine Entschuldigung. Immer noch hallte der Jubel der Krieger nach, die nichts von den Zweifeln wussten, die den Strategen wie ein tückisches Fieber befallen hatten. Hannibal fragte sich, ob auch Alexander Zweifel geplagt hatten, bevor er mit seinen Makedonen den Hellespont überquerte, um das Reich der Perser zu erobern.

Anderentags in aller Frühe brach Hannibal mit seinem gewaltigen Heer und 37 Kriegselefanten Richtung Norden auf. Als der Lärm, den die abrückende Armee erzeugte, nach Stunden verklungen war, bemächtigte sich der zurückgebliebenen Menschen in Neu-Karthago das Gefühl, die Welt hielte den Atem an. Die Zeit des Friedens war unwiederbringlich dahin.

Nachwort des Autors

Die Frage nach der Kriegsschuld spielte im Altertum keine besondere Rolle. Dennoch ist sie im Fall des Zweiten Punischen Krieges von antiken Autoren des Öfteren angerissen worden. Hat Hannibal den Krieg gegen Rom provoziert, indem er Sagunt belagerte?

Der Ebro-Vertrag, den Hannibals Schwager Hasdrubal (genannt der Schöne) um 227 v. Chr. mit den Römern aushandelte, legte den gleichnamigen Fluss als Grenze zwischen den Interessensphären der beiden Großmächte fest. Sagunt (karthagisch: *Zakantha*) lag südlich dieser Linie und gehörte somit zum karthagischen Einflussbereich. Die Saguntiner aber zogen ein Treuebündnis mit Rom vor. Da sie überdies gegen ihre Nachbarn, Untertanen der Karthager, kriegerisch aktiv wurden, sah sich Hannibal zum Eingreifen genötigt. Nach achtmonatiger Belagerung konnte er die widerspenstige Stadt 218 v. Chr. einnehmen. Die meisten saguntinischen Männer wurden getötet, Frauen und Kinder in die Sklaverei verkauft. Mit dem Fall Sagunts waren die Würfel gefallen, ein neuer Krieg zwischen den Großmächten Karthago und Rom offenbar unausweichlich. Endlich, so könnte man denken, bekam Hannibal die Gelegenheit, seinen Kindheitsschwur, niemals ein Freund der Römer zu sein, zu erfüllen und sich im Namen seines Vaters für die Schmach des verlorenen ersten Krieges zu rächen.

Aber hat Hannibal – erst neun Jahre alt soll er damals gewesen sein – wirklich einen solchen Schwur geleistet? Manche moderne Autoren bezweifeln dies und halten es für ein Stilmittel antiker Autoren. Schließlich hätten ja auch andere Heroen der Vorzeit ähnliche Eide leisten müssen, bevor sie gegen ihre Erzfeinde ins Feld zogen.

Festzuhalten bleibt in diesem Zusammenhang, dass alle karthagischen Quellen zum Zweiten Punischen Krieg (Sosylos, Silenos) verloren gingen. Was wir über Hannibal und die Geschichte des Krieges wissen, stammt vor allem aus römischen und griechischen Federn, allen voran die des Polybios und Titus Livius. Zumindest Polybios muss Teile des Werkes von Sosylos gekannt und übernommen haben. Römische Historiker sind es auch, die von Hannibals Wallfahrt nach Gades (heute: Cádiz) berichten, wo er am Heiligtum des Melkart ein Opfer darbrachte. Ob der Feldherr ein besonders religiöser Mensch war, lässt sich durch die verfügbaren Quellen ansonsten nicht ausdrücklich bestätigen.

Im Roman werden Namen und Ortsnamen nach allgemeiner Geläufigkeit oder Bekanntheit verwendet, sodass manchmal die lateinische oder griechische, ein anderes Mal die karthagische Variante Vorrang erhält. Die Karthager selbst nannten ihre Heimatstadt im heutigen Tunesien *Qart-Hadašt,* was für einen Römer nur schwer auszusprechen gewesen sein dürfte. Das römische Wort für ihre Erzfeinde, »Punier«, leitet sich ab von »Phönizier«, also von den Urvätern der Karthager.

Es gibt viele lesenswerte moderne Biografien über Hannibal. Beispielhaft erwähnt seien an dieser Stelle die Werke von

Jakob Seibert, Gustav Faber, Ernle Bradford und Gavin de Beer, die mir bei der Arbeit an diesem Roman unschätzbare Dienste leisteten. Von Herzen danken will ich auch all den ungezählten guten Geistern, die mir während der Niederschrift des Romans mit Kritik, Rat und Tat zur Seite gestanden haben.

Jonathan Lerros

April 2016

63825804R00211

Made in the USA
Charleston, SC
15 November 2016